AF525793

Jen Rivers wurde 1991 in Braunschweig geboren, zog aber bereits im Kindesalter nach Berlin. Dort lebt sie auch heute noch mit ihrem Mann und ihren beiden Söhnen in einem chaotischen Männerhaushalt.
Das Schreiben hat sie schon immer fasziniert und so sprengen die Ideen regelmäßig ihren Kopf und sorgen häufiger dafür, dass sie den Worten ihres Mannes nicht mehr folgen kann. Wenn sie nicht gerade schreibt, liest sie sich in andere Welten und verliert sich zwischen den Tiefen von Buchseiten.

JEN RIVERS

Kiss me (again)

Erstausgabe August 2023

Kiss me (again)

ISBN 978-3-98778-503-0
E-Book-ISBN 978-3-98778-500-9
Hörbuch-ISBN 978-3-98778-528-3

Covergestaltung: Anne Gebhardt
Umschlaggestaltung: ARTC.ore Design

Unter Verwendung von Abbildungen von
stock.adobe.com: © Volodymyr
elements.envato.com: © FreezeronMedia
Lektorat: Traumtext Fabrik
Satz: dp DIGITAL PUBLISHERS GmbH
Druck und Bindung: Books on Demand GmbH, Norderstedt

Für meine beiden Jungs. Mama liebt euch sehr! <3

Kapitel 1

Jamie

Ich könnte kotzen.

Was habe ich in meinen achtzehn Jahren Lebenszeit eigentlich falsch gemacht, um hier zu landen?

Die Antwort lautet: nichts. Denn mein Dad ist derjenige, der die Scheiße gebaut hat.

Zu meinem Leidwesen sitze ich gerade in seinem Wohnzimmer und sehe gezwungenermaßen dabei zu, wie seine neue Freundin auf seinem Schoß hockt und ihn befummelt. Seine Freundin *Candy*. Bei allem Respekt – es lässt sich nicht abstreiten, dass der Name verdächtig nach Stripperin klingt. Dabei weiß ich genau, dass sie in der Firma meines Vaters arbeitet und sie sich dort kennengelernt haben. *Dort … lieben* gelernt haben.

Ich kann den Satz nicht mal denken, ohne dass mir übel wird. Wie können die beiden hier rummachen, als wäre alles okay? Als hätte Dad nicht vor Monaten meine Mom betrogen und uns dann verlassen. Einfach so, als wäre unsere Familie ein Witz für ihn gewesen.

Gequält wende ich meinen Blick ab und tue stattdessen so, als würden mich die abstrakten Gemälde an den Wänden besonders faszinieren. Mein Blick wandert weiter zur Bar, die in einem dunklen Holzton gehalten ist und die gesamte Ecke des viel zu großen Raumes einnimmt. Dad bewohnt die Penthouse-Wohnung eines großen Gebäudekomplexes in Seattle, die für ihn und seine Freundin viel zu groß ist.

Ich winde mich in dem ausladenden Ledersessel, nehme einen Schluck von meinem Bier und sehe wieder zu den beiden zurück.

Candy fährt mit ihren Fingerspitzen über den Halsausschnitt von Dads Hemd und nestelt an seinen Knöpfen herum.

Muss das vor meiner Nase sein?

Ich schnaube hörbar auf. Warum muss ich hier sein? Weshalb hat Mom mich gezwungen hierher zu kommen? Ihrer Meinung nach soll ich den Kontakt zu meinem Vater nicht verlieren, nur weil die beiden sich getrennt haben, aber ... ich bin wütend. Ich bin so scheiß wütend auf ihn, weil er alles kaputt gemacht hat.

Und gleichzeitig vermisse ich ihn. Direkt, nachdem er Mom verlassen hat, ist er fest nach Seattle gezogen, wo sich der Hauptsitz seiner Firma befindet. Früher ist er hin und her geflogen, um möglichst viel bei Mom und mir zu sein. Das ist jetzt nicht mehr der Fall.

Der Griff um die Bierflasche wird fester, während ich meine andere Hand in meinem Schoß zu einer Faust balle.

„Mister Hastings“, ertönt die Stimme von Dads Haushälterin im Türrahmen. „Das Essen ist für Sie serviert.“

Ich zwinge mich dazu ihr zuzulächeln, immerhin kann sie nichts für meine miese Laune. Sie erwidert das Lächeln und verlässt dann den Raum.

Einatmen. Ausatmen. Ein schwacher Versuch meine Anspannung zu lösen.

Candy lässt sich vom Schoß meines Vaters gleiten und kassiert prompt einen Klaps auf den Hintern. Sie quietscht auf und macht einen kleinen Hüpfer.

Ich blinzele verstört. Mit offenem Mund sehe ich zu ihnen herüber.

Bitte erschießt mich!

Es mag sein, dass Candy nett ist. Tatsächlich habe ich in den letzten zwei Wochen sogar ein paar freundliche Worte mit ihr gewechselt. Trotzdem kann ich sie nicht leiden. Dass sie zudem aussieht wie das Covermodel eines Hochglanzmagazins, macht die Sache nicht besser. Außerdem ist sie kaum älter als ich. Mit gerade mal vierundzwanzig passt sie meiner Meinung nach so gar nicht zu meinem fünfundfünfzigjährigen Dad. Dennoch lächelt sie ihn an, als wäre er ihre große Liebe, und reicht ihm die Hand. Er ergreift sie, steht auf und gibt ihr einen kleinen Kuss auf den Handrücken. Ein fieser Stich durchfährt meine Brust. Warum sie? Nur weil sie jung, hübsch und knapp bekleidet ist?

Heute trägt Candy ein äußerst kurzes schwarzes Kleid, das so tief ausgeschnitten ist, dass es an ein Wunder grenzt, dass alles an seinem Platz bleibt. Und auch sonst setzt sie auf kurze Röcke, Shorts und knappe Oberteile.

Ich presse die Lippen zusammen. Toll. Jetzt bin ich dank meines Dads sogar schon so weit, dass ich eine junge Frau für ihre Kleidung verurteile. Mich sollte nicht im Geringsten kümmern, was sie anzieht oder was ihr gefällt. Das ist allein ihre Sache und sagt ohnehin nichts über ihren Charakter aus.

Ich beiße mir auf die Unterlippe und fühle mich augenblicklich schlecht. Unter normalen Umständen würde ich mich vermutlich sogar mit Candy verstehen, denn ehrlich gesagt verstehe ich mich mit allen Menschen. Diese Situation lässt es aber einfach nicht zu.

Ich erhebe mich ebenfalls und trotte den beiden in Richtung Esszimmer hinterher. Währenddessen klammere ich mich an meine Bierflasche wie ein Ertrinkender an seinen Rettungsring. Ohne Alkohol ertrage ich das hier nicht länger.

Wir betreten das verhältnismäßig kleine Esszimmer, in dem ein ellenlanger Tisch das Zentrum bildet. Unpersönlicher geht es kaum. Immerhin setzen wir uns nur an eine Seite des Tisches, Dad an die Stirnseite, Candy und ich gegenüber voneinander.

Er fängt an zu essen und spricht mit Candy über irgendwelche Leute aus seiner Firma.

Mein Kiefer verkrampft sich, als ich die Zähne zusammenbeiße. Ich greife nach meinem Bier und leere es in einem Zug.

Ich will hier raus. Ein Bissen nach dem anderen wandert in meinen Mund, während ich versuche, Candy und Dad auszublenden.

„In ein paar Wochen solltest du wieder herkommen, Jamie. Candy und ich geben eine große Party und dann könntest du ein paar Kontakte knüpfen." Lächelnd sieht Dad zu mir.

Spöttisch verziehe ich die Mundwinkel.

„Nein", lautet meine schlichte Antwort, dennoch klingt ein bissiger Unterton mit.

Candy lächelt mich verständnisvoll an und zwinkert mir zu, so als würde sie verstehen, was in mir vorgeht. Das nervt.

Dad winkt hingegen ab. „Ach was, ich rede mit deiner Mutter, das geht schon in Ordnung. Sie möchte auch, dass du hier bist."

Eine Welle aus Wut schwappt über mich hinweg und ich funkele meinen Dad aufgebracht an.

„Du hast absolut keine Ahnung, was Mom will oder nicht will. Und du hast nicht mehr das Recht, dir eine Meinung über sie zu erlauben, nachdem du sie einfach so mit einer billigen Hure betrogen und dann verlassen hast!" Der Seitenhieb gegen Candy tut mir leid, doch sie scheint ihn gar nicht auf sich zu beziehen.

Ein kleines Lächeln umspielt Dads Mundwinkel. „Jamie, wie oft willst du mir das noch vorhalten? Ist es nicht langsam genug? Du verteidigst deine Mutter, das ist gut, denn genau so habe ich dich erzogen. Aber dennoch bist du ein Mann und weißt nur zu gut, wie das alles läuft. Wir haben Bedürfnisse! Sieh dir Candy doch an. Deine Mutter konnte da nicht mithalten. Ich habe mich gelangweilt. Wir beide sind gar nicht so verschieden, mein Sohn." Mittlerweile ist aus seinem Lächeln ein breites, selbstgefälliges Grinsen geworden.

„Ich bin überhaupt nicht wie du. Ich habe eine Freundin, die ich rein zufällig nicht direkt mit der nächstbesten Schlampe bescheiße." Dass meine Freundin und ich aktuell eine Beziehungspause einlegen, muss ich meinem Vater nicht auf die Nase binden.

Candy widmet sich ihrem Handy. Offensichtlich will sie sich heraushalten, was sie sympathisch macht, und ich will sie nicht sympathisch finden.

„Ach ja?", fragt mein Vater mit hochgezogener Braue. „Ich kenne deine Freundin Mia. Ziemlich hübsches Ding. Zufälligerweise hat sie einen tollen Körper, oder?

Aber sicher kommt es dir nur auf die inneren Werte an.“

Ich beiße mir auf die Zunge, um ihm nicht die übelsten Schimpfwörter entgegenzuschmettern. Warum muss es so zwischen Dad und mir sein? Noch im letzten Jahr waren wir ein Herz und eine Seele und jetzt befindet er sich anscheinend in irgendeiner üblen Midlife-Crisis und macht sich Gedanken über das Aussehen meiner Freundin. *Würg.*

Mia ist wunderschön. Sie ist schlank, hat aber genau an den richtigen Stellen Kurven. Mit ihren welligen blonden Haaren ist sie das hübscheste Mädchen, das ich kenne. Dazu ist sie intelligent, hilfsbereit, loyal und witzig. Sie hat ein riesengroßes Herz. Und sie hat beschlossen, dass uns beiden etwas Abstand zueinander guttun würde. Deshalb stecken wir jetzt in dieser grandiosen Beziehungspause, von der ich nicht mal genau weiß, was das eigentlich bedeutet. Ist man zusammen und hat Abstand? Ist man nicht zusammen, hat aber die Option wieder zusammen zu kommen? Für mich ist das alles sehr verwirrend, auch wenn es nicht unbedingt aus dem Nichts kam. Immerhin kann ich nicht behaupten, dass es zwischen uns wunderbar lief. Irgendwie schien es immer so, als wollten wir verschiedene Dinge und am Ende war immer einer von uns beiden frustriert. Sie wollte permanent Zeit mit mir verbringen, was mich nach und nach erdrückt hat. Auch im Bett kamen wir irgendwie nicht so ganz auf einen Nenner, jedenfalls empfand ich das so. Nicht, dass ich mich jemals getraut hätte, das laut auszusprechen. Ich wollte sie nicht verletzen. Mia versucht immer, mir alles recht zu machen und das macht mich ... wahnsinnig.

Dennoch bin ich kein bisschen wie mein Dad. Während er permanent über andere urteilt und wertet, finde ich, dass jeder Mensch das tun sollte, was ihn glücklich macht. Jeder sollte sich um seinen eigenen Kram kümmern. Etwas, das Dad nie hinbekommt.

Ich rede mir ständig ein, dass ich seine Anerkennung nicht mehr brauche. Aber das stimmt so nicht, immerhin ist er mein Dad. Das ist vermutlich auch der Grund, weshalb ihm nicht erzähle, dass ich meine Beziehung in den Sand gesetzt habe. Candy zieht so laut die Luft ein, dass es eher einem Schrei gleichkommt. Ich zucke zusammen.

„Das glaubst du nicht, Bram", quiekt sie aufgeregt und packt meinen Dad aufgeregt am Arm. „Der Sohn von Tiffany und Martin ... Sie ist heute früher vom Geschäftsessen nach Hause gekommen und weißt du, was sie da gesehen hat? Er war im Bett – mit einem Jungen."

Ich hebe meine Augenbraue. Was genau soll daran eine Sensation sein? Candy klingt nicht abwertend, nur sehr aufgeregt, was es nicht wirklich besser macht.

Mein Vater hingegen verzieht das Gesicht. „Das ist widerlich", stößt er in arrogantem Tonfall aus.

„Ach, *das* ist widerlich, aber deine Mitarbeiterin in deinem Büro zu ficken oder eine Fummelshow vor deinem Sohn abzuziehen, das ist okay?" Wut rauscht durch meine Adern. Ich sehe ihn provozierend an, aber wie immer bringt ihn nichts aus der Ruhe.

„Das kann man nicht vergleichen, Jamie. Was die da machen, ist nicht normal. Seine Eltern hätten ihn besser erziehen müssen", antwortet er und nimmt einen Schluck von seinem Wein.

Mir bleibt der Mund offenstehen, weil ich nicht glauben kann, dass er das gerade gesagt hat.

Ich habe dieses homophobe Gerede von ihm schon immer verabscheut, aber das hier ist ein neues Level. „Du glaubst ernsthaft, dass Erziehung etwas damit zu tun hat, ob man schwul wird?“

„Natürlich. Ich habe dir beigebracht, was im Leben wichtig ist und jetzt sieh dich an. Du bist ein beliebter Junge von achtzehn Jahren, hast eine fabelhafte Freundin, siehst aus wie ein junger Gott und kannst jede haben, die du möchtest.“

Er sieht so selbstgefällig aus, als wäre das alles tatsächlich sein Verdienst. Als hätte meine Beliebtheit nichts mit meinem Charakter oder meinem Wesen zu tun oder als wäre Mia nur mit mir zusammen, weil er so gute Arbeit geleistet hat.

„Und was würdest du sagen, wenn ich schwul wäre?“, provoziere ich ihn und strecke mein Kinn herausfordernd vor.

Er bricht in schallendes Gelächter aus und nimmt mich nicht für voll. „Bitte, mein Sohn ist nicht schwul. Ich habe meinen Job als Vater schließlich erledigt.“ Grinsend nimmt er einen weiteren Schluck von seinem Wein.

Dieses blöde, aufgeblasene Arschloch!

Innerhalb weniger Sekunden fasse ich einen Entschluss, nur um ihm das Grinsen aus dem Gesicht zu wischen. Ich will ihn um jeden Preis provozieren. Ich kann seine Ruhe und Gelassenheit nicht mehr ertragen, ebenso wenig diese abfälligen Aussagen. Mein Puls schnellt in die Höhe. Keine Ahnung, warum mich sein Verhalten so unglaublich wütend macht. Klar, er ist ein homophobes Arschloch, aber das sind viele Menschen. Es ist ja nicht so, dass es mich persönlich betrifft. Doch heute Abend bin ich schwul und zwar nur, um meinem Vater eins auszuwischen.

Ich schiebe meinen Stuhl zurück und stehe auf, obwohl ich nicht mal aufgegessen habe. Der Appetit ist mir vergangen. „Ich gehe aus“, sage ich über die Schulter, als ich aus dem Esszimmer gehe.

„Tu nichts, was ich nicht auch tun würde“, höre ich die Stimme meines Dads, die durch das viel zu große Apartment hallt.

„Darauf würde ich nicht wetten!“, rufe ich zurück und verschwinde in meinem Zimmer, um mich umzuziehen.

Kapitel 2

Jamie

Als ich den kleinen Club mit dem schlichten Namen *Basement* betrete, habe ich ziemlich einen sitzen. In meiner Wut habe ich in der Bar im Apartmentkomplex, in dem mein Dad das Penthouse bewohnt, bereits ein paar Drinks gekippt, sonst würde ich jetzt vermutlich gar nicht hier stehen.

Da mein Dad mitten im Zentrum Seattles wohnt, ist es ein Leichtes, in irgendeinen Club zu stolpern. Und dieser hier hat gute Google-Bewertungen. Ich bin kein großer Clubgänger, ich bin mehr so der Am-Strand-mit-Freunden-besaufen-und-Blödsinn-machen-Typ. Ich zeige meinen gefälschten Ausweis am Eingang vor und werde von dumpfen Bässen begrüßt. Sie wummern deutlich lauter, als ich den großen Club-Raum betrete. Im Zentrum thront eine große Bar, die gänzlich in glänzendem Schwarz gehalten ist. Direkt daneben befindet sich eine recht große Tanzfläche, auf der bereits einige Leute zum Beat abgehen. Überall verteilt befinden sich Stehtische und an den Wänden stehen dunkle Tische mit lederbezogenen Sitzbänken.

Mir wird klar, weshalb der Club so gut bewertet ist. Klein und modern mit einem chilligen Ambiente. Genau das, was ich gesucht habe. Und passend für meine heutige Mission. Einen Typen küssen und dann wieder gehen. Klingt eigentlich einfach. Ist es aber nicht. Natürlich könnte ich auch einfach nach Hause gehen und behaupten, dass ich einen Typen geküsst habe, aber leider kennt Dad mich viel zu gut. Er merkt sofort, wenn ich ihn anlüge. Wenn ich ihm also morgen um die Ohren haue, dass ich einen Kerl geküsst habe, dann muss es auch der Wahrheit entsprechen.

Gott, was tue ich hier?

Ich habe häufig bescheuerte Ideen. Wenn ich wütend bin, setzt in meinem Kopf etwas aus und eine blöde Idee mutiert schnell zu einem nicht aufzuhaltenden Chaos. Mit Alkohol nimmt das Ganze katastrophale Ausmaße an, was mich bisher jedoch niemals davon abgehalten hat, eine Idee auch durchzuziehen. Bisher bin ich aus jeder Nummer unbescholten herausgekommen.

Einzig die Tatsache, dass ich scheißwütend *und* betrunken bin, erklärt, warum ich tatsächlich hier bin. Ich bin fest entschlossen, meinem Dad unseren Abschied morgen so richtig zu vermiesen. Dafür bin ich bereit, Opfer zu bringen. Sicher, es ist nicht wirklich ein Opfer, einen hübschen Kerl zu küssen. Möglicherweise küsst er gut. Vielleicht hat er ... Gott. Der Alkohol vernebelt mir offenbar die Sinne.

Mein Herz rutscht mir in die Hose. In der Theorie klang mein Plan so genial. In der Praxis macht er mir eine Heidenangst, dabei sollte ein Kuss keine so große Sache sein. *Verdammt!*

Ich setzte mich in Bewegung und bahne mir einen Weg zwischen den Leuten hindurch, bis ich an der Bar ankomme. Ich bestelle mir ein paar Shots und kippe sie nacheinander auf ex runter. Ein Hoch auf meinen gefälschten Ausweis.

„Nicht schlecht“, ertönt die melodische Stimme eines Mädchens neben mir. Eines echt niedlichen Mädchens. Sie ist blond, trägt einen lockeren Dutt und einen Game-of-Thrones-Kapuzenpullover. Sie ist klein und hat eine süße Stupsnase. Ihr Outfit passt so gar nicht in einen Club in Seattle, was sie mir auf Anhieb sympathisch macht.

„Cooler Pulli“, sage ich schmunzelnd, bevor ich ihr einen Shot hinhalte und nach einem weiteren greife.

Wir stoßen an und ich lasse die klare Flüssigkeit meine Kehle hinunter rinnen. Der Schnaps brennt in meinem Hals und ich beiße schnell auf eine Zitrone, um den beißenden Geschmack zu vertreiben.

Das Mädchen neben mir stößt einen gequälten Laut aus und schüttelt sich. „Bäh!“

„Ich liebe Tequila“, sage ich und setze dabei mein freches Grinsen auf, von dem meine beste Freundin Macey immer behauptet, es käme direkt aus der Hölle.

Sie grinst zurück und deutet auf meinen Pullover, auf dem die sieben Dragon Balls prangen.

„Ich habe noch nie einen Mann in einem Club gesehen, der einen Anime-Pullover trägt. Ehrlich gesagt bin ich davon ausgegangen, dass ich der einzige Mensch auf der Welt bin, der in einem Hoody einen Club betritt.“

Ich hatte keine Lust mich umzuziehen, schließlich habe ich nicht vor, wirklich jemanden abzuschleppen. Ganz abgesehen davon entspricht das meiner Vorstellung von chic.

„Ja, leider gibt es nicht viele Leute mit Geschmack, vor allem in Seattle kämpft man auf verlorenem Posten. Hier scheint es kaum jemanden zu geben, der wirklich weiß, was gut aussieht", antworte ich in gespielt bedauerndem Ton, was sie zum Lachen bringt.

„Dich mag ich. Ich bin Kim."

„Jamie", gebe ich zurück.

„Was sagst du, Jamie? Lust auf einen Drink mit meinen Freunden?"

Ich zögere.

Kim sieht aus, als könnte ich einen lustigen Abend mit ihr verbringen, aber ich habe nicht vor, mit einem Mädchen zu flirten. Schließlich bin ich mit meiner aktuellen Nicht-Freundin schon mehr als ausgelastet. Kein Grund es noch komplizierter zu machen.

Ihr muss mein Zögern aufgefallen sein, denn ihre Mundwinkel zucken.

Ich muss meine Nur-einmal-schwul-sein-Mission vorantreiben. Nach wie vor brenne ich darauf, meinem Vater den selbstgefälligen Ausdruck aus dem Gesicht zu wischen.

„Ich bin schwul", sage ich also mit einem Schulterzucken.

Die Lüge ist ohne große Schwierigkeiten über meine Lippen gekommen. Es fühlt sich sogar nicht mal sonderlich komisch an. Trotzdem läuft mir bei meinen Worten ein leichtes Kribbeln über meinen Rücken.

Ein belustigter Ausdruck breitet sich auf Kims Gesicht aus. „Trink was mit uns, schwuler Jamie. Teilst du immer allen sofort deine sexuelle Orientierung mit? Ich finde das ziemlich erfrischend."

Ich pruste los und sie stimmt mit ein. Sie wird mir von Sekunde zu Sekunde sympathischer. „Okay."

Ich stehe auf und folge ihr durch die Menge. An einem Ecktisch sitzen zwei Mädchen und drei Typen, die sich gut gelaunt unterhalten.

„Hey, Leute", wendet Kim sich an die Gruppe. „Darf ich vorstellen: der schwule Jamie."

Wieder kann ich mir ein Lachen nicht verkneifen, schon gar nicht als ich bei der Vorstellung die entsetzten Gesichter sehe, die nicht mir gelten, sondern ihr.

„Kim!", zischt eines der Mädchen schockiert.

„Kein Ding, ist irgendwie meine Schuld", winke ich ab und lasse mich neben Kim auf die lederbezogene Bank fallen.

Nacheinander geht sie die Reihe ihrer Freunde durch und nennt mir ihre Namen.

„Und das ist Liam", beendet sie ihre Vorstellung, als sie auf den Jungen mir direkt gegenüber deutet.

Ich sehe zu ihm und erstarre mitten in meiner Bewegung. Seine Augen. Sie sind so ozeanblau, dass es mir die Sprache verschlägt. Den Ozean habe ich schon immer geliebt. Die unendliche Weite, das Rauschen der Wellen, die gewaltige, rohe Kraft des Wassers. Ich fahre mit meinen Augen seinen glatten Kiefer entlang, werde von seinem Bartschatten in den Bann gezogen. Liams Haare sind pechschwarz und stehen verwuschelt von seinem Kopf ab. Er trägt ein T-Shirt, das seine Muskeln deutlich unter seinem Shirt hervorhebt und einen Blick auf den Ansatz seiner Brustmuskeln freigibt. Trotzdem ist er kein breiter Typ, sondern wirkt schlank.

Liam sieht mich neugierig an. Seine Augen wandern einmal von oben an mir herab, er checkt mich offenkundig ab. Dank seines Lächelns blicken leicht spitze Eckzähne hervor. Sein komplettes Erscheinungsbild erwischt mich kalt. Augenblicklich fährt ein blitzartiges Gefühl durch meinen Körper. In südliche Regionen.

Fuck! Dieser Typ ist unglaublich heiß.

Was zur Hölle denke ich da?

Ich habe eindeutig wesentlich mehr getrunken, als mir guttut.

Noch nie habe ich ein Problem damit gehabt anzuerkennen, wenn ein Typ gut aussieht, aber ich habe definitiv noch niemals *so* auf jemanden reagiert. Nicht mal auf Mia.

„Dragon Ball-Fan also?", fragt er mich belustigt. Seine raue Stimme jagt mir einzelne Schauer über den Rücken.

„Nein, wäre ich ein Fan, hätte ich das sicherlich mit einem Fan-Shirt zum Ausdruck gebracht", antworte ich sarkastisch. Kim kichert leise. Die anderen am Tisch beachten uns gar nicht.

Liam fährt mit seiner Zunge über seine Lippen, was mein Körper mit einem Ziehen in meinem Unterleib quittiert. *Hilfe. Was passiert mit mir?* Verwirrung macht sich in mir breit.

Ich atme tief durch.

„Ich liebe diesen Jungen jetzt schon. Sicher, dass du mich nicht heiraten willst?", fragt Kim mich und wackelt anzüglich mit den Augenbrauen.

„Nennen wir unseren ersten Sohn Son-Goku und ich mache dir auf der Stelle einen Antrag", gebe ich flapsig zurück und spiele damit erneut auf Dragon Ball an.

Sie hält sich die Hand auf ihr Herz und säuselt: „Ich bin verliebt!“

Ich lache losgelöst und bin froh, heute Abend noch hier gelandet zu sein. Die Anspannung, die mich beim Essen zu Hause begleitet hat, fällt immer mehr von mir ab.

Ich finde mich schnell in die Gespräche am Tisch ein, bin aber irritiert, dass mein Blick immer wieder zu Liam gleitet. Ihm scheint es mit mir ähnlich zu gehen.

Diese Situation ist surreal. Liam ist ... er ist ... gutaussehend. Aus einem mir unerfindlichen Grund bemerke ich, dass er verdammt gut aussieht. Phänomenal, ehrlich gesagt. Wieso denke ich dieses Adjektiv in Zusammenhang mit einem Typen? Da stimmt doch was nicht, mit *mir* stimmt irgendwas nicht. Liam fährt sich mit der Hand durch seine wuscheligen Haare und wirft mich damit komplett aus der Bahn.

Nicht hinsehen, Jamie!

Um meine Gedanken verstummen zu lassen, trinke ich einen Shot und zur Sicherheit noch einen zweiten.

„Woher kommst du?“, spricht Liam mich schließlich direkt an. „Du bist nicht von hier, oder?“

Ich räuspere mich. Irgendwie traue ich mir gerade selbst nicht. „Nein. Ich bin aus Kalifornien“, antworte ich, was Kim neben mir ein Quietschen entlockt.

„Du siehst auch aus wie ein Surferboy mit deinen blonden Haaren.“

Ich ziehe eine Augenbraue nach oben und sehe sie spöttisch an.

„Da muss ich dich leider enttäuschen. Surfen ist mir viel zu anstrengend. Ich bin eher der entspannte Typ.“

Stimmt nicht unbedingt, mir wird nur schnell langweilig.

„Was machst du dann in einem Club in Seattle, wenn du es eher entspannt magst?“, fragt Liam belustigt.

Sein letzter Satz klingt so zweideutig, dass ich mir auf die Unterlippe beiße. „Ich besuche meinen Dad, der mich in den Wahnsinn treibt, und brauchte dringend ein bisschen Alkohol, um ihn zu ertragen.“

„Na dann, prost!“

Ich nehme meine Bierflasche und stoße mit ihm an, bevor ich einen tiefen Schluck nehme. Dabei lasse ich ihn nicht aus den Augen. Sein Kiefer spannt sich an und die Adern an seinem Hals treten hervor, als er sein Bier herunterschluckt.

Halleluja!

Plötzlich fällt es mir schwer, mich zu konzentrieren.

Ich schaffe es dennoch, mich mit ihm zu unterhalten und finde heraus, dass er gerne Kurzgeschichten schreibt und hofft, nach seinem letzten Highschooljahr Literatur studieren zu können.

Ich muss grinsen, als mir klar wird, dass keiner von uns alt genug ist, um in einem Club zu trinken. Offensichtlich bin ich nicht der Einzige, der einen gefälschten Ausweis hat.

Sicherlich bin ich aber der Einzige, der sein Exemplar von seinem Vater bekommen hat.

Kapitel 3

Liam

Dieser Typ ist der Hammer!

Ich habe noch niemals jemanden wie ihn getroffen. Sein ganzes Wesen strahlt Selbstbewusstsein aus und ich bin mir eigentlich sicher, dass Jamie nicht schwul ist. Keine Ahnung, woher ich diese Überzeugung nehme. Mein Radar hat mich bisher jedoch niemals im Stich gelassen. Vielleicht ist es einfach Instinkt. Ob Jamie nun schwul ist oder nicht – ich springe unglaublich auf ihn an.

Er sitzt mir in seinem lockeren Kapuzenpulli gegenüber und unterhält unseren ganzen Tisch. Wann immer er mich ansieht, hat er ein freches Grinsen im Gesicht, während seine leuchtenden grünen Augen aufblitzen. Die blonden Haare heben sich von seiner gebräunten Haut ab, was ihn absolut unwiderstehlich macht.

Ich muss schon den ganzen Abend den Drang unterdrücken, über den Tisch zu klettern und mich auf ihn zu werfen. Sein Sarkasmus, den er alle paar Minuten zum Ausdruck bringt, gibt mir den Rest und sorgt dafür, dass ich mit einer Erektion hier herumsitze. Ich kann ihn gar nicht aus den Augen lassen.

„Hey, Jamie“, spreche ich ihn an und unterbreche so seine Unterhaltung mit Kim.

Er wendet sich mir grinsend zu, seine Wangen sind gerötet vom Alkohol, den er in sich reingeschüttet hat. Seine Augen sind glasig. Der Typ ist echt trinkfest. Hätte ich so viele Shots vernichtet wie er, würde ich bereits unter dem Tisch liegen und mir vermutlich die Seele aus dem Leib kotzen.

Er sitzt allerdings hier wie das blühende Leben und zieht abwartend eine Augenbraue hoch, als ich nichts sage.

Ich räuspere mich kurz.

Bitte, lass ihn schwul sein! Bitte, lass ihn schwul sein!

„Du bist doch nicht wirklich schwul, oder?"

Sein Grinsen wackelt nicht, als er die Arme verschränkt und sich näher zu mir lehnt.

„Wieso denkst du das?", fragt er herausfordernd.

Ich verziehe keine Miene. „Na ja, du wirkst auf mich eher so, als würdest du Frauen bevorzugen. Nenn es Intuition."

„Ich möchte deine Intuition ja nicht infrage stellen, aber ich denke kaum, dass du das beurteilen kannst, Liam."

„Ich bin selbst schwul, also kann ich das vielleicht doch." Gelassen zucke ich mit den Schultern und beobachte zufrieden, wie ein kurzer Schatten über sein Gesicht huscht. Ha, habe ich es doch gewusst – nicht schwul.

Umso überraschter bin ich, als er angriffslustig das Kinn nach vorne reckt und seinen Blick herausfordernd über mich wandern lässt. Er checkt mich ab und überall, wo seine Augen über mich hinweg gleiten, kribbelt mein Körper. Wow!

„Soll ich es dir beweisen?“, fragt er mich mit rauer Stimme.

Ein Schauer läuft über meinen Rücken.

„Wie willst du das anstellen?“

„Challenge accepted“, sagt er selbstsicher und seine Augen funkeln begeistert auf. Offensichtlich steht da jemand auf Herausforderungen.

Ehe ich weiter darüber nachdenken kann, steht Jamie auf und beugt sich über den schmalen Tisch. Er zieht mich am Halsausschnitt meines T-Shirts näher zu sich heran und presst seine heißen Lippen auf meine.

Heilige. Scheiße.

Ein Feuerwerk explodiert in meinem Körper und das, obwohl er nichts macht, außer seine Lippen auf meine zu drücken.

Die *Uhs* und *Ahs* meiner Freunde nehme ich kaum wahr, so konzentriert bin ich auf Jamie.

Der Kuss dauert nur wenige Sekunden und gerade, als ich ihn vertiefen will, lehnt er sich zurück.

Er sieht mich mit weit aufgerissenen Augen an, den Mund leicht geöffnet.

Anscheinend bin ich nicht der Einzige, der gespürt hat, was hier eben abgegangen ist. Bevor ich meine Lippen wieder auf seine legen kann, zieht er ruckartig den Kopf zurück und setzt sich neben Kim. Augenblicklich kehrt das freche Grinsen in sein Gesicht zurück. Einzig seine Augen verraten, dass ihn der Kuss genauso durcheinandergebracht hat wie mich.

„Beweis genug?“, fragt Jamie.

Mittlerweile haben wir die gesamte Aufmerksamkeit meiner Freunde.

„Beweis? Ja. Genug? Absolut nicht“, erwidere ich neckisch, beinahe herausfordernd.

Er beißt sich auf seine Unterlippe und ich muss mich wirklich zurückhalten keine weitere Regung zu zeigen.

Ich bin so dermaßen heiß, meine Erektion presst sich hart gegen meine Jeans.

„Tja, mehr wirst du leider nicht bekommen, Liam.“

Jamie hat seine Stimme gesenkt, sodass nur ich ihn hören kann.

Mein Lächeln wird breiter.

Challenge accepted.

Kapitel 4

Jamie

Fuck, fuck, fuck!

Die nächste halbe Stunde versuche ich meinen Körper wieder unter Kontrolle zu bekommen, wobei mir nur allzu bewusst ist, dass Liam mich die ganze Zeit nicht aus den Augen lässt.

Ich habe keine Ahnung, warum meine Reaktion auf einen harmlosen Kuss so heftig ist. Es war nur ein blöder Kuss und das noch nicht einmal mit Zunge. Trotzdem habe ich geschlagene zwanzig Minuten damit verbracht, an irgendwas Ekliges zu denken, damit mein Schwanz in meiner Hose endlich Ruhe gibt. Ich fühle mich wie ein vierzehnjähriger, hormongesteuerter Teenager.

Wieso nur bin ich auf die total bekloppte Idee gekommen, Liam zu küssen?

Ich könnte mich damit rausreden, dass ich es nur gemacht habe, um meinen Vater zu ärgern. Aber ich wollte Liam küssen. Für mich, nicht um irgendjemanden zu ärgern.

Wieso wollte ich ihn küssen?

Diese Frage lässt mir einfach keine Ruhe. Noch nie wollte ich einen Typen küssen. Na gut – fast nie. Ich bin mir aber nicht sicher, ob Shawn Mendes wirklich zählt. Jeder wollte schließlich schon mal Shawn Mendes ...

oder? Möglicherweise drehe ich gerade vollkommen durch.

Ich gebe mich gelassen und reiße einen Jamie-Witz nach dem nächsten, was irgendwie hilft. Und doch wieder nicht.

Aus dem Augenwinkel beobachte ich Liam. Sein dunkler Bartschatten zieht meinen Blick magisch an und ich kann nicht verhindern, dass ich mir vorstelle, wie er meine Brust küsst und dabei sein Bart über meine Haut kratzt.

Verdammt noch mal!

Ich schüttele den Kopf, um das Bild in meinem Kopf zu vertreiben, doch egal, was ich mache, ich bekomme es nicht mehr weg. Dass sich jetzt auch noch Shawn Mendes dazu stiehlt macht es keinesfalls besser.

Ruckartig stehe ich auf und murmele zu Kim: „Bin mal kurz für kleine Super Saiyajins."

Ich höre ihr Lachen hinter mir, als ich mich vom Tisch entferne und den Gang mit den Toiletten ansteuere.

Erleichterung durchflutet mich, als ich eine Tür am Ende ausmache, die in den Innenhof führt. Jedenfalls hoffe ich das. Ich stoße sie auf und atme erleichtert auf, als kühle Nachtluft mich empfängt. Neugierig sehe ich mich um und stelle fest, dass ich in einer kleinen Gasse gelandet bin. Mir gegenüber stehen einige Müllcontainer und neben mir stapeln sich ordentlich aufgereiht Getränkekisten. Direkt gegenüber ragt ein ähnliches Gebäude auf, wie das, in dem der Club liegt. Es wirkt lediglich etwas heruntergekommener.

Mein Herz klopft mir bis zum Hals, ich atme einmal tief ein. Ein Frösteln rinnt über meine Haut. Hier in Seattle ist es wirklich verflucht kalt. Kein Vergleich zu den kalifornischen Temperaturen, die ich sonst gewohnt bin.

Ein Zittern geht durch meinen Körper und ich bin mir nicht sicher, ob vor Kälte oder wegen dem, was eben in dem Club passiert ist.

Ich lehne mich gegen die Hausfassade und stöhne gequält auf.

Keine Ahnung, was mit mir los ist. Wie kann mich der Kuss mit einem Jungen nur so aus der Bahn werfen?

Ich kann mich nicht daran erinnern, dass mich auch nur ein Kuss mit Mia so unkontrolliert hat zittern lassen. Meine Güte, nicht mal nach dem Sex bin ich je so von der Rolle gewesen. Was soll das bedeuten? Mein Kopf ist ein einziges Chaos.

Der laute Knall der aufschwingenden Tür lässt mich zusammenfahren. Mir stockt der Atem, als ich die Person in der Dunkelheit ausmache. Liam. Ausgerechnet er muss in die kleine Gasse treten, in die ich mich geflüchtet habe. Mein Blick bleibt an ihm hängen.

Scheiße!

Mein Körper reagiert sofort, als mich ein heißes Prickeln überkommt.

Liam tritt näher zu mir, seine Hände in den Hosentaschen vergraben. Er trägt eine locker sitzende ausgeblichene Jeans und schwarze Chucks. Er ist kleiner als ich, aber nicht sehr viel. Seine ozeanblauen Augen leuchten in der Dunkelheit auf und bescheren mir eine Gänsehaut. Einzelne Strähnen seiner schwarzen Haare fallen ihm in die Stirn und ich muss dem Drang widerstehen, sie aus seinem Gesicht zu streichen. Wieso sieht er so gut aus?

„Was ist los? Was machst du hier draußen?“, fragt er mit seiner rauen Stimme, die sofort eine Gänsehaut über meinen Körper schickt.

„Brauchte nur etwas frische Luft.“ Meine Stimme klingt abgehetzt. Mein Herz klopft viel zu schnell in meiner Brust.

„Alles okay?“, fragt er und runzelt besorgt die Stirn.

O Gott.

Der freundliche, lächelnde Liam ist ja schon schwer genug zu ertragen, aber der besorgte und nachdenkliche Liam gibt mir den Rest.

Ich beiße mir auf meine Unterlippe. „Klar.“ Das Grinsen findet den Weg zurück in mein Gesicht. Erleichtert weicht Spannung aus meinen Schultern, als er mir ein Lächeln schenkt und einen großen Schritt auf mich zumacht.

„Also dieser Kuss ... Was war das gerade?“

„Was? Kommst du nicht damit zurecht, dass so eine Granate wie ich dich einfach küsst?“ Ich ignoriere die Tatsache, dass eigentlich ich es bin, der hier durchdreht und nicht er. Und dass die Aussage irgendwie bescheuert ist, aber mein Mund redet ohne mein Einverständnis.

Liam lacht leise und das Geräusch ist Musik in meinen Ohren. Ich könnte ihm den ganzen Tag dabei zuhören. Er leckt sich über die Lippen und ich muss mir erneut auf meine beißen. Ich will ihn wieder küssen. So unbedingt!

Was ist schon dabei?

Ich stehe nicht auf Typen, aber ich kann auf keinen Fall abstreiten, dass Liam mich total anturnt.

Es ist nur ein Kuss, oder? Außerdem habe ich ja beschlossen, für den heutigen Abend schwul zu sein, also bin ich es – ein einziges Mal, nur so zum Spaß. Und um Dad zu ärgern.

Ich weiß genau, dass das eine dieser blöden Jamie-Ideen ist, die ich später bereuen werde, aber mir fällt absolut kein Grund ein, warum ich an meinem Nur-einmal-schwul-Abend nicht zweimal einen Jungen küssen sollte. Es ist nur ein Kuss.

„Du bist nicht wirklich homosexuell, oder?", stellt Liam die Frage von vorhin erneut. Wieder hat er diesen nachdenklichen Blick aufgesetzt und es berührt mich, dass er mich durchschaut.

Aber ich bin es eben doch – für heute.

Als ich mich ein Stück von der Wand abstoße und so unseren Abstand auf nur wenige Zentimeter verringere, reißt er überrascht die Augen auf. Ich gebe ihm keine Zeit zu reagieren, genauso wenig, wie ich mir selbst Zeit gebe. Ich kralle mich in sein schwarzes T-Shirt, ziehe ihn zu mir heran und presse meine Lippen hungrig auf seine.

Mein Herz rast unkontrolliert und droht mir jede Sekunde aus der Brust zu springen. Die Schmetterlinge in meinem Bauch laufen Amok. Dieser Kuss fühlt sich unheimlich gut an. Meine Lippen brennen. Selbst wenn ich es wollen würde, ich habe keine Chance mich zurückzuziehen. Sekundenschnell liegen Liams Hände auf meinen Hüften und ziehen mich näher zu ihm heran. Überall, wo er mich berührt, brennt meine Haut.

Ohne darüber nachzudenken, öffne ich meine Lippen und schiebe meine Zunge in seinen Mund. Als ich seine berühre, stöhne ich tief auf.

Okay. Panik.

Ich ziehe meinen Kopf zurück und blicke ihn mit aufgerissenen Augen an.

„O Gott“, flüsterte ich, mein Gesicht nur wenige Zentimeter von seinem entfernt. Mein Atem geht stoßweise. Was tue ich hier? Ich mache eindeutig mit Liam rum. Ich finde ihn attraktiv. Sehr attraktiv. Ist das was Gutes oder was Schlechtes?

„Alles in Ordnung?“, erkundigt er sich und hat schon wieder diesen besorgten Tonfall.

Scheiß drauf!

Blitzschnell wirbele ich ihn herum, sodass er zwischen mir und der Hauswand eingeklemmt ist. Sein kehliges Stöhnen direkt an meinem Mund sendet Stromstöße durch meinen Körper und sorgt dafür, dass ich hart werde. Schon wieder. Wegen einem Kerl.

Meine Hände gleiten seinen Oberkörper entlang und erkunden jeden seiner harten Bauchmuskeln durch das T-Shirt. Seine Haut ist straff und fühlt sich dennoch seidenweich unter meinen Fingerspitzen an.

Ich presse meinen Körper noch dichter an seinen und drücke meinen Oberschenkel zwischen seine Beine. Seine Erektion ist durch die Hose spürbar und ich werde mit einem weiteren Stöhnen belohnt, als ich genau den richtigen Druck ausübe. Zeitgleich sorgt die Reibung auch an meiner Härte dafür, dass ich beinahe durchdrehe.

O mein Gott, das hier ist heiß. Ich bin vollkommen von Sinnen.

Liam küsst meinen Hals und gleitet mit seiner Zunge über die Kuhle an meinem Schlüsselbein. Ruckartig dreht er mich herum, sodass ich nun zwischen ihm und der Hauswand eingeklemmt bin. Das ist verdammt sexy.

„Heilige Scheiße", stoße ich wimmernd hervor. Meine Knie sind weich und ich kralle mich an ihm fest. „Shit, ich brauche …", beginne ich meinen Satz, vollkommen unfähig ihn auch zu Ende zu sprechen. Die Gefühle drohen mich zu überwältigen. „Warte, Liam." Erneut bricht leichte Panik in mir aus.

Ohne zu zögern, lässt er von mir ab und sorgt dafür, dass etwas Raum zwischen uns ist. Ein Gefühl von Sicherheit umgibt mich.

Aufmerksam mustert er mich. Seine Lippen sind rosig und leicht geschwollen, was ihn nur noch umwerfender macht.

„Zu schnell?", fragt er atemlos.

„Ich …", stammele ich. „Keine Ahnung." Meine Gedanken wirbeln durcheinander. Ich bin mir nicht mehr sicher, was ich will. Stehe ich auf Männer?

„Es ist alles gut", versichert Liam mir. „Wir müssen uns nicht küssen. Wir können uns einfach unterhalten." Seine erhitzten Wangen verraten, dass er mehr tun will als das, aber dennoch bin ich mir sicher, dass er sofort aufhören würde, wenn ich ihn darum bitte. Mein Innerstes beruhigt sich langsam. Wir können jederzeit aufhören. Ich muss nicht darüber nachdenken, was das hier bedeutet. Ich kann ihn einfach küssen.

Wärme schleicht sich in mein Herz.

„Ich will mich nicht unterhalten", stelle ich klar, wenngleich meine Stimme dünn und zögerlich klingt.

Ein Lächeln umspielt Liams Wundwinkel. „Also darf ich dich wieder küssen?"

Ich. Sterbe. Wieso weiß er genau, was er sagen muss?

„Küss mich."

In Sekundenschnelle presst Liam seine Lippen auf meine und unsere Zungen liefern sich ein heißes Duell miteinander. Ich bemerke kaum, wie er mich dabei von der Wand weg und in die entgegengesetzte Richtung schiebt.

Er unterbricht unseren Kuss nicht, als ich ein leises Klimpern vernehme und er einen Schlüssel aus seiner Hosentasche zieht.

Überrascht stelle ich fest, dass wir uns in einem kleinen Hauseingang befinden, den ich vorher gar nicht wahrgenommen habe. „Was tust du?", frage ich dicht an seinen Lippen.

„Ich will dich nicht in einer Gasse küssen. Wenn du willst, können wir zu mir." Erschrocken atme ich ein. Zu ihm? Allein?

Liam schenkt mir ein beruhigendes Lächeln und ich ermahne mich selbst, schließlich können wir jederzeit aufhören. Wir küssen uns einfach nur, weil ... weil es sich so verdammt gut anfühlt und ich jetzt gerade nicht anderes tun will als das.

„Okay. Lass uns zu dir gehen", stimme ich leise zu.

Wir küssen uns erneut und lösen uns nicht mehr voneinander, auch nicht, als wir die kleine Treppe hinauf zur Haustür stolpern. Wie wir das, ohne hinzufallen, schaffen, weiß ich selbst nicht.

Liam drückt mich gegen die verblichene Tür aus Holz und küsst meinen Hals, während er neben mir den Schlüssel in das Türschloss steckt. Gekonnt öffnet er die Tür und lotst mich zu einem kleinen Zimmer, dessen Tür er hinter sich zutritt. Ich trete einen Schritt von ihm zurück und fahre mit den Fingern durch meine Haare. Meine Hand zittert leicht. Das Zimmer ist klein, aber unheimlich ordentlich. Ein Bett, ein Schreibtisch, ein Bücherregal. Das war's. Ich sehe zu Liam, dessen Brust sich schnell hebt und senkt.

Ich will ihn!

Das ist das Einzige, woran ich im Augenblick denken kann. Sämtliche Konsequenzen schiebe ich so weit es geht von mir. Ich will ihn küssen, also werde ich ihn küssen. Entschlossen gehe ich auf ihn zu, greife nach seiner Hand und schiebe ihn zu seinem Bett. Schwungvoll schubse ich ihn.

Liam sieht aus schweren Lidern zu mir auf tritt sich schnell die Schuhe von den Füßen. Ich tue es ihm gleich und bin kurz darauf direkt über ihm.

Ich drücke meinen Oberschenkel an seine Härte und verschmelze meine Zunge wieder mit seiner. Wir stöhnen beide auf und ich schiebe meine Hände unter sein Shirt, um seine nackte Haut zu berühren.

„Du fühlst dich so gut an", murmelt er und schiebt dabei meinen Pullover ein Stück nach oben, fährt mit den Fingerspitzen über die Haut an meinem Hosenbund. Ein Schauer jagt über meinen Körper.

Ich setze mich auf und ziehe mir den Pulli mitsamt T-Shirt über den Kopf. Danach kümmere ich mich darum, dass auch er sein Shirt verliert.

Liam ist perfekt. Schlank, dennoch mit klar definierten Bauchmuskeln, die ich mit meinen Fingern nachzeichne, bevor ich sanfte Küsse darauf verteile. Er stöhnt und biegt seinen Rücken durch. Wir haben eindeutig immer noch zu viel an.

Ich fummele am Verschluss seiner Hose herum und es dauert gefühlt eine Ewigkeit, bis ich sie endlich aufbekomme. Er hebt seinen Hintern leicht an, wie um mir zu helfen und ich zerre ihm ungeduldig die Hose vom Körper. Meine Hände zittern, was er zu bemerken scheint, denn er nimmt sie kurz in seine und zieht mich dichter zu sich heran. Mit dem Daumen malt er kleine Kreise auf meinen Handrücken. Sonst wartet er ab, überlässt mir den Spielball. Und irgendwie brauche ich dieses Gefühl.

Ich knie über ihm und nehme mir eine Sekunde, um Liam zu betrachten. Diesen Anblick von ihm, nackt und perfekt, speichere ich mir in Gedanken ab, weil es so heiß ist, dass ich nicht vorhabe, ihn jemals wieder zu vergessen.

Mit der Zunge folge ich einer unsichtbaren Spur an seinem Körper. Am Bund seiner Boxershorts halte ich inne, zögere kurz. Das hier ist eine Grenze. Will ich sie überschreiten?

Ja.

Entschlossen schiebe ich ihm die Unterwäsche von den Hüften und werfe sie achtlos hinter mich. Seine hervorstehen Beckenknochen bringen mich vollkommen um den Verstand und sein … o mein Gott. Mein Mund öffnet sich leicht und ich merke, wie ich erröte. Ich schlucke ein paar Mal, als mich ein heftiges Gefühl von Unsicherheit überkommt.

Dennoch kann ich den Blick nicht von seiner Härte abwenden. Langsam strecke ich den Arm aus und umfasse ihn schließlich mit der ganzen Hand. Krass. Mein Herz explodiert in meiner Brust.

Liam keucht auf und stöhnt heftig, während er mir sein Becken entgegenstreckt.

Fuck. Das ist heiß.

Zaghaft schiebe ich meine Hand auf und ab und fahre mit der anderen seine Seite entlang. Ich küsse seine Brust und nehme eine seiner Brustwarzen in den Mund. Sanft sauge ich daran und nehme zufrieden zur Kenntnis, wie er sich unter mir windet. Ich kann ein Grinsen nicht unterdrücken und sehe ihn schließlich an, komme seinem Gesicht wieder dichter. Plötzlich habe ich das Gefühl, dass er in meinem Blick meine Unsicherheit lesen kann. Kann er? Liam greift nach meiner unteren Hand und zieht sie nach oben, legt sie auf seiner Brust ab. Ein paar Augenblicke sehen wir uns in die Augen. Von unserem schweren Atem und meinem hämmernden Herzschlag abgesehen höre ich nichts. Ich spüre eine Vertrautheit, die keinen Sinn ergibt. Immerhin kennen wir uns nicht.

„Wenn du das hier noch nie gemacht hast", setzt Liam mit leiser Stimme an, doch ich unterbreche ihn schnell.

„Ich bin keine Jungfrau", stelle ich klar. „Ich bin ..." Stockend ringe ich um Worte.

„Aufgeregt?", schlägt er vor.

Ich halte kurz inne, nicke aber schließlich. „Ja. Ich bin ziemlich aufgeregt. Ist das schlimm?" Plötzlich fühle ich mich dumm.

Liam legt eine Hand an meine Wange. „Jamie, wir müssen gar nichts tun, was du nicht willst. Und aufgeregt bin ich auch. Du bist hinreißend und ich will nichts falsch machen."

Überrascht weiten sich meine Augen. „Wirklich?"

Er kichert leicht. „Ja. Wirklich."

Ich drücke einen kleinen Kuss auf seinen Mundwinkel.

„Dann können wir ja zusammen aufgeregt sein", hauche ich an seinem Ohr. Liam erschauert unter mir.

Ruckartig reißt er mich herum und nun bin ich es, der unter ihm liegt. Die Kraft, mit der er mich bewegt hat, ist so unglaublich sexy und macht mich mehr an, als ich es je für möglich gehalten hätte.

„Du willst nicht aufhören?", vergewissert er sich mit kehliger Stimme.

Ich schlucke schwer. Aufhören ist keine Option mehr. Glaube ich.

„Auf keinen Fall."

Sofort widmet Liam sich meiner unteren Hälfte und schafft es wesentlich schneller, mir die Hose auszuziehen. Kurz darauf liege ich splitterfasernackt in seinem Bett. Wenigstens das löst keinerlei Unbehagen in mir aus. Mit meinem nackten Körper bin ich sehr zufrieden.

Liam beugt sich wieder über mich und verteilt Küsse auf meiner Brust. Ich vergrabe meine Hände in seinem Haar und stöhne kehlig, während er den Weg mit seiner Zunge in Richtung meiner Bauchmuskeln fortsetzt.

Mein Körper steht in Flammen.

Behutsam küsst Liam meine Leiste, was mich ihm mein Becken entgegenstrecken lässt.

Nur einen Sekundenbruchteil später ist er endlich da, wo ich ihn die ganze Zeit haben will. Ich halte inne, bin unfähig mich zu bewegen. Adrenalin pumpt durch meine Venen, weil ich so scheiß aufgeregt bin. Meine Augen folgen jedem von Liams Bewegungen. Er tastet sich mit seiner Zunge vor und umspielt meine Eichel. Zischend atme ich ein. Verdammt, fühlt sich das gut an. Dann, endlich, nimmt er mich vollständig in den Mund.

„O mein Gott“, stöhne ich tief, während ich meinen Kopf ins Kissen drücke und die Augen verdrehe. Meine Hände finden wieder seine Haare und ich ziehe leicht daran. Möglich, dass ich nicht mehr weiß, wohin mit mir.

Liam leckt und saugt an mir, was mich Sterne sehen lässt. Bevor das Ganze allerdings zu schnell endet, treffe ich eine Entscheidung und schiebe ihn von mir.

„Bitte sag mir, dass du Kondome hast“, murmele ich kurzatmig. Meine Stimme zittert. Ich kann nicht fassen, dass ich diese Frage stelle. Aber das habe ich.

„Nachttisch.“ Liam sieht abwartend zu mir herunter.

Ich setze mich auf, brauche dringend etwas zu tun, damit ich jetzt nicht durchdrehe. Der besagte Nachttisch erscheint in meinem Blickfeld und ich greife nach der obersten Schublade. Erleichtert atme ich auf, als ich nicht nur Kondome, sondern auch Gleitgel finde.

Es ist tatsächlich nicht das erste Mal, dass ich Analsex haben werde, es ist eben nur das erste Mal mit einem Mann.

O Gott. Sex. Mit einem Kerl. Erneut schlägt mein Herz Purzelbäume in meiner Brust. Mein Herzschlag dröhnt ohrenbetäubend laut in meinen Ohren. Ich halte ein paar Sekunden inne. Letzte Chance für einen Rückzieher.

Fuck, ich will das hier!

Mein Blick findet den von Liam. „Ist es okay für dich, wenn ich …“, setze ich an und hoffe darauf, dass er versteht, was ich meine.

Über sein Gesicht zuckt ein niedliches Lächeln, als er nickt. Erleichtert stoße ich den Atem aus. Wenn *ich* mit *ihm* schlafe, fühle ich mich sicher. Andersherum kann ich es mir nicht einmal vorstellen.

Ich drehe Liam auf die Seite und presse mich von hinten an seinen Körper. Er erzittert, als ich seine Schultern küsse und mit der Hand über seinen Rücken fahre. Schließlich gelange ich zu seinem festen Hintern und knete sanft seine Pobacken. Ein Stöhnen löst sich aus seiner Kehle.

Trotz des leichten Zitterns meiner Hand, verteile ich Gleitgeld auf meinen Fingern und beginne damit, ihn vorzubereiten. Aus Erfahrung weiß ich, dass man das hier langsam angehen muss.

Ich nehme mir Zeit und gehe bedacht vor. Keinesfalls möchte ich ihm wehtun. Die Geräusche, die er ausstößt, zeigen mir, dass ich meine Sache ganz gut zu machen scheine.

Irgendwann greife ich nach dem kleinen Päckchen, reiße es mit den Zähnen auf und rolle kurz darauf das Kondom über meinen Penis.

Ich bringe mich in Position und schiebe mich ganz langsam ein Stück in ihn hinein, auch wenn ich mich am liebsten schneller bewegen würde.

„Fuck!", keuche ich erregt und versuche, meine Atmung unter Kontrolle zu halten. Das fühlt sich so verdammt gut an.

„Hör auf dich zurückzuhalten", stöhnt Liam vor mir, was mir die mühsam errichtete Eigenkontrolle nimmt. Jetzt handelt mein Körper allein.

Liam hebt sein Becken an und ich versenke mich komplett in ihm, was uns gemeinsam keuchen lässt.

Ich ziehe mich zurück, stoße erneut zu und bin mir absolut sicher, im Himmel angekommen zu sein. Wie von selbst finde ich zu einem schnellen Rhythmus. Schwungvoll drehe ich drehe Liam auf den Bauch und küsse seinen Rücken, während ich mein Becken immer wieder vor und zurück schiebe. Lange halte ich das nicht mehr durch, der Sturm braut sich bereits in mir zusammen. Dennoch halte ich mich zurück, weil ich unbedingt zuerst sehen muss, wie Liam kommt.

Sanft beiße ich in seinen Nacken.

„Komm für mich, Liam", flüstere ich mit vor Erregung rauer Stimme in sein Ohr.

„Heilige Scheiße, Jamie", knurrt Liam, während sich sein Körper anspannt. Zufrieden beobachte ich, wie er sein Gesicht ins Kissen drückt, als er kommt, was schließlich auch mich in den Abgrund reißt.

Keuchend breche ich auf ihm zusammen und drücke meine Wange an seinen Rücken, während wir beide wieder zu Atem kommen.

Ich erblicke einen Mülleimer unter dem Schreibtisch direkt neben dem Bett und ziehe mich aus ihm zurück, um das Kondom loszuwerden.

Liam dreht sich auf den Rücken und sieht mich entgeistert an.

„Wow!“, presst er hervor, bevor er seinen Kopf erschöpft ins Kissen sinken lässt.

Ich lasse mich neben ihn fallen, küsse ihn noch einmal sanft und lege meinen Kopf auf seiner Schulter ab.

Es muss bereits tief in der Nacht sein und ich bin scheißmüde. Gleichzeitig bin ich nach dem Sex so unglaublich entspannt, dass mir sofort die Augen zufallen.

Nur ein paar Minuten.

Kapitel 5

Jamie

Zwei Monate später

Frustriert schmeiße ich mein T-Shirt vor mein Bett und lasse mich erschöpft darauf fallen. Ich bin eben eine Runde am Strand gejoggt und nun völlig am Ende, dabei ist es gerade mal zehn Uhr morgens. Wer hätte gedacht, dass ich – Jamie Hastings – jemals mit dem Joggen anfangen würde? Aber das ist momentan mein einziger Ausgleich und macht meinen Kopf frei.

Wie jeden Tag in den letzten zwei Monaten bin ich völlig durcheinander aufgewacht. Jede Nacht habe ich so intensive Träume von Seattle ... von ihm, dass jeder Morgen eine einzige Qual ist. Dabei wünsche ich mir nichts sehnlicher, als diese blöde Nacht endlich zu vergessen. Gleichzeitig tue ich so, als wäre sie niemals passiert. Auch der ursprüngliche Plan, Dad von meinem Kuss zu erzählen, hatte sich in der Sekunde erledigt, als ich mitten in der Nacht vor Liam geflohen war. Es war eben nicht nur ein Kuss. Und ich bin seitdem völlig von der Rolle. Ich wollte Dad ärgern, aber nicht, dass er ... mich hasst. Niemals werde ich irgendjemandem davon erzählen.

Ohne meine Verdrängungstaktik würden mich die Schuldgefühle außerdem auffressen. Es ist zwar nicht so, dass ich Mia betrogen habe, immerhin waren wir zu diesem Zeitpunkt nicht zusammen, aber dennoch ... Ich fühle mich wie das größte Arschloch! Immerhin habe ich ihr nichts davon erzählt, obwohl wir mittlerweile wieder zusammen sind. Irgendwie zumindest. Was mich zu der Frage bringt, warum ich es ihr nicht sagen kann und weshalb es für mich überhaupt so ein großes Ding ist. Um mich nicht mit dem Warum zu beschäftigen, laufe ich.

Verdrängung lautet die Devise und irgendwann wird es mir schon gelingen.

Ich stehe auf, laufe durch mein großes Zimmer und nehme die drei Stufen hinunter, die in meinen kleinen Chillbereich führen. Eine große, helle Couch und mein Fernseher inklusive Playstation stehen hier, aber das, was mein Zimmer zu meinem liebsten Platz auf der Welt macht, ist der Ausblick. Ein Panoramafenster nimmt die gesamte Wand ein und gibt den Blick auf den Pazifik frei.

Ich lasse mich auf die Couch plumpsen und sehe den Wellen dabei zu, wie sie an den Strand spülen. Unser Haus steht leicht erhöht und von unserer Veranda führt ein Steg direkt zum Strand von Oceanside.

Ich liebe diese Gegend und kann mir nicht vorstellen, woanders zu leben. Wenigstens das hat mein Dad hinbekommen. Er hat genug Geld verdient, um dieses Haus zu kaufen, als ich noch klein war, und nach der Scheidung ist es an meine Mom und mich gegangen.

Ich versuche nicht über den heutigen Tag nachzudenken, scheitere aber kläglich bei dem Versuch. Vor einer Woche hat meine Mom mir eröffnet, dass ihr neuer Freund Jeff mit seinem Sohn bei uns einziehen wird.

Ich habe es zunächst für einen Scherz gehalten, aber zu meinem Leidwesen hat sie es bitterernst gemeint. Ich habe immer wieder auf sie eingeredet und versucht sie umzustimmen, aber sie hat diese Entscheidung getroffen – ohne mich.

Noch immer kann ich nicht verstehen, wie meine Mom mir das antun kann. Wir haben doch ein gutes Leben, verdammt noch mal. Wie kann man das zerstören, indem man zwei Fremde in sein Haus holt? Na ja, gut, fremd sind sie eigentlich nur für mich, aber trotzdem.

Heute Nachmittag werden Jeff und sein Sohn Liam bei uns einziehen. Allein die Tatsache, dass er Liam heißt, nervt mich so ungemein, dass ich den Typen jetzt schon nicht leiden kann. Es gibt so verflucht viele Namen auf diesem Planeten, wieso muss es ausgerechnet Liam sein? Dass er im gleichen Alter ist wie ich und ich ihn auch noch in der Schule an der Backe haben werde, macht es auch nicht besser.

Ich will keinen Bruder, ich bin schon immer ein zufriedenes Einzelkind gewesen. Außerdem ist meine beste Freundin Macey quasi meine Schwester und mit der habe ich schon genug zu tun.

Ich reiße mich vom Anblick des Strandes los und stehe auf. Dabei ignoriere ich meine brennenden Muskeln. Schlurfend setze ich meinen Weg in das angrenzende Badezimmer fort, das mein Zimmer mit dem Nebenzimmer verbindet. Das im Übrigen auch mal mir gehört hat. Ab heute gehört es meinem Stiefbruder.

Ich ziehe meine Sporthose aus und gehe unter die Dusche. Nicht mal das warme Wasser hilft mir dabei, mich ein bisschen besser zu fühlen. Seufzend stelle ich es ab und trockne mich so schnell wie möglich ab. Nackt gehe ich zurück in mein Zimmer, greife nach einer frischen Boxershorts und schlüpfe hinein. Danach ziehe ich mir eine lockere graue Sweatpants und meinen Dragon Ball-Pullover an, auch, wenn es für Anfang Oktober noch ziemlich warm draußen ist. Da ich aber eine Frostbeule bin, friere ich total schnell. Alle Temperaturen unter zwanzig Grad sind für mich schon eisig.

Seufzend mache ich mich auf den Weg nach unten in die Küche.

Ich fülle mir eine Schale mit Choco-Pops, schnappe mir einen Kakao und setze mich an den Küchentresen. Kurze Zeit später kommt meine Mom ins Zimmer und drückt mir einen Kuss aufs Haar.

„Guten Morgen, mein Schatz, heute ist der große Tag. Wie fühlst du dich?", fragt sie mich, während sie sich eine Tasse Kaffee eingießt.

„Wundervoll. Ich bin so aufgeregt, Mom. Ich konnte die ganze Nacht nicht schlafen, ich habe mir immer einen Bruder gewünscht." Theatralisch greife ich mir an die Brust.

Meine Mom lacht fröhlich. „Wenn du schon wieder sarkastisch sein kannst, dann bin ich zuversichtlich. Das Geschrei letzte Woche hat mir fast ein bisschen Angst gemacht."

„Ach was. Es ist ja auch gar nicht merkwürdig, seinem absolut perfekten Sohn erst eine Woche vorher zu sagen, dass er bald mit Fremdem zusammenwohnen muss." Unbeirrt nehme ich einen weiteren Löffel Choco-Pops und schlürfe meinen Kakao.

„Sie sind nicht fremd. Jeff ist großartig, das wirst du schnell feststellen und Liam wirst du auch mögen“, versichert sie mir und streicht mir sanft über die Hand.

Bei dem Namen Liam zucke ich kaum merklich zusammen.

Schweigend esse ich weiter, als meine Mom noch hinzufügt: „Sie werden gegen vier Uhr hier sein, sei also bitte rechtzeitig zu Hause.“

Nur über meine Leiche.

„Tut mir leid, Mom. Macey hat mich gebeten, ihr bei dieser Sache zu helfen.“

„Diese Sache? Was für eine Sache?“ Mit hochgezogenen Augenbrauen sieht sie mich prüfend an.

„Ach, das ist so eine Mädchensache, viel zu privat.“

Meine Mom gluckst. „Okay, und weswegen braucht sie dann dich, wenn es eine private Mädchensache ist?“

„Ach bitte. Es gibt keine Mädchensache von Macey, über die ich nicht im Bilde bin. Mit privat meine ich, dass sie außer mir nun wirklich niemanden etwas angeht. Du weißt, wie schüchtern Macey ist.“

Jetzt lacht Mom herzlich auf und wischt sich die Tränen aus den Augenwinkeln. „Ja, ich weiß, schrecklich schüchtern.“ Natürlich glaubt sie mir kein Wort.

Ich grinse frech und trinke meinen Kakao weiter.

Fakt ist, dass ich die beste Mutter habe, die man sich wünschen kann. Sie tut alles für mich, erkennt meine Stimmungen und macht all meine Eskapaden mit, ohne mir wirklich böse zu sein. Sie versteht mich, wie es sonst nur Macey kann und wie es nicht einmal Mia hinbekommt. Das ist auch der einzige Grund, warum ich so schnell nachgegeben habe, als Mom mir von dem

Einzug berichtet hat. Dieser Jeff scheint sie gut zu behandeln. Die beiden sind erst seit ein paar Monaten zusammen, aber seitdem strahlt meine Mutter unentwegt. Dieses Fernbeziehungs-Ding war nichts für sie beide, also haben sie sich entschieden, ins kalte Wasser zu springen. Jeff hat sich hierher versetzen lassen und zieht jetzt bei uns ein. Eigentlich ist es echt süß.

Kennengelernt haben die beiden sich vor einer Weile, als Mom ein Mädels-Wochenende in San Francisco verbracht hat. Er hat dort irgendein Konzert besucht und am Abend sind sie in einer Bar quasi ineinander gestolpert. Oder Mom vielmehr in Jeff, da sie ihr Bier über ihn gekippt hat. Manchmal ist sie etwas tollpatschig.

„Guten Morgen", hallt die Stimme meiner besten Freundin Macey durch unsere Küche, als sie sich durch die Seitentür, die auf die Veranda führt, schiebt. Etwas, das sie immer tut. Ich kann mich gar nicht erinnern, dass sie überhaupt mal unsere Haustür benutzt hätte.

Meine Mom wünscht ihr lächelnd einen guten Morgen und bekommt einen Kuss auf die Wange gedrückt.

Macey trägt ihre lockigen braunen Haare zu einem Zopf. Sie steckt in einer kurzen Jeans, hat bunte Vans an den Füßen und ein lockeres gelbes Top an, das ihren Körper dennoch betont.

Sie kommt zu mir und schlingt von hinten die Arme um mich, um sich dann an mich zu drücken.

Die meisten Leute sind immer verwundert darüber, wie nahe wir uns stehen, aber ich kenne Macey schon seit ich denken kann. Da ist nichts Sexuelles zwischen uns, sie ist eben einfach meine beste Freundin.

Ich lehne meinen Kopf an ihre Schulter und reiche ihr meinen Kakao, den sie mir gierig aus der Hand reißt.

„Ich habe Jamie eben erzählt, dass Jeff und Liam heute gegen vier ankommen werden. Bist du dann auch hier?", fragt meine Mom sie. Sie versucht immer wieder uns gegeneinander auszuspielen, hat es aber offensichtlich immer noch nicht gelernt.

„Oh, tut mir leid, Beverly. Ich habe da diese Sache, bei der Jamie mir dringend helfen muss", sagt Macey mit einem entschuldigenden Lächeln.

Ich grinse breit. Die meiste Zeit teilen Mace und ich quasi das gleiche Gehirn. Sie weiß, was ich denke, und ich weiß, was sie denkt. Wir hauen uns regelmäßig gegenseitig aus unangenehmen Situationen heraus.

Meine Mom seufzt laut auf und hebt entwaffnend die Hände. „Okay, fein. Welche Sache?", hakt sie weiter nach.

„Das ist so eine Mädchensache, sehr privat. Tut mir leid." Macey sieht todernst aus und verzieht keine Miene.

Ich beiße mir auf die Lippen, um nicht loszulachen.

„Ihr beiden macht mich fertig! Na schön, ich gebe auf."

Das fassen Macey und ich als Wink auf, um zu gehen. Ich schnappe mir mein Portemonnaie und meine Sonnenbrille und wir verlassen lachend das Haus.

Kapitel 6

Liam

Irgendwie habe ich mir bei meiner Ankunft in Kalifornien besseres Wetter vorgestellt. Als wir den Flughafen verlassen haben, hat die Sonne noch strahlend hell geschienen. Jetzt stehe ich in meinem neuen Zimmer mit dem atemberaubenden Blick auf das Meer und beobachte die dunklen Wolken, die sich zusammenbrauen. Hoffentlich ist das kein schlechtes Zeichen.

Ich sehe mich in meinem neuen Zimmer um, das kein Vergleich zu meinem früheren ist. Es ist fast so groß wie unsere alte Wohnung, was mich etwas verunsichert. Dad muss wirklich untertrieben haben, was den Reichtum der Hastings betrifft. Hoffentlich ist mein neuer Stiefbruder kein verwöhnter Schnösel, der glaubt etwas Besseres zu sein.

Als mein Vater mich vor ein paar Wochen gefragt hat, ob ich mir vorstellen könnte nach Kalifornien zu seiner neuen Freundin Beverly zu ziehen, hätte ich am liebsten laut Nein gerufen. Ich habe es natürlich nicht getan, wie könnte ich?

Meine Mutter ist gestorben, als ich zwei Jahre alt war und seitdem gibt es nur Dad und mich. Beverly ist die erste Frau, die er wieder an sich heranlässt, und die erste Frau, in die er sich, seit Moms Tod, verliebt hat.

Sie bedeutet ihm so viel, das kann ich jedes Mal sehen, wenn er sie anlächelt.

Ich weiß, dass mein Dad sofort für mich auf diesen Umzug verzichtet hätte, aber es wäre einfach nicht fair gewesen. Der letzte Umzug ging auf meine Kappe und jetzt ist eben er dran. Außerdem bin ich sowieso im letzten Highschooljahr und werde nächsten Sommer aufs College gehen.

Kim ist allerdings nicht sonderlich begeistert darüber, dass ich nicht mehr in Seattle wohne und auch ich vermisse meine beste Freundin bereits jetzt schon schrecklich.

Ich mache ein Foto von dem Ausblick auf das Meer und schicke es ihr. Sie sendet mir einen Mittelfinger-Emoji zurück, was mich auflachen lässt.

Die Umzugsleute haben die Kartons mit meinen Sachen bereits in mein Zimmer gestellt und ich beginne damit sie auszuräumen. Das meiste sind ohnehin Kleidung und Bücher, denn viel mehr brauche ich nicht. Mein Klamottenstil beläuft sich auf Jeans und schlichtes T-Shirt, weshalb ich auch beim Einräumen in den Schrank nicht lange brauche.

Als ich fertig bin, sehe ich keinen Grund mehr, mich in meinem Zimmer zu verstecken und schlüpfe zur Tür heraus. Ich gehe die Treppe nach unten und durchquere den großen Flur. Schon von hier aus höre ich das glückliche Lachen von Beverly und meinem Dad. Sie stehen gemeinsam in der Küche und kochen.

Beverly rührt in einem Topf herum und hebt den Kochlöffel an die Lippen meines Dads, um ihn probieren zu lassen. Seine Augen leuchten. „Perfekt."

Ob er damit wirklich das Essen meint, wage ich zu bezweifeln. Sie lächelt ihn strahlend an und gibt ihm einen leichten Kuss auf die Lippen.

Ich stehe im Türrahmen und sehe den beiden zu, wie sie wie eine perfekte Einheit in der Küche hantieren. Für das hier hat sich der ganze Umzug gelohnt. Wir sind erst seit zwei Stunden in diesem Haus und ich habe meinen Vater noch niemals so glücklich erlebt.

Jetzt muss nur noch mein Stiefbruder mitspielen und dann wird das alles schon hinhauen. Apropos Stiefbruder.

„Wo ist eigentlich Jamie?", frage ich lässig und tue so, als würde dieser Name nichts bei mir auslösen. Dabei ist natürlich das Gegenteil der Fall.

Beverly dreht sich zu mir um und wirft mir ein entschuldigendes Lächeln zu. „Er schafft es leider nicht zum Essen, tut mir leid. Du wirst ihn später kennenlernen."

Ich runzle die Stirn. Die Tatsache, dass er ernsthaft nicht hier sein wird, um mich und meinen Vater zu begrüßen, bestätigt meine schlimmste Vermutung – verzogener, reicher Bengel.

Dad runzelt ebenfalls die Stirn. „Er wird nicht hier sein?" Die Enttäuschung ist ihm anzuhören und versetzt mir einen kleinen Stich.

Beverly streichelt seinen Arm. „Nein, Schatz. Gib ihm ein paar Tage, um alles zu verdauen, das waren in der letzten Zeit recht viele Veränderungen für ihn. Er macht das auf seine Weise, das tut er immer."

Dad nickt zögerlich, sieht aber nicht sonderlich überzeugt aus. Das bin ich im Übrigen auch nicht.

Dad drückt mir Teller in die Hand und ich gehe nach nebenan in das riesengroße Wohnzimmer mit der wunderschönen Essecke mit Blick auf das Meer. Der Ausblick verschlägt mir auch jetzt den Atem. Das Rauschen der Wellen ist durch die geöffnete Terrassentür zu hören. Es ist wunderschön hier, auch wenn sich die Wolken immer mehr verdunkeln und der Wind auffrischt.

Ich decke den Tisch und hole Getränke aus der Küche, um sie ebenfalls auf dem Tisch zu verteilen. Kurz darauf kommt Beverly mit dem großen Topf in der Hand ins Wohnzimmer.

Das Essen verläuft sehr harmonisch. Wir unterhalten uns zwanglos und ich merke allmählich, wie die Anspannung der letzten Tage etwas von mir abfällt. Ich habe Beverly bereits kennengelernt und mehrmals getroffen, aber ich bin trotzdem besorgt gewesen, wie wir miteinander auskommen würden. Sie wirkt nach wie vor absolut liebevoll. Außerdem hat sie einen tollen Sinn für Humor und bringt uns gleich mehrfach zum Lachen.

Mittlerweile hat es angefangen zu regnen, was ich wirklich versuche, nicht persönlich zu nehmen. Es ist bereits früher Abend, als wir mit dem Essen fertig sind und der Gedanke an die Schule morgen macht mich ein klein wenig nervös. Irgendwo der Neue zu sein, ist schrecklich, ich kann mich noch gut daran erinnern, wie ich mich beim letzten Mal gefühlt habe.

Das ist Vergangenheit.

Ich schiebe den Gedanken beiseite und räume den Tisch ab, während sich Dad und Beverly verliebte Blicke zuwerfen. Sie lächeln mich an, als ich mich wieder an den Tisch setze und ich nehme einen Schluck von meiner Cola. Ich ziehe mein Handy aus der Tasche und schreibe eine Nachricht an Kim.

Die Terassentür wird schwungvoll aufgezogen. Ich zucke zusammen, sehe aber nicht auf. Offenbar hat der verwöhnte, reiche Bengel entschieden nach Hause zu kommen, da werde ich ihm sicherlich nicht direkt um den Hals fallen.

Ein viel zu vertrautes Lachen sorgt dafür, dass ich ein weiteres Mal zusammenzucke und mein Herz augenblicklich schneller schlägt.

Das kann nicht sein. Unmöglich, dass er es ist.

Ich reiße den Kopf ruckartig nach oben.

ER IST ES!

Jamie steht wahrhaftig hier in diesem Wohnzimmer. Seattle Jamie. Mein Jamie.

Mit einem Mal fällt mir das Atmen schwer, während tausende Gefühle in meinem Inneren durcheinanderwirbeln wie ein Hurrikan. Überraschung. Erleichterung. Freude. Zuneigung. Ein aufgeregtes Kribbeln jagt durch meinen Körper, als ein Lächeln sich auf meine Lippen schleicht. Endlich sehe ich ihn wieder.

O mein Gott!

Ich kann nicht glauben, dass ich ihn wiedersehe, nachdem ich wochenlang versucht habe, ihn irgendwo ausfindig zu machen. Ohne Erfolg.

Jamie steht im Türrahmen und wirft ein befreites Lachen hinter sich, was ihn einfach umwerfend macht. Ich habe vergessen, wie gut er aussieht. Heute trägt er eine Jogginghose und mein Atem stockt, als ich seinen nackten Oberkörper wahrnehme. Regentropfen perlen an seiner muskulösen Brust herab und mir läuft ein Schauer über den Rücken.

Seine Brust spannt sich an, als ein dunkelhaariges Mädchen kichernd auf seinen Rücken springt und die beiden ins Wohnzimmer stolpern.

Die ausgelassene Stimmung der beiden reißt mich aus meinen Träumereien, obwohl ich Jamie weiterhin anstarre. Ich registriere, wie die Hände des Mädchens auf seinem Brustkorb liegen und sie ihr Gesicht von hinten an seine Wange schmiegt. Wie gern ich an ihrer Stelle wäre. Meine Gedanken rasen wild umher. Was macht er hier? Wer ist das Mädchen?

Sekunden fühlen sich wie Stunden an, als Jamie den Blick zum Tisch schweifen lässt und bemerkt, dass wir dort versammelt sitzen.

Er sieht etwas peinlich berührt zu Beverly. „Oh. Hey, Mom."

Mein Herz bleibt stehen, als sich die Puzzleteile in meinem Kopf zusammensetzen. Jamie. Er ist Jamie Hastings, mein neuer Bruder. Mein neuer Bruder, mit dem ich vor zwei Monaten den besten Sex meines Lebens hatte. Jamie, an den ich seitdem ununterbrochen denken muss.

Fuck!

Er kann nicht mein Stiefbruder sein, nicht wenn jeder feuchte Traum, den ich habe, allein von ihm handelt.

Jamie lächelt seine Mom schief an und wendet sich schließlich auch meinem Dad zu und begrüßt ihn. Erst dann gelangt Jamies Blick zu mir.

Er zuckt merklich zusammen, als er mich sieht und sein Mund öffnet sich. Der Schock steht ihm deutlich ins Gesicht geschrieben und ich bin mir sicher, dass ich nicht viel besser aussehe.

Die Zeit scheint stillzustehen. Meine Arme sind von einer Gänsehaut überzogen.

Was soll ich sagen, verdammt noch mal?

Mein Dad und Beverly begrüßen ihn ungerührt und bekommen gar nicht mit, was hier gerade läuft. Besser so.

Jamie öffnet den Mund und schließt ihn wieder. Das Mädchen, das immer noch wie ein Klammeraffe auf seinem Rücken klebt, sieht ebenfalls zu uns herüber und lächelt freundlich. Ihre dunklen Locken kringeln sich um ihr Gesicht und ihre Stupsnase und die feinen Gesichtszüge machen sie wirklich hübsch. Sie hüpft von Jamies Rücken. Ich knirsche mit den Zähnen, als ich sehe, dass sie den grünen Dragon Ball-Pullover von ihm trägt. Der Pullover, in dem ich ihn kennengelernt und auf Anhieb zum Anbeißen gefunden habe.

„Hey, ich bin Macey. Schön euch endlich kennenzulernen."

Über das Gesicht meines Dads breitet sich ein Lächeln aus. Er begrüßt sie überschwänglich und irgendwie ärgert es mich, dass ich sie auf Anhieb sympathisch finde. Es gibt Momente, in denen man gar nicht benennen kann, weshalb wir jemanden mögen oder nicht, aber ihr Grinsen ist mindestens genau so frech wie Jamies und ich habe auf Anhieb das Gefühl, dass sie ein tolles Mädchen ist.

Ich wusste, dass er hetero ist!

Während Macey und mein Vater sich unterhalten, sehen Jamie und ich uns immer noch stumm an. In seinen Augen tobt ein Sturm, und er befeuchtet seine Lippen mit der Zunge. Ich muss mir auf die Unterlippe beißen, seine Augen weiten sich leicht. Ich kann nichts dafür. Ich weiß, er ist jetzt plötzlich mein Stiefbruder und meine Gedanken sollten wirklich nicht in diese Richtung gehen, aber sie tun es.

Shit. Ich ziehe ihn gerade mit meinen Augen aus, was ihm gar nicht entgehen kann.

„Deine Freundin ist wirklich nett, Jamie. Freut mich für dich", sagt mein Dad an Jamie gewandt und reißt mich damit aus meinem Kopfkino, in dem Jamie und ich uns bereits in meinem Bett wälzen.

Sowohl Jamie als auch Macey sehen meinen Vater entsetzt an, verziehen synchron das Gesicht und rufen zeitgleich: „Bäh, wir sind doch kein Paar!"

Ich kann gar nicht anders, als aufzulachen, auch wenn mir eigentlich gar nicht danach zumute ist. Beverly lacht ebenfalls herzlich laut.

Mein Dad beäugt die beiden verwirrt. Vielleicht sind sie Freunde mit gewissen Vorzügen oder so was.

„Oh, Entschuldigung, ich dachte ... also ihr beide ...", stammelt Dad, was Beverly nur noch schallender lachen lässt.

Als sie sich endlich beruhigt, sieht sie schließlich zu mir. O Gott, das alles hier ist total seltsam. Es ist furchtbar, dass wir von so vielen Leuten umgeben sind, denn ich habe keine Ahnung, wie ich Jamie begrüßen soll. Ihn in den Arm nehmen? Die Hand schütteln? Winken? O Gott, alles, nur nicht winken.

„Liam, das ist mein Sohn Jamie. Ihr werdet euch sicher blendend verstehen." Beverly lächelt warm und sieht bei ihren Worten so glücklich aus. Wenn sie wüsste, wie gut wir uns tatsächlich verstehen.

Ihr Blick huscht zu Dad.

Jamie sieht mich panisch an und ringt sichtlich um Worte.

Wir schweigen.

Unsere Eltern sehen verwirrt zwischen uns hin und her. Ich mache den Mund auf und schließe ihn wieder. Jamie presst gequält die Lippen aufeinander und sieht an mir vorbei an die Wand. Das Schweigen ist mittlerweile so unangenehm, dass es schrecklich peinlich ist. Keiner von uns sagt etwas und unsere Eltern sehen sich stirnrunzelnd an. Macey grinst und lehnt sich entspannt zurück, so als würde sie das Ganze total amüsieren.

Sag endlich was, Liam!

Vielleicht ist es so, wie ein Pflaster abreißen. Man muss es einfach durchziehen. Vielleicht versuche ich es mit *Hallo, wie geht's?* Das wäre ein Anfang.

Ich atme tief durch und wappne mich dafür, endlich die peinliche Stille, die mittlerweile gruselig wird, zu durchbrechen.

„Du bist also Liam, ja?“, kommt Jamie mir zuvor und sieht mich nun wieder direkt an.

Kapitel 7

Jamie

Ich kann nicht glauben, dass ich das tatsächlich gesagt habe. Geht es eigentlich noch dümmer?

Liam blinzelt mich verwirrt an, die Stirn in Falten gezogen und den Mund leicht geöffnet. Innerlich stöhne ich auf. Vor zwei Monaten habe ich ihn in den Himmel gevögelt und jetzt frage ich ihn ernsthaft, ob er Liam ist.

Mom und Jeff sehen mich ebenfalls verwirrt an, immerhin hat Mom mir eben seinen Namen genannt. Was meine Frage vollkommen bescheuert macht. Das scheint auch Macey so zu sehen, denn sie muss sich sichtlich ihr Lachen verkneifen. Diese Situation ist unendlich peinlich, ich möchte am liebsten schreiend wegrennen. Wie konnte das hier passieren?

Ich hatte ein einziges beschissenes Mal Sex mit einem Kerl, wieso muss ausgerechnet *er* mein Stiefbruder sein?

Nein, nein, nein! Bitte nicht, das muss ein blöder Traum sein, nur wache ich nicht auf. Mein Herz hämmert in meiner Brust und mir wird nur allzu bewusst, dass ich fast nichts anhabe. Zu allem Überfluss ist mir kalt.

Ich starre immer noch den verwirrten Liam an, der offensichtlich nicht weiß, was er auf meine Frage antworten soll.

„Ähm, ja?“, antwortet er endlich unsicher und mir geht augenblicklich durch den Kopf, wie er dieses Wort beim letzten Mal noch ganz anders herausgeschrien hat.

O Gott.

Unruhig trete ich von einem Bein auf das andere und sehe auf meine Finger hinunter. Es herrscht betretenes Schweigen, das zugleich ohrenbetäubend laut ist. Ich höre ein kleines Räuspern, habe aber keine Ahnung, von wem es kommt. Das Blut schießt mir geradezu in meine Wangen.

Ist das peinlich!

„Nett dich kennenzulernen“, füge ich unsicher hinzu, einfach nur, um diese Stille zu füllen.

Scheiße, Jamie, hör auf zu reden!

Ich mache es nur noch schlimmer.

„Äh, ja. Finde ich auch.“

„Da hast du dir ja blödes Wetter ausgesucht, um herzukommen. Sonst ist Kalifornien netter.“

Hast du gerade ernsthaft etwas über das Wetter gesagt?

Ich kann meine blöde Klappe nicht halten, das ist Fluch und Segen zugleich. Wobei es jetzt ausschließlich ein Fluch ist.

Ich wage einen Blick Richtung Tisch.

Alle verziehen gequält das Gesicht, denn jedem im Raum ist klar, dass dieses Gespräch schrecklich ist.

Ich sehe mich hilfesuchend nach Macey um, die mich nur mit hochgezogenen Augenbrauen ansieht und mir so stumm vermittelt: *Was zum Teufel ist los mit dir?*

Das absolut Schlimmste ist eingetreten. Nicht nur, dass ich meinen Ausrutscher wiedersehe, nachdem ich seit zwei Monaten jede Nacht von ihm träume, er ist jetzt mein neuer Stiefbruder. S-T-I-E-F-B-R-U-D-E-R. Er wohnt im selben Haus wie ich und nicht nur das, wir teilen uns ein Badezimmer.

O Gott, ich muss ganz dringend hier weg.

„Ich muss dann mal duschen, bevor ich erfriere“, stammele ich und flüchte aus dem Wohnzimmer.

„Warte, ich komm mit. Ich muss auch duschen“, ruft Macey hinter mir und flitzt mir hinterher.

Sie muss tatsächlich flitzen, denn in Sekundenschnelle bin ich die Treppe hinauf und flüchte mich in mein Zimmer. Weg von dem peinlichsten Moment meines Lebens.

Kapitel 8

Liam

Ich kann einfach nicht glauben, dass Jamie *der* Jamie ist. Ich sehe zu Beverly, die meinen Dad und mich betrachtet.

„Keine Sorge, die beiden gehen nicht wirklich zusammen duschen. Macey setzt sich meistens auf den Toilettendeckel und wartet, bis er fertig ist und dann tauschen sie. Sie sind beste Freunde, seit sie Babys waren."

Als würde das irgendwas erklären. Wer sieht denn seinem besten Freund beim Duschen zu?

Ich schüttele den Kopf und mein Dad scheint das ebenfalls nicht ganz normal zu finden.

„Die beiden stehen sich aber nahe", setzt er vorsichtig an.

„Sie sind praktisch Zwillinge, mehr ist da nicht. Jamie hat außerdem eine Freundin."

Ich verschlucke mich an meiner Cola und muss husten. Mein Dad sieht mich besorgt an und klopft mir auf den Rücken.

Die Tatsache, dass Jamie wirklich eine Freundin hat, ist schon beschissen genug, aber dass es mich so aus dem Konzept bringt, macht mich wahnsinnig. Er hatte mit mir Sex, wozu ich ihn schließlich nicht gezwungen habe. Im Gegenteil, ich habe sogar deutlich geäußert, dass ich glaube, dass er hetero ist. Und habe ihn mehrfach gefragt, ob er wirklich weitermachen will.

Warum hat er mit mir geschlafen?

Diese Frage lässt mich nicht los, auch nicht, als ich wenig später auf dem Sofa im Wohnzimmer sitze. Eigentlich möchte ich ins Bett gehen, immerhin ist morgen mein erster Schultag an der neuen Schule, aber insgeheim hoffe ich darauf, Jamie zu treffen. Die Minuten verstreichen, doch leider lässt er sich nicht blicken. Und irgendwann habe ich auch keine gute Ausrede mehr parat, weshalb ich noch weiter hier herumlungern sollte.

Dad und Beverly machen den Eindruck, als würden sie gerne ihre traute Zweisamkeit genießen wollen. Ich unterdrücke einen Seufzer, stehe auf und wünsche den beiden eine gute Nacht. Als ich auf dem Weg in mein Zimmer an Jamies Tür vorbeikomme, halte ich einen Moment inne. Zögernd hebe ich meine Hand, um anzuklopfen, mache jedoch in letzter Sekunde einen Rückzieher. Was soll ich sagen? Vor allem, wenn seine Nicht-Freundin noch bei ihm ist?

Also bleibt mir nichts anderes übrig, als eine Tür weiter zu meinem eigenen Zimmer zu gehen. Kaum habe ich die Tür hinter mir geschlossen, verziehe ich das Gesicht, laufe zu meinem Bett und lasse mich nun doch laut seufzend darauf fallen.

***

Die Sonnenstrahlen wecken mich in den frühen Morgenstunden, und fluten mein Zimmer mit grellem

Licht. Daran werde ich mich erstmal gewöhnen müssen. In Seattle hatte ich ein kleines Zimmer, in dem es die meiste Zeit des Tages dunkel war.

Auch wenn ich viel zu früh wach bin, muss ich dennoch lächeln, während mein Blick über das Meer gleitet. Ich verstehe jetzt, was die Leute immer mit Häusern am Strand haben, denn es ist wirklich beruhigend bei Meeresrauschen einzuschlafen oder die Wellen nur zu betrachten. Ich habe zwar die halbe Nacht wach gelegen, weil ich daran denken musste, dass Jamie direkt im Zimmer nebenan liegt. Das Rauschen des Meeres hat mich dennoch beruhigt und mich irgendwann zum Einschlafen gebracht.

Ich seufze und setze mich auf, auch wenn ich gerne noch weiterschlafen würde. Gähnend schlurfe ich ins Badezimmer. Alles hier drinnen erinnert mich an ein Luxushotel. Der Raum ist lächerlich groß für ein Badezimmer. Alles ist in einer dunklen Marmor-Optik gehalten und die passenden Armaturen sehen edel aus. Ich schlüpfe aus meinen Klamotten und trete unter die Regendusche, die das Highlight des Badezimmers bildet. Sie ist an zwei Seiten von Wänden umgeben und sonst gänzlich offen. Ich schüttele kurz den Kopf. Mein Dad hat definitiv mit dem Reichtum untertrieben.

Da das hier der Ort ist, an dem auch Jamie seinen nackten Körper einseift, beeile ich mich und dusche mich so schnell es geht ab. Hastig schlüpfe ich nach dem Zähneputzen wieder aus dem Bad in mein Zimmer zurück. Nur mit einem Handtuch um die Hüften stelle ich mich vor die große Fensterfront und betrachte die Wellen.

Eine Silhouette taucht an dem sonst so leeren Strand auf. Bei genauerem Hinsehen erkenne ich, dass da tatsächlich jemand joggt. Stirnrunzelnd schaue ich auf meinen Wecker. Es ist 6:30 Uhr. Was für ein kranker Mensch geht denn bitte um so eine unmenschliche Uhrzeit joggen?

Überrascht ziehe ich die Augenbrauen hoch, als die Person sich den Stufen zu unserem Haus nähert.

Jamie.

Ich bin beeindruckt. Eigentlich hätte ich Jamie eher für den entspannten Typen gehalten und kann gar nicht glauben, dass er tatsächlich extra früh aufsteht, um Sport zu machen. Während er die Treppen hochjoggt, drosselt er sein Tempo nicht, erst, als er oben auf der großen Veranda angekommen ist, stemmt er die Hände auf seine Oberschenkel und atmet sichtbar angestrengt. Schweiß läuft ihm übers Gesicht und er hebt sein Shirt an, um sich damit abzuwischen.

Ich muss schlucken, als ich die deutlich definierten Bauchmuskeln betrachte, die beim letzten Mal noch nicht so trainiert gewesen sind.

Mir ist klar, dass ich ihn beobachte wie ein Stalker, aber ich kann einfach nicht anders. Meine Hand fährt automatisch über meine Brust und reibt über die Stelle, an der sich mein Herz befindet. Meine Finger streichen wie von selbst über mein Tattoo, was ebenfalls bei unserem letzten Treffen noch nicht da gewesen ist. Shit, noch nicht mal Dad weiß, dass ich es habe.

Jamie steht mit dem Rücken zum Haus, oberkörperfrei wohlgemerkt, und blickt auf das Verandageländer lehnend aufs Meer.

Entschlossen reiße ich meinen Blick von ihm los, ziehe ich mir eine kurze Hose und ein T-Shirt an und werfe mich auf mein Bett. Vielleicht bringt mich ja mein neuester Thriller auf andere Gedanken. Schon immer konnte ich mit einem Buch in der Hand am besten abtauchen und entspannen. Nur dann gelingt es mir, meine Außenwelt komplett auszublenden und abzuschalten. Es ist also nicht verwunderlich, dass ich viel zu spät von meinem Buch aufsehe. Es ist bereits nach sieben und ich weiß nicht mal genau, wie lange ich von hier zur Schule brauche.

Ich springe auf, schnappe mir meinen Rucksack und renne die Treppe nach unten. Bisher habe ich noch nicht mal was gegessen. Oder viel wichtiger: einen Kaffee getrunken.

Abrupt stoppe ich meine Schritte, als ich Jamie am Küchentresen sitzen sehe. Er hat eine Schüssel Cornflakes vor sich und daneben steht ein Trinkpäckchen mit Kakao. Ich muss ein Lächeln unterdrücken, denn beim letzten Mal, als ich so etwas zum Frühstück gegessen habe, war ich acht.

Jamie will sich einen weiteren Löffel Cornflakes in den Mund schieben und hält mitten in seiner Bewegung inne, als er mich bemerkt. Er senkt seine Hand und starrt mich an, wobei sein Gesicht einen unzufriedenen Ausdruck annimmt.

„Guten Morgen", sage ich mit einem Lächeln und gehe schnurstracks zur Kaffeemaschine. Scheiß auf Frühstück, aber Kaffee muss sein, bevor ich das Haus verlasse.

Ich gieße mir eine große Tasse voll und nehme genüsslich einen Schluck von dem heißen Gebräu. Beim

Absetzen der Tasse atme ich noch einmal tief ein. Ich liebe den Duft von Kaffee. Als ich mich wieder umdrehe, starrt Jamie mich immer noch unverwandt an. Er hat sich auf seinem Stuhl zurückgelehnt und die Arme verschränkt.

Es ist seltsam ihn so zu sehen, wo er beim letzten Mal so durchweg fröhlich gewirkt hat.

„Was ist?“, frage ich ihn, denn er hört nicht auf mich anzusehen.

Er wendet den Blick ab und schnaubt. „Das ist alles so scheiße!“

„Was genau?“, hake ich nach.

Sein Kopf fährt wieder zu mir herum, wobei seine Augen wütend aufblitzen. Was äußerst sexy aussieht. „Dass du jetzt mein neuer Stiefbruder sein sollst. Dass du hier wohnst. Dass du in Oceanside bist. Such dir was davon aus.“

Autsch. Das war direkt.

„Okay“, sage ich nur und sehe ihn abwartend an.

„Hör zu, wir werden niemals über Seattle reden. *Du* wirst niemals über Seattle reden. Und den Rest der Zeit gehen wir uns aus dem Weg.“ Eindringlich sieht er mich an, was seine Augen grün strahlen lässt.

„Warum soll ich nicht darüber reden? Und wie genau kommst du darauf, dass du mir etwas vorschreiben kannst?“, frage ich ungerührt und bringe ihn damit sichtlich aus dem Konzept. Für einen kurzen Moment hat er einen verwirrten Ausdruck auf dem Gesicht, der kurz darauf allerdings umschlägt.

„Weil ...“, Jamie springt wütend von seinem Stuhl auf und kommt auf mich zugestürmt, „ich erstens nicht schwul bin, zweitens eine Freundin habe, die niemals von diesem Mist erfährt und drittens einfach keine Lust habe, mich an diese beschissene Nacht zu erinnern. Halt also deine Klappe! Das alles habe ich nur gemacht, um meinem Dad wegen seines homophoben Gequatsches eins auszuwischen, mehr nicht."

Er ist laut geworden und steht jetzt so dicht vor mir, dass sich unsere Nasenspitzen fast berühren. Eine Gänsehaut überläuft meinen ganzen Körper, ungeachtet dessen, was er gesagt hat.

Scheinbar stehe ich mit meinen Empfindungen Jamie gegenüber allein da. Das tut weh. Viel mehr, als ich mir selbst eingestehen will. Er wollte damit seinen Vater ärgern? Wirklich? Doch leider bleiben meine Gedanken an einem ganz anderen Wort hängen.

„Eine Freundin, ja?", murmele ich, auch wenn ich diese Info bereits von Beverly bekommen habe. „Du musst ja wahnsinnig verliebt in sie sein, wenn man bedenkt, was in Seattle passiert ist." Meine Stimme klingt dabei ungerührt. Ich mag es nicht, über andere zu urteilen, aber irgendwie kann ich den Spruch nicht für mich behalten. Letzten Endes hat er ja auch seine Freundin betrogen ...

Jamies Augen blitzen wütend auf. „Als ich in Seattle war, waren wir beide getrennt", knurrt er und greift schwungvoll nach seinem Trinkpäckchen. Beinahe hätte ich aufgelacht, kann mich aber in letzter Sekunde beherrschen. Warum ist er so süß? Und wieso bin ich plötzlich erleichtert, dass er in Seattle von seiner Freundin getrennt war?

Ehe ich zu einer Antwort ansetzen kann, hören wir die Stimmen unserer Eltern, die gerade gemeinsam die

Treppe herunterkommen. Jamie weicht zurück, sieht mich aber noch einmal eindringlich an.

Erst jetzt nehme ich mir die Zeit, ihn richtig zu betrachten. Er trägt eine dunkelblaue Skinny Jeans und einen rot-schwarzen Kapuzenpulli mit dem Marvel-Logo darauf. An den Ärmeln stehen die Namen der verschiedenen Superhelden. Schwarze Vans mit rotem Marvel-Aufdruck, von denen ich mir sicher bin, dass sie zu irgendeiner limitierten Kollektion gehören und ein Vermögen gekostet haben, zieren seine Füße. Die Haare sind gekonnt nach oben gestylt und stehen sexy wirr ab. Er sieht einfach umwerfend aus.

Enttäuschung überrollt mich, als mir klar wird, dass ich mir unser erstes richtiges Aufeinandertreffen ganz anders vorgestellt habe. Ich habe gedacht, wir würden über die Sache reden. Dass Jamie nun endlich zugegeben hat, dass er nicht schwul ist, macht das Ganze natürlich nicht besser, auch wenn ich es eigentlich von Anfang an gewusst habe.

„Wie schön, dass ihr schon miteinander redet“, sagt Beverly lächelnd, als sie mit meinem Dad an der Hand die Küche betritt. Beide haben ein seliges Lächeln auf den Lippen.

Na ja, von einer Unterhaltung kann nun wirklich nicht die Rede sein, aber ich korrigiere sie nicht. Jamie schon.

„Ja, wir haben uns die Haare geflochten und unser enges Bruderband geknüpft.“ Seine Stimme trieft vor Sarkasmus und ich muss gegen meinen Willen grinsen.

Seine Mutter verdreht nur die Augen und geht ebenfalls zur Kaffeemaschine, um sich einen Kaffee zu holen.

„Ihr zwei müsst bald los, nicht wahr?“, fragt Dad, um die Stille in der Küche zu füllen. Unbekümmert lehnt er sich an den Küchentresen.

Jamie und ich nicken, auch wenn es schrecklich unangenehm ist, dass unsere Eltern nun hier sind.

„Jamie, nimmst du Liam mit? Sein Auto ist noch nicht hier. Die Überführung dauert leider länger, als ich gehofft habe.“

Wieso redet Dad so viel?

Jamie verzieht missbilligend das Gesicht, stimmt aber schließlich zu. Was soll er auch sagen? Bei dem Gedanken mit Jamie allein im Auto zu sitzen, macht sich schlagartig Vorfreude in mir breit.

„Jamie!“, unterbricht Beverlys aufgeregt meine Gedanken. Überrascht sehen wir drei zu ihr. Mit einer Hand hält sie ihre Kaffeetasse fest, mit der anderen hält sie ihr Smartphone in die Höhe. Aufgebracht funkelt sie Jamie an, was gar nicht so recht zu ihr passen will. In sein Gesicht stiehlt sich augenblicklich das freche Grinsen zurück, das ich schon den ganzen Morgen vermisst habe.

„Was denn?“, fragt er unschuldig.

„Das hast du nicht wirklich gemacht“, seufzt sie, stellt die Tasse auf den Küchentresen und reibt sich über die Augen.

„Was ist passiert?“, fragt mein Dad stirnrunzelnd.

Das wüsste ich auch verdammt gern.

Beverly schaut auf ihr Smartphone, seufzt noch einmal laut und geht mit dem Telefon in Dads Richtung. Zum Glück stehe ich direkt daneben, denn ich will unbedingt wissen, was los ist.

Beverly hat die Instagram-App auf ihrem Smartphone geöffnet und drückt nun meinem Dad das Handy in die Hand. Wütend sieht sie nicht aus, eher resignierend.

Ich schiele zu Jamie, der mit verschränkten Armen an der Küchenwand gelehnt dasteht und dessen Grinsen immer breiter wird. Mein Dad atmet erschrocken auf. Neugierig lehne ich mich zu ihm hinüber, um mir das Foto ansehen zu können.

Ich schlucke.

Auf dem Bild ist eindeutig Jamie zu sehen – von hinten. Er steht aufrecht, hat beide Arme von sich gestreckt, als wäre er ein Gott, vor einem großen weißen Gebäude, das ich bereits von der Schulhomepage kenne und es so als Schule identifizieren kann. Der Sonnenuntergang taucht das Ganze in eine beeindruckende Dämmerung. Jamie ist auf dem Foto komplett nackt. So richtig. Meine Kehle fühlt sich trocken an, als mein Blick innerhalb von Sekunden seinen ganzen Körper abscannt. Seine definierten Muskeln, beginnend an den Schultern und den Oberarmen, seinem gesamten Rücken und den Beinen. Und vor allem sein perfekter Hintern.

Ich fange mich schnell wieder und konzentriere mich aufs Wesentliche. Das Bild ist von der Oceanside-High hochgeladen worden, ich erkenne den Account eindeutig von meinen Recherchen wieder.

Als mein Blick endlich auf den Schriftzug auf Jamies Rücken fällt, kann ich ein Lachen nicht mehr unterdrücken.

In schwarzen unordentlichen Buchstaben steht dort *school sucks.*

Keine Ahnung, wie er es geschafft hat, aber Jamie hat dieses Bild auf der offiziellen Instagram-Seite der Schule veröffentlicht.

Ich kann einfach nicht aufhören zu lachen, was mir einen bitterbösen Blick von meinem Dad und ein Grinsen von Jamie einbringt. Immerhin.

Innerlich fällt mir ein kleiner Stein vom Herzen. Auch wenn mir vollkommen klar ist, dass aus uns niemals etwas werden wird, hoffe ich trotzdem, dass wir gut miteinander auskommen werden. Gut, ich will ihn am liebsten in mein Bett zerren, aber ich bin nicht so blöd zu glauben, dass das zwischen uns keine einmalige Sache für ihn gewesen ist. Eben hatte es aber auch den Anschein, dass er mich nicht sonderlich gut leiden kann. Sein Grinsen ist also zumindest ein Anfang.

„Jamie, du weißt, was das heißt?", fragt Beverly in ruhigem Tonfall und sieht ihren Sohn eindringlich an, eine Augenbraue hochgezogen.

Ich bin überrascht, dass sie ihn nicht anbrüllt, denn mein Dad wäre wohl ziemlich sauer. Jamie grinst weiterhin, zieht einen Schlüssel aus seiner Hosentasche und wirft ihn seiner Mom zu.

„Schon klar, nimm mir mein Baby weg. Ich hoffe aber du weißt, dass du ihm damit mehr wehtust als mir?" Beiläufig zuckt er mit den Schultern, wobei sein Gesichtsausdruck keine Sekunde lang verrutscht.

„Ja, dein armes Auto. Was bin ich für eine Raben-Auto-Oma!" Nun ist es Beverlys Stimme, die vor Sarkasmus trieft.

Okay, diese beiden sind der absolute Hammer.

Ich beobachte grinsend die Szenerie vor mir und schüttele lächelnd den Kopf.

„Gut, da Marta nun auf mich wartet, muss ich wohl jetzt zur Schule fahren." Jamie stößt sich von der Wand ab.

„Wer ist Marta?", frage ich stirnrunzelnd.

„Mein Fahrrad. Wir sind so …", sagt er, während er seine beiden Zeigefinger eng miteinander verschränkt.

Unwillkürlich muss ich wieder auflachen.

„Wie, das war's jetzt? Er bekommt Fahrverbot, nachdem er seinen nackten Körper auf der Schulseite gepostet und so einen Spruch daruntergesetzt hat?", fragt mein Vater entsetzt.

Jamie spannt sich sichtbar an, als er in seiner Bewegung innehält.

Innerlich stöhne ich auf. Das hier ist der erste Tag in unserem neuen Zuhause, da kann Dad doch nicht mit irgendwelchem Erziehungsscheiß ankommen. Manchmal sind Erwachsene unbegreiflich dämlich.

„Ja, so läuft das hier. Er hat sein Auto, seine große Liebe, gerade mal seit Freitag zurück. Er wusste, dass er Fahrverbot bekommt. Außerdem hat er niemandem wehgetan, es war lediglich ein dämlicher Scherz", erwidert Beverly ungerührt und küsst meinen Vater liebevoll auf die Wange, woraufhin sich sein Gesicht augenblicklich entspannt.

Ich liebe diese Frau.

„Im Hause Hastings hat man eben Humor", sagt Jamie grinsend und schiebt sich an unseren Eltern vorbei aus der Küche.

„Warte mal!", rufe ich ihm nach und trete ebenfalls in den hellen Flur. „Wir fahren also Fahrrad?"

„Also ich weiß nicht, was du so machst, aber ich fahre mit dem Fahrrad."

Ich ziehe eine Augenbraue nach oben. „Alles klar, dann komme ich mit. Ich kenne den Weg nicht." Ich schlüpfe schnell in meine Flip-Flops und greife nach meinem Rucksack, den ich schon gestern Abend neben der Haustür deponiert habe.

„Google Maps", lautet seine schlichte Antwort, was mich leise auflachen lässt.

„Kann Liam nicht deinen Wagen fahren, Jamie?", mischt sich mein Vater in die Unterhaltung ein und ich verdrehe innerlich die Augen. Kann er sich nicht einfach raushalten? Und woanders hingehen?

„Kann er denn einen Schaltwagen fahren?"

„Das bekommt er schon hin, wenn du es ihm erklärst."

Die beiden unterhalten sich, als wäre ich überhaupt nicht im Raum.

„Dad, den letzten Schaltwagen habe ich fast geschrottet", gebe ich zu bedenken. Leider entspricht das der Wahrheit. Schaltwagen und ich stehen zu meinem Bedauern auf dem Kriegsfuß miteinander.

Jamie reißt die Augen auf und bekreuzigt sich dramatisch.

„Sorry Liam, aber dich lasse ich nicht an Bumblebee!"

„Bumblebee?", frage ich schmunzelnd. Dieser Typ ist ein wandelnder Zehnjähriger.

Jamie setzt sein typisches Grinsen auf und nickt, während er mir unbekümmert den Mittelfinger zeigt.

„Schon gut, ich hab's verstanden. Lass uns losradeln. Wenn auch mein Auto nicht da ist, mein blödes Fahrrad hat es bereits hierhergeschafft", bringe ich schnell hervor, bevor mein Dad den Mittelfinger kommentieren kann.

Wir gehen aus dem Haus und steigen die Veranda hinunter. In einem Fahrradständer stehen sowohl sein als auch mein Fahrrad und wir radeln schweigend los.

Jamie achtet nicht unbedingt darauf, besonders langsam zu fahren, vielmehr ignoriert er mich völlig. Ich bin so darauf fixiert, ihm hinterher zu kommen, dass ich keine Ahnung habe, wo lang wir eigentlich fahren. Ich habe Mühe mitzuhalten, schaffe es aber und schließlich biegen wir zehn Minuten später auf den Schulparkplatz ein. Wir schlängeln uns durch die vielen parkenden Autos, von denen einige ziemlich teuer und neu aussehen. Daneben wird mein kleiner Fiat wohl ziemlich auffallen. Egal.

Ich folge Jamie zu den Fahrradständern. Schweigend schließen wir unsere Räder an. Erst jetzt fällt mir auf, dass er einen dicken Pulli und eine lange Hose trägt, während ich das Wetter in Shorts, T-Shirt und Flip-Flops genieße. Seltsam.

Lässig steigt Jamie die Stufen zum Eingang hoch und mir fällt auf, dass er von einigen Schülern angestarrt wird.

Wir betreten das Schulgebäude und laufen den Gang mit den Schließfächern entlang, die sich in strahlendem Blau an den Wänden aufreihen. Jeder einzelne sieht brandneu aus.

Auch hier drinnen wird Jamie von vielen begrüßt, einige jubeln und klatschen sogar. Auf seiner Miene spiegelt sich pure Zufriedenheit.

„Geile Aktion, Jamie!" ertönt es irgendwo hinter uns, was von anderen Schülern bekräftigt wird. Das Foto ist offenbar nicht unbemerkt geblieben.

Jamie zieht eine kleine Show ab, indem er sich besonders tief verbeugt und mit seinen Armen wedelt.

Wir schlendern weiter durch den Gang und biegen nach rechts ab. Eine junge blonde Frau mit einem Stapel Büchern auf dem Arm kommt uns entgegen und nickt Jamie lachend zu.

„Das ist mal was Neues“, sagt sie belustigt.

„Miss Collins“, entgegnet Jamie und sein Ausdruck wird noch zufriedener. Ihr Lachen folgt uns noch ein Stück. Lustig, wie die Sachen hier laufen.

„Selbst die Lehrer hast du schon in der Tasche?“, frage ich flapsig.

Jamie dreht sich langsam mit verkniffenem Mund in meine Richtung. „Du bist ja immer noch da. Geh weg“, seufzt er genervt.

„Hab’s kapiert, Jamie. Du findest es blöd, dass ich hier bin. Das ändert aber trotzdem nichts daran. Du kannst also weiter schmollen und blöde Kommentare abgeben oder es einfach akzeptieren.“

Überrascht hebt er die Brauen und sieht mich aus großen Augen an. Wenn ich könnte, würde ich mich selbst so anschauen. Keine Ahnung woher ich den Mut nehme, so forsch zu sein. Jamie blinzelt einige Male, bevor er sich offenbar besinnt, denn sein Ausdruck wird wieder hart.

„Da ist das Sekretariat. Nerv doch bitte die Sekretärin.“ Er deutet auf ein großes Schild, dreht sich um und schlendert den Gang weiter hinunter zu einer Gruppe Jugendlicher, die ihn begrüßen. Ich erkenne Macey unter ihnen, die lachend auf ihn zuspringt und ihm um den Hals fällt. Kurz darauf lässt sie ihn wieder los, allerdings nicht, ohne weiter auf ihn einzureden. Jamie begrüßt ein paar Kumpels und schlägt mit ihnen ein, bevor er auf ein blondes Mädchen zusteuert, ihr einen Arm um die Schulter legt und einen Kuss auf den Mund drückt.

Das muss seine Freundin sein. Die beiden passen abartig perfekt zusammen. Jamie überragt sie um fast einen Kopf, was ihre zierliche, engelhafte Gestalt nur unterstreicht. Sie ist schlank und hat hellblonde Haare, die ihr wie ein Vorhang auf den Schultern liegen. Ihr zartes Lächeln lässt sie wie eine zerbrechliche Porzellanpuppe aussehen. Dabei wirkt sie so niedlich und unschuldig, dass sie nicht eine Sekunde unsympathisch rüberkommt. Mist. Die beiden sehen unglaublich gut nebeneinander aus, auch wenn Jamie ihr die Show stiehlt, was sicher auch an seiner unglaublichen Präsenz liegt.

Meine Hände krallen sich in die Schlaufen meines Rucksacks. Ursprünglich war ich nicht sonderlich begeistert von diesem Umzug, auch wenn ich meinem Dad zuliebe so getan habe, als ob. Das hat sich nun geändert.

Seit gestern ist mein Leben um einiges besser und interessanter geworden. Mir ist klar, dass Jamie nicht schwul ist. Er hat damals seinem Dad eins auswischen wollen und so, wie ich Jamie heute kennengelernt habe, traue ich ihm das sogar zu. Er hat eine Erfahrung mehr gesammelt und kann nun zu seinem perfekten Hetero-Leben zurück.

Ich weiß also, dass ich ihn nicht haben kann. Niemals. Schließlich ist er mein neuer Stiefbruder. Die Aussicht, Jamie jeden Tag zu sehen und in seiner Nähe zu sein, lässt mein Herz dennoch Purzelbäume schlagen und meinen ganzen Körper kribbeln.

Lächelnd wende ich mich ab und verschwinde im Sekretariat, in dem eine junge Frau bereits eifrig auf ihre Tastatur einhämmert, einen Telefonhörer zwischen Schulter und Ohr eingeklemmt. Sie lächelt mich verkniffen an und bedeutet mir, mich hinzusetzen. Ich lasse mich auf den unbequemen Stuhl vor ihr fallen und warte geduldig ab. Heute würde mir ohnehin nichts die Laune verderben.

Kapitel 9

Jamie

Ich atme erleichtert auf, als die Schulglocke zur Mittagspause klingelt. Liam ist in zwei meiner drei Kurse gewesen und innerhalb von Sekunden hat sich die Nachricht verbreitet, dass er mein Stiefbruder ist. Die Mathelehrerin war so freundlich, diesen Umstand vor dem ganzen Kurs zu verkünden. *Danke für nichts.*

Ich stopfe meine Sachen in den Rucksack, stehe auf und unterdrücke dabei ein Gähnen. Gemeinsam mit meinem besten Freund Ethan, der redet wie ein Wasserfall, schlendere ich den Gang in Richtung Cafeteria entlang. Montags gibt es immer Milchreis, der mein Highlight jeder Woche ist. Wobei ich vermutlich der Einzige bin, der das so sieht. Neben Macey.

Der Gedanke an Milchreis lässt mich für einen kurzen Moment vergessen, dass Liam jetzt Teil meines Lebens ist und das gewohnte Grinsen kehrt zurück in mein Gesicht.

Blonde, mir sehr vertraute Haare tauchen in meinem Sichtfeld auf.

„Mia“, rufe ich und unterbreche so Ethans Monolog über die Ungerechtigkeit des Frühaufstehens.

Meine Freundin dreht sich zu uns herum und lächelt, als sie mich sieht. Sie wartet, bis wir sie eingeholt haben.

„Hi. Wie läuft dein Tag?“ Ich drücke ihr einen kleinen Kuss auf die Wange.

Mia zuckt mit den Schultern. „Eigentlich ganz in Ordnung. Ich habe ein B im Geschichtstest.“

„Siehst du, habe ich dir doch gesagt“, murmele ich, während wir unseren Weg weiter fortsetzen. „Du hast ewig dafür gelernt.“

Mia unterschätzt sich grundsätzlich selbst. Jedes Mal.

„Ohne deine Hilfe hätte ich es nicht geschafft“, sagt sie und schielt mit einem strahlenden Lächeln zu mir hoch.

Tatsächlich habe ich ihr beim Lernen geholfen, da Geschichte mein bestes Fach ist. Fakten kann ich mir ganz gut merken, also habe ich Mia ständig abgefragt. Frisch wieder zusammen, wollte ich mir besonders viel Zeit nehmen. Wollte die Nacht mit Liam vergessen. Liam, dessen Haare heute früh verdammt gut aussahen.

Eine Welle schlechten Gewissens schwappt über mich hinweg. Schnell sehe ich zu Mia, wie um mich zu vergewissern, dass sie meine Gedanken nicht gehört hat. Doch sie unterhält sich mit Ethan. Dabei sieht sie so hübsch aus, dass ich mich endgültig frage, was mit mir nicht stimmt. Das schönste, netteste Mädchen der ganzen Schule ist mir zusammen. Eigentlich müsste ich den ganzen Tag an sie denken und in ihrer Nähe weiche Knie bekommen.

In den letzten Wochen haben wir viel Zeit miteinander verbracht, die ich genossen habe. Sie hat mir zugehört, wenn ich meine Sorgen über die neue Familienkonstellation rauslassen musste. Wir hatten Spaß zusammen. Und trotzdem ... stimmt etwas nicht.

Ich schiebe die negativen Gedanken von mir, einfach weil ich heute nicht noch mehr packe.

„Es reden übrigens alle über deinen neuen Stiefbruder", wendet sich Mia wieder an mich, als wir die Cafeteria betreten. „Ich wurde bestimmt schon hundert Mal dazu befragt." Sie verdreht die Augen. Tratsch ist nicht Mias Ding.

Bei Liams Namen zucke ich kaum merklich zusammen. Es ist noch immer unwirklich, dass er hier ist. Ich seufze und reibe mir über die Augen. Es hilft nicht, dass ich kaum geschlafen habe.

„Ja. Misses Jenkins hat die frohe Kunde herumposaunt." Meine Unzufriedenheit ist mir deutlich anzuhören.

„Die Frau sollte sich lieber um ihren Matheunterricht und nicht um dein Familiendrama kümmern", wirft Ethan ein.

Ich nicke lahm. „Ich wünschte, ich müsste mich nicht mal selbst darum kümmern."

„Wie ist Liam denn so?", fragt Mia. Wir schnappen uns jeder ein Tablett. „Gestern Abend hast du nur geschrieben, dass er okay ist."

Ja, weil ich nicht über ihn reden will!

„Keine Ahnung. Ich kenne ihn ja nicht", lüge ich. „Aber ich will keinen Bruder." Mit einem Mal werden meine Hände schwitzig, während sich in meinem Inneren Unruhe breitmacht. Das Gespräch wird mir sichtlich unangenehm. Außerdem kommt mir nun in den Sinn, *wie* gut ich meinen Stiefbruder kenne.

Röte kriecht mir den Hals hinauf, also wende ich mich von Ethan und Mia ab und steuere die Milchreisausgabe an. Ich muss nicht warten, denn die beiden stehen nicht sonderlich auf die süße Speise.

Ich grüße die Küchenhilfe überschwänglich, mache ihr wie immer ein Kompliment und werde mit einer extra großen Portion belohnt – wenigstens hier ist alles beim Alten.

Mit einer Flasche Kakao bewaffnet, gehe ich zur Kasse, wo ich wieder auf Ethan treffe, der kopfschüttelnd mein Tablett begutachtet. Er hat sich für Hühnchen, Salat und Wasser entschieden. Ich schüttele mich. Wer isst so was bitte freiwillig?

Wir warten auf Mia und laufen dann gemeinsam zu unserem gewohnten Tisch. Bis ich ruckartig stehen bleibe.

„Das ist doch jetzt ein schlechter Witz!", fluche ich leise.

Ethan folgt meinem Blick und runzelt die Stirn, als er Liam an unserem Tisch sitzen sieht.

„Ist er das?", fragt Mia flüsternd.

„Jap."

Warum muss er ausgerechnet an unserem Tisch sitzen? Das kann ich jetzt nicht gebrauchen. Ich schenke Mia einen weiteren Seitenblick, den sie nicht bemerkt und setze mich schließlich wieder in Bewegung. In Liams Richtung.

Macey sitzt direkt neben ihm und beide lachen zusammen.

Verräterin!

Ich gebe vor ruhig zu sein, dabei habe ich das Gefühl, ein Leuchtreklameschild auf meiner Stirn zu tragen, das meine Gefühle preisgibt. Meine widersprüchlichen Gefühle. Gefühle, die ich nicht haben sollte, denn Fakt ist, dass mich Liam nicht kalt lässt. Auch jetzt fällt mir auf, dass er unglaublich gut aussieht.

Was hat er hier zu suchen?

Ich knalle mein Tablett auf den Tisch, wobei das Besteck laut klappert, sodass mich alle meine Freunde überrascht ansehen. Inklusive Mia und Ethan. Mein Blick legt sich sofort auf Liam.

„Was machst du hier?", frage ich ihn direkt. Und ziemlich unfreundlich.

„Sitzen", kommt seine trockene Antwort, die Macey zum Kichern bringt. Ich funkele sie wütend an und vermittele ihr stumm, dass sie gefälligst nicht zu ihm halten soll, sondern zu mir. Irritiert sieht sie mich an, viele Fragezeichen in den Augen. Zu ihrer Verteidigung – sie hat keine Ahnung, was zwischen uns vorgefallen ist. Natürlich nicht. Wüsste sie Bescheid, würde sie mich zwingen zu ergründen, was das für mich bedeutet. Aber das will ich nicht.

„Ich dachte, das mit dem *Nerv die Sekretärin* wäre deutlich gewesen. Geh doch mit ihr Mittag essen", murre ich.

Liams Mundwinkel verziehen sich zu einem Lächeln, was ihn nur noch besser aussehen lässt – und mich nur noch mehr nervt.

„Du hast heute so schöne Vorschläge parat, Jamie. Allerdings fühle ich mich hier ganz wohl." Eigentlich ist das ein Spruch, der von mir hätte kommen können und den ich sogar lustig finde. Niemals werde ich mir das anmerken lassen, denn dafür möchte ich viel zu sehr, dass Liam geht. Augenrollend lasse ich mich auf den gegenüberliegenden Stuhl von Macey fallen und trete ihr unter dem Tisch gegen das Schienbein. Sie zuckt zusammen, verzieht aber sonst keine Miene.

Ethan setzt sich wortlos hin, während Mia um den Tisch herum zu ihren beiden Freundinnen geht. Sie kommentiert nicht, dass ich mich einfach hingesetzt habe, ohne darauf zu achten, ob neben mir noch ein Platz frei ist. Nachdenklich schielt sie zu mir herüber, sagt aber nichts dazu. Ich presse meinen Kiefer fest zusammen und blicke unzufrieden zu Macey.

Ihr Mittagessen besteht ebenfalls aus Milchreis und Kakao, worüber ich mich nicht mal freuen kann. Mürrisch öffne ich meine eigene Flasche und trinke einen großen Schluck. Habe ich schon erwähnt, dass ich eine schwere Kakaosucht habe?

Ich hebe den Kopf und realisiere, dass alle meine Freunde mich anstarren, ausnahmslos. Auch Liam.

„Ähm ...", setzt Macey vorsichtig an, „ist alles okay?"

Ich schnaube vernehmlich, ebenso wie Liam, dem ich direkt wieder einen vernichtenden Blick zuwerfe.

Neben mir sitzt mein Kumpel Drew, der sich mir zögerlich zuwendet. „Es ist nur so, dass wir dich noch nie so ... unhöflich erlebt haben ... oder überhaupt mit schlechter Laune."

Überfordert atme ich durch. Mit den dunklen Haaren, den schwarz lackierten Fingernägeln und dem Eyeliner passt Drew optisch nicht wirklich zu unserer Gruppe, aber er ist schon ewig ein Teil von uns und einer der coolsten Typen, die ich kenne. Befreundet sind wir schon seit dem Kindergarten.

„Bisher hatte ich auch noch keinen Stiefbruder“, brumme ich.

Liam lacht laut los. Das Geräusch stellt ganz komische Dinge mit meinem Körper an. Ich rutsche auf meinem Stuhl hin und her, als mich die Erinnerung an sein Lachen vor diesem blöden Club trifft, bevor wir ... *Ach verdammt!*

Ich sollte mich irgendwie ablenken, die Frage ist nur wie. Was hat mein seltsames Jamie-Hirn denn so zu bieten, um dieser scheiß Situation zu entgehen?

Ich funkele Macey grinsend an, als mir eine Idee in den Kopf schießt. Ihre Augen werden groß, doch sofort erwidert sie mein Grinsen, als wäre sie mein böser Zwilling.

„Auf drei?“, frage ich sie, was all unsere Freunde am Tisch in Alarmbereitschaft versetzt, denn sie wissen genau, dass diese Worte aus meinem Mund meistens nichts Gutes bedeuten. Zumindest nicht für sie.

„Auf drei.“

„Eins ... zwei ...“, beginne ich zu zählen.

Ethan und Drew sehen sich panisch an und auch Mia starrt mit offenem Mund zu uns. Von ihren Freundinnen will ich gar nicht erst anfangen. Liam steht lediglich Verwirrung ins Gesicht geschrieben.

„Drei!“, ruft Macey laut. Alle um uns herum zucken zusammen. Zeitgleich greifen wir in unsere Rucksäcke, ziehen unsere Wasserflaschen heraus und schütteln sie so schnell es geht.

Unsere Freunde versuchen zu flüchten, aber sie haben keine Chance. Ehe sie entkommen können, sprudeln große Wasserfontänen aus unseren Flaschen. Mia und ihre Freundinnen quietschen laut, während sie aufspringen, doch nicht nur sie werden vom Inhalt unserer Literflaschen getroffen. Lachend gieße ich den letzten Rest Wasser über Ethan, der sich mit Händen und Füßen wehrt.

„Das bekommst du zurück!“, schreit er lachend.

„Das haben schon viele behauptet“, erwidere ich prustend. Zischend hole ich Luft, als sich eine plötzliche Kälte in meinem Nacken ausbreitet, die mir kurz darauf den Rücken herunterläuft.

„Fuck“, zische ich, während meine Stimme mindestens zwei Oktaven höher nach oben wandert.

Während alle anderen in Deckung gegangen sind, hat Liam beschlossen sich zu wehren und steht nun direkt neben mir. Seine Haare hängen ihm nass im Gesicht, er muss von Macey einiges abbekommen haben. Er grinst mich mit einem Funkeln in den Augen an, was mich automatisch noch breiter grinsen lässt.

„Böser Fehler, Liam!“

Ich schaue zu Macey, die mir eine zweite Flasche Wasser über den Tisch zuwirft. Auf sie ist Verlass.

Liam bemerkt diesen Move und tritt lachend mit erhobenen Händen ein paar Schritte zurück.

Ich setze mich in der gleichen Sekunde in Bewegung, in der Liam stehen bleibt. Sobald ich meine Arme nach oben reiße, werde ich von seinen starken Händen gestoppt. Scheiße hat der Kraft. Wir rangeln lachend miteinander, wobei wir am Ende beide komplett nass sind. Lachend drehe ich mich von ihm weg und fahre mir durch meine feuchten Haare. Mein Pulli ist klatschnass und klebt an meinem Rücken, aber ich trage kein T-Shirt darunter, weshalb ich ihn lieber anbehalte.

Ein Blick durch die Cafeteria verrät mir, dass uns jeder anstarrt. Auch gut, das bin ich gewöhnt, immerhin bleiben meine ganzen Jamie-Aktionen selten für sich allein.

Zufrieden kehre ich zu unserem Tisch zurück und stelle meinen umgefallenen Stuhl wieder hin.

„Warum sind wir eigentlich eure Freunde?“, fragt Ethan kopfschüttelnd, als er sich neben mich auf seinen Stuhl fallen lässt. Sein T-Shirt klebt an seinem Oberkörper.

„Oh, bitte, wir sind hinreißend“, stellt Macey nüchtern klar.

Ich gebe ihr ein High-Five und nehme endlich meinen Löffel in die Hand, um den Milchreis zu essen, der durch die Wasserfontänen etwas verwässert wurde. Egal.

„Wenigstens ist es mit euch nie langweilig“, kichert Mia. Insgeheim kann ich ihr nur zustimmen. Langweilig ist nicht mein Ding.

„Ich kann mich jedenfalls nicht erinnern, wann ich jemals so eine lustige Pause hatte“, sagt Liam und lächelt mich an.

Ich will ihn wirklich blöd finden, aber dass er bei der Wasserschlacht mitgemacht hat, spricht absolut für ihn.

Mist!

Meine schlechte Laune hat sich verabschiedet. Ist mir eh viel zu langweilig.

***

Am Nachmittag akzeptiere ich stumm, dass Liam mir mit seinem Fahrrad hinterherfährt. Glücklicherweise ist er nur in einem weiteren meiner Kurse und so habe ich ihn nicht den ganzen Tag um mich.

Dennoch verunsichert mich seine Anwesenheit zutiefst. Die Sache in der Cafeteria hat mir ohne Zweifel Spaß gemacht. Es ist kein Geheimnis, dass ich am laufenden Band Blödsinn mache und so hat sich nicht mal ein Lehrer darüber gewundert, dass meine Freunde und ich klatschnass in die nächste Stunde spaziert sind.

Auch wenn es lustig mit ihm gewesen ist, werden Liam und ich nicht plötzlich Best Friends. Die gemeinsame Nacht mit ihm hat sich schon in mein Hirn gebrannt, ohne dass ich ihn jeden Tag sehen musste.

Vielleicht brauche ich Liam aber auch nicht zu hassen, denn sind wir mal ehrlich – das ist einfach nicht mein Ding.

Zu Hause angekommen kicke ich meine Schuhe von den Füßen, wohingegen Liam seine ordentlich in das Schuhregal stellt. In der Küche stelle ich erleichtert fest, dass meine Mom bereits gekocht hat. Ich häufe Spaghetti auf meinen Teller, während Liam hinter mir die Kaffeemaschine bedient. Stumm agieren wir nebeneinander, wobei ich seine Anwesenheit nur zu deutlich spüre. Immerhin beschert sie mir eine Gänsehaut. Entschlossen ignoriere ich diesen Umstand, ebenso wie meinen Fluchtinstinkt und stelle meinen Teller in die Mikrowelle.

Liam nimmt einen Schluck von seinem Kaffee, der vermutlich heute sein sechsundachtzigster ist. Warum auch immer ich das so genau weiß.

„Du hast doch schon gegessen“, stellt er stirnrunzelnd fest.

Empört sehe ich ihn an. „Ja. Heute Mittag. Das ist doch schon Stunden her.“

Er blinzelt ein paar Mal. „Wie oft isst du denn bitte?“

Das Klingeln der Mikrowelle erspart mir eine Antwort. Ich schnappe mir den Teller und Besteck und flüchte aus der Küche.

Als ich endlich oben in meinem Zimmer die Tür schließe, bemerke ich, dass ich die Luft angehalten habe. Ich atme tief durch und setze mich vorsichtig auf die Couch.

Das Meer, das ich durch das Fenster bewundern kann, beruhigt mich sofort und so schaffe ich es runterzukommen und meine Spaghetti zu essen.

Danach sitze ich unschlüssig herum. Meine Gedanken wandern ohne mein Zutun zu Mia. Ich weiß, dass etwas ganz gewaltig nicht stimmt. Das schlechte Gewissen, das mich seit zwei Monaten plagt, steht zwischen uns.

Mehrmals habe ich mit dem Gedanken gespielt, ihr einfach zu sagen, dass ich während unserer Beziehungspause Sex hatte, aber ich konnte nicht. Hätte ich mit einer anderen Frau geschlafen, dann hätte ich es vielleicht getan, aber wie kann ich ihr sagen, dass ich Sex mit einem anderen Kerl hatte? Vollkommen ausgeschlossen.

Unser Sexleben ist ebenfalls auf einem absoluten Tiefpunkt angekommen. Die paar Male, die wir in den letzten beiden Monaten miteinander geschlafen haben, kann ich an einer Hand abzählen. Und dafür bräuchte ich noch nicht einmal all meine Finger. Und der Sex war auch alles andere als gut – jedenfalls für mich. Shit, das alles sind nicht unbedingt gute Zeichen, das erkenne sogar ich.

Frustriert starre ich an die Decke. Ich will Mia nicht aufgeben, ich will, dass es funktioniert!

Und Liam ... Der interessiert mich nun wirklich nicht weiter.

Fuck, wem mache ich hier eigentlich was vor?

Ich zucke heftig zusammen, als mein Handy klingelt.

„Fuck", fluche ich leise und halte meine Hand an die Brust. Augenblicklich fühle ich mich ertappt. Mit klopfendem Herzen greife ich nach meinem Smartphone und presse die Lippen fest aufeinander, als ich den Namen meiner Freundin auf dem Display lese. Ich nehme mir eine Sekunde zum Durchatmen und spiele kurz mit dem Gedanken den Anruf wegzudrücken, weil ich jetzt gerade nicht das Gefühl habe irgendwas händeln zu können. Am wenigsten meine Beziehung.

Reiß dich zusammen, du Waschlappen!

„Hi, Mia. Was gibt's?", nehme ich den Anruf an und versuche dabei so unbekümmert wie immer zu klingen.

„Hey. Was machst du heute?"

Urplötzlich bekomme ich schwitzige Hände. Ich klemme mir das Handy zwischen Schulter und Ohr und wische meine Handflächen an meiner Hose ab.

„Äh", stammele ich. „Nichts Besonderes. Ethan und ich wollten nachher die Bretter von seinem Baumhaus erneuern."

Die Lüge ist so schnell über meinen Lippen, dass ich nicht mal richtig darüber nachdenken kann. Dabei ist der Umstand, dass wir die Bretter erneuern wollen, nicht gelogen. Nur der Tag.

Shit.

Mia seufzt leise, aber doch laut genug, dass ich sie hören kann. „Okay. Macht nichts."

Ich nehme mein Handy wieder in meine rechte Hand und reibe mir mit der anderen über die Augen. Jetzt fühle ich mich wie ein Arschloch, dabei komme ich im Augenblick einfach nur nicht mit mir selbst klar.

„Alles okay?", hake ich nach.

„Ja."

Ich setze mich aufrechter hin, denn plötzlich mache ich mir Sorgen.

„Was ist los?", frage ich weiter. „Ist irgendwas passiert?"

Mia seufzt ein weiteres Mal. „Nein, es ist nichts passiert. Nur das übliche College-Drama. Dad drängt darauf, dass ich mich an der *Yale* bewerben soll und Mom unterstützt ihn damit. Niemanden interessiert, dass ich nicht nach New Haven gehen möchte – gar nicht. Ich will nicht mal in die Nähe von New York. Allein der Gedanke an so eine riesige Stadt versetzt mich in Panik."

Jetzt fühle ich mich richtig mies. Ich weiß genau, wie schwierig es für Mia ist, mit der Erwartungshaltung ihrer Eltern klarzukommen. Ihr Dad war Jahrgangsbester in *Yale*, was er bei so ziemlich jeder Gelegenheit erwähnt. Und ihre Mom sagt sowieso Ja und Amen zu allem, was der Typ von sich gibt. Unnötig zu erwähnen, dass ich kein besonders großer Fan der beiden bin. Keiner von ihnen erkennt, dass Mia bereits ihren Weg geht. Sie hat gute Noten, ist hilfsbereit und wird von allen gemocht. Nächsten Sommer will sie eigentlich am

California Institute of the Arts Kunstdesign und Kunstgeschichte studieren. Permanent gewinnt sie irgendwelche Wettbewerbe, wofür ihre Eltern nur ein müdes Lächeln übrighaben. Allein der Gedanke daran macht mich wütend.

„Ich komme vorbei", murmele ich und springe auf. „Gib mir zehn Minuten, ich muss mit dem Fahrrad kommen. Mom hat mir Bumblebee weggenommen."

„Warte, was?", fragt Mia irritiert. „Ich dachte du bist verabredet?"

Ach, verdammt.

„Ich sage Ethan ab. Aus sicherer Quelle weiß ich, dass er sowieso keine große Lust hat das Baumhaus heute wieder in Schuss zu setzen. Ist keine große Sache." Ich winke ab, obwohl sie das durchs Telefon natürlich nicht sehen kann.

„Jamie, ist schon okay. Triff dich ruhig mit Ethan. Ich komme allein klar, immerhin bin ich ein großes Mädchen."

Ein Stechen fährt durch meine Brust und ich keuche leise auf. Egal, wie seltsam momentan alles zwischen uns ist oder wie überfordert ich auch sein mag – ich will nicht, dass es Mia schlechtgeht.

„Ich hole dich ab und wir gehen einen Milchshake trinken", sage ich und greife beiläufig nach dem Teller auf meiner Couch. „Überleg dir also schon mal, welche Sorte du trinken willst."

Mia kichert leise. „Das weißt du doch. Es ist immer die gleiche."

Ich lächele unsicher, als ich bereits auf der Treppe bin.

„Jaja. Ich weiß schon. Schokolade. Du könntest aber auch mal was Neues ausprobieren." Kaum habe ich die Worte ausgesprochen, bleibe ich stirnrunzelnd stehen.

„Könnte ich. Aber wozu, wenn ich doch weiß, dass ich Schoko liebe?", gibt sie flapsig zurück.

Ich weiß mit einem Mal nicht mehr, wie man einen Fuß vor den anderen setzt.

„Na ja", denke ich laut, „man könnte sich ja auch einfach mal auf etwas Neues einlassen."

Die Worte liegen bedeutungsschwanger in der Luft, auch wenn nur ich das zu registrieren scheine, denn Mia redet bereit irgendwas über die Vorteile ihrer Lieblingssorte.

Ob ich überhaupt von Schokolade gesprochen habe, weiß ich selbst nicht.

Kapitel 10

Liam

Jeder Tag dieser Woche verläuft gleich. In der Schule ist zur Gewohnheit geworden, dass ich bei Jamies Freunden sitze und ich habe auch immer mit irgendeinem von ihnen einen Kurs zusammen. Besonders Drew scheint ein cooler Typ zu sein und wir haben uns sogar ein paar Mal außerhalb der Schule zum Zocken getroffen.

Nach der Schule bekomme ich Jamie kaum zu Gesicht, da er sich entweder in sein Zimmer zurückzieht oder gar nicht da ist. Ich frage mich, ob er sich zu Hause immer so benimmt oder ob er mir aus dem Weg geht.

Immerhin bekomme ich keine finsteren Blicke mehr zugeworfen und in den Schulpausen reden wir sogar miteinander, aber allein sind wir, vom Schulweg mal abgesehen, nie.

Auch heute hat er sich nach der Schule direkt in sein Zimmer verkrochen und kommt dort seit mehreren Stunden nicht heraus. Ich kann nicht fassen, dass ich so genau darauf achte, was Jamie macht und wie er sich im Haus bewegt. Er fasziniert mich total, denn ich habe noch niemals jemanden wie ihn getroffen. Ich habe schnell festgestellt, dass er einer der beliebtesten Jungs der Schule ist und das, obwohl er nicht mal zu den

Sportlern gehört. Ich kann es aber absolut nachvollziehen. Jamie versprüht permanent gute Laune und ist dabei so charmant, dass er nicht eine Sekunde arrogant wirkt. Wenn ich ihn nicht vorher schon gemocht hätte, würde ich ihn spätestens nach dieser Woche großartig finden. Was mein ganzes Dilemma nicht besser macht.

Kim ist vollkommen ausgeflippt, als ich ihr von Jamie berichtet habe. Sie ist nach wie vor geschockt, dass er nicht wirklich schwul ist. Sie kann sich auch nicht vorstellen, dass er das alles nur gemacht hat, um seinen Vater zu ärgern, aber ... nun, ich kann es. Jamie handelt und redet grundsätzlich, ohne groß darüber nachzudenken und diese Nacht in Seattle hat wohl auch dazu gehört.

Meine Gedanken kreisen tagtäglich um diesen einen Abend, als würde er seitdem mein Leben bestimmen. Ich sollte mich dringend ablenken und nicht den ganzen Abend hier hocken und darüber nachdenken, dass Jamie gleich im Zimmer nebenan ist. Ganz nebenbei bemerkt bin ich so neugierig auf sein Zimmer, dass ich am liebsten einfach hereingehen würde. Tue ich natürlich nicht.

Ich ziehe mein Handy aus meiner Tasche und schreibe Drew.

Was machst du heute Abend? Zocken wir eine Runde?

Sofort erscheinen zwei blaue Häkchen neben meiner Nachricht. Seine Antwort kommt nur wenige Sekunden später.

Klar, komm vorbei.

Das lasse ich mir nicht zweimal sagen. Ich schlüpfe schnell in ein frisches schwarzes T-Shirt, schnappe mir einen Pulli und verlasse mein Zimmer. Als ich meine Tür schließe, kommt Macey grinsend die Treppe hoch. Sofort erwidere ich es. Ebenso wie bei Jamie ist auch ihr Lächeln ansteckend und versprüht gute Laune. Man kann sie nur mögen.

„Hey, Liam", zwitschert sie fröhlich, kommt ein paar Schritte näher und gibt mir einen Kuss auf die Wange. „Gehst du weg?"

„Ja, ich treffe mich mit Drew."

Ihr Lächeln wird größer. „Ja, das passt." Sie nickt zustimmend. „Ihr seid beide mehr so die tiefgründigeren Personen."

Ich muss auflachen und sie zwinkert mir zu, ehe sie Jamies Zimmertür öffnet, hineingeht und sie sofort wieder schließt. Kein Anklopfen, nichts. Verdutzt schaue ich ihr nach.

Immerhin könnte er sich gerade einen runterholen, aber irgendwas sagt mir, dass diese Situation den beiden noch nicht mal peinlich wäre.

Ich halte inne, als ich Maceys Stimme durch die Tür höre und meine Augen werden groß.

„Hey, mein Süßer. Wer ist der Beste auf der ganzen weiten Welt? Ja, das bist du, nur du!" Ihre Stimme klingt so hoch, als würde sie mit einem Zweijährigen reden und nicht mit einem achtzehnjährigen Jamie.

Ich blinzele verwirrt und starre mit offenem Mund die Zimmertür an.

Okay, das ist ... cringe! Macey und Jamie haben eine äußerst seltsame Beziehung zueinander. Natürlich ist mir schon aufgefallen, dass die beiden sich extrem nahestehen und dass sie permanent aneinanderkleben, aber das hier toppt es noch mal um ein Vielfaches. Wie das Jamies Freundin Mia nicht stören kann, ist mir wirklich ein Rätsel.

Ich schüttele den Kopf, um meine Gedanken loszuwerden, schließlich war der Plan mich abzulenken und nicht noch mehr über ihn nachzudenken. Ich jogge die Treppe hinunter und biege ins Wohnzimmer ab. Mein Dad und Beverly liegen gemeinsam auf dem Sofa und sehen sich einen Film an. Es sieht so aus, als würden sie versuchen, möglichst viel voneinander zu berühren, denn die beiden nehmen praktisch kaum Platz auf dem riesigen Ecksofa ein. Beide lächeln mich glücklich an, als ich den Raum betrete.

„Du willst noch weg?", fragt mein Dad irritiert. Seine dunklen Haare, die von grauen Strähnen durchzogen sind, stehen in alle Richtungen ab, vermutlich hat Beverly sie zerwühlt. Was ... ebenfalls seltsam ist. Ich sollte schnell dieses Haus verlassen.

„Ja", sage ich schulterzuckend. „Ich gehe noch ein paar Stunden zu Drew rüber."

Mein Vater runzelt die Stirn. Er scheint abzuwägen, was meine Aussage genau bedeutet. Nicht schon wieder.

„Drew ist ... ein Freund ... oder ... ein Kumpel ... oder ein ... Date?", stottert er herum. Ich verziehe das Gesicht bei seinem Gestammel, doch Beverly kichert los und streichelt meinem Dad über die Wange, die trotz seines Alters von fünfzig Jahren kaum Falten ziert.

„Ach Schatz, du bist wirklich schlecht in so was", sagt sie schmunzelnd. Wie recht sie doch hat.

Auch wenn mein Dad damit klarkommt, dass ich schwul bin, fällt es ihm unglaublich schwer darüber zu reden. Es scheint ihm mehr als nur peinlich zu sein, weshalb wir dieses Thema grundsätzlich vermeiden. Wir haben uns darauf geeinigt, dass ich ihm erzähle, wenn es denn etwas zu erzählen gibt und dass er sich, davon abgesehen, raushält. Fühlt sich gerade allerdings weniger danach an und mir ist nicht klar, weshalb er es uns ausgerechnet jetzt so schwer macht. Unbehaglich trete ich von einem Fuß auf den anderen.

„Ist dieser Drew ... na ja ... ist er auch ... du weißt schon?"

Ich presse meine Lippen aufeinander. Wieso zum Teufel hört er nicht auf zu reden? Und wieso nimmt er plötzlich an, dass alle männlichen Wesen, mit denen ich etwas unternehme, schwul sind? Dieses dämliche *du weißt schon* hilft auch nicht weiter. Normalerweise kann er wenigstens das Wort schwul benutzen.

Beverly scheint meiner Meinung zu sein, denn sie sieht mich entschuldigend an.

„Was dein Vater eigentlich meint: Hab viel Spaß mit Drew. Deinem Kumpel."

Ich lächele sie dankbar an und sehe zu, dass ich wegkomme. Ich höre noch, wie mein Vater sie fragt, woher sie weiß, dass es nur ein Kumpel ist, was ich mich auch frage, aber ich höre nicht weiter zu. Viel dringender möchte ich das Haus verlassen.

Natürlich liegt Beverly mit ihrer Annahme richtig. Drew ist cool und lustig und wir sind auf jeden Fall auf einer Wellenlänge. Abgesehen davon ist er hetero und ich bin nicht am ihm interessiert. Er sieht gut aus und dieser Goth Style stört mich nicht, im Gegenteil, er passt zu ihm. Leider entspricht er trotzdem nicht meinem Beuteschema. Mein Stiefbruder hingegen leider schon.

Ich knalle die Haustür stärker als beabsichtigt zu, was mich kurz zusammenzucken lässt. Einen Fluch ausstoßend, schnappe ich mir mein altes Fahrrad, das seine besten Zeiten schon hinter sich hat und das neben Jamies etwas jämmerlich wirkt, und radele los.

Zu Drew sind es nur ein paar Minuten, doch der Fahrtwind tut mir gut. Ich ärgere mich, dass ich meine Kopfhörer vergessen habe, aber für die kurze Zeit hätte es sich sowieso nicht gelohnt.

Wenig später biege ich in Drews Einfahrt ein und bewundere das vor mir aufragende Backsteinhaus. Es ist ein schönes Haus und von der Art, wie ich mir mein eigenes später immer vorgestellt habe. Die kurze Auffahrt führt zu einer Garage, an der ein Basketballkorb hängt. Von meinem letzten Besuch weiß ich, dass es von innen sehr wohnlich und geräumig ist, ohne dass die Räume größer sind als manche Wohnung.

Ich stelle mein Fahrrad ab und drücke auf die Klingel. Drew öffnet kurz darauf grinsend die Tür und hält eine Bierflasche in der Hand. Ich ziehe eine Augenbraue hoch.

„Hast du sturmfrei?“, frage ich ihn misstrauisch, denn ich kann mir kaum vorstellen, dass seine Eltern ihm einfach so Alkohol in die Hand drücken würden.

Sein Grinsen wird noch breiter. „Das ganze Wochenende.“

Ich gebe ihm ein High Hive und schlüpfe neben ihm ins Haus. Mit einem weiteren Bier bewaffnet, verziehen wir uns in sein Zimmer. Es ist ähnlich minimalistisch eingerichtet wie meins, weshalb ich mich bei Drew unglaublich wohl fühle. Auch wenn sein Zimmer viel dunkler gehalten ist und ich mittlerweile der Sonne ziemlich viel abgewinnen kann.

Ich lasse mich auf den Schreibtischstuhl fallen und schnappe mir einen Controller. Seit ein paar Tagen spielen wir zusammen *The Last of Us.* Ich bin sonst eigentlich nie der große Zocker gewesen, aber Drew hat mich mit seiner Begeisterung angesteckt und nun macht es mir viel zu viel Spaß, um wieder aufhören zu können.

Die Stunden vergehen und wir trinken ein Bier nach dem anderen. Irgendwann lehne ich mich erschöpft in meinem Stuhl zurück.

„Zocken sollte man als Sport deklarieren", murmele ich gähnend.

Drew grinst mich an. „Anfänger."

Dafür sieht er meinen Mittelfinger und ich konzentriere mich auf die Musik, die Drew ausgewählt hat. Seine Playlist bietet eine Punkrockband nach der nächsten, was ein weiterer Grund ist, warum wir uns so gut verstehen. Normalerweise teilt niemand meine Vorlieben. Auch aus Jamies Zimmer wummert regelmäßig Hip-Hop, womit ich wiederum gar nichts anfangen kann.

„Gib mal her", raune ich und strecke meine Hand nach Drews Handy aus. Ich suche nach meiner Lieblingsband *Select Stuff* und kurz darauf erklingen die ersten Töne meines Lieblingslieds.

Drew hebt überrascht die Augenbrauen. „Scheiße, die sind der Hammer. Wer ist das?"

„Eine Undergroundband aus Seattle, aber die Jungs haben es echt drauf. Ihre Konzerte sind der Wahnsinn!"

„Zeig mal her, was haben die noch?", fragt er und fordert sein Handy zurück. Glücklich scrollt er darauf herum und speichert sich direkt haufenweise Lieder ab, die er noch nicht mal kennt. Als er sich schließlich zurücklehnt und einen Schluck von seinem Bier nimmt, sieht er mich neugierig an.

„So ... Und wie ist es so, in der Villa Hastings zu wohnen?"

Ich lache über seine Bezeichnung, aber leider kann ich ihm nicht widersprechen. Dieses Haus einfach nur Haus zu nennen, würde einer Beleidigung gleichkommen.

„Ungewohnt", gebe ich zu und lege meinen Kopf schief. „Bisher habe ich in einem Schuhkarton gelebt und jetzt ist mein Zimmer plötzlich riesengroß und gibt den Blick auf den fucking Ozean frei. Das ist merkwürdig."

„Das würde ich liebend gern auf mich nehmen", erwidert Drew lachend und ich stimme mit ein.

„Ich will mich auch nicht beschweren. Es ist cool dort zu wohnen, keine Frage. Ich fühle mich wohl. Jamies Mom ist klasse."

Drews Blick wird eine Spur nachdenklicher. „Und Jamie?"

Ich zucke leicht zusammen. „Was meinst du?", frage ich und nehme einen großen Schluck von meinem Bier.

„Na ja. Am Anfang war er ja nicht so begeistert, dass du da bist. Jetzt redet ihr miteinander, aber es sieht nicht so aus, als würdet ihr euch sonderlich gut verstehen." Drew zuckt mit den Achseln und ich seufze leise.

„Ja. Es ist ... komisch“, sage ich vage.

Er sieht mich spöttisch an und macht mir damit deutlich, dass ich so nicht davonkomme.

Ich seufze erneut, diesmal lauter. „Ach, wir kommen ganz gut miteinander aus. Ich sehe ihn kaum. Entweder ist er in seinem Zimmer oder nicht zu Hause. Könnte also schlimmer sein.“

„Okay“, sagt Drew gedehnt. „Das klingt nicht nach Jamie, er muss diese Brudersache echt scheiße finden. Aber ganz ehrlich – das wird er niemals lange durchhalten. Jamie ist so ein gutgelaunter Trottel, der sich mit jedem versteht. Ich bin mir sicher, bald seid ihr beiden die besten Freunde.“

Ich setze ihn lieber nicht darüber in Kenntnis, dass ich mir weitaus andere Sachen vorstellen könnte, als sein Freund zu sein.

„Was ist das eigentlich mit Macey?“, frage ich, nach ein paar Sekunden des Schweigens.

Aus dem Nichts fängt Drew lauthals an zu lachen. „Ja, daran muss man sich wohl gewöhnen, wenn man die beiden nicht kennt.“

„Allerdings. Mir kann doch niemand erzählen, dass die noch nie was miteinander hatten. Oder haben.“ Ich schüttele den Kopf. Es sollte mir egal sein. Es ist mir egal. Zumindest rede ich mir das ein.

Drew wiegt seinen Kopf leicht hin und her, als würde er abwägen, inwieweit meine Aussage stimmen könnte. „Weißt du, ich glaube jeder von uns hatte diesen Gedanken schon mal. Aber nein. Die beiden sind einfach nur beste Freunde. Irgendwie sieht sie jeder als Geschwister an. Die benehmen sich wie Zwillinge, die man bei der Geburt auseinandergerissen hat und die sich nun endlich gefunden haben. Ich glaube wirklich, dass die beiden noch nie was miteinander hatten."

Er zuckt mit den Schultern und widmet sich wieder seinem Bier.

Ich bin immer noch in Gedanken versunken. Denke ich wirklich, dass die beiden was miteinander haben? Einerseits glaube ich nicht so richtig daran, aber die Sache vorhin war doch ziemlich speziell. So redet man doch nicht mit seinen Freunden. Andererseits redet man so vermutlich auch nicht mit jemandem, mit dem man ins Bett steigt.

„Ich weiß nicht", greife ich das Thema wieder auf, weil es mir einfach keine Ruhe lässt. „Mit Kim würde ich niemals so umgehen."

Drew hat wieder den Playstation-Controller in der Hand, sieht jetzt aber interessiert auf. „Wer ist Kim?"

„Meine beste Freundin. Sie wohnt in Seattle", antworte ich ihm und vermisse sie mit einem Mal schrecklich.

„Freundin oder beste Freundin? Oder Freundin mit gewissen Vorzügen?", fragt er neugierig.

„Beste Freundin", sage ich laut lachend, denn der Gedanke, ich könnte was mit Kim haben, ist einfach zu lustig.

„Was, ist sie dir nicht heiß genug?", fragt er irritiert, beide Augenbrauen gehoben.

Okay. Hier ist wohl der Moment.

Ich bin niemand, der losgeht und seine sexuelle Orientierung in die Welt hinausbrüllt, aber ich werde mich auch auf keinen Fall verleugnen. Nicht mehr zumindest.

Ich grinse ihn an und zucke unbekümmert mit den Schultern. „Sie ist heiß. Das Problem ist viel mehr, dass sie keinen Penis hat."

Drew legt den Kopf schief und scheint kurz über meine Aussage nachzudenken. Ich kann genau beobachten, wann er es begreift, denn seine Augen weiten sich kurz.

„Also bist du schwul?", fragt er mich geradeheraus. Dabei klingt er einfach nur interessiert und in keiner Weise abwertend.

„Ja." Ich nicke leicht.

„Das erklärt, warum du deine beste heiße Freundin nicht befummeln willst. Aber vielleicht stellst du uns ja mal einander vor, damit ich das dann an deiner Stelle machen kann." Er wackelt anzüglich mit seinen Augenbrauen, ein dickes Grinsen auf den Lippen.

Ich lache erleichtert auf. „Du wärst auf jeden Fall ihr Typ."

„Dann musst du uns wohl zusammenbringen. Das verlangt der Bro-Code so. Dafür stelle ich dir einen Kumpel von mir vor, der auf jeden Fall auch heiß ist", sagt er und drückt wieder auf seinem Controller herum, um das Spiel wieder zu starten.

Ich greife dankbar nach meinem und wir spielen weiter.

Mir ist vorher schon klar gewesen, dass ich Drew mag, aber jetzt hat er noch mal gezeigt, was er für ein toller Typ ist. Er macht keine große Sache daraus, dass ich schwul bin, er sieht mich nicht anders an und er behandelt mich den Rest des Abends genauso wie vorher auch. Wir lachen, wir hören Musik, reißen Witze und trinken dabei viel zu viel Alkohol. Das ist genau, was ich gebraucht habe, um mich von meinem heißen Stiefbruder abzulenken. Einen Freund. Und an diesem Abend entscheide ich, dass ich Drew von nun an zu meinen Freunden zähle.

Kapitel 11

Jamie

Ehe ich mich versehe, gehört Liam fest zu unserer Gruppe dazu. Er verbringt seine Pausen an unserem Tisch, sitzt im Unterricht bei uns und auch meine Schutzmauern stürzen allmählich ein. Ich habe es aufgegeben, mich in meinem Zimmer zu verstecken und tue nicht mehr so, als wäre Liam nicht Teil meines Lebens. Ich versuche dennoch am laufenden Band das, was in Seattle passiert ist, zu vergessen, aber es gelingt mir nicht. Meine Träume sind nur noch lebhafter als jemals zuvor.

Liam macht allerdings keine Anstalten sich mir auf *diese* Weise zu nähern, was letztendlich dazu führt, dass ich mich allmählich in seiner Gegenwart entspanne. Dennoch reagiere ich nach wie vor viel zu heftig auf ihn und das macht mir Angst. Ist er in meiner Nähe, bekomme ich schwitzige Hände. Jedes beschissene Mal. Außerdem registriere ich viel zu genau seine Outfits. Seine Frisur.

Meine Joggingrunden am Morgen sind wesentlich ausgiebiger geworden. Währenddessen konzentriere ich mich ausschließlich aufs Laufen und auf nichts anderes. Liam spielt dabei keine Rolle, ebenso wenig wie Mia, und die körperliche Erschöpfung tut mir gut.

Liam ist mir unheimlich sympathisch, ich kann gar nicht anders, als ihn zu mögen. Deshalb habe ich entschieden, dass wir Freunde sein können und das klappt ganz gut. Na ja, vielleicht nicht gut, aber immerhin wird es langsam entspannter. Ich gewöhne mich an ihn.

Drew und Liam haben sich offenbar gefunden, denn bei ihnen scheint eine heftige Art von Bromance zu laufen. Seit die beiden sich vor zwei Wochen bei Drew zusammen betrunken haben, sind sie die besten Freunde, was mich wirklich für Drew freut. Wir sind schon immer Freunde gewesen, aber irgendwie hatte er nie jemanden, der seine Lieblingsmusik geteilt hat oder der ebenfalls gern liest.

Ohne anzuklopfen, schlendere ich in Liams Zimmer, woran er sich mittlerweile gewöhnt hat. Irgendwie hängen wir alle immer nur in seinem Zimmer ab, meines hat er noch nie betreten. Eigentlich weiß ich nicht wieso. Vielleicht weiß ich es aber doch, denn es fühlt sich viel zu intim an, ihn dort zu haben.

Er hat bisher nicht gefragt, ob er mein Zimmer sehen kann, und ich werde es ihm sicherlich nicht grundlos anbieten.

„Macey kommt gleich rüber. Wir wollen den Grill anmachen“, sage ich und schmeiße mich möglichst weit von ihm entfernt auf sein Bett. Liam liegt entspannt da, den Kopf an den Bettrahmen gelehnt, und hält schon wieder ein Buch in den Händen.

Er sieht schmunzelnd auf. „Also unsere Eltern sind gerade zwei Stunden weg und du lädst Leute ein? Kannst du nicht einmal die Ruhe genießen?“

Ich lache auf. Ich und Ruhe? Es gibt nichts, das mich mehr nervt. „Sehr witzig. Nur Macey kommt, es wird keine Party. Außerdem müssen wir systematisch vorgehen. Wenn sie jetzt sehen, dass wir das Haus nicht auseinandernehmen, sind sie stolz und zufrieden und machen bald wieder einen Abgang. Die beiden sind so ekelhaft glücklich, dass sie bestimmt woanders sein wollen, um vögeln zu können."

Liam blinzelt ein paar Mal, bevor er das Gesicht verzieht. „Jamie, das ist echt eklig. Ich will nicht daran denken, dass die beiden weggefahren sein könnten, um Sex zu haben. Sie machen nur ein Wellnesswochenende." Er schüttelt sich kurz. Weichei.

„Bitte. Jeder weiß doch, dass Wellnesswochenende ein Synonym für Bumswochenende ist." Ich grinse zu Liam rüber, der sich immer noch schüttelt, aber dabei laut lacht.

„Verdammt, wieso musst du immer aussprechen, was du denkst?", fragt er.

„Das ist erfrischend", winke ich ab.

„Red dir das nur ein", murmelt er und klappt sein Buch zu. „Macey, also. Dann rufe ich Drew an, allein ertrage ich euch beide nicht."

Ich zeige ihm lachend den Mittelfinger und stehe mühsam wieder auf. „Damit kann ich leben. Ich bin allein schon anstrengend genug. Mit Macey zusammen nehme ich utopisch nervige Ausmaße an. Erfrischend, aber nervig."

„Treffender hätte ich das jetzt nicht zusammenfassen können."

Ich werfe einen letzten Blick zu Liam zurück, der bereits auf seinem Handy herumtippt und ignoriere die

Wärme, die sich sofort in meinem Körper ausbreitet. Ich schiebe außerdem die Tatsache von mir, dass ich ein sturmfreies Wochenende habe und nicht eine Sekunde auf die Idee gekommen bin, meine Freundin anzurufen, ob sie sich uns anschließt. Bei dem Gedanken, dass Liam Zeit mit mir verbringen wird, klopft mein Herz allerdings verdächtig schnell in meiner Brust. *Nicht darüber nachdenken!*

Ich flüchte mich in mein Zimmer und lehne mich von innen gegen die Zimmertür, um tief durchzuatmen. Das bedeutet gar nichts. Mich bringt einfach immer noch durcheinander, was vor fast drei Monaten passiert ist, mehr nicht. Mehr kann es gar nicht sein. Liam ist ein Kerl und ich bin hundertprozentig nicht schwul. Glaube ich. Aber abgesehen davon, ist Liam jetzt mein verdammter Stiefbruder. An den kann ich nicht auf diese Weise denken. Das ist ... nicht normal.

Ich schüttele den Kopf, um meine Gedanken abzuschütteln und gehe zum Sofa, um mich darauf fallen zu lassen. Vielleicht kann ich mich ja mit ein paar Ballerspielen ablenken, bis Macey endlich hier ist. In ihrer Gegenwart ist es mir gar nicht möglich Trübsal zu blasen, dafür hat sie viel zu gute Laune.

Als es nach einer Weile klingelt, sehe ich überrascht auf. Das kann eigentlich nur Drew sein, denn Macey würde niemals auf die Idee kommen, die Klingel oder überhaupt die Haustür zu benutzen.

Verblüfft stelle ich fest, dass ich mehrere Stunden gezockt und dabei auf meiner Couch gelegen habe. Ich kann mich gar nicht daran erinnern, wann ich das letzte Mal mehrere Stunden rumgelegen habe. Ich stehe auf und strecke mich, bevor ich mir übers Gesicht und die Haare fahre. Ich muss gar nicht erst in den Spiegel sehen, um zu wissen, dass sie ein einziges Chaos sind. Egal. Ich gehe nach unten und folge Liams und Drews Stimmen in die Küche.

„Hey, Mann“, sage ich grinsend und begrüße Drew.

Wir schlagen ein und kurze Zeit später wird mir ein Bier in die Hand gedrückt.

„Hey Leute!“ Macey schiebt sich durch die Küchentür zur Terrasse, wie sie es immer tut. Erleichterung durchfährt mich. Das scheint ein vielversprechender Nachmittag zu werden.

***

Einige Stunden später sitzen wir lachend zusammen auf unserer Terrasse, trinken und genießen unser Leben. Ethan ist kurz vor dem Essen auch noch vorbeigekommen und nun sind wir eine ziemlich lustige Runde geworden.

Dank unseren Ordnungsfanatikern Liam und Drew ist der Tisch bereits abgeräumt, was meinen inneren Chaoten ziemlich freut, denn bei mir wäre vermutlich bis morgen alles noch genau so stehen geblieben. Früher habe ich immer erst kurz bevor meine Eltern nach Hause gekommen sind aufgeräumt, was mir jedes Mal fast einen Herzinfarkt beschert hat.

Jetzt kann ich entspannen und trinken. Oder auch nicht, denn Liams Gegenwart ist mir die ganze Zeit allzu bewusst und hat schon mehr als einmal dazu geführt, dass sich mir die Nackenhaare aufgestellt haben.

Es wird allmählich dunkel und die Lichterketten meiner Mom erhellen unsere Terrasse, während das Meer im Hintergrund sanft rauscht. Ich liebe das.

„Wo ist eigentlich Mia?“, fragt Macey leise in meine Richtung, während alle anderen in Gespräche vertieft sind.

Ich zucke zusammen und schlucke, bevor ich leise antworte. „Keine Ahnung.“

Ich vermeide es, sie anzusehen, weil sie schon immer viel zu gut darin war, meine Gedanken zu lesen. Macey wäre aber nicht Macey, wenn sie sich damit zufriedengeben würde. Sie klettert auf meinen Schoß und schiebt ihr Gesicht vor meines.

„Was ist los, Jamiro?“, fragt sie mich sanft.

Bei dem Spitznamen muss ich schmunzeln ebenso wie sie. Wir geben uns gegenseitig die seltsamsten Spitznamen und seit ich einmal ihren Freund spielen musste, damit sie einen nervigen Typen loswird, ist das ihr liebster. An diesem Abend hat sie mich Jamiro genannt, warum auch immer sie nicht einfach bei Jamie geblieben ist. Sie hat damals gesagt, dass wir, wenn wir schon so etwas Absurdes schauspielern würden, auch die Namen ändern müssten. Einige Monate später hat sie sich revanchiert, als sie meine Freundin gespielt hat, weil mich ein Mädchen in einer Bar einfach nicht in Ruhe lassen wollte. Macey ist seitdem Marcella. Jamiro und Marcella sind irgendwie passend.

Ich lache bei dem Gedanken daran auf und auch Macey muss sich auf die Lippen beißen, um nicht lauthals loszulachen. Ich verstecke mein Gesicht in ihrer Halsbeuge und ziehe sie an mich.

„Keine Ahnung“, flüstere ich noch mal.

Was soll ich denn auch sonst sagen? Dass ich viel zu häufig an meinen Stiefbruder denken muss? Dass ich ihn heiß finde? Dass ich mich ernsthaft frage, ob ich schwul bin? Dass ich mir einrede, dass Schwulsein keine Option ist? Ich beiße fest die Zähne aufeinander und sage gar nichts davon. Weil ich nicht weiß wie.

Sie drückt mich an sich und zeigt mir so, dass sie für mich da ist. Sie drängt mich nicht zu reden, denn sie weiß, dass ich hier vor unseren Freunden niemals anfangen würde, über irgendwelche Probleme zu sprechen. Außerdem tue ich das sowieso eher selten. Ich möchte ein positiver Mensch sein, der andere glücklich macht und niemand, der andere mit seinem Scheiß belastet.

„Jetzt mal im Ernst, genau das meine ich. Seid ihr alle so daran gewöhnt, dass ihr das nicht merkwürdig findet?", ruft Liam laut in die Runde. Er hat schon ordentlich einen sitzen, denn er lallt leicht. Seine Stimme ist noch rauer geworden.

Ich blicke über Maceys Schulter und nehme die belustigten Blicke meiner Freunde wahr. Liam sieht mich mit einer Mischung aus Belustigung und ehrlichem Interesse an, und ich kann nicht anders, als ihn breit anzugrinsen.

„Keine Ahnung, was du meinst", sage ich unschuldig.

„Oh, bitte", sagt er spöttisch. „Ihr beiden habt hier beinahe Trockensex und niemand scheint das auch nur im Geringsten komisch zu finden." Zur Untermalung seiner Worte reißt er seine Arme nach oben.

Drew und Ethan können sich kaum halten vor Lachen. Macey dreht sich so ruckartig auf meinem Schoß herum, dass ich Mühe habe, sie vor einem Sturz zu bewahren. Reflexartig legen sich meine Hände um ihre Hüfte.

„Um Himmels Willen, Liam. Das nennt sich Liebe. Grenzenlose, bedingungslose, nicht sexuelle Liebe. Wenn das für dich schon Sex ist, will ich wirklich nicht wissen, wie unaufregend und langweilig es bei dir so zugeht“, knurrt Macey angepisst in seine Richtung.

Ich zucke kaum merklich zusammen. Ich weiß nur zu gut, dass der Sex mit Liam alles andere als langweilig ist, sondern ziemlich ... weltverändernd. Und wieder versuche ich mir im Stillen selbst einzureden, dass es vollkommen normal ist, so etwas zu denken und es nichts zu bedeuten hat.

„Wenn du wüsstest“, sagt Liam zweideutig und sieht kurz in meine Richtung.

Ich schlucke und sehe verzweifelt zu meinem leeren Bier.

„Zeit für Shots!“, rufe ich in die Runde, um die anderen vom Sex-Thema abzulenken und um mir den dringend benötigten Alkohol zu beschaffen.

Meine Freunde stimmen begeistert zu.

Kapitel 12

Liam

Ich öffne die Augen und schließe sie zischend wieder, als ein heftiger Schmerz direkt in meine Schläfen schießt. Scheiße, dieses lichtdurchflutete Zimmer macht mich fertig. Auch wenn ich die Sonne sonst morgens wirklich genieße, wünsche ich mir jetzt eine Dunkelkammer.

Blinzelnd öffne ich erneut meine Augen und versuche mich zu orientieren. Ich liege in meinen Sachen in meinem Bett und fühle mich, als hätte mich jemand ausgekotzt, mir gegen den Kopf getreten, nur um mich anschließend zu überfahren.

Ich stöhne gequält auf und fische mit der Hand nach meinem Handy, das auf dem Nachttisch liegt. Das Display zeigt bereits zehn Uhr an.

Was?

Ich kann mich nicht daran erinnern, wann ich das letzte Mal so lange geschlafen habe. Länger als acht Uhr bringe ich nur selten zustande und seit ich in Oceanside lebe, wache ich generell viel zu früh auf.

Langsam setzte ich mich auf, eine Welle von Übelkeit rollt über mich hinweg.

Kaffee. Das Einzige, das mich jetzt noch retten kann, ist Kaffee.

Wie in Zeitlupe stehe ich auf und schlurfe los. Es grenzt an ein Wunder, dass ich es die Treppe ohne einen Unfall hinunterschaffe. Als ich in der Küche ankomme und ich endlich das mahlende Geräusch der Maschine vernehme, seufze ich zufrieden. Es dauert eine gefühlte Ewigkeit, bis das magische Gebräu in meiner Tasse ist, aber dann, endlich, nehme ich einen Schluck. Ich stehe so lange in der Küche, bis meine gesamte Tasse leer ist und ich für eine weitere auf die Kaffeemaschine drücke. Lächelnd nehme ich den Kaffee und fühle mich wieder wie ein Mensch. Irgendwann wird mir meine Kaffeesucht vermutlich einen Herzinfarkt bescheren, aber bis es so weit ist, akzeptiere ich einfach, dass ich nicht ohne leben kann.

Ich trete aus der Küche in den Flur und bemerke erst jetzt, dass der Fernseher im Wohnzimmer läuft. Ich gehe rüber und bleibe schweigend im Türrahmen stehen. Jamie sitzt auf dem Sofa, eine Flasche Kakao steht vor ihm, und starrt auf den Fernseher. Er hat eine Schüssel in der Hand und löffelt mit der anderen seine heißgeliebten Cornflakes. Dabei sieht er sich Cartoons im Fernsehen an. Er trägt eine graue Jogginghose zu einem weißen Hoodie und seine Haare hängen ihm nass in die Stirn. Er ist einfach zum Niederknien, nur dass ihm das nie bewusst zu sein scheint.

„Hey", sage ich, während ich in Richtung Couch schlurfe.

Jamie begrüßt mich mit einem Grinsen, ein Funkeln in seinen strahlend grünen Augen. „Hey. Du siehst scheiße aus", kommentiert er und sein Grinsen wird noch eine Spur breiter.

Ich schnaube. „Natürlich! Ich habe den Kater des Todes. Du aber scheinbar nicht, denn du siehst nicht so aus, als hättest du literweise Alkohol gesoffen.“ Ihm zu sagen, dass er verdammt perfekt aussieht, spare ich mir mal lieber.

Er zieht spöttisch eine Augenbraue nach oben. „Oh, bitte. Ich war schon joggen. Ich habe nie einen Kater.“

Gequält starre ich ihn an und denke kurz über seine Aussage nach. Er sieht wirklich so aus, als hätte er keinen Tropfen getrunken und nicht die halbe Nacht draußen auf seiner Terrasse verbracht. Hat er aber.

„Wie machst du das? Du hast viel mehr getrunken als ich und sitzt jetzt hier wie das blühende Leben, während ich beim Trinken nicht ansatzweise mithalten konnte und trotzdem am Sterben bin“, hake ich theatralisch nach.

„Keine Ahnung. Mein Körper scheint ein magischer Alkohol-Vernichtungs-Apparat zu sein. Ist Fluch und Segen zugleich.“ Er zuckt nur die Achseln und widmet seine Aufmerksamkeit wieder dem Fernseher.

Ich lege mich auf die lange Seite der Couch und schaue ebenfalls hin. Eine schwarze Katze ist gerade dabei eine kleine Maus zu jagen, was Jamie immer wieder zum Lachen bringt.

„Was sehen wir uns an?“, frage ich mit rauer Stimme. Ich höre mich an wie ein Kettenraucher, dabei habe ich noch nie eine Zigarette angerührt.

Entsetzt reißt Jamie den Kopf zu mir herum. Sein Mund steht offen und er setzt mehrmals zum Sprechen an, ohne es tatsächlich zu tun. Er blinzelt.

Ich blinzele zurück.

„Das ist Tom & Jerry“, antwortet er trocken.

„Okaaaay.“

Er starrt mich immer noch an. Was soll das?

„Ähm ... Ist was?“, frage ich schließlich, weil seine Musterung langsam gruselig wird.

„Das ist Tom & Jerry, verdammt! Bitte sag mir, dass du schon mal Tom & Jerry gesehen hast!“ Er legt seine Handflächen, wie bei einem Gebet aneinander und sieht mich flehend an. Dabei sieht er so süß aus, dass ich seine Frage beinahe vergesse.

„Ähm. Nein.“

Absoluter Unglauben ist in seiner Miene zu lesen. Er schüttelt immer wieder fassungslos den Kopf, sieht mich an, dann wieder den Fernseher, nur um schließlich wieder den Kopf zu schütteln. Belustigt sehe ich ihm dabei zu.

„Wie konntest du nur jemals glücklich sein“, flüstert er dramatisch und bringt mich damit zum Lachen. Hilflos halte ich mir den Kopf, denn das Lachen verstärkt das Hämmern in meinem Schädel noch mehr.

„Na ja, jetzt kann ich es mir ja ansehen“, murmele ich, nachdem ich mich wieder beruhigt habe.

Jamie fährt durch seine feuchten Haare und lächelt kurz zu mir herüber.

Schweigend sehen wir die Sendung an und ich muss zugeben, dass ich sehr häufig lachen muss. Im Allgemeinen kann ich Fernsehen nicht so viel abgewinnen, da ich meine Nase lieber in ein Buch stecke, aber ich verstehe, wieso Jamie sich das ansieht. Es passt zu seiner lockeren Art das Leben zu nehmen, zu seiner Lebensfreude, die er mit jeder Faser ausstrahlt.

Ich fühle mich so unendlich wohl mit ihm hier auf dem Sofa, dass ich komplett entspanne. Aus dem Augenwinkel beobachte ich jede seiner Bewegungen, auch als er endlich seine Schüssel wegstellt und sich in die Kissen kuschelt. Es fühlt sich so natürlich und richtig an, hier mit ihm zu chillen, was zu einem Großteil an ihm liegt. Ich fühle mich generell sehr wohl in Oceanside und auch speziell in diesem Haus, aber hier und jetzt mit ihm bin ich einfach ... glücklich.

***

Der Duft von geschmolzenem Käse weckt mich aus einem mehr als erholsamen Schlaf. Irritiert blicke ich auf und sehe mich um. Ich liege immer noch auf dem Sofa im Wohnzimmer und habe tatsächlich geschlafen. Normalerweise kann ich nicht wieder einschlafen, wenn ich einmal aufgewacht bin, auch mittags nicht. Doch ein Blick auf die große Wanduhr verrät mir, dass ich stundenlang geschlafen haben muss. Ich sehe zu Jamie, der immer noch auf der Couch neben mir sitzt. Er lächelt mich an und mein Herz macht einen kleinen Hüpfer. Ich bin absolut erledigt, denn ich sollte wirklich nicht so für meinen heterosexuellen Stiefbruder empfinden.

Ich sehe zu dem kleinen Tisch, auf dem ein Teller mit Pizza steht. Jamie hat ebenfalls einen Teller auf dem Schoß und beißt genüsslich in ein Stück.

„Hast du die gemacht?“, frage ich verschlafen und setze mich auf.

„Ja. Ist nur eine Tiefkühlpizza. Genau genommen kann ich nichts anderes“, antwortet er schmunzelnd.

Ein leises Lachen entfährt mir. Meine Stimme klingt vom Schlafen noch ganz rau und Jamie starrt mich eine Spur zu lange an.

„Ich sehe jetzt bestimmt total verwuschelt aus, oder?", frage ich schüchtern.

Bei meiner Frage blinzelt er ein paar Mal. Sein Mund steht ihm leicht offen. „Ich ... du ... äh ... ja", stammelt er und reißt seinen Blick zurück zum Fernseher. Mittlerweile laufen keine Cartoons mehr, sondern einer der Transformers Filme, denen Jamies Auto seinen Namen verdankt.

Ich greife zu meiner Pizza und beiße zufrieden in das erste Stück. „Danke", nuschele ich.

Das Essen tut verdammt gut. Das und der viele Schlaf haben dafür gesorgt, dass ich mich besser fühle, aber dennoch gehe ich auf Nummer sicher und mache mir vorsichtshalber noch einen Kaffee. Ich nehme Jamie einen Kakao aus dem Kühlschrank mit. Als ich die Flasche neben ihn auf die Couch werfe, stiehlt sich augenblicklich ein glückliches Strahlen auf sein Gesicht. Verdammt, wenn ein einziger Kakao dafür sorgen kann, dass er mich so ansieht, werde ich vermutlich nie wieder etwas anderes tun, als ihm Kakao zu bringen.

„War lustig gestern Abend", sage ich, als ich mich wieder hinlege.

„Absolut. Mace hat heute auch schon gefragt, wann wir das wiederholen."

Ich denke einen Augenblick darüber nach, ob ich ihn auf Macey ansprechen soll. Ich verstehe ihre Beziehung nicht. Mal ganz davon abgesehen, dass sie ständig Körperkontakt haben, komme ich einfach nicht darüber hinweg, wie sie mit ihm spricht, wenn sie in seinem

Zimmer ist. Ich bin in den letzten zwei Wochen mehrmals Zeuge davon geworden, wie sie mit ihm geredet hat wie mit einem Baby.

Ach, scheiß drauf.

„Jetzt mal ehrlich. Was ist das mit Macey?“, frage ich geradeheraus, ohne um den heißen Brei herum zu reden.

Er seufzt und dreht sich im Sitzen mit seinem Oberkörper zu mir. „Ich habe nichts mit ihr und hatte noch nie was mit ihr“, stellt er klar.

Mit gerunzelter Stirn frage ich weiter. „Aber du willst was mit ihr haben?“

Seine Augen werden groß. „Himmel, nein will ich nicht! Wieso denken das immer alle?“ Seine Stimme hat einen frustrierten Ton angenommen.

„Na ja“, setze ich an. „Ihr berührt euch einfach häufig. Also, wirklich extrem häufig. Und wenn ich extrem sage, dann meine ich unnormal häufig.“

Er lacht kurz auf, bevor er wieder ernst wird. „Ich bin einfach ... keine Ahnung. Ich bin ein ziemlich körperbetonter Mensch und ... brauche das.“ Sein Blick ist starr auf seine Finger gerichtet. Jamie wirkt so aufrichtig, dass mir kurz der Atem stockt. Irgendwie habe ich das Gefühl, dass er das nicht jedem auf die Nase bindet.

„Okay. Das kann ich verstehen. Aber ... ich meine, komm schon. Wie sie mit dir redet, ist irgendwie creepy.“

Nun sieht er doch auf, einen verwirrten Ausdruck im Gesicht. „Wie meinst du das?“

„Du weißt schon. Diese Babystimme, als wärst du ein verdammtes Kleinkind“, erkläre ich weiter.

Er legt den Kopf schief und kneift seine Augen leicht zusammen. Er scheint angestrengt nachzudenken. „Wovon redest du, Liam?", fragt er perplex. „Ehrlich, ich check's nicht."

Nun bin ich es aber, der verwirrt ist. Wie kann er das denn nicht merken?

„Jamie. Immer, wenn sie hier bei dir ist, redet sie hinter verschlossenen Türen mit dir, als wärst du ein Kind. Und sie sagt echt seltsame Dinge."

Kurz herrscht Schweigen zwischen uns, während wir uns in die Augen sehen.

Sein Gesicht entspannt sich merklich, bevor er anfängt zu lächeln und sich daraus ein schallendes Lachen entwickelt. Er lässt sich laut lachend in die Kissen fallen und hält sich den Bauch. Ein Lachanfall schüttelt ihn, er kann sich einfach nicht beruhigen, was mich vorsichtig mitlachen lässt. Auch, wenn ich gar nicht weiß worüber.

Es dauert mehrere Minuten, bis Jamie sich wieder beruhigt hat und in der Lage ist, einen kompletten Satz zu formulieren.

„Komm mit, ich zeige dir was", sagt er belustigt und steht auf.

Verwirrt folge ich ihm aus dem Wohnzimmer. Auf dem Weg die Treppe hinauf, bemühe ich mich, ihm nicht zu sehr auf den Hintern zu starren. Schließlich stehen wir vor seiner Zimmertür.

Er deutet mit dem Kopf darauf und öffnet sie. Mein Herz klopft aufgeregt, denn ich habe sein Zimmer bisher noch niemals gesehen. Allerdings bin ich unglaublich neugierig darauf und habe alle Hände voll zu tun, vorzugeben, dass es keine große Sache ist, dass wir jetzt hier sind.

Hinter ihm betrete ich den Raum, der sogar noch größer ist als meiner. Das Erste, was mir auffällt, ist die Unordnung. Sein Schreibtisch quillt über, überall liegen Anziehsachen und leere Getränkeflaschen verteilt. Ein Regal, vollgestopft mit allem möglichen Zeug, steht einem gigantischen weißen Kleiderschrank gegenüber. Ein großes Kingsize-Bett thront mitten im Raum und daneben eine große Comicsammlung in einem eleganten Regal. Ein paar Stufen führen hinunter zu einem Sofa, das direkt vor der langen Glasfront, einem Fernseher und diversen Spielekonsolen steht. Himmel, hat der Typ viel Zeug. Und verdammt, ist er unordentlich. Ich muss leicht schmunzeln und weiß immer noch nicht, warum er mich eigentlich hergebracht hat. Nicht, dass ich mich beschweren würde.

Jamie sieht mich grinsend an, geht einige Schritte in den Raum hinein und bleibt vor einem kleinen Käfig stehen, den ich vorher bei dem ganzen Durcheinander gar nicht wahrgenommen habe. Er öffnet die Tür und holt ein kleines Fellknäuel hervor.

„Was Macey so abgöttisch liebt wie ein kleines Baby, ist dieser kleine Freund hier." Jamie richtet sich auf, ein kleines, flauschiges Kaninchen im Arm, das er vorsichtig an sich drückt.

Er. Hat. Ein. Kaninchen.

Ich starre ihn mit offenem Mund an.

Gott, steh mir bei! Ich bin wirklich erledigt.

„Darf ich vorstellen ... Das ist Cracker."

Ich unterdrücke ein Kichern, während ich den kleinen Kerl in Jamies Armen betrachte. „Cracker? Denkst du nur ans Essen? Wer nennt sein Kaninchen denn Cracker?", frage ich belustigt.

Empört zieht er die Luft durch den Mund ein und drückt Cracker noch näher an sich. „Hör nicht auf ihn, Crack!"

Nun pruste ich doch los. „Crack, wie Genie?"

Jamie sieht mich an, als wäre ich vollkommen bescheuert. „Ja klar, Nerd-Liam." Er haut sich eine Handfläche vor die Stirn. „Ich nenne ihn Crack, weil er so weiß ist wie die Droge und weil er süchtig macht. Und weil meine Mom vor fünf Jahren protestiert hätte, trägt er den vollen Namen Cracker. Das fand sie süß", erklärt er, als wäre das vollkommen logisch.

Ich breche so sehr in Gelächter aus, dass ich mich am Türrahmen abstützen muss. Jamie lacht ebenfalls, schlendert zu seinem geräumigen Sofa und setzt das Kaninchen auf seine Brust. Es hält still und lässt sich von ihm kraulen, bis es doch von ihm herunterhüpft und sich an seine Seite schmiegt.

Ich stehe nach wie vor im Türrahmen und betrachte den Jungen, der seit Monaten meine Gedanken beherrscht. Die Erkenntnis trifft mich mit der Wucht eines Blitzeinschlags und liegt ebenso sehr auf der Hand, wie sie komplett absurd ist.

Ich bin verliebt in Jamie. Ich bin hoffnungslos verliebt in einen Jungen, der für einen Abend so getan hat, als wäre er schwul. Einen Jungen, der so schockierend oft sagt, was er denkt und der sich im Allgemeinen benimmt, als wäre er ein Grundschüler. Der nur Unsinn im Kopf hat und scheinbar ein extremes Kuschelbedürfnis, das er nicht nur an seiner besten Freundin, sondern auch an seinem Kaninchen auslässt, das er nach einer Droge benannt hat. Jamie strahlt pure Lebensfreude aus und ist der besonderste Mensch, dem ich je begegnet bin.

Ich sehe ihn mit einem Lächeln auf den Lippen an, weil ich gar nicht anders kann.

Ich bin verliebt in Jamie Hastings. Meinen Stiefbruder.

Kapitel 13

Jamie

Ich lasse mich gerade noch rechtzeitig auf meinen Stuhl fallen, bevor unsere Mathelehrerin den Raum betritt. Es gibt nichts, was sie mehr hasst als Zuspätkommer. Auch jetzt schenkt sie Liam und mir einen mahnenden Blick. Ich kann mir ein Grinsen nicht verkneifen und sehe zu Liam hinüber, der neben Drew sitzt und versucht, keine Miene zu verziehen.

Wir haben heute Morgen in der Küche so viel Blödsinn geredet und sind irgendwie dazu übergegangen, einen kleinen Ball durch die Küche zu werfen. Dabei haben wir völlig die Zeit aus dem Blick verloren und es kaum rechtzeitig zur Schule geschafft. Es könnte auch daran liegen, dass ich mein Auto immer noch nicht zurückbekommen habe. Diesmal ist meine Mom wirklich streng mit mir, dabei weiß ich genau, dass sie meine Aktion eigentlich lustig gefunden hat.

Ethan neben mir muss sich ebenfalls das Lachen verkneifen, was uns allerdings schnell vergeht.

„Legen Sie bitte Ihre Mathesachen weg, wir schreiben einen Überraschungstest."

Ethan und ich sehen uns panisch an. So wie ich ihn kenne, hat er nicht mal seine Hausaufgaben gemacht. Ebenso wenig wie ich. Wenn ich mich vorbereite, dann schreibe ich meistens gute Tests. Leider habe ich in der Regel keine Lust, mich auf irgendwas vorzubereiten.

Liam sieht kein bisschen geschockt aus.

Als unsere Lehrerin die Tests austeilt und ich mein Blatt umdrehe, weiß ich sicher, dass ich aufgeschmissen bin. Ich kann mich nicht mal erinnern, dass wir dieses Thema überhaupt schon durchgenommen haben. Ich schiele zu Ethan, der genauso verloren auf sein Blatt starrt wie ich.

In Sekundenschnelle kann ich Internetseiten und Accounts am Computer hacken, aber das hier ... kann ich nicht. Worum geht es hier, verdammt noch mal?

Ich beschließe, dass ich sowieso auf verlorenen Posten kämpfe und lehne mich in meinem Stuhl zurück. Auf die nächste Klassenarbeit werde ich mich vorbereiten, das muss reichen, um den Kurs zu bestehen. Bis jetzt bin ich immer so durchgekommen, was meine Lehrer seit Jahren wahnsinnig macht.

Mein Blick fällt auf Liam, der eifrig am Schreiben ist. Er trägt, wie so oft, ein enges schwarzes T-Shirt, das seine Muskeln betont. Sein Kiefer steht kantig hervor und heute ist wieder ein leichter Bartschatten zu sehen. Seine schwarzen Haare sind länger geworden. Mittlerweile locken sie sich leicht, was irgendwie süß ist. Er hebt den Kopf und ertappt mich beim Starren. Schnell drehe ich mich zu Ethan, obwohl es vollkommen offensichtlich ist. Natürlich habe ich gestarrt!

Ethan hat ebenfalls aufgegeben, etwas aufs Papier zu bringen. Sein Blick bleibt länger an Macey hängen, die, ebenso wie Liam, fleißig schreibt und auf ihren Taschenrechner tippt. Ich wüsste nicht mal, wie der mir hier helfen könnte.

Glücklicherweise ist das Elend bald vorbei und unsere Lehrerin sammelt die Tests wieder ein. Sie straft uns mit bösen Blicken. Natürlich ist ihr nicht entgangen, dass Ethan und ich absolut nichts zustande gebracht haben. Da wir eine Doppelstunde haben, nutzt sie die komplette restliche Zeit dazu, um uns beide abwechselnd vorzuführen, nur leider ist sie damit bei mir an der falschen Adresse. Ich gebe flapsige Antworten, ohne respektlos zu sein, und grinse weiter. Sie kann mich vorführen, so viel sie will, ich werde mich nicht darüber ärgern. Schließlich interessiert es absolut niemanden auf der Welt, ob ich das hier kann oder nicht. Abgesehen von meiner Mom vielleicht, aber die ist ja zum Glück nicht hier.

In der Mensa gibt es heute Pancakes. Dieser Umstand versüßt mir jeden Mittwoch und macht die Doppelstunde Mathe wieder gut. Sogar Ethan strahlt wieder und kippt sich ohne Ende Ahornsirup auf seinen Teller.

Wir balancieren die Tabletts zu unserem Tisch und setzen uns. Mia kommt wenig später dazu, gibt mir einen Kuss und setzt sich neben ihre Freundinnen, da neben mir bereits Drew und Ethan sitzen. Schon wieder. Erleichtert atme ich auf. Scheiße. Irgendwas stimmt ganz und gar nicht mehr mit mir und macht mir mehr Angst, als mir lieb ist. Egal, nichts anmerken lassen.

Ich sehe mich am Tisch um und stelle irritiert fest, dass Justin Westworth heute bei uns isst. Er hat den Platz direkt neben Liam und die beiden unterhalten sich und lächeln dabei die ganze Zeit. Keine Ahnung wieso, aber das stört mich. Drew und ich kennen Justin bereits seit der Grundschule und wir haben uns schon immer gut verstanden. Feiern auch öfter mal zusammen. Jetzt allerdings würde ich ihn am liebsten bitten zu gehen.

„Was macht Justin denn hier?“, frage ich Drew betont beiläufig. Ich beiße von meinen Pfannkuchen ab und tue so, als würde es mich eigentlich gar nicht interessieren.

„Ich hab ihn gefragt, ob er nicht mal bei uns sitzen will. Zufällig weiß ich nämlich aus sicherer Quelle, dass er Liam heiß findet.“

Ich halte mitten in der Bewegung inne und weiß schlagartig, warum mich Justins Anwesenheit beunruhigt. Justin ist schwul. Ich kann mich nicht erinnern, dass er je etwas anderes gewesen wäre und für mich ist das immer absolut normal gewesen. So normal, dass ich jetzt nicht mal daran gedacht habe. Liam ist ebenfalls schwul und auch er hat nie ein Geheimnis daraus gemacht. Wieso zum Teufel stört es mich, dass die beiden hier sitzen? Es sollte mich nicht stören. Justin ist ein ziemlicher Aufreißer, vielleicht ist es das? Vielleicht habe ich einfach Angst, dass Liam verletzt wird. Ja ... das wird es sein, das muss es einfach sein.

„Okay“, sage ich nur, als wäre es keine große Sache. Es scheint die richtige Antwort zu sein, denn Drew sagt nichts weiter dazu.

Meine Pfannkuchen schmecken plötzlich nach nichts, aber ich zwinge mich trotzdem dazu, sie zu essen. Ich bin völlig durcheinander, anders kann man es nicht ausdrücken. Das Gefühl lässt mich auch den gesamten restlichen Tag nicht los.

Macey beobachtet während der gesamten Mittagspause jeden meiner Züge und sogar Mia sieht immer wieder zu mir. Scheinbar gelingt mir der Mir-ist-alles-scheiß-egal-das-Leben-ist-schön-Blick nicht sonderlich gut, auch wenn ich es ständig vermeide in die Richtung der beiden zu sehen.

Mein Handy vibriert in meiner Hosentasche. Mace hat mir eine Nachricht geschrieben.

Was ist los?

Ich starre auf mein Handy, unfähig meine beste Freundin anzusehen. Ich hatte noch nie ein Geheimnis vor Macey, aber in den letzten Monaten hat sich das geändert. Wenn ich ihr von Liam erzähle, wird es real. Dann kann ich mich nicht mehr vor mir selbst verstecken. Das Einzige, was ich für den Moment sicher sagen kann, ist, dass mich die Vorstellung von Justin und Liam unglaublich aufregt.

Ich tippe ein sinnloses *Alles okay* in mein Handy, das Mace mir ohnehin nicht abkaufen wird. Ich weiß, dass ich damit nicht lange durchkommen werde, aber ich kann es jetzt nicht ändern.

Ich esse weiter meine Pfannkuchen, auch wenn mir der Appetit gänzlich vergangen ist. Ethan redet wie ein Wasserfall und ich gebe bloß ab und an meinen Senf dazu. So bekomme ich die Pause halbwegs rum.

In der nächsten Stunde kann ich mich auf absolut gar nichts konzentrieren, obwohl Chemie sonst zu meinen Lieblingsfächern gehört. Als es wieder klingelt, beschließe ich, dass es für heute reicht. Ich bin völlig erschöpft, verwirrt und einfach nur am Ende. Ich schreibe Liam und Macey, dass ich mich nicht gut fühle und dass ich nach Hause fahre und flüchte regelrecht aus dem Schulgebäude.

Seltsam, heute Morgen bin ich noch mit ekelhaft guter Laune hergekommen und jetzt geht es mir so ... so ... wie auch immer es mir geht, ich kann es noch nicht einmal genau benennen.

Ich fahre mit meinem Fahrrad nach Hause und verfluche innerlich meine Mom, dass ich mir nicht mal Trost bei meinem Auto holen kann. Der Weg dauert eine gefühlte Ewigkeit, dabei will ich nichts weiter, als endlich zu Hause zu sein. Mom und Jeff sind beide noch auf der Arbeit, daher habe ich meine Ruhe. Obwohl ich Stille normalerweise hasse, brauche ich sie gerade, denn es gibt niemanden, mit dem ich mein Gedankenchaos teilen will.

***

Ich drücke auf den Pausenknopf meines Playstation Controllers und schmeiße ihn frustriert neben mich auf die Couch. Ich habe mich den ganzen Tag in meinem Zimmer verkrochen und bekomme meinen Kopf einfach nicht klar. Den Anblick von Liam und Justin werde ich nicht los, dabei haben sie nichts weiter getan, als sich zu unterhalten. Trotzdem kann ich nicht anders, als mehr hineinzuinterpretieren.

Beide sind attraktiv und nett, auch wenn Justin ein Aufreißer ist. Nur ist Liam kantiger und rauer und ... heißer.

Schwer atmend schließe ich die Augen, als mich die Erinnerungen an Seattle zu überrollen drohen. Schnell öffne ich sie wieder und springe auf. Seufzend gehe ich ins Badezimmer und trete ans Waschbecken. Ich spritze mir eiskaltes Wasser ins Gesicht, das hilft aber auch nicht wirklich. Der Spiegel vor mir ist beschlagen. Ich wische einmal darüber. An den Fliesen der Duschwände perlen Wassertropfen herunter. Liam war eben duschen.

Ich sehe mir selbst im Spiegel entgegen und nehme meinen gehetzten Gesichtsausdruck wahr. Davon abgesehen, deutet nichts darauf hin, dass irgendetwas mit mir los ist. Doch ich fühle mich nicht wohl in meiner Haut. Ich stütze mich auf dem Waschbecken ab und lasse den Kopf hängen.

Mit einem Ruck geht die Tür zu Liams Zimmer auf. Ich zucke zusammen und reiße meinen Kopf zu ihm herum, ohne meine Hände vom Waschbecken zu nehmen. Er kommt ins Badezimmer und bleibt überrascht stehen, als er mich sieht.

Verdammte Scheiße!

Liam trägt nichts weiter als ein Handtuch um seine Hüften. Ein Handtuch!

Mein Blick wandert an ihm auf und ab und bleibt an seiner Brust hängen. Ein Tattoo schlängelt sich über seinen linken Brustmuskel bis hin zu seiner Schulter, was mich vollkommen in seinen Bann zieht. Mein Mund öffnet sich leicht. Ein Drache blickt mir entgegen, der so realistisch wirkt, dass ich kurz schlucken muss.

Ich kann einfach nicht aufhören ihn anzusehen, während mein Kopf komplett leergefegt ist. Liam hebt beide Brauen.

Sag irgendwas oder hör auf ihn anzustarren!

Da es keine Option ist, meinen Blick von diesem Körper abzuwenden, fange ich an zu stammeln. „Ich ... du ... ähm ... du hast ein Tattoo."

Seine Mundwinkel schießen in die Höhe. „Ach wirklich? Danke, ist mir bisher noch gar nicht aufgefallen." Seine Mundwinkel wandern noch ein Stückchen höher – und ich ... starre ihn weiter an.

„Ich ... du ... ähm ..." Ich schaffe es nicht, einen vollständigen Satz zu formulieren.

Erschieß mich bitte jemand!

Liam runzelt die Stirn. „Ist alles okay bei dir?"

Fuck.

Der besorgte, fürsorgliche Liam ist wieder da. Beim letzten Mal war ebendieser Liam daran schuld, dass alles aus dem Ruder gelaufen ist. Auch jetzt läuft mir ein Schauer über den Rücken, der mich schlucken lässt, mich aber dennoch dazu bringt, einen Schritt auf ihn zuzugehen. Oder zwei.

Seine Augen werden groß, als ich plötzlich direkt vor ihm stehe. Ein Blick in diese ozeanblauen Augen genügt, dass mir die Knie weich werden und ich mich am liebsten irgendwo abstützen würde.

Ich spüre seinen stockenden Atem an meiner Wange. Keiner von uns bewegt sich, wir starren uns einfach nur an.

„Was tust du da, Jamie?", fragt Liam mit rauer Stimme

„Keine Ahnung!", flüstere ich zurück, während meine Augen seine Lippen fixieren.

Ich kann nicht aufhören seine volle Unterlippe anzustarren und streiche vorsichtig mit dem Daumen darüber. Sein Atem stockt. Meine Gedanken wirbeln wild umher, das ganze Chaos, das bereits seit Stunden in meinem Kopf wütet, ist einem Tsunami gewichen. Doch all meine Gedanken werden von diesem einem verdrängt – ich will meine Lippen wieder auf seinen spüren.

Scheiß drauf!

Sekundenschnell schließe ich die kleine Lücke zwischen uns und küsse ihn endlich. Seine Lippen sind noch genauso unbeschreiblich weich, wie beim letzten Mal. Ich schließe meine Augen.

Liam küsst mich zuerst zögerlich, bevor er sich näher an mich presst, eine Hand an meinen Hinterkopf legt und mit seiner Zunge meinen Mund erobert.

Das hier ist so verdammt gut. Zum ersten Mal seit Stunden fühle ich mich endlich wieder wohl in meinem Körper und genieße den Moment, koste ihn voll aus.

Liams Stöhnen reißt mich aus meiner Trance und plötzlich wird mir mit aller Macht bewusst, was ich hier eigentlich tue. Scheiße.

Panik überkommt mich und ich löse mich ruckartig von ihm. Ich trete einen Schritt zurück und starre ihn entgeistert an.

Liam atmet schwer und mein Herz klopft mir bis zum Hals. Wenn möglich, fliegen meine Gedanken jetzt noch viel mehr umher als vorher.

Ich bin mir absolut sicher, dass ich das hier irgendwie erklären muss. Es ist bereits unser dritter Kuss und alle unsere Annäherungen sind bisher immer auf meine Kappe gegangen. All die Küsse sind von mir ausgegangen, nicht von ihm.

Ich habe *ihn* geküsst und das, obwohl ich ihn eigentlich auf Abstand haben wollte. Liam hat bisher keine einzige Grenze überschritten oder mich sonst irgendwie in Bedrängnis gebracht.

Es lässt sich nicht abstreiten, dass ich ihn mag und dass ich in den letzten Wochen gern Zeit mit ihm verbracht habe. Doch was wird er jetzt tun? Was werde ich jetzt tun?

Ich will nicht, dass es wieder peinlich wird und doch ist es ganz genau das, was es jetzt ist. Peinlich.

„Ähm", setze ich an, obwohl ich absolut keine Ahnung habe, was ich sagen soll.

Liam kommt näher zu mir, ich weiche weiter zurück. „Jamie, es ist okay." Unsere Augen treffen sich.

Das Verständnis in seiner Stimme macht mich fertig. Ich presse meine Lippen zu einer schmalen Linie zusammen. „Es tut mir leid!", flüstere ich.

Sein Ausdruck wird, wenn möglich, noch weicher. Er soll damit aufhören, denn wenn er mich so ansieht, kann ich mich noch weniger konzentrieren.

„Jamie, was war das gerade?", fragt er unvermittelt und streckt die Hand aus, als wollte er mich berühren, bevor er sie jedoch wieder sinken lässt.

Ich schnaufe hörbar durch und fahre mir durch die Haare. „Tut mir leid, okay? Ich weiß nicht, was das eben war. Können wir bitte einfach so tun, als ob das nie passiert wäre?" Ich weiß selbst, wie trottelig sich das anhört, aber was Besseres fällt mir nicht ein.

Skeptisch sieht Liam mich an und zieht die Nase kraus, was verdammt niedlich aussieht. „Wie soll das bitte funktionieren? Du hast mich geküsst, Jamie." Er klingt sachlich, so als würden wir darüber sprechen, welche Hausaufgaben wir zuerst erledigen sollen und nicht darüber, dass ich meinen Stiefbruder geküsst habe. Schon wieder.

„Nein. Also doch, habe ich. Aber nicht mit Absicht", stelle ich klar.

Ein Zucken um seine Mundwinkel verrät mir, dass er das Ganze lustig findet. Okay, lustig ist gut. Mit lustig kann ich umgehen.

„Ach so? Du hast mich unabsichtlich geküsst?" Liam muss sich sichtlich das Lachen verkneifen.

„Ganz genau! Der ganze Wasserdampf hier drinnen hat mir völlig die Sinne vernebelt. Daher bin ich in deine Richtung gestolpert und eins kam zu anderen. Fakt ist, das wäre jedem passiert." Ich grinse frech, was mich so langsam wieder etwas mehr in Richtung meiner Komfortzone bringt. Obwohl ich davon immer noch sehr weit entfernt bin.

Liam schüttelt lachend den Kopf. „Ich habe wirklich noch nie jemanden wie dich getroffen."

Sein lächelnder Blick ruht auf mir und ich muss heftig schlucken. Ich sollte einen Witz machen, aber ... wie macht man das noch mal?

Ich blinzele paar Mal, bevor ich wieder imstande bin, etwas von mir zu geben. „Liam", setze ich fragend an, „können wir bitte so tun, als wäre das hier nie passiert? Ich ... ich kann nicht anders. Ich will nicht, dass es komisch zwischen uns wird. Wir haben uns endlich verstanden und konnten rumalbern und Spaß haben. Ich will nicht, dass es jetzt verkrampft ist."

Er schluckt. Nachdenklich kaut er auf seiner Wange herum, ich sehe ihm an, dass er zögert. Seine Gesichtszüge werden weich und er legt leicht seinen Kopf schräg. „Ja, klar. Natürlich können wir das."

Ich atme erleichtert aus. Ich habe nicht bemerkt, dass ich den Atem angehalten hatte. Ein ehrliches Lächeln legt sich auf mein Gesicht. Noch immer pocht mein Herz wild in meiner Brust und ich bin völlig durcheinander. „Okay, also dann ... bis später“, sage ich und hebe eine Hand, um ein Winken anzudeuten.

Schwachkopf!

Ich flüchte mich aus dem Bad, schließe die Tür zu meinem Zimmer und lasse mich mit hämmernder Brust von innen dagegen fallen. Ich kann mir nicht erklären, was eben passiert ist. Fakt ist, dass ich ihn habe küssen wollen und es dann einfach getan habe, ganz so, wie ich immer das tue, was mir gerade in den Sinn kommt. Die Frage ist doch viel eher, *warum* ich ihn küssen wollte.

Ich kann mir nicht erklären, warum Liam mich seit unserer Begegnung in Seattle so aus der Fassung bringt. Und vielleicht kann ich es doch.

Ich stoße mich von der Tür ab und lasse mich auf mein Sofa fallen. Kurze Zeit später kommt auch Cracker angehoppelt und hüpft neben mich. Ich nehme ihn sofort auf meine Brust und kraule ihm die Ohren. Wen von uns beiden ich damit beruhigen möchte, weiß ich nicht. Ihn oder vielleicht doch mich?

Kapitel 14

Liam

Eine Woche ist es her, dass Jamie mich geküsst hat. Seit einer Woche tut er tatsächlich so, als ob niemals etwas vorgefallen wäre.

Ich weiß, dass ich dem zugestimmt habe. Ich habe ihm gesagt, dass wir so tun könnten, als ob der Kuss niemals passiert wäre. Ist er aber nun mal und ich kann an nichts anderes mehr denken, als daran, was er zu bedeuten hat. Ich werde einfach nicht schlau aus Jamie. Ich habe mich damit abgefunden, dass aus uns niemals etwas werden kann und dass ich eben still und heimlich in ihn verliebt bin. Jamie behauptet hetero zu sein. Jetzt komme ich jedoch nicht mehr umhin mich zu fragen, ob er wirklich ausschließlich auf Frauen steht.

Und er ist auch mein Stiefbruder, was die ganze Sache zwar heiß, aber auch kompliziert macht. Wir leben unter einem Dach. Unsere Eltern schlafen miteinander, was schon echt seltsam ist. Sie machen die ganze Zeit auf Happy Family und würden vermutlich einen Herzinfarkt erleiden, wenn sie wüssten, wie nahe wir uns bereits waren. Was ich ihnen nicht mal verübeln könnte.

Ich sitze am Strand, wo ich in wenigen Minuten mit unseren Freunden verabredet bin. Von Jamie fehlt jede Spur, obwohl wir uns direkt vor unserem Haus treffen.

Ich bin mir nicht sicher, ob er mir insgeheim doch aus dem Weg geht. Nach außen hin wirkt es nicht so, aber Jamie verunsichert mich total. Und ich bin nicht der schüchterne Typ! Ich kann durchaus auf einen Jungen zugehen, aber mit Jamie ist es einfach was anderes. Auch wenn er mich mehrmals geküsst und in Seattle mit mir geschlafen hat, macht er mir deutlich, dass er das eigentlich nicht möchte. Seit dem Kuss letzte Woche habe ich nur leider jedes Mal Schmetterlinge im Bauch, wenn ich Jamie sehe. Es kostet mich all meine Kraft, nicht auf ihn zuzugehen und darüber zu reden, was mit ihm los ist. Er möchte es aber nicht und das respektiere ich – auch wenn es nicht das ist, was ich will. Trotzdem war er es, der mich geküsst hat.

Seufzend sehe ich auf mein Handy und stelle fest, dass Justin mir eine Nachricht geschrieben hat. Seit Drew uns einander vorgestellt hat, haben wir regelmäßig Kontakt, vor allem in der Schule, da wir einige Kurse zusammen haben. Er sendet mir deutliche Signale, dass er sich mehr mit mir vorstellen kann als Freundschaft. Vom Aussehen her ist er total mein Typ und auch seine lockere, witzige Art mag ich unheimlich gern. Wenn Jamie nicht wäre, würde ich vermutlich was mit ihm anfangen. Aber ich kann nun mal nicht ändern, dass ich total verschossen in meinen Stiefbruder bin. Meine Gedanken sind vollständig von ihm besessen. Selbst, wenn es mit Justin nur um Sex gehen würde – ich bin nicht der Typ, der mit einem Jungen schläft und dabei an einen anderen denkt.

„Der grüblerische Ausdruck ist echt Gold wert. Könnte man glatt für 'ne Parfumwerbung benutzen", reißt mich Drews Stimme aus meinen Gedanken.

Lachend wende ich meinen Blick vom Meer ab und schaue in sein grinsendes Gesicht. Wie immer sind seine Augen mit schwarzem Eyeliner umrandet und er trägt dunkle Klamotten. Obwohl es schon Abend ist, ist es heute noch relativ warm und auch Drew trägt ein T-Shirt und eine schwarze Stoffhose.

Entspannt lässt er sich neben mir in den Sand plumpsen, wobei ihm sein Rucksack von der Schulter rutscht, der klirrend neben ihm landet.

Spöttisch hebe ich die Augenbrauen und frage mich, wie viel Alkohol er wohl mitgenommen hat. Wir haben zwar morgen alle später Schule, da der Berufs-Orientierungs-Markt stattfindet, aber komplett verkatert sollten wir da auch nicht auftauchen.

Drew grinst mich an, zieht zwei Bier aus seinem Rucksack und hält mir eins davon hin. Grinsend nehme ich es entgegen, drehe es auf und nehme einen kühlen Schluck.

Ich stelle meine Musikbox auf und mache meine Lieblingsband an, wobei es mittlerweile vielmehr unsere Lieblingsband ist. Drew ist innerhalb kürzester Zeit zu meinem besten Freund geworden und ich kann mir gar nicht mehr vorstellen, wie ich je ohne ihn ausgekommen bin. Abgesehen von Kim hat bisher niemand, den ich gerne mag, meine Musikvorlieben geteilt oder gern gelesen. Noch viel weniger ist jemand gut in der Schule oder ein Ordnungsfanatiker gewesen, noch nicht mal Kim. Drew schon.

Wir haben bereits das erste Bier leergetrunken, als allmählich die anderen zu uns stoßen.

„Kann mal jemand dieses Gegröle ausmachen?", fragt Ethan, woraufhin er von Drew und mir den Mittelfinger sieht.

Er hat Mia und und ihre beste Freundin Steph im Schlepptau. Schüchtern lächelt Mia uns an, während Steph lautstark nach Bier verlangt. Jamies Freundin trägt ein geblümtes Sommerkleid, das tief ausgeschnitten ist, Steph hingegen eine enge dunkle Hotpants und ein dünnes rotes Trägertop. Ihre Haare stehen in roten Locken von ihrem Körper ab, wohingegen Mias Haare in blonden Wellen um ihre Schultern fallen. Die beiden Mädchen könnten unterschiedlicher nicht sein, aber ich finde sie dennoch fabelhaft, jede auf ihre eigene Art.

Jedes Mal, wenn ich Mia sehe, habe ich ein furchtbar schlechtes Gewissen, immerhin habe ich mit ihrem Freund geschlafen, wovon sie keine Ahnung hat. Zu meiner Verteidigung – ich wusste zu dem Zeitpunkt nicht mal, dass sie existiert. Leider muss ich aber zugeben, dass es vermutlich auch nichts geändert hätte, wenn ich es gewusst hätte. Dennoch führt Mia mir in dieser Sekunde vor Augen, dass sie vermutlich der Grund ist, weshalb Jamie unseren Kuss letztens einfach vergessen möchte. Er hat die perfekte Freundin an seiner Seite und möchte natürlich auch, dass das so bleibt. Ob Jamie mich nun attraktiv findet oder nicht – ich bezweifle, dass er vorhat Mia irgendwann wieder gehen zu lassen.

Ich scheine gar nicht so falsch zu liegen, denn als Jamie endlich zu uns stößt, geht er sofort zu ihr, drückt ihr einen Kuss auf die Wange und schmiegt sich an sie. Dabei liegt ein breites Lächeln auf seinem Gesicht.

Ich schlucke den Kloß in meinem Hals herunter und mahne mich selbst, mich zusammenzureißen. Sie ist seine Freundin, sie ist toll, es ist also vollkommen klar, dass er sich so verhält.

Dennoch wurmt es mich, dass er unseren Kuss einfach so vergessen kann, ebenso wie er vorher scheinbar unsere gemeinsame Nacht vergessen konnte, während ich ständig an ihn denken muss.

Möglicherweise sollte ich ihn auch nicht so anstarren, nicht dass mich dabei noch jemand erwischt. Ich konzentriere mich also aufs Trinken, meine guten Vorsätze sind gänzlich dahin.

Ethan hat sich um ein Lagerfeuer gekümmert und so starre ich fasziniert in die Flammen. Es ist angenehm warm und ich stelle belustigt fest, dass Jamie wieder in einem dicken Hoodie und einer Jogginghose hier ist. Er friert anscheinend wirklich schnell.

Ich schüttele leicht den Kopf, als ich mich selbst beim Starren erwische und beteilige mich dann und wann am Gespräch der anderen. Wenig später zieht Steph Marshmallows aus ihrer XXL-Tasche, was alle glücklich quieken lässt wie Grundschüler. Sie hat sogar an passende Stöcke gedacht, um sie aufzuspießen und über dem Feuer zu rösten. Wenn ich Steph nicht ohnehin schon gemocht hätte, wäre es spätestens jetzt der Fall. Ich mag es, wenn jemand organisiert ist.

Glücklich machen wir uns über die Marshmallows her. Mit Ausnahme von Jamie, der sich damit begnügt, sie einfach so in sich reinzustopfen.

„Wirklich, Jamie. Das ist, als würde man eine Tiefkühlpizza tiefgekühlt essen. Was stimmt nicht mit dir?", fragt Ethan zum wiederholten Mal und kann es offensichtlich nicht gut sein lassen.

Jamie grinst ihn frech an und lässt ein weiteres Marshmallow in seinen Mund fliegen. „Ach bitte. Marshmallows sind gut so, wie sie sind. Man muss sie nicht verschandeln, bevor man sie isst."

Ethan tut so, als müsste er würgen, was uns allesamt in Gelächter ausbrechen lässt.

„Ihr habt ja nur Schiss!", stellt Jamie herausfordernd fest und hat damit sofort Ethans und meine Aufmerksamkeit.

„Schiss wovor bitte?", frage ich belustigt.

Jamies funkelnde Augen richten sich auf mich und ein Kribbeln durchläuft meinen Körper. Er scheint kurz nachzudenken, bevor er, sichtlich zufrieden mit sich selbst nickt und grinst. „Ihr traut euch nicht ein Marshmallow-Wettessen mit mir zu veranstalten. Einfach nur Marshmallows, so wie sie sind. In ihrer reinsten Form."

„Bin dabei", sagt Ethan, ohne darüber nachzudenken, was allgemeines Stöhnen in der Runde auslöst.

Ich sehe Jamie fest in die Augen, lehne mich ein Stück in seine Richtung, wohlwissend, dass er noch immer weit genug von mir entfernt sitzt, und sage verschwörerisch: „Challenge accepted!"

Jamies Augen weiten sich kurz vor Überraschung und er muss fest schlucken, bevor er grinsend aufspringt, sich die Tüte greift und mit der anderen Hand Ethan am Arm zu mir herüberzieht. Er stellt die Tüte direkt zwischen uns und wirkt dabei hibbelig wie ein Kindergartenkind. Jamie liebt definitiv Herausforderungen und Wettkämpfe.

„Eine Minute, so viele Marshmallows, wie ihr schafft. Die anderen zählen. Bereit?“

Drew schlägt sich mit der flachen Hand vor die Stirn. „Dass ihr bei seinem Blödsinn immer noch mitmacht“, murmelt er, doch ich konzentriere mich auf Ethan und Jamie.

Ethan hat einen Todesblick aufgesetzt, während Jamie einfach nur grinst.

„Drei ... zwei ... EINS!“

Zeitgleich fangen wir an, Marshmallows in uns hineinzuschieben. Ich bin mit Kauen beschäftigt und habe das Gefühl, dass die klebrige Masse in meinem Mund noch mehr wird, egal, wie sehr ich meinen Kiefer öffne und schließe. Nebenbei muss ich mir das Lachen verkneifen, als ich sehe, wie verkniffen Ethan versucht Jamie zu schlagen. Die beiden machen so etwas wohl öfter und so, wie Ethan sich reinhängt, scheint er wohl des Öfteren zu verlieren.

Bei Marshmallow Nummer fünf muss ich bereits hart kämpfen. Die Dinger sind widerlich, wenn man so viele davon isst, vor allem, wenn sie nicht mal geröstet sind. Ich spüre bereits, wie mir schlecht wird, als Mia ein „Hälfte der Zeit ist um“ flötet.

Bitte was?

Entgeistert sehe ich mit an, wie Ethan und Jamie nur noch eifriger die kleinen weißen Teile in sich reinstopfen und allein der Anblick sorgt dafür, dass ich mich übergeben möchte. Ich wende meinen Blick ab und würge meinen Marshmallow herunter.

„Okay, ich bin raus“, gebe ich mich geschlagen und lehne mich ein Stück zurück, „das ist ja ekelhaft.“

Drew sieht mich mit hochgezogener Augenbraue an. „Ich bitte dich, wer lässt sich denn auch auf so etwas ein?"

Er hält mir ein neues Bier hin und ich nehme dankbar einen Schluck, um den Geschmack aus meinem Mund zu vertreiben.

„Und aus!", schreit Steph, was vollkommen unnötig ist und dazu führt, dass ich mir vor Schreck Bier auf die Hose kippe.

Jamie und Ethan liefern sich ein Blickduell, während Steph es sichtlich genießt die Ringrichterin zu spielen.

„Also", setzt sie dramatisch an und erntet einen bösen Blick von Ethan. „Wir alle wollen wissen, wer diesen dramatischen Wettstreit gewonnen hat." Sie macht eine Pause und sieht uns nacheinander bedeutungsvoll an.

„Jetzt sag schon", drängt Ethan sie weiterzusprechen. Sie grinst ihn nur frech an.

„Auf dem dritten Platz mit einer absolut undenkwürdigen und beschämenden Performance ist Liam, der nachdenkliche, tiefsinnige und Gedichte rezitierende Junge aus Seattle."

Ich muss laut loslachen, ebenso wie alle anderen. Außer Ethan, denn er will unbedingt wissen, wer gewonnen hat. Ich glaube er hat ein ziemlich großes Problem damit zu verlieren.

„Und jetzt ist der Moment, auf den wir alle gewartet haben. Die Frage, wer von euch es geschafft hat, die meisten Marshmallows in nur einer Minute in sich hineinzuschaufeln. Eigentlich interessiert das nun wirklich niemanden und dennoch sind wir alle hier versammelt, um diesem Spektakel zu folgen. Ethan, mein Lieber ... Du hast ganze dreizehn Marshmallows vernichtet, was an sich schon recht eklig ist. Doch, was ist mit Jamie, meine Damen und Herren? Wie viele hat er gegessen? Mia, würdest du uns bitte die magische Zahl verkünden?"

Steph sollte Showmasterin werden, das hat sie in jedem Fall drauf.

„Diese Ansprache war wesentlich interessanter als das ganze Wettessen", brummt Drew neben mir, was mich beinahe vor Lachen mein Bier ausspucken lässt.

Mia lächelt nun in die Runde. „Jamie hat es geschafft ... vierzehn zu essen!"

Stille.

„Fuck, das ist doch jetzt echt eine Verarsche. Verdammt noch mal, wieso gewinnt dieser Drecksack immer alles?", ruft Ethan frustriert und springt auf.

Jamie grinst überheblich. „Wieso versuchst du es überhaupt noch?", fragt er provozierend.

Ethan blinzelt ein paar Mal und verzieht die Mundwinkel. „Dafür sollte ich dir wirklich eine runterhauen!"

Jamie grinst nur noch breiter. „Macht es dich glücklich, wenn ich dir sage, dass mir jetzt kotzübel ist?" Fragend zieht er die Augenbrauen nach oben.

Nachdenklich runzelt Ethan die Stirn. „Schon ein bisschen glücklich, ja", murmelt er und lässt sich langsam wieder auf seinen Hintern fallen. Vergessen ist der Wettstreit und wenige Sekunden später liegt ein Grinsen auf seinem Gesicht. „Aber mal im Ernst, Liam, was war das denn bitte?"

Jamie und Ethan lachen mich offen aus und auch ich stimme mit ein.

„Wo ist eigentlich Macey?", fragt Ethan einige Minuten später. Die Mädchen haben sich die Musikbox zu eigen gemacht, weshalb nun nicht mehr Punkrock, sondern Taylor Swift durch die Dunkelheit am Strand klingt.

„Familienabend. Ihre Eltern zwingen sie zum Scrabblen." Jamie schüttelt sich kurz, so als wäre Scrabble zu spielen das absolute Grauen.

Schmunzelnd sehe ich zu Drew, der sich ein Lachen verkneifen muss, denn am vergangenen Wochenende haben wir tatsächlich mehrere Stunden mit dem Spiel verbracht. Wir saßen in meinem Zimmer, haben Musik gehört und dabei die skurrilsten Wörter gelegt.

Ethan nickt Jamie zu und legt nachdenklich den Kopf zur Seite, schweigt aber beharrlich. Eine Weile genießen wir alle das Beisammensein, die Musik und das Meer. Dass der tosende Ozean direkt vor meinem Haus ist, habe ich wirklich zu schätzen gelernt und das Rauschen der Wellen ist unheimlich beruhigend.

Ich habe aufgehört zu zählen, wie viele Bier ich bereits getrunken habe. Jamie allerdings nippt schon eine Weile nur so vor sich hin und trinkt nicht mehr wirklich. Wenn ich es recht bedenke, wirkt er nicht gerade fröhlich, zumindest im Schein des Lagerfeuers. Tatsächlich sieht er nicht so aus, als würde es ihm gut gehen.

„Jamie, alles klar?", frage ich ihn über die Musik hinweg. Mit gerunzelter Stirn sehe ich ihn an, damit ich keine seiner Regungen verpasse. Auch wenn Jamie sein

Herz auf der Zunge trägt, kann man ihm seine Gefühle nicht unbedingt ansehen.

Er verzieht gequält das Gesicht, bevor er jammernd hervorbringt: „Hält sich stark in Grenzen. Mir ist immer noch schlecht von den ganzen Marshmallows. Aber nach reiflicher Überlegung bin ich mir immer noch sicher, dass es das absolut Wert war, allein schon, um dein Versagen zu bewundern."

Ethan bekommt bei seinen Worten einen Lachanfall und auch Jamie muss bei seinem eigenen Witz lachen. Mir entfährt ein Glucksen.

„Wenn du noch sarkastisch sein kannst, dann kann es dir ja nicht so schlecht gehen", murmele ich und lasse mich auf den Rücken fallen, um in die Sterne zu blicken. Die Mädels liegen auf der anderen Seite des Feuers aneinander gekuschelt und singen leise die Songs mit, die leider kompletter Müll sind, aber über Geschmack lässt sich ja bekanntlich streiten.

Ruckartig setzt Jamie sich auf, was mich vor Schreck zusammenzucken lässt. Er hebt einen Zeigefinger in meine Richtung.

„Merk dir den Gedanken", stößt er stockend hervor, bevor er aufspringt und in einem halsbrecherischen Tempo zu der Düne läuft, die neben unserem Haus verläuft.

Irritiert setze ich mich auf und will ihm schon hinterher gehen, als man mehr als deutlich hören kann, wie Jamie sich übergibt. Ziemlich lautstark.

Ethan lacht laut, die Mädchen bekommen nichts mit und Drew deutet neben mir an, dass er selbst am liebsten kotzen würde. Jetzt verziehe ich gequält das Gesicht. Ich kann echt mit vielem umgehen, aber nicht mit kotzenden Menschen. Einfach gar nicht. Ich schüttele mich kurz, denn allein Würgegeräusche führen schon dazu, dass mir schlecht wird.

Kurz darauf steht Jamie schon wieder neben uns, greift nach seinem Bier und tut, als wäre nichts gewesen. Entgeistert sehe ich ihn an.

„Das ist doch ... nee, oder?“, stammele ich, ernte aber nur sein gewohntes, freches Grinsen. Lachend schüttele ich den Kopf.

Abermals schrecke ich hoch, als Ethan plötzlich auf die Beine kommt und vor Jamie auf und ab springt.

„Ha, wer kotzt, verliert! Du kennst die Regeln, also habe ich das Wettessen gewonnen. *Ich*! Nicht du!“, schreit er aufgeregt durch die Nacht, sodass ich mir die Ohren zuhalte.

„Halt die Klappe, Ethan!“, brüllt Drew zurück.

Ich kann einfach nur lachen. Dieser Haufen ist der Knaller und das empfinde ich sicherlich nicht nur so, weil ich betrunken bin. Sogar Macey fehlt mir heute Abend. Na gut, vielleicht ist doch mein betrunkenes Ich für diese Gedanken verantwortlich.

„Aber ich habe gewonnen, Drew. *Ich* habe gewonnen!“, sagt Ethan aufgeregt und sieht ihn mit strahlenden Augen an, so als könne er sein Glück kaum fassen. Diese Sache mit dem Gewinnen scheint ihm wirklich wichtig zu sein.

„Schön, du hast gewonnen“, gibt Jamie sich geschlagen und hält Ethan die Faust hin, der glücklich mit seiner dagegen schlägt. Er sieht aus wie ein kleiner Junge, dessen Eltern ihn mit einer Fahrt nach Disneyland überraschen. Das Grinsen bleibt auch den Rest der Nacht auf seinem Gesicht.

Doch egal, wie ich es drehe und wende – das einzige Grinsen, das ich die ganze Zeit vor mir sehe, ganz gleich ob mit offenen oder geschlossenen Augen, ist das von Jamie.

Kapitel 15

Jamie

Vollkommen hilflos stehe ich in der großen Turnhalle unserer Schule und weiß seit einer geschlagenen halben Stunde nicht, was ich machen soll.

Ein Tisch reiht sich an den nächsten, ein Logo jagt das andere und ich weiß nicht, zu welchem ich gehen soll.

Liam unterhält sich mit einer Frau der *Yale University*, während Drew zielsicher die *UCLA* angesteuert hat. Ich hingegen habe keinen blassen Schimmer, wo ich aufs College gehen könnte, geschweige denn, was ich für Fächer wählen sollte.

Macey gibt aktuell noch Nachhilfe und verspätet sich etwas und mein einziger Hoffnungsschimmer ist, auf sie zu warten. Wir haben schon immer darüber gesprochen, dass wir aufs gleiche College gehen, aber nie auf welches. Eigentlich haben wir festgelegt, dass wir uns beide informieren und dann noch mal überlegen, aber Fakt ist, dass ich das nicht getan habe. Ich bin permanent mit meinen Gedanken bei Liam und der Frage, weshalb ich ihn schon wieder geküsst habe. Bisher habe ich noch keine Antwort darauf gefunden.

Vielleicht sollte ich einfach irgendwo anfangen. Ich steuere wahllos den ersten Tisch an und grinse eine etwas ältere Dame in einem rosafarbenen Hosenanzug an. Großmütterlich lächelt sie mir zu.

„Willkommen, mein Junge. Interessieren Sie sich für Mathematik?“, fragt sie mich direkt.

„Nicht wirklich“, antworte ich umgehend.

„Wie sieht es mit Sport aus?“

„Auch nicht so unbedingt mein Fall“, gebe ich zu bedenken. Ich finde ja, dass sie mich ganz schön überfällt, aber sie wird schon wissen, was sie tut.

Ich stütze meinen Ellenbogen auf dem hohen Tisch ab und sehe sie erwartungsvoll an. Dabei scanne ich ihr Namensschild und lächele ihr wieder zu.

„Verstehe. Dann sind Sie eher im sprachlichen Bereich begabt?“

Sie verschränkt ihre Hände miteinander und sieht sehnsüchtig auf die Infoflyer vor ihr, die nach Themen geordnet sind. Sicher träumt sie davon, endlich die richtige Broschüre für mich auszuwählen. Alle Collegeberatungsmenschen stehen auf diese Dinger. Hat sich bisher eigentlich schon jemals ein Erwachsener mit der Frage beschäftigt, ob es tatsächliche Jugendliche auf der Welt gibt, die Infoflyer gut finden? Bei mir landen die Teile nämlich umgehend im Müll. Wenn ich Lust hätte, so ein blödes Teil zu lesen, dann müsste ich mir ja nicht die Mühe machen, zu so einer komischen Veranstaltung zu gehen, um beraten zu werden.

Leider ist das hier eine Pflichtveranstaltung und da mich der Direktor aufgrund dieser Fotosache noch genauestens im Gedächtnis hat, bin ich besser hier, wenn er seine Runde dreht. Irgendwie hat er das Foto nicht so sehr gemocht wie ich, dabei finde ich, es ist sehr gut getroffen.

„Also mit den Sprachen läuft es eher semioptimal, Miss Miller“, sage ich und zucke entschuldigend mit den Schultern.

Missbilligend schiebt sie die große Brille auf ihrer Nase ein Stückchen höher und verzieht ihre Mundwinkel dabei. „Fein“, sagt sie betont höflich. „Was mögen Sie dann?“

Verblüfft ziehe ich meine Augenbrauen nach oben. Wenn ich das wüsste, dann bräuchte ich doch ihre Hilfe nicht, oder? „Ähm ... Social Media?“, versuche ich mein Glück.

Sie blinzelt ein paar Mal verkniffen, bevor sie den Mund noch weiter verzieht. „Ist das eine Frage oder Ihre Antwort?“

Jetzt bin ich es der blinzelt. „Antwort?“, sage ich fragend.

Ich habe wohl die falsche Aussage getroffen und bei ihrem Gesichtsausdruck bin ich mir sicher, dass sie froh ist, wenn sie mich nie wieder sehen muss.

„Worin liegen denn Ihre Stärken? Was können sie gut?“, fragt sie unfreundlich weiter und sieht sich um, als warte sie auf weitere Jugendliche, die sich beraten lassen wollen. Aber zu ihrem Unglück bin ich der Einzige, der an ihrem Tisch steht.

„Meine Talente sind vielfältig. Ich kann meine Luft ganze eineinhalb Minuten anhalten, in meinen Mund passen fünfzig Gummibärchen und ich kann einen Kirschstil mit meiner Zunge verknoten“, gebe ich grinsend zum Besten.

Findet sie nicht lustig.

Ihr Mund bleibt offen stehen und sie mustert mich abschätzig von oben bis unten. „Können Sie auch was

Richtiges? Irgendwas kann ja wohl jeder“, pampt sie mich an, als hätte ich ihren Chihuahua beleidigt.

Ich denke ernsthaft über ihre Frage nach. Was kann ich eigentlich? Ich komme in allen Fächern durch, wenn ich nur dafür lerne und Geschichte ist mein Lieblingsfach. Trotzdem würde ich nicht behaupten, dass in einem dieser Bereiche mein Talent liegt. Worin bin ich gut? Ich kann lustige Bilder posten, mir Informationen via Internet von anderen beschaffen, aber das ist kein Schulfach. Egal.

„Ich kann hacken. Darin bin ich richtig gut“, stelle ich sachlich fest. Interessiert blicke ich sie an. Kann man damit vielleicht wirklich was anfangen? Ich bin nicht nur gut darin, es macht mir auch ziemlich viel Spaß.

Nun fällt der guten Dame alles aus dem Gesicht, was mein Grinsen nur größer werden lässt.

„Ihnen ist sicherlich klar, dass Hacken illegal ist?“, fragt sie mich entsetzt.

Mein Grinsen fällt in sich zusammen und ich weiche einen Schritt zurück.

„Unsere Universität duldet selbstverständlich keine illegalen Aktivitäten“, fährt sie pikiert fort.

Ich hebe entwaffnend die Arme. „Ist ja gut. Beruhigen Sie sich. Wenn Sie die Antworten nicht verkraften, dann sollten Sie uns auch nicht danach fragen, was wir gut können.“ Ich setze wieder ein freches Grinsen auf und drehe mich um.

Schnell weg hier!

Genau aus diesem Grund habe ich auf Macey warten wollen. Das war schrecklich. Ich könnte jetzt weitere Stände abklappern, aber die liebe Medusa vom letzten

Tisch hat mich schon genug verstört. Wenn alle Colleges so wenig Spaß verstehen, dann wird das eher weniger was mit uns.

Da mir unendlich langweilig ist, lehne ich mich an die Wand der Turnhalle und ziehe mein Handy aus der Hosentasche. Ich überlege fieberhaft, welchen Schwachsinn ich als nächstes verzapfen könnte und grinse, als mir eine Idee in den Sinn kommt.

„Mister Hastings, ich hoffe Sie veröffentlichen nicht schon wieder den nächsten Unfug mit ihrem Telefon", sagt der Direktor streng, der wie aus dem Nichts plötzlich vor mir steht. Gerade als ich auf den Veröffentlichen-Button drücke. Ich zucke zusammen und lasse vor Schreck beinahe mein Smartphone fallen.

„Natürlich nicht, Mister Denvers. Ich habe nur eben meiner Mutter von dem netten Gespräch erzählt, das ich mit der freundlichen Dame dort drüben hatte", lüge ich, ohne mit der Wimper zu zucken.

Er lächelt mich an, legt einen Arm um mich und zieht mich mit sich.

Was zur Hölle passiert hier?

„Wissen Sie, Jamie, wir von der *Oceanside High* versuchen, nur die Besten der Besten hervorzubringen. Für jedes Kind mehr, das wir auf eine Eliteuni schicken, schießen die Fördergelder für uns in die Höhe. Sie haben so vielfältige Möglichkeiten. Auch wenn Ihre Noten nicht die besten sind, so ist Ihr Vater sehr erfolgreich und verfügt über die nötige Mittel, eine solche Uni zu finanzieren. Damit sind Sie vielen Schülern meilenweit voraus. Schauen Sie mal, Ihr Bruder Liam hat bereits Gespräche mit vielen renommierten Universitäten geführt und Sie sollten das ebenfalls tun und sich ein Beispiel an ihm nehmen."

Wir haben bereits die halbe Turnhalle durchquert und noch immer denkt er nicht daran, mich loszulassen. Ich kann mich nicht erinnern, wann ich je zuvor dringender das Bedürfnis hatte, mir in den Fuß zu schießen, nur um einer Situation zu entkommen. Leider habe ich keine Knarre, um meinen Wunsch in die Tat umzusetzen.

„Er ist nicht mein Bruder", protestiere ich und konzentriere mich so auf das Wesentliche.

„Ach, papperlapapp, das ist doch Haarspalterei", murmelt der Direktor und steuert direkt auf Liam zu, der gerade ein Gespräch beendet und sich umsieht. Seine Augen weiten sich, während der Ausdruck in seinem Gesicht von geschockt zu verstört umschlägt.

Ich versuche mit meinen Augen um Hilfe zu schreien, doch entweder kapiert er es nicht oder er will mir nicht helfen.

Als Mister Denvers, der immer noch seinen Arm um mich gelegt hat als wären wir Best Buddies, direkt vor ihm stehen bleibt, blinzelt Liam irritiert, während sein Blick abwechselnd zwischen unserem Direktor und mir hin und her geht.

„Liam, wie schön Sie zu sehen. Ich habe gerade mit Ihrem Bruder über Sie gesprochen. Sie müssen ihn dringend unter Ihre Fittiche nehmen, denn sein größter Wunsch ist es, ebenfalls ein Elitecollege zu besuchen."

Bei seinen Worten lache ich kurz auf. Mister Denvers tätschelt noch ein letztes Mal meine Schulter, bevor er mich aus seinem Klammergriff entlässt, um auch Liam freundschaftlich auf die Schulter zu klopfen.

„Zeigen Sie ihm, wie das hier funktioniert“, sagt er feierlich, während er mit dem Zeigefinger auf mich zeigt und sich lächelnd von uns entfernt.

Verdattert bleiben wir an Ort und Stelle stehen.

„Was zur Hölle?“, fragt Liam mich verstört.

„Ich nehme an, dass ich ab jetzt wohl eine Therapie brauche“, stelle ich schulterzuckend fest.

Das war total gruselig. Merken Erwachsene eigentlich, wenn sie sich so verhalten oder ist ihnen das Unbehagen ihres Gegenübers schlicht und ergreifend egal? Ich schüttele mich kurz.

„Okay. Du willst, dass ich dir helfe, Gespräche mit den Elitecolleges zu führen?“, fragt Liam und reibt mit einer Hand seinen Nacken. Dabei sieht er so verdammt niedlich aus. Er ist ohne Zweifel müde und verkatert, was aber seinem Aussehen definitiv keinen Abbruch tut. Ich muss mich davon abhalten, meine Finger in seinen Haaren zu vergraben und konzentriere mich stattdessen auf seine Augen. Blöde Idee! Stattdessen schaue ich auf meine bunten Vans.

„Ja, genau. Außerdem möchte ich mich noch dem Töpferkurs anschließen, bevor ich mir mit heißen Nadeln in meine Augen steche.“ Meine Stimme trieft vor Sarkasmus und ich nehme glücklich zur Kenntnis, wie er lacht. Ich liebe sein Lachen!

Ich schüttele den Kopf, um mich zu besinnen, als mir klar wird, was ich da eben gedacht habe.

„Gut, von mir aus können wir dann los. Ich habe bereits alle wichtigen Colleges abgearbeitet und ich nehme mal nicht an, dass du hier noch irgendwas erledigen musst?“

Ich schnalze mit der Zunge und zeige mit beiden Zeigefingern auf ihn, bevor ich bereits rückwärtslaufe. Lächelnd schließt Liam sich mir an und wir bahnen uns den Weg zum Ausgang der Turnhalle. Unterwegs entdecke ich Macey, die sich angeregt am Tisch der *UCLA* unterhält und kann ein ehrliches Lächeln nicht unterdrücken. Gut für sie!

***

Der Strand ist schon immer mein liebster Ort auf der Welt gewesen, wo ich komplett abschalten konnte. Das war allerdings, bevor Liam aufgetaucht ist und meine Idylle gestört hat.

Ich liege neben Macey auf meinem Handtuch und beobachte aus dem Augenwinkel Drew, Liam und Ethan beim Beachvolleyball spielen. Wenn ich es mir genau überlege, bin ich mir nicht einmal sicher, ob das wirklich eine Ballsportart ist oder doch eher einer Peepshow gleichkommt. Liam spielt mit vollem Körpereinsatz, halbnackt und überall klebt Sand auf seiner Brust, seinen Beinen und den muskulösen Armen, die sich bei jeder Bewegung fest anspannen und ...

Herr im Himmel!

Ich lasse stöhnend den Kopf auf mein Handtuch sinken, auf das ich mich bäuchlings gelegt habe.

„Alles okay?“, fragt mich Macey keine Sekunde später, als hätte sie ein inneres Radar.

„Klar, ist nur ziemlich heiß heute.“

Was rede ich eigentlich für einen Blödsinn? Natürlich ist es heute schön warm, aber sicherlich nicht brütend heiß. Außerdem gibt es *zu heiß* für mich nicht, da ich eine verdammte Frostbeule bin. *Was Macey natürlich weiß!*

Ich drehe meinen Kopf zu ihr und verziehe das Gesicht. Sie glaubt mir kein Wort. Wie auch, wenn ich so viel Schwachsinn rede?

„Jaja, schon gut", gebe ich lachend zu.

Sie grinst wissend und schüttelt den Kopf. Ich weiß ebenso wie sie, dass sie mir mein Verhalten nicht mehr lange durchgehen lassen wird. Macey ist niemand, der mich bedrängt. Sie wartet ab, bis ich ihr etwas erzähle. Aber irgendwann wird der Punkt kommen, an dem sie alles wissen will und davor habe ich Angst. Ich weiß nicht mal so richtig weshalb. Egal, was ich Macey erzählen würde, sie würde immer zu mir halten. Allerdings wüsste ich gar nicht, was ich denn eigentlich sagen soll.

Hey Macey, ich habe irgendwie Schwierigkeiten meiner Freundin in die Augen zu sehen, nachdem ich meinen Stiefbruder gefickt habe, als er noch nicht mein Stiefbruder war? Ach ja, und jetzt habe ich ihn wieder geküsst und bin dazu übergegangen, ihn am Strand zu begaffen.

Ausgeschlossen.

Ich habe Liam gebeten so zu tun, als wäre letzte Woche nichts passiert und er ist meiner Bitte nachgekommen – schon wieder. Er tut genau das, worum ich ihn gebeten habe. Und irgendwie ärgert mich das, was keinen Sinn ergibt.

Ich stütze mich auf einen Arm und sehe den Jungs wieder beim Spielen zu. Liam ist gerade dabei, den Ball über das Netz zu baggern, wobei er glücklich lacht. Er sieht so gut dabei aus!

Sein Blick trifft meinen, als er mich beim Starren erwischt. Seine Augen leuchten selbst über die Entfernung auf, während sich unsere Blicke verschränken. Offenbar machen die Jungs eine kurze Pause, denn Drew drückt ihm eine Wasserflasche in die Hand. Ohne den Blick von mir abzuwenden, hebt Liam die Flasche und nimmt einen tiefen Schluck, was seinen Kehlkopf beben lässt. Offenbar stehe ich auf Kehlköpfe.

Warte, was?

Liam verschraubt die Flasche, wirft sie neben sich in den Sand und fährt mit der Zunge über seine Lippen. Dabei grinst er so verwegen, dass ich ziemlich glücklich darüber bin, dass ich mit dem Bauch auf dem Handtuch liege und so alles Wichtige von mir verdeckt ist. Eigentlich bin ich mir nicht mal sicher, was mich gerade mehr schockiert. Die Tatsache, dass ich ihn höllisch sexy finde oder dass es mich mehr schockieren müsste. Müsste es doch eigentlich, oder?

Ich muss ganz dringend darüber reden!

„Hör mal Macey ...", setze ich an, werde aber im gleichen Atemzug unterbrochen. Zarte Hände legen sich über meine Augen, während eine sanfte Stimme flüstert: „Rate, wer ich bin."

Mia ist hier. Fuck! Beschissenes Timing!

Ich setze mich auf, denn in meiner Hose ist von dem Schock schlagartig gar nichts mehr los. Ich presse mir ein Lächeln ins Gesicht und sehe zu meiner Freundin, die in einem süßen rosa Bikini neben mir im Sand kniet und glücklich lächelt. Sie sieht dabei so niedlich und hübsch aus, dass mir ein fieser Stich durch die Brust fährt. Ich schäme mich für meine Gedanken und dafür, dass ich so ein blödes Arschloch bin, das sie nicht verdient hat.

Krampfhaft versuche ich mir nichts anmerken zu lassen, doch als sich die anderen Jungs zu uns gesellen, wird es ein Ding der Unmöglichkeit. Leider rät mir mein Instinkt wieder dazu, irgendwas Dummes zu tun, nur bin ich gerade so dermaßen konzentriert, nicht zu Liam zu sehen, dass mir nicht das Geringste einfällt. Ich kann mich nicht erinnern, dass das jemals vorgekommen wäre.

Verwirrt sehe ich aufs Meer hinaus, was meinen Gedanken allerdings auch nicht auf die Sprünge hilft.

„Aua!", zische ich, als Macey mir ihren Ellenbogen zwischen die Rippen rammt.

„Ich habe jetzt schon sechsmal versucht, mit dir zu reden, du Idiot", sagt sie und zieht dabei schmollend ihre Unterlippe vor.

Normalerweise kommt es nie vor, dass ich sie ignoriere, doch dieses Mal ist mir absolut nicht aufgefallen, dass sie mich angesprochen hat.

„Sorry", murmele ich. „Was hast du gesagt?"

„Ich habe gesagt, dass du dich verdammt noch mal einkriegen sollst, bevor noch jemandem außer mir auffällt, dass du total von der Rolle bist", zischt sie.

Ich zucke zusammen und sehe sie überrascht an. Sie seufzt verständnisvoll und kuschelt sich an mich.

„Schon gut. Ein paar Tage lasse ich dir noch", flüstert sie in mein Ohr und drückt mir einen sanften Kuss auf die Wange.

Misstrauisch beobachtet Mia uns, aber ich tue so, als würde ich es nicht bemerken und drücke Macey an mich. Wenn ich sie nicht hätte, wäre ich geliefert. Einfach niemand versteht mich so, wie sie es tut.

Lautes Gelächter reißt mich aus meinen Gedanken. Drew und Ethan bekommen sich gar nicht mehr ein vor Lachen, während Drew sein Handy an Liam weiterreicht, der ungläubig auf das Display starrt – bevor alle mich ansehen. Hat ja ziemlich lange gedauert.

Innerhalb von Sekunden springen Macey und Mia ebenfalls zu Liam, um über seine Schulter zu sehen, und Macey bricht ebenfalls in lautes Gekicher aus. Sie kommt zu mir und hält mir ihre geballte Faust hin, gegen die ich mit meiner schlage.

„Ernsthaft, Jamie?", fragt Mia und verzieht das Gesicht. Auch Liam sieht mehr als nur angewidert aus.

Ich grinse, denn sie haben absolut recht.

„Du hast ernsthaft ein Foto deiner eigenen Kotze online gestellt? Wirklich?", fragt Ethan, wobei er mehrmals unterbrechen muss, weil er direkt wieder anfängt zu lachen.

„Ich verstehe die Frage nicht", antworte ich ihm grinsend.

„Warte mal ... Das warst du?", fragt Liam geschockt. „Woher wisst ihr das alle? Das Bild ist auf der Seite vom örtlichen Supermarkt."

„Der Hashtag", sagen alle im Chor und ich lache auf. Schlagartig bin ich von meinem inneren Gedankenchaos abgelenkt, ohne dass ich aktiv was dafür tun musste. Schwachsinn, den ich mittags in der Schule gepostet habe, reicht offenbar aus.

„Er hat einen Hashtag?", fragt Liam und sieht nicht so aus, als würde die Antwort irgendwas für ihn erklären.

„Willkommen in Oceanside", sagt Drew lachend und klopft ihm auf die Schulter.

Liam blinzelt ein paar Mal, bevor das herzerwärmendste Lächeln Besitz von seinem Gesicht ergreift, das ich jemals gesehen habe – und er sieht mich dabei an. „Also lass mich das kurz zusammenfassen. Nach dem Marshmallow-Desaster hast du deine Kotze fotografiert, sie heute auf der Supermarkt-Seite online gestellt mit der Bildunterschrift *Marshmallows in ihrer reinsten Form* und hast deinen Hashtag benutzt?"

„Jetzt hast du's", sage ich und zwinkere ihm frech zu.

Schallend fängt jetzt auch Liam an zu lachen und muss sich nach kurzer Zeit die Lachtränen aus seinen Augen wischen.

„Okay, wenn du das lustig findest, passt du definitiv zu uns", meint Ethan an ihn gewandt. „Das war jetzt quasi das Aufnahmeritual."

Beide lachen und schlagen ein, was ich irgendwie ... gut finde? Mag? *Ach Scheiße, verdammt noch mal!*

Bevor ich allerdings wieder in ein Gedankenwirrwarr gerate, springe ich auf meine Füße und deute in Richtung Meer.

„Okay, wer von euch traut sich ins Wasser?", frage ich provozierend, woraufhin alle schnell aufstehen und versuchen, als Erstes ins Wasser zu kommen. Abgesehen von Liam, der kurz neben mir verharrt, um mich mit einem schmunzelnden Blick einmal von oben bis unten zu mustern.

Ich bin am Ende!

Kapitel 16

Jamie

Ich habe beschissen geschlafen, so wie eigentlich immer in der letzten Zeit. So kommt es aber, dass ich schon um acht Uhr frisch geduscht in meinem Zimmer sitze und bereits meine Joggingrunde gedreht habe. Cracker hoppelt auf meinen Schoß und ich verbringe einige Stunden mit meiner Playstation, um nicht durchzudrehen. Liams Blicke von gestern gehen mir einfach nicht mehr aus dem Kopf und haben mich sogar bis in meine Träume verfolgt.

Meine Mom und Jeff sind wieder mal zu einem Bumswochenende aufgebrochen und ich bin im Haus mit Liam allein. Was erneut dazu führt, dass ich mich verstecke. Ich weiß genau, dass ich mich wie ein Zwölfjähriger benehme, aber da auch das nichts Neues für mich ist, mache ich mir nicht allzu viele Sorgen.

Nach mehreren Stunden allein in meinem Zimmer, allein mit meinen Gedanken, kann ich es nicht mehr verdrängen. Ich muss mich der alles verändernden Frage stellen, auch wenn sich alles in mir dagegen sträubt. Bin ich wirklich schwul? So langsam, aber sicher macht es mich wahnsinnig so zu tun, als würde Liams Anblick nichts in mir auslösen. Dabei ist es offensichtlich, dass es so ist. Allerdings muss ich mich auch damit beschäftigen, was es bedeutet. Finde ich nur Liam gut oder auch andere Männer?

Zögernd stehe ich auf, greife nach meinem Laptop und lasse mich auf mein Bett fallen. Einen tiefen Atemzug nehmend klappe ich ihn auf und starre für einen kleinen Moment einfach nur auf den Bildschirm. Schließlich zwinge ich mich dazu, meinen Browser zu öffnen. Meine Finger zittern, als ich schließlich die Internetadresse eintippe. Porno-Website. Mein Entschluss steht. Ich werde jetzt einen Selbsttest durchziehen. Ich weiß nur nicht, wie ich beginnen soll.

Gequält schließe ich die Augen und lasse stöhnend den Kopf nach hinten sinken. *Was mache ich hier eigentlich?*

„Reiß dich zusammen, Jamie. Ist nicht dein erster Porno", flüsterte ich mir selbst zu, was es auch nicht besser macht.

Sicherheitshalber schnappe ich mir meine Air Pods vom Nachttisch, nicht dass Liam am Ende noch irgendwelches Porno-Gestöhne hört. Ich kann nichts gegen das Kichern tun, das bei der absurden Vorstellung in mir aufsteigt und sofort in ein weiteres gequältes Stöhnen übergeht.

„Schluss jetzt", knurre ich, setze mich etwas aufrechter hin und beschließe, mich erst mal in gewohnten Bahnen zu bewegen. Ich bleibe direkt bei den meistgesehenen Videos und öffne eines davon. Um keine Zeit zu verlieren, spule ich direkt zum interessanten Part vor – dem Sex. Sofort dringt das Gestöhne der Frau an meine Ohren. Sie ist hübsch, keine Frage. Meine Augen sind auf die Szenerie vor mir gerichtet und mir wird definitiv heiß. Ein Kribbeln läuft durch meinen Körper.

Als der Mann schließlich ein Stöhnen loslässt, zucke ich zusammen und presse die Lippen aufeinander. Das ... das ist verdammt heiß. Erst jetzt sehe ich ihn mir genauer an. Er trägt eine Cap falsch herum auf seinem Kopf, ist durchtrainiert und sein Gesicht könnte auch einem Modemagazin entsprungen sein. Ein Schauder überkommt mich, weil ich nicht abstreiten kann, dass ich ihn unglaublich attraktiv finde. Mein Penis drückt mittlerweile schmerzlich gegen meine Jeans. Dieser Porno macht mich an, das wäre also schon mal geklärt. Ich bin mir fast sicher, dass ich mich dabei nur mit ihm befasse, nicht mit ihr.

Mit hämmerndem Herzen stoppe ich das Video und atme hektisch ein und aus. Mein Körper ist ziemlich durcheinander und verflucht mein Gehirn dafür, dass er den Porno gestoppt hat. Aber ich bin noch nicht fertig. Noch immer zittert meine Hand, als ich eine neue Kategorie auswähle. Gay. Wenn möglich klopft mein Herz nur noch schneller. Eine Fülle an Clips wird mir vorgeschlagen, womit ich schlagartig überfordert bin.

Ich stoße lautstark den Atem aus, wische mir kurz die schweißnassen Hände an der Hose ab und konzentriere mich schließlich. Bei den ersten Videos weiß ich genau, dass ich sie nicht auswählen werde. Massige, bärtige Männer, die übereinander herfallen – nope!

Meine Augen bleiben an einem Clip hängen. Teamkameraden in der Umkleidekabine. Kein Bart. Keine Muskelprotze. Ehe ich einen Rückzieher machen kann, wähle ich es aus. Bei der lauten Werbung, die daraufhin aus meinen Air-Pods dröhnt, erschrecke ich mich so sehr, dass ich beinahe meinen Laptop vom Bett schmeiße. Ich stoße ein leises Fluchen aus, balle kurz meine Hand zu Fäusten und zwinge mich dazu zu entspannen. Zumindest versuche ich es. Wie schon zuvor, spule ich auch hier zum wesentlichen Teil.

Sofort sendet das laute Stöhnen Hitze durch meinen Körper. Die beiden Typen sehen verdammt gut aus und der eine ... ist direkt über den anderen gebeugt. Auf einer Holzbank, wie wir sie in den Umkleidekabinen der Schule haben. Nur dass die beiden Sex haben. Verdammt heißen Sex.

Mein Mund steht sperrangelweit offen, mir steht der Schweiß auf der Stirn und meine Erektion pocht schmerzlich. Ich brauche nicht erst darüber nachdenken, dass das hier das Heißeste ist, was ich bisher in der Porno-Welt zu Gesicht bekommen habe. Dass es mich tierisch anmacht – wesentlich mehr als das Filmchen, das ich eben noch auf meinem Bildschirm hatte.

„Ach. Du. Meine. Scheiße", stoße ich hervor.

Ruckartig klappe ich meinen Laptop zu und werfe ihn schwungvoll neben mich auf das Bett.

Ich. Stehe. Auf. Typen.

Mein Herz rast in der Geschwindigkeit eines Schnellzuges in meiner Brust und mein Körper befindet sich im Ausnahmezustand. Ich bin so dermaßen und vollkommen überfordert mit mir, dass ich nichts tun kann, außer mit weit aufgerissenen Augen an die Decke zu starren. Zu mehr bin ich nicht fähig. Nicht mal zum Denken.

Nach einer gefühlten Ewigkeit beruhigt sich mein Körper wieder halbwegs – immerhin. Mein Herz klopft allerdings immer noch viel zu schnell.

Was soll ich jetzt machen? Irgendwas muss ich jetzt tun. Ablenken. Ich muss mich ablenken.

Kurzerhand schnappe ich mir mein Handy und rufe Ethan an. Ethan wird es gelingen, mich abzulenken, bei Macey würde ich wahrscheinlich innerhalb von zwei Minuten einen hysterischen Anfall bekommen – außerdem weiß ich, dass sie keine Zeit hat.

„Bro", sage ich viel zu laut, kaum dass Ethan abgenommen hat. „Bitte sag mir, dass du Zeit für mich hast."

„Ich habe Hunger", lautet seine schlichte Antwort. Gott sei Dank.

„Burger?"

„Burger."

„Wir treffen uns da, bis gleich."

„Alles klar. Liebe dich, du Pisser." Ein Grinsen schleicht sich bei seinen Worten auf mein Gesicht. Das ist so typisch Ethan. Nur er kann mich gleichzeitig beleidigen und mir sagen, dass er mich liebhat.

„Ich dich auch, Bro."

Ich lege auf und atme tief durch, bevor ich schließlich vom Bett aufstehe. Kurz fahre ich mir mit den Fingern durch die Haare. Heute Abend bin ich mit all meinen Freunden am Strand zum Lagerfeuer verabredet und bis dahin muss ich wieder klarkommen. Das geht allerdings nur, wenn ich mich jetzt zusammenreiße. Und mit Ethans Hilfe.

Ich schnappe mir meinen grünen Hulk-Hoodie und ziehe ihn mir über, da es heute deutlich kälter ist als gestern. Jedenfalls für mich. Möglicherweise friere ich aber auch immer noch wegen der selten dämlichen Idee vom Vortag schwimmen zu gehen. Und wegen meiner Selbsterkenntnis.

Ich ignoriere die Tatsache, dass ich erst einmal an meiner Zimmertür lausche, ob Liam im Flur rumläuft, bevor ich mich traue, mein Zimmer zu verlassen. Ihm jetzt über den Weg zu laufen, würde ich nicht packen. Leise schleiche ich die Treppe hinunter und schlüpfe in meine Sneaker.

Am liebsten würde ich mir noch einen kalten Kakao aus dem Kühlschrank holen, aber was, wenn ich auf Liam treffe? Das riskiere ich nicht, da ich nicht die geringste Ahnung habe, wie ich reagieren würde. Von panisch wegrennen, über ihn anbrüllen, bis mich in der Küche nackt auf ihn werfen ist alles drin und ich kann nicht sagen, vor welcher Variante ich größere Angst habe.

Im Stillen verfluche ich wieder einmal meine Mom, dass ich mich jetzt nicht mal mit dem Duft von Bumblebee trösten kann, sondern wieder mit Marta, meinem Fahrrad, losradeln muss.

Leise ziehe ich die Tür hinter mir zu und gehe zum Fahrradständer, nur um festzustellen, dass Liams Fahrrad gar nicht da ist. Mein ganzes affiges Verhalten war unnötig.

Ich schüttele den Kopf über mich selbst und haue mir einmal mit der flachen Hand gegen die Stirn, allerdings viel härter, als eigentlich beabsichtigt.

„Aua", murmele ich in mich hinein. Irgendwie fehlt mir jetzt ein Kakao.

Resigniert schwinge ich mich auf mein Fahrrad und fahre zu *Crispy's Burger*. Während ich mein Bike anschließe, kann ich Ethan durchs Fenster beobachten. Er sitzt an unserem Stammplatz und tippt eifrig auf seinem Smartphone herum.

Kurz darauf lasse ich mich grinsend ihm gegenüber auf die Bank fallen. Automatisch geht es mir besser, ohne dass Ethan irgendwas getan hat. Ich habe zwar das Gefühl, eine Reklametafel auf der Stirn zu haben, von der man ablesen kann, wie ich mich fühle, aber davon abgesehen ist alles okay.

Ethan grinst zurück und tritt unter dem Tisch gegen mein Schienbein. *Pisser!*

„Warum so spät? Hast du dir noch einen Porno reingezogen, oder was?"

Ich kann nichts gegen das Lachen tun, das sich seinen Weg hinaus bahnt. Kurz darauf werde ich vor Lachen geschüttelt, in das Ethan miteinstimmt. Keine Ahnung, ob ich nun doch einen hysterischen Anfall bekomme. Irgendwann beruhigen wir beide uns wieder.

„Na, ich habe voll ins Schwarze getroffen, oder?" Ethan grinst und wackelt mit den Augenbrauen.

Ich tue unbekümmert und zucke mit den Schultern, dabei bin ich alles andere als ruhig. Glücklicherweise wechselt mein bester Freund schnell das Thema, greift nach der Speisekarte und erzählt mir von seinem Vormittag, bei dem seine Mom ihn gezwungen hat Gartenarbeit zu machen.

Ich kenne Ethan schon seit der Junior High und seit wir damals zusammen den blöden Kevin Baker zum Heulen gebracht haben, sind wir beste Freunde.

Unsere Beziehung ist komplett anders als die, die ich zu Macey habe, auch wenn sie beide meine engsten Freunde sind. Macey ist ein Teil von mir, meine andere Hälfte, wohingegen es mit Ethan schon immer unkompliziert gewesen ist. Wir können lachen, Blödsinn reden und Spaß haben. Als mein Dad uns verlassen hat, hat er mich erfolgreich abgelenkt und ist für mich dagewesen, genauso wie ich ihm bei seinem ersten Liebeskummer aufgemuntert habe. Ich würde für Ethan durchs Feuer gehen und weiß genau, dass es ihm da nicht anders geht. Vielleicht habe ich auch deshalb ihn angerufen.

Wir unterhalten uns entspannt und stopfen Burger und Pommes in uns hinein.

„Wollen wir noch zusammen ein Bier trinken, bevor wir uns mit den anderen treffen?", fragt Ethan mit vollem Mund.

„Auf jeden Fall!", antworte ich kauend.

Ehrlich gesagt hört sich Alkohol heute genau richtig an.

„Vielleicht kommt Macey auch noch dazu?", fragt er weiter.

„Nee, sie kommt nachher zum Lagerfeuer", murmele ich und schiebe mir den letzten Bissen in den Mund. Ich lehne mich auf der Bank zurück und füge mich den Nachbeben meines *Food-gasmus.*

Ethan lehnt sich ebenfalls zurück und bestellt sich noch einen Eistee.

„Ich brauche noch kurz, bis ich mich wieder bewegen kann", stöhnt er gequält und zieht dabei eine Grimasse.

***

Laut lachend stolpern Ethan und ich wenige Stunden später den kleinen Pfad zum Strand neben unserem Haus entlang. Es dämmert bereits und wir sind viel später dran als ursprünglich geplant. Aus dem einen Bier sind zwei, dann drei geworden und irgendwann habe ich aufgehört zu zählen. Keine Ahnung, wann ich das letzte Mal nur mit Ethan zusammen getrunken habe, aber es ist verdammt lustig. Die Bars hier kaufen uns unsere gefälschten Ausweise leider nicht unbedingt ab, aber wie immer konnten wir problemlos den nächstgelegenen Seven Eleven stürmen.

Ich muss zugeben, dass ich schon ziemlich betrunken bin. Heute hat mein Körper den benebelten Zustand irgendwie in sich aufgesogen, auch wenn ich normalerweise recht viel vertrage. Gut, vielleicht ist der Schnaps, den wir auch noch getrunken haben, nicht die cleverste Idee gewesen. Außerdem ist heute ohnehin alles anders.

Wir hören Musik und laute Stimmen und gehen in die Richtung, aus der sie kommen. Hört sich irgendwie so an, als wären heute deutlich mehr Leute da als sonst.

Ich schubse Ethan spielerisch und er revanchiert sich, indem er mir im Dunkeln ein Bein stellt, woraufhin ich stolpere und gegen ihn falle. Wir lachen noch lauter. Der Nachmittag mit Ethan war genau das, was ich gebraucht habe.

Ich muss gestehen, dass mich die Vorstellung, gleich Liam zu sehen, ein klein wenig nervös macht. Glücklicherweise wird mir der Alkohol in unseren Rucksäcken darüber hinweghelfen. Hoffentlich ...

„Ist Macey schon da?“, fragt Ethan beiläufig und stolpert ein weiteres Mal.

Okay, ernsthaft?

Ich reiße ihm an seinem Arm zurück und zwinge ihn dazu, mir ins Gesicht zu sehen. Auch wenn es stockdunkel ist und ich nur Umrisse erkennen kann. Ich komme ihm ganz nah, damit ich keine Regung verpasse.

„Schön, was ist los, Ethan?“, frage ich ihn direkt.

Seine Augen weiten sich geschockt. „Ich ... ich weiß nicht, was du ... also ...“, druckst er herum und sieht aus wie ein kleiner Junge, den man mit der Hand in der Keksdose erwischt hat.

„Ethan. Wieso fragst du in letzter Zeit ständig, wo Macey ist?“

Er wendet seinen Blick ab und starrt auf seine Füße, was eine ziemliche Kunst ist, wenn man bedenkt, wie dicht wir beieinanderstehen.

„Ich bin nur höflich.“

Bei seiner Antwort muss ich losprusten und auch auf sein Gesicht schleicht sich ein Grinsen.

„Komm schon Ethan. Ich bin es.“

Er schnaubt frustriert auf. „Schön. Aber wenn du jemals mit Macey darüber redest, dann erzähle ich deiner Mutter, was damals wirklich mit ihrem geliebten Kaschmir-Pullover passiert ist.“

Geschockt reiße ich die Augen auf. „Das würdest du nicht tun!“

„Finde es heraus“, sagt er bedrohlich.

Meine Mom hat diesen Pullover, der ihr absoluter Glückspulli gewesen ist, geliebt. An einem Tag hat er im Badezimmer herumgelegen. Leider habe ich mit dreizehn Jahren äußerst ausgiebig meinen Körper erforscht und so ziemlich alles, was ich gesehen habe, hat mich an Sex denken lassen und mich angeturnt. Ich erinnere mich noch ganz genau, dass es an diesem Abend tatsächlich irgendein Liebesfilm gewesen ist, den Mom mit einer Freundin gesehen hat. Ich bin mit Ethan nach Hause gekommen und dann haben wir pubertierende Halbstarke diese Sexszene über den Bildschirm flimmern sehen. Da ist eine Sicherung bei mir durchgebrannt. Ich bin sofort ins untere Bad verschwunden, wo Moms Pullover über der Badewanne gelegen hat und ... nun ja. Ich bin wirklich nicht stolz darauf. Ethan hat mir hinterher geholfen den Pullover unbemerkt zu entsorgen. Und wir haben uns geschworen, nie wieder darüber zu reden.

„Okay, ich versprech's", zische ich ihm zu und versuche, ihn mit meinen Augen zu erdolchen.

Ethan knabbert auf seiner Unterlippe und sieht wie ein kleiner Junge aus und nicht wie der sonst so selbstbewusste Frauenschwarm. Ethan ist ziemlich beliebt und ich muss zugeben, dass er hübsch ist. Seine dunklen Locken passen perfekt zu seinen vollen Lippen und seiner dunklen Haut.

„Na ja. Es könnte sein, dass ich ein bisschen auf Macey stehe", bringt er schließlich hervor.

Überrascht lege ich den Kopf schief. „Wirklich?", frage ich dämlich.

Er nickt und fährt sich mit der Hand durch seine Locken. Dabei sieht er echt unsicher aus. So kenne ich Ethan gar nicht.

„Du stehst auf Macey – ein bisschen?", frage ich noch einmal nach, denn irgendwie will es noch nicht so ganz in meinen Kopf.

Wieder nickt er und schüttelt kurz darauf den Kopf. Frustriert verdreht er die Augen.

„Okaaaaaay", sage ich vorsichtig und sehe ihn fragend an.

„Ach Mann", stößt er aus, „ich mag sie nicht nur ein bisschen, ich bin total in sie verknallt."

Okay, damit habe ich jetzt nicht gerechnet. Ich versuche kurz zu ergründen, ob es mir irgendetwas ausmacht, aber tatsächlich wüsste ich nicht, weshalb mich das stören sollte.

„Ist doch cool!“, sage ich schulterzuckend.

Überrascht sieht er mir in die Augen. „Wirklich?“, fragt er jetzt ebenso dämlich zurück wie ich zuvor.

Wieder zucke ich nur mit den Schultern. „Ihr habt beide einen an der Waffel. Würde schon passen. Und da ich weder auf dich noch auf sie stehe, denke ich, das geht in Ordnung.“

Ethan lacht befreit auf. „Meinst du, sie mag mich auch?“, fragt er unsicher.

„Ehrlich gesagt habe ich keine Ahnung, weil wir noch nie darüber geredet haben. Aber wenn du willst, bekomme ich das raus. Bist schließlich ein hübscher Kerl.“ Ist er wirklich. Und ich bin unendlich glücklich darüber, dass ich das zwar anerkennen kann, Ethan mich aber sonst körperlich komplett kaltlässt. Dem Himmel sei Dank.

Ethan hält mir die Faust hin und ich stoße mit meiner dagegen. Offenbar ist unser Gespräch damit beendet, denn er setzt sich wieder in Bewegung und stolpert prompt ein weiteres Mal.

Wir treten aus dem dunklen Schatten und werden sofort von unseren Freunden begrüßt. Neben ihnen sind auch viele andere aus unserer Schule da und ich erwische mich dabei, wie ich die Gegend nach Liam absuche. Ich bleibe mit einem Ruck stehen, als ich ihn entdecke.

Liam ist nicht allein. Neben ihm sitzt Justin und die beiden sehen aus, als hätten sie die beste Zeit ihres Lebens. Beide haben ein Bier in der Hand, sitzen verdammt dicht beieinander und grinsen um die Wette. Schallend fängt Liam an zu lachen und Justin stimmt ein sein Lachen mit ein.

Wann zur Hölle ist das bitte passiert?

War ich in der letzten Zeit so sehr mit mir selbst beschäftigt, dass ich das nicht habe kommen sehen?

Die beiden sind so offensichtlich am Flirten, dass ich direkt in das romantische Lagerfeuer vor ihnen kotzen möchte. Ich brauche ganz dringend noch einen Drink, denn die beiden zusammen – das stört mich viel mehr, als es sollte.

„Was zum Teufel macht Justin hier mit Liam?", zische ich Ethan zu und lasse meinen Rucksack von meinen Schultern sinken, um mir ein Bier herauszufischen.

Stirnrunzelnd sieht Ethan mir dabei zu. „Keine Ahnung. Liam ist doch schwul, oder? Ich schätze Justin steht auf ihn."

Ich knurre, öffne meine Bierflasche und nehme einen großen Schluck.

„Haben wir ein Problem mit Justin?", hakt er weiter nach.

Ich trinke einen weiteren Schluck und er nutzt die Zeit, um sich ebenfalls ein Bier zu nehmen.

„Ich finde das einfach nicht gut. Justin ist der totale Aufreißer, oder? Jetzt macht er sich so billig an Liam ran und was dann? Lässt er ihn fallen und schnappt sich den Nächsten?"

Ethan sieht wieder zu Liam und Justin hinüber und scheint darüber nachzudenken. „Justin ist unser Freund, oder nicht?“, gibt er zögernd zu bedenken.

„Das eine hat doch mit dem anderen nichts zu tun. Natürlich ist er unser Freund“, lenke ich ein. Überzeuge ich gerade ihn oder mich?

Ich habe noch nie ein Problem mit Justin gehabt, aber trotzdem würde ich ihm jetzt am liebsten gegen sein Schienbein treten. Als die beiden wieder laut auflachen, kann ich ein abfälliges Schnauben nicht unterdrücken.

„Also Justin ist unser Freund, den wir mögen und der mit deinem Stiefbruder flirtet, was dich aber stört. Anscheinend ein akuter Fall von Beschützersyndrom“, stellt Ethan sachlich fest. Ich kann nicht anders, als trotzig mit den Schultern zu zucken.

„Also haben wir ein Problem mit Justin?“, hakt Ethan ein letztes Mal nach und sieht mich bedeutungsvoll an. Seine braunen Augen wirken im Schein des Lagerfeuers fast schwarz.

Ich denke einen Augenblick darüber nach und lasse meinen Blick noch einmal über das Pärchen schweifen, das sich gerade zuprostet. Ist das hier ein verdammter Comedyclub? Wut überrollt mich und nimmt mir kurz die Luft zum Atmen. Was ist das? Solche Gefühle bin ich nicht gewohnt und doch würde ich in dieser Sekunde am liebsten Justin von Liam wegreißen. Verdammt, warum sieht Liam heute so verflucht gut aus?

Ich drehe den Kopf zurück zu Ethan, recke das Kinn vor und antworte mit fester Stimme: „Wir haben ein Problem mit Justin!“

Kapitel 17

Liam

Den ganzen Abend über spüre ich seine Augen auf mir wie Dolchstiche. Den ganzen Abend über habe ich das Gefühl irgendwas verpasst zu haben. Die Rede ist natürlich, wie könnte es auch anders sein, von Jamie.

Gestern haben wir uns noch Blicke zugeworfen, die Eis hätten schmelzen können, und heute wirkt es, als würde Jamie versuchen, die Hölle zufrieren zu lassen. Er wirkt regelrecht wütend auf mich und ich habe keine Ahnung, was ich jetzt schon wieder falsch gemacht habe. Ich halte Abstand, wenn er mich darum bittet, ich laufe nicht weg, wenn er Nähe zu mir sucht, aber trotzdem schaffe ich es offenbar ihn aufzubringen. Leider kann ich nicht anders, als ihn süß zu finden, wenn er so grummelig durch die Gegend guckt, und das scheint er heute Abend zu perfektionieren.

„Okay, was ist deine Lieblingsband?", fragt mich Justin, der mir den kompletten Abend noch nicht von der Seite gewichen ist.

Ich erzähle ihm von *Select Stuff*, aber es wird schnell klar, dass wir in Punkto Musik nicht auf einen Nenner kommen. Er scheint eher zu den Rap-Hörern zu zählen, was ich wiederum absolut nicht nachvollziehen kann. Davon abgesehen ist Justin ziemlich süß. Er ist groß, schlank und hat blonde Haare, die ihm in die Augen hängen. Er hat sogar eine gewisse Ähnlichkeit mit Jamie und entspricht wirklich meinem Typ Mann. Allerdings strahlen mir keine leuchtend grünen Augen entgegen und leider sind das nun mal die einzigen, in denen ich mich gern verlieren würde.

Dennoch ist Justin sympathisch und wir verstehen uns gut. Es macht Spaß, ein bisschen mit ihm zu flirten, auch wenn ich mit hundertprozentiger Sicherheit sagen kann, dass ich nichts mit ihm anfangen werde. Sex und Gefühle gehören für mich in den meisten Fällen zusammen. Ich habe zwar vor ein paar Monaten mit Jamie geschlafen, ohne ihn zu kennen, aber das war etwas anderes. Allein der Anblick von Jamie in seinem Dragon Ball-Pulli hat mich so in Ekstase versetzt, dass ich gar nicht anders gekonnt habe.

Justin ist darum bemüht, unser Gespräch nicht abreißen zu lassen, aber leider bin ich nur mit halbem Ohr bei ihm. Hauptsächlich beobachte ich Jamie, der jeden außer Ethan vergrault. Mir entgehen die irritierten Blicke der anderen nicht, denn offenbar kennt man Jamie nicht so. Er ist Everybodys-Sunshine und hat immer gute Laune. Ich liebe es, dass er so ein lebensfreudiger Typ ist, aber mal ehrlich, die sollen ihn alle einfach mal sein Ding machen lassen. Er hat schlechte Laune? Schön, soll er die doch haben, ohne dass alle Leute im Sekundentakt fragen, ob denn auch alles okay bei ihm ist. Dieser Typ ist doch sonst dauergutgelaunt, dass man ihm das doch wirklich mal gönnen kann. Andere haben permanent schlechte Laune und finden jeden Tag zum Kotzen. Auch wenn mich durchaus interessiert, ob ich der Grund für seine Laune bin.

„Hör mal, ich gehe mir mal eben ein Bier holen", sage ich knapp, bevor ich hastig aufstehe.

„Ich kann's dir besorgen", murmelt Justin zweideutig und grinst schelmisch.

Ich bleibe stehen und blinzle ein paar Mal in seine Richtung. Das hat er nicht gesagt.

Anstatt etwas zu erwidern, bricht sich ein tiefes Lachen in mir bahn, woraufhin Justin den Mund verzieht. Er blinzelt verunsichert. Ich bin echt nicht der Typ für solche billigen und unsubtilen Anmachen.

Den Blick auf die Bierkiste gerichtet, die abseits vom Lagerfeuer steht, atme tief durch und gehe los. Drew fängt mich direkt davor ab und wackelt verschwörerisch mit den Brauen. Ich verdrehe die Augen, als ich mir ein Bier aus der Kiste ziehe.

„Da scheint jemand ziemlich auf dich abzufahren", sagt er grinsend und prostet mir mit seiner Bierflasche zu.

„Kann schon sein", weiche ich aus und trinke einen tiefen Schluck, um nicht weiter antworten zu müssen. Wie soll ich ihm bitte erklären, dass ich Justin mag, ihn heiß finde, trotzdem nichts mit ihm anfangen werde? Und er mir auch ein kleines bisschen auf die Nerven geht? Drew ist so etwas wie mein bester Freund geworden, mein *brother from another mother.* Dennoch kann ich nichts von Jamie und mir erzählen, ich könnte niemals so seine Privatsphäre missachten, nur damit ich mit Drew darüber reden kann. Ich sollte mit Kim sprechen. Sie kennt Jamie schließlich aus Seattle, als er sich noch als schwuler Typ ausgegeben hat. Das hier ist aber sein Zuhause, seine Freunde und sein Leben. Er hat eine Freundin und möchte nicht, dass jemand weiß, was vorgefallen ist und das respektiere ich. Auch wenn es nicht dem entspricht, was ich mir wünsche.

„Komm schon, er ist süß. Er steht auf dich. Was brauchst du noch?“, fragt Drew aufgeregt. Ich reiße mich aus meinen Gedanken los. Ehrlich gesagt, habe ich schon wieder vergessen, dass wir uns überhaupt unterhalten haben.

„Genau, er will es dir besorgen, also worauf wartest du?“, mischt sich eine sarkastische Stimme in das Gespräch ein. Jamie.

Ich verziehe das Gesicht. „Shit, das hast du gehört?“, frage ich und rümpfe die Nase.

Er verdreht die Augen, nimmt einen Schluck Bier und schüttelt seinen Kopf. „Ich bitte dich. Der Typ ist nicht gerade subtil. Wundert mich, dass er dir nicht direkt seinen Schwanz in die Fresse hält.“ Mit diesen Worten dreht er sich um und geht weg.

Mir steht der Mund offen und auch Drew starrt ihm ungläubig hinterher.

„Was ist dem denn über die Leber gelaufen? Ich glaube da sollte dringend jemand vögeln“, fachsimpelt er. „Allerdings habe ich nicht das Gefühl, dass Mia diesen Job demnächst übernehmen wird. Die beiden wirken momentan nicht unbedingt wie das glückliche Paar.“

Ich kann nicht anders, als interessiert aufzuhorchen. Nicht dass mich das Unglück anderer glücklich machen würde. *Natürlich nicht.*

„Nicht?“, erkundige ich mich und tue so, als würde ich nur beiläufig fragen.

Drew zuckt mit den Achseln. „Nee irgendwie sind die beiden schon länger komisch. Sie halten Abstand zueinander, selbst wenn sie im gleichen Raum sind. Aber egal, die bekommen das schon hin, sie sind ja nicht ohne Grund wieder zusammen. Außerdem hat Jamie mal erwähnt, wie toll er sie findet. Vermutlich haben sie sich einfach gestritten."

Mein kleines Hochgefühl von eben verflüchtigt sich so schnell, wie es gekommen ist und der Aufprall in der Realität tut verdammt weh.

Mir ist klar gewesen, dass Jamie seine Beziehung zu Mia viel bedeutet, aber das jetzt zu hören, von jemandem, der die beiden gut kennt, verursacht dennoch ein Stechen in meiner Brust. Fuck, ich darf Jamie nicht so nah an mich heranlassen. Ich darf nicht zulassen, dass es mehr für mich wird als ein loses Verknallt-Sein.

„Hey, hier steckst du", säuselt Justin von der Seite und grinst mich selbstbewusst an.

Alles wäre so viel leichter, wenn ich ihn in Seattle kennengelernt hätte. Habe ich aber nun mal nicht.

Ich lächle Justin höflich an und ziehe ihm ebenfalls ein Bier aus der Kiste. Er ist nett und ich sollte meinen Frust nicht an ihm auslassen. Irgendwann werde ich ihm dennoch sagen müssen, dass aus uns nichts wird und dass ich kein Interesse daran habe, mit ihm zu schlafen. Bis es jedoch so weit ist, kann ich ein wenig mit ihm flirten und sein offensichtliches Interesse genießen. Justin ist gut für mein Ego und ein wenig sonne ich mich in seiner Aufmerksamkeit. Paradox, wenn man bedenkt, dass mir ebendiese Aufmerksamkeit auf die Nerven geht. Ich schätze mir ist nicht mehr zu helfen. Das ganze Bier macht es auch nicht besser.

Eine Weile stehen wir mit Drew zusammen und genießen den Abend. Die düsteren Blicke von Jamie reißen allerdings nicht ab und verunsichern mich immer mehr. Ich will nicht, dass er sauer auf mich ist. Wieso ist er sauer auf mich?

„Hey", flüstert Justin neben mir und ist mir dabei verdammt nah, „alles okay bei dir?"

Ich drehe meinen Kopf in seine Richtung. Er scheint echt ein lieber Kerl zu sein und ich hasse mich selbst dafür, dass ich die Gelegenheit nicht einfach beim Schopf packen kann. Vielleicht quäle ich mich gern selbst.

„Klar", sage ich lächelnd.

Er mustert mich kurz von oben bis unten. „Nein, ist es nicht. Aber ist schon okay", sagt er zwinkernd und gibt mir einen kleinen Kuss auf die Wange.

Ich kann ein Schmunzeln nicht unterdrücken.

Gerade als ich etwas erwidern will, hindert mich ein Klirren und Fluchen daran. Mein Blick fährt herum und ich entdecke Ethan und Jamie, die sich wütend anfunkeln. Ethan hat Jamie am Arm gepackt und redet auf ihn ein, während Jamies Pulli scheinbar biergetränkt ist. Die beiden haben die Aufmerksamkeit aller auf sich gezogen, was nun auch ihnen bewusst zu werden scheint. Jamie lässt seinen Blick trotzig durch die Menge schweifen und bleibt schließlich an mir und Justin hängen. Abfällig verzieht er seine Mundwinkel, so als wären wir absolut widerlich.

Er reißt sich von Ethan los, schnappt sich seinen Rucksack und stürmt in Richtung Haus davon.

Ich bleibe perplex stehen. Sein angewiderter Gesichtsausdruck hat mich nicht nur getroffen, sondern geht mir gegen den Strich. Es braucht eine ganze Menge, um mich sauer zu machen, aber es ist möglich. Und Jamie hat es eben geschafft.

„Scheiße, geht's ihm gut?", fragt Justin neben mir und sieht ehrlich besorgt in die Richtung, in die Jamie eben davongestürmt ist.

Überrascht sehe ich ihn an. Ich wusste, dass die beiden sich schon ewig kennen, aber dass Justin sich solche Sorgen um seinen Freund macht, macht ihn gleich noch sympathischer.

Drew und Justin fangen sofort an sich zu unterhalten und zählen mögliche Gründe für Jamies Verhalten auf. Ich nutze die Gelegenheit und schleiche mich unbemerkt davon. Meine Beine tragen mich über den kleinen schmalen Weg zu unserem Haus, wo ich die Holztreppe hinaufgehe, die schier endlos ist. Kaum zu glauben, dass Jamie sie ernsthaft jeden Morgen hinaufjoggt. Meine Atmung geht deutlich schneller, als ich endlich oben bin und mein Herz klopft verräterisch. Ich habe echt eine Kondition für die Mülltonne. Augenrollend stelle ich fest, dass die Terrassentür mal wieder nicht abgeschlossen ist. Ehrlich, diese Tatsache treibt meinen Vater und mich noch in den Wahnsinn. Wir kommen aus Seattle, bei uns lässt man seine Türen nicht offen stehen, um Massenmörder einzuladen, die einem hinterher die Haut von den Knochen schneiden. Okay, ich lese eindeutig zu viele Thriller, aber trotzdem. Muss man es wirklich so provozieren? Sind reiche Leute so? Ich schließe die Tür demonstrativ hinter mir zu, denn ich habe genauso wenig Lust darauf, dass Jamies Freunde in unserem Haus pinkeln gehen.

Das Wohnzimmer liegt im Dunkeln, weshalb es mir schwer fällt auszumachen, wohin Jamie verschwunden ist.

Das Licht an der Treppe gibt mir einen Wink. Jamies angewiderter Gesichtsausdruck kommt mir wieder in den Sinn und facht meine Wut erneut an. Ich stapfte angesäuert die Treppe hinauf und stoße, kaum dass ich am oberen Treppenabsatz bin, mit Jamie zusammen, der gerade aus seinem Zimmer stolpert. Offenbar hatte er sich einen weiteren Pullover übergezogen, was mich keine Sekunde wundert. Der Typ friert dermaßen schnell, dass es wirklich extrem süß ist.

Halt Stopp. Du bist wütend auf ihn!

Ich schaue ihn aus zusammengekniffenen Augen an, da er ebenfalls stehengeblieben ist. Wir sind uns verflucht nah. Jamie lehnt sich an seine Zimmertür, als wollte er etwas Abstand zwischen uns bringen. Seine Augenbrauen sind zusammengezogen und er hat die Arme verschränkt, was wieder verdammt süß ist. *Mist!*

Zum Glück bin ich wütend genug, um das auszuhalten. Denke ich.

„Was sollte das eben?“, fahre ich ihn an.

Er hebt nur eine Augenbraue und verzieht seine Mundwinkel. „Was?“, fragt er spöttisch. „Dass ich gegangen bin, ohne meinen Bruder um Erlaubnis zu bitten?“

Bei dem Wort Bruder zucke ich kurz zusammen. Das macht der Mistkerl mit Absicht.

„Du weißt genau, dass ich das nicht meine“, presse ich zwischen zusammengebissenen Zähnen hervor. So ein Sonnenschein wie Jamie normalerweise ist, so heftig kann er einen auf die Palme bringen. Interessant.

„Stört es dich, dass ich mir einen Pullover geholt habe, ohne zu fragen, ob du auch frierst?", fragt er weiter und stellt sich absichtlich dumm.

Ich presse meine Lippen zusammen, ehe ich zische: „Jamie! Ich meine zum einen die Scheiße, die du gelabert hast und zum anderen, wie du mich und Justin angesehen hast."

In seinen Augen schimmert Schmerz auf, aber er vergeht so schnell, dass ich mir nicht sicher bin, ob ich ihn tatsächlich gesehen habe. „Oh, also geht's hier um deinen Fuckboy?" Nun klingt seine Stimme wütend, jegliche Gleichgültigkeit ist daraus verschwunden.

Ich verdrehe genervt die Augen. „Ist das dein Ernst?"

Er zuckt die Achseln. „Bitte entschuldige, dass ich keine Lust darauf habe, euch beim Trockenvögeln zu beobachten!", knurrt er wütend.

Nun ziehe ich überrascht die Augenbrauen nach oben. Jamie presst seine Lippen fest aufeinander und vermeidet es mich anzusehen. Könnte es sein, nur ganz vielleicht, dass Jamie eifersüchtig auf Justin ist?

Meine Wut mildert etwas ab und ich beobachte ihn aufmerksam. „Ich dachte Justin ist dein Freund?", frage ich betont ruhig. „Also wo ist dein Problem, wenn ich was mit ihm habe?"

Sein Kopf zuckt zu mir zurück. „Also habt ihr wirklich was miteinander?", sagt er kopfschüttelnd. „Gut, war ja eigentlich nicht zu übersehen." Er beißt sich auf die Unterlippe und in seinen grünen Augen tobt ein Sturm.

„Fuck, Jamie. Sag mal ... bist du eifersüchtig?", bohre ich nach und komme ihm ein Stückchen näher.

Er atmet überrascht ein und starrt mich an. „Ja, klar. In deinen Träumen vielleicht“, entgegnet er, aber seiner Stimme fehlt jeglicher Nachdruck.

„Oh, davon träume ich definitiv“, raune ich mit tiefer Stimme.

Ihm stockt der Atem, als er mich mit weit aufgerissenen Augen ansieht. Sein Blick ist fest mit meinem verankert.

„Würde es dich stören, wenn Justin mich anfassen würde?“, provoziere ich ihn. Ich muss es unbedingt wissen. Kommt seine Stimmung allein daher oder findet er es wirklich widerlich, wenn ich mit einem Typen rummachen würde. Der Ausdruck in seinen Augen sagt mir alles, was ich wissen muss.

„Er soll seine scheiß Pfoten von dir lassen!“, knurrt Jamie bedrohlich und kommt mir wiederum ein Stück näher. Zwischen uns passt nun mehr kaum noch eine Hand. Unsere Nasenspitzen berühren sich fast, während die Luft zwischen uns zu knistern scheint. Mein Herz klopft aufgeregt in meiner Brust.

Bisher bin ich all seinen Wünschen nachgekommen, habe immer gemacht, worum er mich gebeten hat. Sollte aber nur die geringste Chance bestehen, dass aus uns was wird, dann kann ich sie nicht verstreichen lassen. Ich muss handeln.

Ich schließe die kleine Lücke zwischen uns und presse meine Lippen hungrig auf seine.

Jamie gibt einen überraschten Laut von sich, der direkt in ein Stöhnen übergeht. Ich dränge ihn an seine Zimmertür und drücke meinen Körper enger an seinen. Nun würde nicht mal ein Blatt Papier zwischen uns passen. Er öffnet seinen Mund für mich und meine

Zunge findet seine. Ich umspiele sie grob und stöhne tief auf, was ihn umso mehr anzuspornen scheint. Ich bin im Himmel. Das hier ist nichts im Vergleich zu dem kleinen unsicheren Kuss im Bad. Das hier kommt eher einem flammenden Inferno gleich, was absolut passt, denn ich habe das Gefühl innerlich zu verglühen. Ich reibe meine Hüfte an seiner, was nicht nur mich völlig um den Verstand zu bringen scheint, denn Jamie erwidert den Druck, während kehlige Laute seinen Mund verlassen. Mein Schwanz ist mittlerweile so schmerzlich hart, dass ich irgendwas dagegen unternehmen muss, sonst werde ich vermutlich noch durchdrehen. Ich lasse von Jamies Mund ab und knabbere an seinem Hals, während er seine Finger in meinen Haaren vergräbt und den Kopf in den Nacken legt.

„Scheiße, Liam", knurrt er kehlig.

Da ich absolut nicht scharf darauf bin, auf einen kleinen Hoppelhasen zu treten, während ich mit Jamie rummache, trete ich einen Schritt zurück und ziehe Jamie an der Hand zu meinem Zimmer. Er protestiert nicht und lässt sich von mir hineinführen. Er knallt meine Tür hinter sich zu und sieht mich an. Mondlicht erhellt den Raum gerade so weit, dass ich ihn ansehen kann. Seine Augen scheinen sogar in der Dunkelheit zu leuchten, als sich sein Blick fest auf mich richtet. Kurz habe ich Angst, dass er sofort einen Rückzieher machen könnte. Er sieht in diesem Moment verdammt verletzlich aus, was mir wieder ins Gedächtnis ruft, was das Ganze hier für ihn bedeutet. Alles ist neu und ... Jamie hat eine Freundin.

Er zögert eine Sekunde, bevor er langsam auf mich zukommt und eine Hand an meine Wange legt. Die

Zärtlichkeit raubt mir kurz den Atem, denn ich habe nicht damit gerechnet, dass er mich so berühren würde.

Er sieht abwechselnd zwischen meinen Augen und meinen Lippen hin und her, so als wüsste er nicht, worauf er sich zuerst konzentrieren soll. Schließlich lehnt er sich vor und zieht mich an meiner Wange zu sich. Sein Kuss ist fordernd und drängend, dennoch liegt vielmehr darin, als noch zuvor im Flur oder damals in Seattle. Dort war es lediglich der Hunger und die Leidenschaft, die uns getrieben haben. Jetzt fühlt es sich nach Gefühlen an. Nach mehr als Sex. Mein Herz hämmert unablässig in der Brust und meine Finger zittern, als ich ihn an seiner Hüfte zu mir heranziehe. Er schlingt seine Arme und meinen Rücken und ich spüre seine Erektion deutlich an meinem Oberschenkel. Ich dirigiere Jamie zu meinem Bett und drücke ihn sanft auf die Matratze, während sich unsere Lippen keine Sekunde trennen. Ich knie auf dem Bett und lehne über ihm, meine beiden Hände neben seinem Kopf gestützt. Erst als er am Saum meines Pullovers herumfummelt und ihn leicht nach oben schiebt, löse ich meine Lippen von seinen. Ich setze mich auf, ziehe mir sowohl Pullover als auch T-Shirt über den Kopf und werfe beides achtlos neben mich. Aus gesenkten Lidern sieht Jamie zu mir herauf, einen ehrfürchtigen Ausdruck im Gesicht. Er rührt sich nicht weiter, sondern beobachtet mich. Es ist definitiv anders als beim letzten Mal. Er sieht so verletzlich aus, so als würde ihm das hier mindestens so sehr Angst machen, wie es ihm gefällt. Keine Ahnung, ob ich die Entscheidung schon vorher getroffen habe oder erst jetzt, aber ich werde heute nicht mit ihm schlafen. Das wäre eindeutig zu viel für ihn, ungeachtet dessen, dass es schon mal passiert ist. Ich würde ihn damit von mir stoßen und sein Gefühlswirrwarr nur noch schlimmer machen. Dennoch bin ich kein verdammter Heiliger. Ich lehne mich wieder über Jamie und sauge mich an seinem Hals fest, was ihn dazu veranlasst mir sein Becken entgegenzustrecken und zu stöhnen. Ich liebe es, wie er stöhnt!

Ich schäle ihn aus seinen Pulloverschichten und ziehe das Shirt gleich mit aus. Ich genieße den Anblick seines nackten Oberkörpers und fahre mit meinen Fingerspitzen seine harten Bauchmuskeln nach. Himmel, ist das scharf. Er tut es mir gleich, indem er mein Tattoo mit den Fingern berührt. Seine Finger hinterlassen eine Gänsehaut. Ich spiele mit dem Daumen am Bund seiner Hose, was ihn unter mit beben lässt.

„Liam, bitte, ich brauche das", stöhnt er.

Ich vergrabe knurrend mein Gesicht an seiner Halsbeuge und küsse mich seinen Kiefer entlang. Dieser Typ entwaffnet mich total. Er überlässt mir heute das Spiel, während er beim letzten Mal die Kontrolle hatte. Als würde er mir diesmal ... vertrauen. *Scheiße!* Er ist so verdammt hinreißend!

Ich ziehe mich zurück, um mich aus meinen restlichen Klamotten zu schälen, während er mir zusieht und sich die Lippen leckt. Dabei wandert seine Hand nach unten in seine Hose. Er wendet den Blick nicht von mir ab, als er sich selbst berührt.

Herr. Im. Himmel!

Jamie liegt hier in meinem Bett und berührt sich selbst, während er mir mit seinen leuchtend grünen Augen entgegenblickt. Ich kann mich nicht erinnern, dass ich jemals einen heißeren Anblick genießen durfte.

Ich habe mich geirrt, denn jetzt schiebt Jamie seine Hose runter und strampelt sie von sich, und umschließt sich selbst mit der Hand. Ich starre ihn mit offenem Mund an, was er mit einem frechen Grinsen quittiert.

Ich schiebe mich wieder über ihn, während ich mich selbst fast grob anfasse, weil ich den inneren Druck nicht mehr aushalte. Mein Mund findet seinen und der Augenblick der Zärtlichkeit ist verstrichen. Ihm ist Hitze gewichen, nichts als pure Leidenschaft.

„Liam!", stöhnt Jamie tief, als sich unsere Zentren berühren.

Ich lege mich auf die Seite, damit wir einander zugewandt liegen und lasse meinen Blick nach unten wandern. Sanft schiebe ich Jamies Hand weg und umfasse ihn mit meiner Faust. Ich fahre fest auf und ab, woraufhin Jamie stöhnend seinen Kopf an meiner Schulter vergräbt. Kurz darauf kann ich nicht mehr klar denken, denn nun ist es seine Hand, die sich um mich schließt.

Unsere Lippen knallen wieder aufeinander und erzeugen ein Gemisch aus Hitze, Zungen und Zähnen. Unsere Hände werden immer schneller und ich spüre bereits, wie sich der Sturm in mir zusammenbraut. Ich bin noch nicht bereit ihm nachzugeben, dafür genieße ich das hier viel zu sehr. Allerdings fühlt sich seine Hand einfach zu gut an. Undefinierbare Laute verlassen meinen Mund, während Jamie immer wieder meinen Namen stöhnt. Ich rase immer näher an den Rand der Klippe heran, als Jamie mir den Rest gibt.

Er beißt in mein Ohrläppchen.

„Komm mit mir zusammen, Liam. Komm auf meine Hand.“

Diesen heißen Worten halte ich nicht mehr stand. Ich lasse los und springe mit Vollgas über den Rand der Klippe, als alles in mir explodiert. Jamie zuckt ebenfalls in meiner Hand und raunt meinen Namen. Ich fand es noch niemals in meinem Leben besser Liam zu heißen als in dieser Sekunde.

Wir ringen um Atem, als ich so langsam, aber sicher wieder in der Realität ankomme. Ich lasse mich erschöpft ins Kissen zurücksinken und versuche mein rasendes Herz unter Kontrolle zu bekommen. Jamie tut es mir gleich und kurz herrscht eine erdrückende Stille zwischen uns. Allerdings werde ich nicht zulassen, dass es jetzt wieder komisch wird. Nicht nach eben, nicht nach dem hier.

Blind greife ich neben mich und ertaste kurz darauf mein T-Shirt. Ich beuge mich über Jamie und wische seinen Bauch sauber, denn wir haben eine ziemliche Sauerei veranstaltet. Mit einem leichten Schmunzeln sieht er mir zu. Achtlos werfe ich das T-Shirt durch mein Zimmer, was ich normalerweise niemals tun würde.

Zärtlich küsse ich Jamie und nehme erleichtert wahr, dass er meinen Kuss erwidert. Er stößt mich auch nicht weg, als ich die Decke über uns ausbreite.

Ich ziehe ihn fest an mich und schmiege mich von hinten an ihn heran, als er sich zur Seite dreht. Bevor ich mich gemütlich ins Kissen sinken lasse und meine Augen schließe, drücke ich ihm einen sanften Kuss auf die Halsbeuge. Insgeheim hoffe ich, dass Jamie morgen früh noch hier ist.

„Alles okay?“, flüstere ich in die Dunkelheit.

Er greift unter der Decke nach meiner Hand und verschränkt unsere Finger miteinander. „Ja. Mehr als okay“, antwortet er ebenso leise.

Kapitel 18

Jamie

Meine Füße kämpfen sich durch den Sand, während mir der Schweiß in Strömen das Gesicht herunterläuft. Mein Herz schlägt mir bis zum Hals und mein Atem geht stoßweise.

Ich habe mich heute Früh aus Liams Zimmer geschlichen, als er noch geschlafen hat, allerdings nicht ohne ihn vorher noch einige Minuten zu betrachten. Zum Glück weiß er das nicht, nicht dass er mich am Ende noch für so einen gestörten Psycho hält. Allerdings hat kein Weg daran vorbeigeführt zu gehen und ihn allein im Bett zurückzulassen. Mir ist schon seit gestern klar, was ich nun tun muss.

Auch wenn sich alles in mir dagegen sträubt, führen mich meine Beine durch den Sand, weg vom Strand in eine kleine Wohnsiedlung. Es ist ungewohnt einfach auf dem Asphalt zu joggen, schließlich laufe ich normalerweise nur am Strand, weil ich es liebe, wie das Meer neben mir rauscht und tost. Jetzt fahren Autos neben mir, was mir vor Augen führt, dass ich meines momentan nicht fahren darf. Das nervt. Mit meinem Auto wäre ich schneller am Ziel. Und danach schneller wieder weg.

Als ich in die Zielstraße einbiege, werde ich langsamer. Viel langsamer. So langsam, dass ich schon fast stehen bleibe. Scheiße. Keine Ahnung, wie ich das hier durchziehen soll. Direkt vor dem schönen Backsteinhaus mit den roten Fensterläden halte ich an. Die kleinen Kirschbäume im Vorgarten wirken harmonisch und bilden einen heftigen Kontrast zu meinem hämmernden Herzen. Verdammte Scheiße! Ich will das hier nicht tun müssen, aber ich muss.

Seit gestern ist es mir endlich sonnenklar. Ich stehe auf Liam. Keine Ahnung, was das zwischen uns ist und es darf eigentlich nicht sein, aber ich schaffe es schlicht und ergreifend nicht mehr, mich dagegen zu wehren. Ich will nicht daran denken, dass er mein Stiefbruder ist. Ich habe gestern Abend zugelassen, dass wir miteinander im Bett landen. Wieder. Hier in Oceanside, meinem Zuhause. Dabei ist alles, was ich gefühlt habe, so echt gewesen. Das hat mir deutlich gezeigt, dass ich mir seit einer verdammten Ewigkeit etwas vormache. Natürlich bin ich immer noch verwirrt. Was ich aber mit Sicherheit sagen kann, ist, dass meine Beziehung zu Mia vorbei ist. Keine Ahnung, wie ich überhaupt jemals denken konnte, dass das zwischen uns Liebe ist. Ist es nicht und wenn ich ehrlich bin, hat mir nicht mal der Sex mit ihr Spaß gemacht. *Fuck, bin ich ein Arschloch!*

Ich weiß nicht, weshalb ich mich so an die Beziehung mit ihr geklammert habe, aber Fakt ist, dass ich es viel zu weit habe kommen lassen. Ich habe sie gestern betrogen, wobei es keine Rolle spielt, dass wir nicht so richtig Sex miteinander gehabt haben. Handjobs zählen für mich zum Betrug. Das hätte ich ihr niemals antun dürfen. Viel früher hätte ich die Reißleine ziehen müssen.

Ich drehe mich auf der Stelle um gehe einige Schritte, bevor ich mich kopfschüttelnd wieder umdrehe, mit mir ringend, ob ich das jetzt durchziehen kann oder nicht. *Feigling.*

Nicht mal das nervige Nachbarkind von gegenüber, das mich mit offenem Mund anstarrt, kann mich davon abhalten, wie ein Irrer hin und her zu laufen. Ich zwinge mich stehen zu bleiben und atme tief durch. Ist es verwerflich, dass ich jetzt gern die Hand meiner Mom halten würde? Ich fühle mich so verloren und habe, offen gesagt, eine Heidenangst. Ich habe noch nie mit jemandem Schluss gemacht. Sie wird mich danach hassen, oder? Sicher wird sie mich hassen, und ich will von niemandem gehasst werden.

Vielleicht könnte ich meine Mom anrufen. Ich verwerfe den Gedanken allerdings sofort wieder. Erstens, weil ich fast achtzehn Jahre alt bin und zweitens, weil ich dann viel zu viel erklären müsste. Und das mit Liam darf sie schließlich nicht wissen.

Ich trete einen Schritt auf die Haustür zu und betrachte sie eingehend. Meine Augen huschen zum Klingelknopf. Mir ist natürlich klar, dass ich den Knopf drücken muss, damit mir jemand öffnet, aber ich sehe ihn so voller Abscheu an, als wäre er komplett aus Rosinen gefertigt. Ich meine Rosinen, ernsthaft, allein der Gedanke daran lässt mich schütteln.

Ich drifte gedanklich schon wieder ab.

Entschlossen drücke ich auf die Klingel und erschrecke mich dabei so sehr, dass ich kurz davor bin, hinter die Kirschbäume zu springen. Was bei ihrer kleinen Größe aber natürlich vollkommen lächerlich wäre, deswegen bleibe ich, wo ich bin.

Als ich Schritte höre, bleibt mein Herz kurz stehen, bevor es mir kräftig bis zum Hals schlägt.

„Hey", sagt Mia, als sie die Tür öffnet und mich sieht. Sichtlich überrascht. Und verpennt. Scheiße, es ist viel zu früh. Sie trägt sogar noch ihren kurzen Pyjama. Trotzdem lächelt sie mich an, als wäre es eine freudige Überraschung mich zu sehen. Sie ist barfuß. Ihre Haare sind zu einem unordentlichen Dutt zusammengefasst, was deutlich macht, dass sie eben erst aufgestanden ist. Sie sieht zum Niederknien niedlich aus, was den Druck in meinem Inneren nur verstärkt. Ein Kloß steckt in meinem Hals und ich will einfach nur wegrennen. Ich öffne den Mund, aber nicht ein einziger Ton kommt heraus.

Das hat sie einfach nicht verdient.

Mias Lächeln fällt langsam, aber sicher, in sich zusammen. Ein trauriger Ausdruck tritt in ihre Augen, so als wüsste sie ganz genau, weshalb ich hier bin. Kann sie aber nicht – oder?

„Willst du reinkommen?", fragt sie zögerlich und tritt einen kleinen Schritt zur Seite.

Ich nicke und komme mir selten bescheuert dabei vor, denn ich habe immer noch kein einziges Wort herausgebracht. Hinter ihr trete ich durch den hellen Flur und das schöne, in Grautönen gehaltene Wohnzimmer, bis wir auf der kleinen Terrasse ankommen. Mias Mom liebt ihren Garten und so blühen hier viele bunte Blumen und Bäume. Lediglich kleine Steinwege schlängeln sich durch den Garten, bis hin zum großen Kirschblütenbaum, der das Herzstück des Gartens bildet. Um ihn herum zieht sich eine runde Holzbank, was dem

Ganzen ein zauberhaftes und romantisches Flair verleiht. Mia und ich haben uns dort schon mehr als nur einmal geküsst und vor allem zu Beginn unserer Beziehung viel Zeit mit Reden dort verbracht. Jetzt in diesem Moment bin ich aber heilfroh, als sie die Sitzgruppe auf der Terrasse ansteuert. Ich lasse mich auf einen gepolsterten Gartenstuhl ihr gegenüber nieder und starre betreten auf meine ineinander verschlungenen Finger, während ich krampfhaft überlege, wie ich das Gespräch beginnen soll. Die Stille zwischen uns ist erdrückend.

„Wir müssen reden", würge ich krampfhaft hervor und linse vorsichtig zu ihr.

Wow, sehr origineller Einstieg, Jamie!

Mia blinzelt mehrmals und atmet tief durch. Sie nickt kaum merklich und presst ihre Lippen zusammen, bevor sie flüstert: „Okay!"

Mein Herz zerbricht in dieser Sekunde. Sie sieht so verloren und verletzlich aus. Das Letzte, was ich jemals wollte, ist ihr wehzutun. Trotzdem muss ich genau das jetzt tun, denn alles andere wäre weder ihr noch Liam gegenüber fair. Scheiße, diese Farce von Beziehung aufrecht zu erhalten, wäre nicht einmal mir selbst gegenüber fair.

Ich ringe um Worte und finde dennoch keine. Was bitte soll ich sagen? Am liebsten würde ich mit einem Witz beginnen, aber selbst meinem komischen Hirn ist bewusst, dass das vollkommen unangebracht wäre.

„Es ist so, dass ich ... also ich will ... du ...", stammele ich los, bevor ich laut fluchend durch meine verschwitzten Haare fahre. Ich muss verdammt jämmerlich aussehen.

„Du willst Schluss machen“, unterbricht Mia mein Gedankenwirrwarr.

Verdutzt schaue ich auf und ihr Blick trifft meinen. Ihre Augen glitzern verdächtig, weshalb ich jetzt selbst die Tränen zurückhalten muss. Mia bedeutet mir so viel und ich wünschte, ich könnte meine Gefühle irgendwie erzwingen. Ich wünschte, ich hätte viel früher gemerkt, dass ich nicht mehr als Freundschaft für sie fühle.

„Ich ... Es tut mir leid, Mia. Ich will dir wirklich nicht wehtun. Es ist nur so, dass es besser für uns beide wäre, wenn wir uns trennen. Es ist ... Es funktioniert einfach nicht.“

Ach ja, und ich bin vielleicht schwul. Ich habe was mit meinem Stiefbruder am Laufen und will herausfinden, was das alles zu bedeuten hat.

Mia lächelt mich traurig an und wischt eine Träne von ihrer Wange. Der Kloß in meinem Hals wird dicker und dicker. „Ist schon gut, Jamie. Ich weiß, dass es nicht funktioniert. Hat es eigentlich nie, oder?“

„Ich ... was?“, murmele ich perplex.

Ihr Lächeln wird noch eine Spur weicher, während ihr weiter Tränen über die Wangen laufen. Sie sieht nach wie vor wunderschön aus. „Es hat doch eigentlich die ganze Zeit nicht geklappt, und unsere Pause hat daran auch nichts geändert. Ebenso wenig meine Gefühle für dich.“ Sie greift nach meiner Hand, um sie zu drücken. „Dass du endlich den Mut hast, unsere Beziehung zu beenden, macht dich nicht zu einem schlechten Menschen, Jamie. Ich hatte einfach gehofft ... Ich weiß auch nicht. Dass es irgendwann besser wird.“

Plötzlich habe ich das Gefühl von ihr getröstet zu werden, obwohl sie eigentlich diejenige ist, die gerade verlassen wird. Eine erste Träne löst sich von meinen Wimpern und rollt meine Wange hinab.

Ich. Bin. Ein. Arsch.

Mia hat so viel Verständnis für mich, obwohl ich das gar nicht verdient habe. Dennoch bin ich im Moment unheimlich dankbar dafür. Ich habe solche Angst gehabt, sie zu verlieren, doch jetzt habe ich das Gefühl, dass unsere Freundschaft das überstehen kann.

Ich lächele sie ebenso traurig an, wie sie mich. „Darf ich dich in den Arm nehmen?", frage ich sie mit brüchiger Stimme.

Sie nickt, bevor wir beide aufstehen und ich sie fest umschließe. Ihr entfährt ein Schluchzer, der mir durch Mark und Bein geht und auch meine Dämme endgültig bricht.

Keine Ahnung, wie lange wir beide weinend dastehen, aber irgendwann lösen wir uns voneinander. Betreten weiche in einen Schritt zurück, denn plötzlich wird mir klar, dass ich vollkommen verschwitzt vor ihr stehe. Ich bin sicherlich der Einzige, der mit einem Hoodie joggen geht, aber es ist eben, wie es ist. Jetzt klebt der Pullover allerdings an mir, was echt ekelhaft ist. Ich zerre am Halsausschnitt, um mir etwas Luft zuzufächeln.

„Ich werde dann mal gehen", stammele ich und wische mir die letzten Tränen vom Gesicht.

Ihr Blick fällt auf meinen Hals, bevor sie sich versteift und ihr sämtliche Gesichtszüge entgleiten.

„Was ist ...", setze ich an, werde aber von ihrem bitteren Lachen unterbrochen. Einem richtig fiesen. Einem, das so gar nicht zu meiner Mia passt. Mir läuft es kalt den Rücken runter.

„Ist das dein Ernst?", fragt sie mich vorwurfsvoll. „Du lässt mich hier die Verständnisvolle spielen, während du eigentlich mit einer anderen rummachst?" Ihre Stimme klingt schrill.

Ich kann sie nur entgeistert anstarren. Woher weiß sie das, zur Hölle? Eben war doch noch alles halbwegs in Ordnung.

„Ich weiß nicht, was du meinst", bringe ich also nur verwirrt hervor, was mir den wütendsten Blick einbringt, den ich jemals in Mias Zügen erlebt habe.

Meine Augen werden groß. Möglicherweise habe ich gerade etwas Angst vor ihr.

„Wenn du das nächste Mal verheimlichen willst, dass du mich betrogen hast, dann verwisch wenigstens anständig deine Spuren. Du hast einen Knutschfleck am Hals", faucht sie mich wütend und gleichermaßen tränenüberströmt an.

Ich erstarre. Meine Hand gleitet wie von selbst zu meinem Hals und lässt die Bilder von gestern Nacht vor meinem inneren Auge abspulen, wie Liam an meinem Hals gesaugt und geknabbert hat. Scheiße, ich hätte ahnen müssen, dass mein Hals so aussieht. Leider habe ich keine Sekunde an diese Möglichkeit gedacht. Heute Früh bin ich einfach so schnell wie möglich zum Laufen aufgebrochen und habe mir nicht die Mühe gemacht, mich im Spiegel zu betrachten.

„Mia, hör zu, ich kann das erklären!" Kann ich nicht.

Sie schüttelt heftig ihren Kopf und verschränkt ihre Arme vor der Brust.

„Wer ist sie?“, verlangt sie sie zu wissen. Tränen strömen ihr die Wangen hinunter und ihr Mund ist bitter verzogen.

Kurz bin ich sprachlos. Was soll ich denn darauf antworten? Ich kann ja schlecht sagen, dass die Frage nicht lauten sollte, wer sie ist, sondern wer *er* ist.

„Mia, das werde ich dir nicht erzählen“, würge ich hervor.

Sie lacht abfällig und schüttelt ihren Kopf. „Hast du nur mit ihr rumgemacht oder mit ihr geschlafen?“, bohrt sie weiter nach.

Ich schlucke heftig und öffne mehrmals den Mund, um zu einer Antwort anzusetzen. Panik bricht in meinem Inneren aus. Scheiße!

Spielt es wirklich eine Rolle, dass ich während unserer Beziehungspause mit Liam geschlafen habe? Ich denke nicht. Also presse ich die Lippen aufeinander.

Mias Mund steht offen, während sie mein Gesicht genau beobachtet. Ein weiteres Mal versuche ich den Kloß in meinem Hals herunterzuschlucken, aber vergeblich.

„O mein Gott!“, entfährt es ihr, als sie sich die Hände vors Gesicht schlägt und mir den Rücken zudreht.

Ich ringe um Worte, doch es will einfach nichts Sinnvolles aus meinem Mund kommen. Ich kann kaum einen klaren Gedanken fassen und fühle mich furchtbar. Weil ich es war, der ihr das angetan hat, ich ganz allein. Ich bin schuld an ihren Tränen.

„Es tut mir so leid!“, stammele ich, während meine Stimme bricht.

„War gestern das erste Mal?“, fragt sie, als sie sich schwungvoll zu mir herumdreht, meine Worte ignorierend. Wütend sieht sie mich an, fast hasserfüllt, und ich kann es ihr nicht verdenken. Mia hat jedes Recht dazu, mich so anzusehen, aber dennoch tut es so verflucht weh. Auch wenn ich sie vielleicht nicht geliebt habe, bedeutet sie mir dennoch sehr viel. Sie ist so ein guter Mensch und eine gute Freundin. *War* eine gute Freundin, korrigiere ich mich im Stillen, denn nach heute wird sie sicherlich nie wieder was mit mir zu tun haben wollen.

„Jamie!“, fährt sie mich an. „Ich habe gefragt, ob du gestern das erste Mal mit jemand anderem geschlafen hast, während wir zusammen waren.“

Ich stehe vor ihr wie ein kleiner Junge, der Mist gebaut hat und irgendwie ist das ja auch wirklich so. Erneut laufen mir Tränen übers Gesicht und ich wische sie frustriert weg. „Nein“, antworte ich flüsternd und kann nicht verhindern, dass sich ein Schluchzer untermischt. „Aber das erste Mal war während unserer Pause.“

Mia keucht überrascht auf und sieht mich an, als wäre ich ein völlig Fremder für sie. Ich reibe über meine Brust, genau über die Stelle, wo mein Herz liegt, als könnte ich so den Schmerz in mir lindern. Denn, fuck! Es tut verdammt weh, dass sie mich mit diesem Blick ansieht.

„Wer bist du?“, schleudert sie mir entgegen. Die Worte hallen in meinen Ohren wider, als hätte sie mich angebrüllt. Sie weint immer heftiger und ihre Arme, mit denen sie sich selbst umklammert, zittern. „Die Pause war dazu gedacht, dass wir uns klar werden, ob wir das hier wollen. Meinst du nicht, dass Sex mit einer anderen, kaum dass wir beiden eine Pause eingelegt haben, Antwort genug ist?"

„Mia, es ..."

„Ich will, dass du jetzt gehst!", fällt sie mir ins Wort.

Ich trete ein Stück auf sie zu. „Mia, bitte."

„Verschwinde, Jamie! Hau einfach ab!", schreit sie durch den Garten, was mich dazu bewegt stehen zu bleiben. Ich würde sie so gern trösten und sie in den Arm nehmen, aber ich mache alles nur noch schlimmer. Ich gehe einen Schritt zurück.

„Das hätte ich nie von dir gedacht!", sagt sie bitter und trifft mich damit mitten ins Herz. Sie hat Recht. „Ich will, dass du dich in Zukunft von mir fernhältst", setzt sie nach.

„Es tut mir leid, Mia!", sage ich flehend, bevor ich mich umdrehe und schnell aus ihrem Haus verschwinde.

Ich bin so beschäftigt damit, nicht zu heulen, dass ich den ganzen Nachhauseweg gehe und nicht jogge. Im Stillen danke ich Gott dafür, dass mir auf dem Weg niemand begegnet, den ich kenne, denn meine Augen müssen verraten, dass ich geflennt habe. Zu meinem Glück begegne ich niemandem und kann mich ein wenig in Selbstmitleid suhlen, wie sehr ich die Sache mit Mia an die Wand gefahren habe. Meine eigene Dummheit ist schuld daran. Na ja, und mein Betrug. Zukünftig werde ich immer, bevor ich das Haus verlasse, nachsehen, ob ich irgendwo einen Knutschfleck, Kratzspuren oder was auch immer habe. Niemals hätte ich gedacht, dass ich mal jemand sein würde, der jemanden betrügt, aber ich habe es getan. Und ich kann niemanden anderen als mich dafür verantwortlich machen. Ich hätte sofort nach Seattle mit ihr Schluss machen müssen, aber ich bin schlichtweg nicht bereit dafür gewesen, was das für mich bedeutet hätte. Ich hätte mir eingestehen müssen, dass ich Sex mit einem Typen gehabt habe und es verdammt noch mal genossen habe. Und dass ich nun mal auf Typen stehe. Fuck, selbst jetzt, nach letzter Nacht, fällt es mir immer noch unheimlich schwer es zuzugeben. Ich frage mich die ganze Zeit, was das für mich heißt. Bin ich schwul? Bi? Ich seufze, als meine Gedanken bei Liam landen. Ich müsste mich eigentlich von ihm fernhalten, so viel ist klar, denn es ist definitiv nicht normal mit seinem Stiefbruder rumzumachen. Falls doch, spricht jedenfalls niemand darüber.

Er ist aber nun mal zuerst Liam aus der Bar gewesen, der Typ, der mit einem einzigen Blick meine Welt durcheinandergebracht hat. Der mich mit einem einzigen Augenaufschlag alles andere hat vergessen lassen. Bei ihm habe ich das erste Mal seit einer verdammt langen Zeit überhaupt etwas gefühlt und das macht mir Angst. Monatelang habe ich mir eingeredet, dass Mia die Richtige für mich ist, dabei verstehe ich selbst nicht mal, wieso ich das eigentlich getan habe, denn jetzt ist es für mich so offensichtlich. Liam hat gestern Abend meine Mauern eingerissen, meine zuvor so mühsam errichteten Mauern, hinter denen ich mich verstecken konnte. Jetzt stehe ich schutzlos da. Vor mir selbst.

Fuck, ergibt das irgendeinen Sinn?

Als ich in unsere Einfahrt laufe, fällt mir sofort auf, dass Liams Fahrrad nicht da ist. Ich bin gleichermaßen erleichtert wie enttäuscht darüber. Mir ist vollkommen klar, dass wir beide reden müssen, ziemlich dringend sogar. Dennoch bin ich erleichtert, dass ich erst einmal kurz die Sache mit Mia verdauen kann, bevor ich ein ernsthaftes Gespräch führen muss. Vor dem ich Schiss habe.

Ich schlurfe die Treppe nach oben und steuere sofort das Badezimmer an. Ich schäle mich aus den Klamotten, die immer noch an mir kleben, und schaue mir im Spiegel entgegen. Ich sehe scheiße aus. Meine Augen sind rot gerändert, meine Haare sind ein komplettes Chaos und der Knutschfleck an meinem Hals leuchtet so dunkelrot auf meiner hellen Haut, dass ich fast bereue, dass Liam sich daran festgebissen hat. Aber auch nur fast.

Ich trete unter die Dusche und lasse heißes Wasser auf mich niederprasseln. Komischerweise tut das extrem gut und ich spüre, wie ich mich das erste Mal heute entspanne. Ich stehe eine Ewigkeit einfach nur da und stütze mich mit den Armen an der Wand ab, während das Wasser in Strömen an mir hinabrinnt. Meine Gedanken kreisen ununterbrochen um Liam.

Keine Ahnung, wie lange ich so dastehe, aber schließlich schaffe ich es, das Wasser abzuschalten und aus der Dusche zu treten. Mir ist augenblicklich kalt, weshalb ich mir so schnell wie möglich eine neue Jogginghose und einen dicken Pullover schnappe. Ich stehe verloren mitten in meinem Zimmer und starre durch die Fensterfront auf das Meer. Heute ist es deutlich kälter und bewölkt, was zu meiner Stimmung passt. Mein Weg führt mich wie von selbst die Treppe herunter. Ich schnappe mir eine flauschige Decke vom Sofa und gehe nach draußen auf die Terrasse. Dort sinke ich auf die Bank an der Hausfassade und schlinge die Decke um mich. Traurig betrachte ich die Wellen und lausche dem Rauschen des Meeres.

Ich ziehe mir die Kapuze meines Hoodies über und lehne meinen Hinterkopf an die Hausfassade. Ich bin nicht gern allein, denn dann denke ich zu viel über mich nach. In diesen Momenten verschwindet das gewohnte Grinsen von meinem Gesicht. Ich überlege, Liam zu schreiben und ihn zu fragen, wann er nach Hause kommt, aber ich will nicht der Typ sein, der sich morgens aus dem Staub macht, nur um hinterher zu klammern. Was, wenn es für ihn ausschließlich um Sex ging? Außerdem bleibt das Familienproblem bestehen. Unsere Eltern sind immer noch ein Paar. Fuck.

Unsicherheit nagt an mir, ich fühle mich klein. Ich sacke weiter in mich zusammen, während mein Blick auf den Ozean gerichtet ist. Ich bin so vertieft in meine Gedanken, dass ich nichts um mich herum mitbekomme. Heftig zucke ich zusammen, als plötzlich eine Stimme neben mir ertönt und mich aus meinen Gedanken reißt.

„Hey, Jamiro. Was machst du hier?“

Ich hebe meinen Kopf und blicke zu Macey, die grinsend neben mir steht. Sie hat ihre Haare zu einem unordentlichen Zopf zusammengebunden, um ihre wilden Locken zu bändigen, und steckt in einer dunkelblauen Skinny-Jeans und einem engen fliederfarbenen Oberteil.

Ihr Lächeln fällt augenblicklich in sich zusammen, als sie mir ins Gesicht sieht. Ihr Blick wird weich, sie macht einen Schritt auf mich zu und nimmt mich in den Arm. Ich schließe die Augen und atme den vertrauten Duft ihres Erdbeershampoos ein, der für mich schon immer so etwas wie Zuhause suggeriert hat. Während ich auf der Bank sitze, steht sie, weshalb ich meinen Kopf an ihren Bauch kuschele. So verharren wir einige Minuten. Ihre Nähe tröstet mich. Auch wenn der Tag bisher einfach nur Mist gewesen ist, so habe ich in ihren Armen das Gefühl, dass es wieder besser werden kann. Ich bin nicht allein.

Macey bedeutet mir, dass ich zur Seite rutschen soll. Sie schlüpft hinter mich, lehnt sich an die Wand und zieht mich an sich. Mit dem Rücken an ihren Oberkörper gelehnt, kuschele ich mich an sie. Wir schweigen beide, auch wenn ich weiß, dass ich ihr sagen muss, was los ist. Mace lässt mir den Raum, um von selbst mit der Sprache rauszurücken, ohne mich zu drängen, so wie sie es immer tut. Ich atme tief durch, weil ich gar keine Ahnung habe, welche Bombe ich zuerst platzen lassen soll.

„Mit Mia ist Schluss“, sage ich leise.

Ich spüre, wie Maceys Arme mich noch fester umschlingen, kaum, dass die Worte meinen Mund verlassen haben.

„O nein, das tut mir so leid! Was ist denn passiert?“, fragt sie mich mit gequälter Stimme.

Ich zögere. Wie sollte ich das alles erklären, ohne am Ende wie ein kompletter Arsch dazustehen? Die Antwort lautet gar nicht. „Ich habe mich von ihr getrennt.“

„Warte mal“, keucht Macey. „Was hast du gerade gesagt?“

Ich lege stöhnend einen Arm über meine Augen und brumme etwas Unverständliches.

„Okay, du hast dich also von Mia getrennt?“, fragt sie.

Von mir kommt wieder ein Brummen, das diesmal durchaus als zustimmender Laut durchgehen könnte.

„Alles klar. Wieso? Ich dachte, du bist so verliebt in sie?"

„Das habe ich am Anfang auch gedacht. Aber ... ich denke, dass ich mir eigentlich die ganze Zeit etwas vorgemacht habe", gebe ich gequält zu und kann nicht verhindern, dass meine Stimme zittert.

„Wieso bist du dann so traurig, Jamiro?", fragt Macey mich sanft.

Ich presse meine Lippen heftig aufeinander, denn ich habe keine Ahnung, wie ich jetzt weiterreden soll. Ich habe Angst alle Karten auf den Tisch zu legen. Also schweige ich beharrlich, während Macey sanft an meinem Oberarm auf und ab streichelt. Mein Herz klopft mir bis zum Hals. Ich will ihr nicht von meinem Verrat berichten, vielmehr will ich ihr sagen, was mich so sehr beschäftigt. Wenngleich es genau das ist, wovor ich mich fürchte. Ich weiß, dass ich Macey alles anvertrauen kann, aber dennoch ist da dieser winzig kleine Teil von mir, der sich fragt, ob sie mich vielleicht mit anderen Augen sehen wird. Ob es etwas zwischen uns verändert wird. Damit könnte ich nicht leben!

Macey ist aber nicht Dad.

Ich atme tief durch. Ein und aus. Ein und aus. Ich weiß genau, dass ich jetzt darüber reden muss, denn sonst werde ich es womöglich niemals tun. Es ist wie ein Pflaster abreißen. Man denkt vorher, dass es furchtbar wird und dann ist es eigentlich gar nicht so schlimm.

Okay, jetzt oder nie!

„Ich schätze, dass ich ... schwul bin“, würge ich schnell hervor, bevor mich mein ganzer Mut verlässt.

Maceys Hand an meinem Arm hält mitten in der Bewegung inne, als sie ein lautes Quieken ausstößt. Sie drückt mich ein wenig nach vorne und dreht meinen Oberkörper zu sich, um mich ansehen zu können. In ihrem Gesicht erkenne ich Überraschung, Verwunderung und ... Aufregung? Jedenfalls keine Ablehnung oder Ekel. Erleichtert atme ich auf und merke jetzt erst, dass ich die Luft angehalten habe.

„O mein Gott, ist das dein Ernst?“

Ich nicke schüchtern.

Maceys Augen leuchten auf und ein riesengroßes Grinsen liegt auf ihrem Gesicht. Wärme durchströmt mich, als mir klar wird, dass es sie nicht stört.

„Was meinst du mit du schätzt?“, fragt sie ehrlich interessiert.

„Na ja,“ setze ich an, „ich bin mir nicht so ganz sicher. Ich meine, also ... Ich kann mittlerweile mit Sicherheit sagen, dass ich auf Typen stehe, es ist nur so, dass ich einfach nicht mehr weiß, ob ich nur auf Typen stehe. Ich bin so überfordert, ich weiß nicht mal, ob ich überhaupt noch auf Mädchen stehe. Oder es je wirklich getan habe.“

Ihr Grinsen wird noch breiter, wenn das überhaupt möglich ist. Das Strahlen in ihrem Gesicht ist schon fast unheimlich. „Das ist so abgefahren, Jamie. Ich dachte, ich weiß alles über dich. Ich hätte jedem geschworen, dass ich absolut alles weiß. Damit habe ich jetzt echt nicht gerechnet.“

„Dann stört es dich nicht?“ Meine Frage kommt zögerlich. Ich sehe auf meine Finger hinunter und wage es nicht, ihr in die Augen zu blicken.

„Jamie“, sagt sie sanft, als sie ihre Hand an meine Wange legt. „Sieh mich an!“

Langsam hebe ich meinen Kopf, um sie anzusehen. Ihr Blick ist weich und verständnisvoll und – so wie immer! Verdammt, das habe ich gebraucht.

„Natürlich stört es mich nicht. Wieso sollte es? Du bist immer noch du!“

Ihr Lächeln ist so ansteckend, dass ich es einfach erwidern muss. Zugleich fällt mir ein riesiger Stein vom Herzen.

„Wir werden herausfinden, ob du schwul bist“, murmelt Macey entschlossen und setzt sich so hin, dass wir uns im Schneidersitz genau gegenübersitzen.

Ein lautes und befreites Lachen entfährt meiner Kehle und nimmt mir einen Großteil der Beklommenheit, die ich eben noch verspürt habe. Obwohl mich der Wind, der langsam auffrischt, frösteln lässt, fühle ich mich doch endlich besser. Das hier habe ich gebraucht. Die Zustimmung meiner besten Freundin. Ich habe Macey gebraucht, doch auch das habe ich einfach nicht sehen wollen, wie so vieles in letzter Zeit.

„Wie wollen wir das bitte herausfinden?“, frage ich stirnrunzelnd, aber dennoch belustigt. Wenn es so einfach wäre, wäre ich doch schon selbst darauf gekommen, oder? Na ja, vielleicht auch nicht. Eher nicht.

In ihre Augen tritt ein Funkeln, was mich breit grinsen lässt. Sie hat gerade eine verrückte Idee.

„Jamie, findest du mich hübsch?“, fragt sie geradeheraus.

„Hä?“, frage ich dümmlich zurück. Macey rollt nur kopfschüttelnd mit den Augen.

„Ob du findest, dass ich hübsch bin“, wiederholt sie ihre Frage noch mal, so als wäre ich tatsächlich bescheuert.

„Natürlich“, sage ich stirnrunzelnd, „du bist sehr hübsch!“ Sie nickt, so als wäre meine Antwort ohnehin klar gewesen.

„Also“, fängt sie an zu erklären, „du wirst mich jetzt küssen und dann werden wir ja sehen, ob du es gut findest oder nicht.“ Macey klatscht zufrieden in die Hände, während ich sie schockiert anstarre.

„Wir sollen uns küssen?“, frage ich sicherheitshalber nach.

„Klar“, antwortet sie, als wäre es keine große Sache.

„Mace, das ist eine blöde Idee. Wir sind beste Freunde und haben uns bisher nie geküsst. Ich will nicht, dass es komisch wird.“

Macey stößt ein kleines Glucksen aus. „Da musst du dir wirklich keine Sorgen machen. Ich werde mich sicher nicht plötzlich in dich verlieben, nur weil wir uns nach hundert Jahren küssen. Und wenn du schlecht bist, dann verzeihe ich dir das auch.“

Nun bin ich es, der lachen muss und dafür bin ich Macey dankbar.

„Dir ist aber schon klar, dass ich schon mehrere Mädchen geküsst habe, mich das aber überhaupt nicht weitergebracht hat?“, frage ich schmunzelnd.

Macey legt die Stirn in Falten. „O Mist. Daran habe ich nicht gedacht.“

Allein, dass Macey mir den Vorschlag gemacht hat, beweist, dass sie genauso bescheuert ist wie ich.

„Dann musst du jetzt eben nur noch Ethan küssen!“, fährt sie unbekümmert fort.

Ich falle beinahe von der Bank, so sehr zucke ich zusammen.

„Bist du bescheuert?“, rufe ich aufgebracht.

„Wieso? Findest du ihn nicht attraktiv?“, fragt sie ehrlich interessiert nach und legt den Kopf schräg.

„Das hat doch damit nichts zu tun! Er ist mein bester Freund, den will ich nicht küssen!“ Ganz im Gegensatz zu Liam. Was ja auch eigentlich der Punkt ist.

„Gut. Nicht Ethan. Dann müssen wir jemand anderen finden, den du küssen kannst“, stellt sie sachlich fest, als würden wir nicht über meine Sexualität, sondern über Schuhgrößen reden.

Ich beiße mir auf die Lippen. Scheiße. Ich habe keine Ahnung, was ich alles erzählen soll, was okay ist und was nicht. Früher hätte ich mir nie Gedanken darüber gemacht und es ärgert mich, dass ich es nun tue. Es sollte so nicht sein, ich sollte darüber reden können, ohne mich komisch zu fühlen.

„Ehrlich gesagt, hab ich schon einen Jungen geküsst“, gebe ich kleinlaut zu.

Ihr Mund öffnet sich leicht, bevor er sperrangelweit offensteht. Kurz darauf haut sie mir gegen den Oberarm.

„Und so etwas erzählst du mir nicht?“, kreischt sie aufgebracht.

Ich zucke gleichermaßen überfordert und erleichtert die Schultern.

„Und wie war es?“ Ihre Augen leuchten aufgeregt, während sie mich abwartend mustert.

Ich schnaube. „Was meinst du, weshalb ich hier überhaupt rumsitze und darüber nachdenke, ob ich schwul bin? Es war der Hammer!“

Ihr Grinsen reicht von einem Ohr zum anderen, was sie viel jünger aussehen lässt, als sie ist. „Wie weit bist du gegangen?“. Aufgeregt schlägt sie sich eine Hand vor den Mund.

Ich schweige überrumpelt und starre sie einfach nur an.

„O mein Gott!“, quietscht sie viel zu laut. „Du hattest Sex mit einem Typen?“

Ich fahre mit meinen Händen durch meine Haare, während ich weiter auf meiner Lippe knabbere. Ich bin nervös und aufgeregt und ... irgendwie tut es gut, ihr all das zu erzählen. Es ist längst überfällig gewesen.

„Ja“, spreche ich es endlich zum ersten Mal laut aus. Ich fühle mich ... besser? Befreit?

„Wer?“ Maceys Wangen sind ganz rot vor Aufregung.

Sofort überkommt mich das beklemmende Gefühl, das mich wieder daran erinnert, wie kompliziert das alles mit Liam ist.

„Das ist ja das Problem“, gebe ich zu und seufze gequält. Mein Herz schlägt aufgeregt in meiner Brust.

Verwirrt sieht Macey mich einige Sekunden an, bevor sie die Stirn runzelt. Plötzlich huscht ein schockierter und wissender Ausdruck über ihr Gesicht.

„O mein Gott“, wispert sie. „Es ist Liam!“

Kapitel 19

Liam

Frustriert lasse ich meinen Kopf gegen die Wand knallen. Ich sitze in meinem Bett und lese nun schon seit mehreren Minuten den gleichen Satz in einem Buch. Leider weiß ich immer noch nicht, worum es eigentlich geht.

Ich versuche erfolgslos Jamie aus dem Kopf zu bekommen, doch selbst das Abhängen mit Drew hat nichts gebracht, außer dass er mich ständig gefragt hat, ob alles in Ordnung sei. Ich seufze. Ich habe mir wirklich vorgenommen, mir nicht zu Herzen zu nehmen, dass Jamie heute Morgen nicht mehr in meinem Bett war. Ach, was rede ich, ich habe mir eingeredet, dass es mich nicht verletzt hätte, doch genau das hat es. Ich bin verletzt von seinem Verhalten, denn ich habe wirklich gedacht, dass sich letzte Nacht irgendwas verändert hätte. Hat es aber offensichtlich nicht, denn ich liege hier im Bett und bemitleide mich selbst, während er … Keine Ahnung, was er macht. Ich weiß nicht mal, ob er zu Hause ist. Nachdem ich bei Drew war, bin ich schnell in meinem Zimmer verschwunden. Ich seufze erneut. Ehrlich gesagt bin ich nicht nur enttäuscht, sondern ziemlich sauer. Die ganze Zeit tue ich, was er von mir verlangt, zeige Verständnis für seine Lage und er lässt mich wieder und wieder sitzen. Was soll das?

Ich hebe mein Buch wieder an, das ich verkehrt herum auf meiner Brust abgelegt habe, und lese weiter. Oder was auch immer ich hier eigentlich tue. Vielleicht sollte ich einfach Musik hören und das Lesen sein lassen, allerdings habe ich Angst, dass ich dann tatsächlich anfangen könnte zu heulen. Wenn ich bisher noch nicht gewusst hätte, dass ich in Jamie verliebt bin, hätte ich spätestens jetzt meinen Beweis dafür.

Wie soll ich aus der Nummer nur wieder herauskommen?

Ich kann ihm ja schlecht aus dem Weg gehen, immerhin teilen wir uns ein Badezimmer und unsere Zimmer liegen nebeneinander. Und wir sind eine Familie. Dass ich Jamie am liebsten rund um die Uhr um mich hätte, hilft auch nicht wirklich, aber wie könnte es auch anders sein? Er ist so einzigartig, lebensfroh und witzig, dass man sich ja nur in ihn verlieben kann. Spätestens nach einem Blick in die grünen Augen hatte ich keine Chance mehr. Sie erinnern mich an Kleeblätter, was ich selbst so kitschig finde, dass ich mir in dieser Sekunde schwöre, das niemals laut auszusprechen. Ich sollte wirklich Musik hören, um meine jämmerlichen Gedanken zu übertönen. Bisher hat es kein Junge geschafft, mich so fertig zu machen.

Seufzend klappe ich das Buch zu, lege es neben mich und reibe mir über meine Augen. Ich zucke zusammen, als ich ein Geräusch an der Tür vernehme. Jamie steht im Türrahmen und sieht mich scheu an. Jamie. Das Selbstbewusstsein in Person steht da und ist tatsächlich schüchtern. Mein Herz zieht sich bei seinem Anblick ein kleines Stückchen zusammen. Ich habe nicht damit gerechnet, ihn heute noch zu sehen, nachdem er einfach abgehauen ist und mich allein gelassen hat.

Am liebsten würde ich was sagen, aber er soll ruhig merken, dass ich sauer auf ihn bin. Daher warte ich ab, auch wenn in meinem Inneren ein Sturm tobt. Jede Faser meines Körpers scheint nur auf ihn ausgerichtet zu sein.

In seinen Augen spiegelt sich das totale Gefühlschaos. Unsicher zupft er am Bund seines Hoodys herum, auf dem Bugs Bunny prangt. Die meisten Menschen würden total lächerlich darin aussehen, aber nicht Jamie. Er schafft es, cool, lässig und zeitgleich heiß auszusehen. Dabei nimmt ihm diese Unsicherheit, die er kaum einem Menschen offenbart, etwas von seiner Perfektion. Jamie ist nicht perfekt. Er ist ein wandelndes Kleinkind, mit ebenso vielen Unsicherheiten, die er gut zu verstecken weiß. Er ist perfekt.

Ergibt das einen Sinn?

Der unperfekt, perfekte Jamie sieht mich nach wie vor an, die Schultern vor Anspannung gestrafft, bevor seinem Körper ein Ruck durchfährt und er sich in Bewegung setzt. Langsam kommt er auf mich zu und bleibt schließlich vor mir stehen.

Gerade als ich ihn fragen will, was mit ihm los ist, klettert er zu mir aufs Bett und legt sich auf mich. Sein Gesicht vergräbt er an meiner Brust, während seine Arme mich fest umschlingen. Ich keuche überrascht auf und bin im ersten Moment wie gelähmt. Passiert das hier wirklich?

Ich nehme seinen Duft nach Salz und Meer, der ihn so oft umgibt, wahr, und löse mich aus meiner Starre.

Ebenso fest lege ich meine Arme um seinen Körper und schmiege mein Gesicht an ihn.

Erleichtert atme ich auf, während Glück mich erfasst. Jamie ist hier. Bei mir. Und meine Wut ist schlagartig wie weggeblasen.

Als ich mich plötzlich frage, ob er nur als ein Freund hier ist, stoppt er meine Gedanken, indem er den Kopf von meiner Brust hebt und mich küsst. Dabei ist er so unendlich zärtlich. So haben wir uns bisher noch nie geküsst. Unsere Zungen berühren sich ganz sanft und dennoch überläuft mich am ganzen Körper eine Gänsehaut.

Jamie löst sich von mir und legt seine Wange wieder auf meinem Brustkorb ab. Dabei sieht er zu mir hoch und malt mit den Fingern sanfte Kreise auf meinen Arm, mit dem ich ihn nach wie vor fest an mich drücke. Ein kleines Lächeln umspielt seinen Mund, als er mich ansieht. Er ist einfach so verdammt süß und das hier ist der Himmel auf Erden.

„Hey“, flüstert er leise.

„Hey.“

Ich streiche ihm eine Strähne aus der Stirn und fahre mit einer Hand durch seine Haare. Zufrieden seufzt er auf.

„Alles gut?“, frage ich leise, um den Moment nicht zu zerstören.

„Ja“, gibt er zurück, wirkt aber nicht so richtig überzeugt.

Ich will ihn nicht aushorchen oder drängen, denn er wird schon mit mir reden, wenn ihm danach ist. Dennoch kann auch ich meine Unsicherheiten nicht abstellen, denn dass er heute Morgen einfach gegangen ist, nagt an mir.

„Du warst heute Früh so plötzlich weg", sage ich und schließe schnell meinen Mund, um mich am Weitersprechen zu hindern. Frust schwingt in meiner Stimme mit.

Jamie nickt leicht und beißt sich auf seine Unterlippe. „Es tut mir leid, ich ... ich habe mich heute von Mia getrennt", sagt er und kann den traurigen Unterton in seiner Stimme nicht ganz unterdrücken.

Ich halte mitten in meinen Streicheleinheiten inne und lasse die Hand auf seine Hüfte sinken. Fassungslos starre ich ihn an, sicher, dass ich mich verhört haben muss. „Wie bitte?", frage ich perplex. Natürlich habe ich gehört, was er gesagt hat, aber mein Gehirn kann die Nachricht nicht so recht verarbeiten.

„Ich habe mit Mia schlussgemacht", wiederholt er.

Mein Herz macht einen Satz, mein Atem stockt und die Gänsehaut kehrt auf meinen Körper zurück. Genau in der Reihenfolge. „Wow", bringe ich nur hervor, was ihn zum Lachen bringt.

„Kannst du laut sagen. Wow!"

Ich beginne seinen Rücken zu streicheln, während sich ein trauriger Schatten über seine Augen legt.

„Wie geht's dir damit?", frage ich zögerlich.

Er verzieht für einen kleinen Moment das Gesicht und schmiegt sich, wenn möglich, noch enger an mich. „Okay", antwortet er schließlich vage.

„Warum siehst du dann so traurig aus?"

Er schweigt kurz und konzentriert sich dann darauf, den Halsausschnitt meines T-Shirts mit den Fingern nachzufahren. Ich genieße jede einzelne seiner Berührungen. „Sie weiß, dass ich sie betrogen habe und hasst mich jetzt." Seine Stimme bricht bei diesem Satz leicht weg.

Ich ziehe Jamie noch enger an mich. Ich weiß, dass Mia ihm viel bedeutet, auch wenn ich verunsichert bin, wie viel genau. Liebt er sie noch? „Hast du es ihr gesagt?"

Er schnaubt. „Natürlich nicht, ich bin doch nicht bescheuert. Der fette Knutschfleck an meinem Hals hat sie darauf gebracht."

„Fuck, tut mir leid!", keuche ich erschrocken. Daran habe ich nicht gedacht.

„Scheiße, dafür musst du dich doch nicht entschuldigen. Mein Eifersuchtsanfall gestern hat ja irgendwie dazu geführt!"

„Also gibst du zu, dass du eifersüchtig warst", necke ich ihn verspielt. Erleichtert nehme ich wahr, dass sein freches Grinsen zurückkehrt.

„Ich gebe es zu!"

Nun bin ich es, der selbstzufrieden grinst. Als ich jedoch an Mia denke, fällt mein Grinsen wieder in sich zusammen.

„Was ist los?", fragt Jamie sofort, der jede meiner Regungen beobachtet, ohne seine Wange von meiner Brust zu lösen.

Ich zögere, weil ich mir nicht sicher bin, ob ich mit seiner Antwort klarkommen werde. „Liebst du sie noch?" Die Worte verlassen schonungslos meinen Mund, ohne Rücksicht auf mein Herz.

Jamie zuckt zusammen, starrt mich fassungslos an und stemmt sich von meiner Brust hoch. Er stützt beide

Hände neben meinem Körper ab und bringt so sein Gesicht direkt vor meines. Sein Atem streift meine Wange und er sieht mir tief in die Augen.

„Liam“, sagt er eindringlich, „ich habe nicht mit Mia schlussgemacht, weil sie herausbekommen hat, dass ich sie betrogen habe. Ich habe es getan, weil ich mir seit Monaten etwas vormache. Seit Seattle muss ich ununterbrochen an dich denken und seit du hier bist, bekomme ich gar nichts mehr auf die Reihe. Also nein, ich liebe Mia nicht und weiß nicht, ob ich es überhaupt jemals getan habe. Fuck, Liam. Ich stehe total auf dich!“

Herzinfarkt!

Anders kann ich mir das heftige Rasen meines Herzens nicht erklären.

Ich kann gar nicht anders, als mich vorzubeugen und meine Lippen auf seine zu drücken. Jamie legt sich komplett auf mich und schiebt seine Zunge in meinen Mund. Ich könnte ihn ewig küssen. Seine Lippen sind so verdammt weich.

Tatsächlich machen wir eine ganze Weile rum, ohne dass es noch heißer wird. Als wäre das hier genug, als wären wir in diesem Moment genug.

Wenig später liegt Jamie noch immer zur Hälfte auf mir und hat, wie selbstverständlich, sein Gesicht wieder auf meiner Brust vergraben. Seine Hand liegt unter meinem Shirt auf meinem Bauch. Jamie ist ein Kuschler und ich genieße jede Sekunde. Gleichzeitig habe ich das Gefühl, dass das hier nicht real ist. Ich wünsche mir seit Monaten mit Jamie zusammen zu sein und kann nicht fassen, dass es nun wirklich passiert.

„Dir ist klar, dass das mit uns ziemlich abgefuckt ist, oder?“, fragt Jamie plötzlich, schiebt sich über mich und drückt mir gleichzeitig einen Kuss auf den Hals.

„Was meinst du?“, frage ich dämlich, weil ich mich nur auf seine Berührung konzentrieren kann. Mein kompletter Körper kribbelt.

Ich spüre sein Lachen an meinem Ohr. „Du vergisst, glaube ich, die Klitzekleinigkeit, dass unsere Eltern ein Paar sind.“

Ich brumme. „Danke, das hatte ich bis eben tatsächlich vergessen.“

Wieder lacht er und knabbert leicht an meinem Hals. Ich revanchiere mich, indem ich einen Kuss auf seinen Kiefer drücke. Lächelnd küsst er sich mein Gesicht entlang, bis seine Nasenspitze meine berührt.

„Wir sind uns einig, dass das hier“, er deutet einmal mit dem Zeigefinger zwischen uns hin und her, „unter uns bleiben muss, oder? Unsere Eltern würden ausrasten, wenn sie uns plötzlich beim Rummachen erwischen.“ Jamie lässt meine kleine Blase zerplatzen. Langsam setzt er sich auf und sieht auf mich herunter. Stirnrunzelnd richte ich mich auf.

„Meinst du? Deine Mom ist cool ... und Dad ... na ja für den ist das sicher auch nicht so schlimm.“ Keine Ahnung, ob ich gerade ihn überzeugen will oder doch eher mich selbst.

Jamie hebt eine Augenbraue. „Mal im Ernst. Unsere Eltern sind zusammen. Die beiden sind ... glücklich. Und wir sind Stiefbrüder. Das ist ... nicht normal.“

Ich verziehe das Gesicht. „Was ist schon normal“, murmele ich, auch wenn ich weiß, dass er recht hat.

Jamie fährt sich durch die Haare. „Wir beide wissen sehr gut, dass wir keine Geschwister sind. Aber meinst du das interessiert die Leute? Nichts für ungut, aber da wo ich herkomme, gilt es eher als creepy, wenn man mit seinem Stiefbruder ins Bett will."

Ich pruste los, auch wenn mir nicht nach Lachen zumute ist. Auch auf Jamies Gesicht breitet sich ein Grinsen aus.

„Ist es wirklich wichtig, ob man uns für seltsam hält?"

Jamie legt nachdenklich den Kopf schräg und sieht dabei unheimlich niedlich aus. „Liam. Meine Mom würde ausrasten. Vertrau mir."

Fieberhaft denke ich nach. Beverly habe ich bisher ausschließlich verständnisvoll und tolerant kennengelernt.

„Meinst du?" Ich greife nach seiner Hand.

Jamie lacht leise auf. „Ich fasse mal zusammen. Nachdem sie jahrelang meinen Dad an der Backe hatte, der definitiv nicht den Beste-Ehemann-Award gewinnt, hat sie jetzt endlich jemanden gefunden, der sie glücklich macht. So richtig. Ich habe meine Mom noch nie so gesehen." Jamie sieht auf unsere verschränkten Finger und knabbert auf seiner Unterlippe. „Was wenn irgendwas ... keine Ahnung. Was wenn das zwischen uns ihre Beziehung kaputt macht? Außerdem will ich nicht, dass die Leute mit dem Finger auf sie zeigen, wenn irgendjemand erfährt, dass wir ..."

Jamies Augen sind panisch geweitet, als er mich direkt ansieht.

Ich schlucke. Mit einem Mal wird mir wieder bewusst, dass für Jamie alles neu ist. Es war schon schwierig für ihn, sich überhaupt einzugestehen, dass er auf mich steht. Vermutlich war das erst mal genug. Ich will mich nicht verstecken. Ich will mit Jamie zusammen sein. Dennoch hat er recht. Wir können nicht einfach zu unseren Eltern marschieren und ihnen das mit uns auf die Nase binden. Es geht nicht nur um uns. Was, wenn er nach zwei Wochen die Nase voll von mir hat? Was, wenn es ... nicht funktioniert. Dann müssen wir trotzdem zusammen leben und weiter die Happy-Family-Nummer abziehen.

Ich seufze auf und küsse ihn leicht auf den Mund. „Du hast recht. Wir müssen vorsichtig sein“, sage ich unzufrieden.

„Hey“, stupst er mich mit seiner Nase an meiner Wange an. „Wir packen das schon.“ Was Besseres hätte er nicht sagen können. Er hat wir gesagt. Zusammen.

Ich lehne mich zurück und sehe ihm tief in die Augen. „Deine Augen sind echt toll, weißt du das?“, wechsle ich unbeabsichtigt das Thema.

Jamie zieht eine Augenbraue nach oben. „Ist das dein Ernst? Deine Augen sehen so aus wie der fucking Ozean!“

„Was?“, frage ich lachend. „Sie sind einfach blau.“ Das kann unmöglich stimmen.

„Sie sind nicht einfach blau. Sie sehen aus wie türkises Meer. Manchmal sehe ich eine glatte, glitzernde Oberfläche darin. Manchmal tosende Wellen. Keine Ahnung. Irgendwie kann ich in deinen Augen lesen wie in einem Buch.“

Ich kann mich nicht daran erinnern, dass mir jemals irgendjemand etwas so Schönes gesagt hat!

Plötzlich stinkt mein Kleeblatt-Vergleich komplett ab.

Ich küsse ihn erneut und lege alle Gefühle in diesen Kuss, denn ich habe keine Ahnung, was ich darauf antworten kann. Nichts würde dem gerecht werden.

Ich rutsche nach hinten und lehne mich mit dem Rücken an die Wand. Jamie folgt mir ohne zu zögern und kuschelt sich an mich.

„Apropos Buch, was liest du da?“, fragt er entspannt.

Ich nehme das Buch hoch und zeige ihm das Cover. Er blinzelt es verstört an. „Das ist ziemlich ... blutig“, sagt er zögernd.

„Jepp. Da es um einen Serienkiller geht, der seine Opfer gern zerstückelt, passt das, nehme ich an.“

„Okaaaaay“, sagt er und verzieht das Gesicht. „Hört sich kacke an. Lass mal hören.“

„Was meinst du?“, frage ich verwirrt nach.

„Lesen.“

„Ich soll dir vorlesen?“, frage ich irritiert, als wäre ich blöd.

„Du kannst doch lesen?“

Ich schnipse ihm mit Daumen und Zeigefinger gegen die Stirn, was ihn aber nur auflachen lässt. „Soll ich echt?“

Jamie verdreht seine Augen, was ich ziemlich sexy finde. „Mach schon!“

„Na gut“, murmele ich und öffne das Buch bei meinem Mars-Riegel-Papier, das mir seit zwei Jahren als Lesezeichen dient.

Also lese ich ihm vor, während er sich entspannt an mich schmiegt und kuschelt. Daran könnte ich mich gewöhnen!

Keine Ahnung, wie ich vorhin dem Buch nicht folgen konnte, denn die Stelle könnte kaum spannender sein.

Wir schlüpfen in den Kopf des Killers, der sich gerade über sein neuestes Opfer hermacht.

Am Ende des zwanzigseitigen Kapitels lege ich das Papier wieder in mein Buch zurück und klappe es zu. Als ich es zur Seite lege, werfe ich einen Blick auf Jamie und breche in Lachen aus.

Er sieht mich völlig verstört an. Seine Augen sind weit aufgerissen, sein Mund geöffnet und die Mundwinkel verzogen, wobei sich seine Unterlippe vorschiebt. Seine Stirn ist gerunzelt.

„Was zur Hölle war das?", fragt er aufgeregt nach.

„Ein verdammt spannendes Kapitel", gebe ich ungerührt zurück. Ich muss ein weiteres Lachen unterdrücken.

Angewidert fällt sein Blick auf mich. „Das war einfach nur eklig. Was ist los mit dir?"

„Thriller sind wohl nicht dein Ding was?"

„Ach wieso. Ist doch nett zu hören, wie jemandem die Gedärme rausgeschnitten werden und der durchgeknallte Irre sie wie Körperschmuck auf sich herumträgt!", antwortet er sarkastisch und bringt mich damit schon wieder zum Lachen.

„Okay. Keine Thriller. Notiert."

„Wir können ja beim nächsten Mal was über Schmetterlinge lesen. Die werde ich brauchen, jetzt wo ich die nächsten hundert Jahre nicht mehr schlafen kann, bei den Bildern, die ich nach diesem Horror-Buch im Kopf habe."

„Klar. Schmetterlinge also", gebe ich glucksend zurück.

Er wirft mir sein freches Grinsen zu. Glücklicherweise liege ich, denn ich bekomme sofort weiche Knie.

Dieses Grinsen hat mich von der ersten Sekunde an entwaffnet.

Das Knallen der Haustür lässt uns beide zusammenzucken und auseinanderfahren. Sofort klopft mein Herz, weil mich der Gedanke, dass wir jetzt erwischt werden könnten, doch mehr erschreckt, als ich zugeben will.

„Scheiße, sie sind wieder da“, stöhnt Jamie gequält und springt in Rekordzeit vom Bett auf. „Kommst du heute Nacht zu mir rüber?“ Seine Haare sind völlig verstrubbelt, so oft, wie ich mit den Fingern hindurchgefahren bin.

Mir wird warm ums Herz. Ich grinse dümmlich und nicke.

Er strahlt mich an und geht auf die Tür zu. Schwungvoll öffnet er sie, geht in den Flur und ruft durchs ganze Haus: „Na ihr Turteltauben? Wie war euer Bumswochenende?“

Ich schlage mir die Hand vor den Mund und lache befreit auf. So eine Frage kann nur Jamie stellen.

Kapitel 20

Jamie

Die Trennung von Mia und mir ist natürlich Thema Nummer Eins in der Schule. Ich habe nicht die geringste Ahnung, wie die Nachricht so schnell die Runde machen konnte, aber ich werde die ganze Zeit angestarrt. Nicht nur das, alle tuscheln auch noch hinter vorgehaltener Hand. Meine Freunde wussten alle bereits Bescheid, ohne dass ich es ihnen zuerst sagen konnte. Egal. Jetzt ist es raus. Wenigstens scheint niemand zu wissen, weshalb Schluss ist, denn das würde mich wirklich in Erklärungsnot bringen. Also, mehr als ohnehin schon.

„Ernsthaft, ich raff es einfach nicht!", nervt Ethan mich nun schon zum hundertsten Mal. „Du hast echt mit ihr Schluss gemacht?"

Ich verdrehe die Augen und unterdrücke den Impuls, gegen sein Schienbein zu treten. „Nein. Ich habe mir das alles nur ausgedacht. In Wahrheit habe ich ihr einen Heiratsantrag gemacht."

„Was?", fragt er schockiert und bleibt ruckartig mitten auf dem Schulflur stehen, sodass beinahe zwei Mädchen in uns hineinlaufen.

Wow. Als würde er mich erst seit gestern kennen.

„Was ist so schockierend?", ertönt Maceys Stimme neben uns.

Ich drehe mich zu ihr und atme erleichtert auf. Die erste Hälfte des Schultages ist höllisch anstrengend gewesen. Ich habe keinen einzigen Kurs mit ihr zusammen gehabt, hatte sie nicht als Stütze bei mir. Ich kann damit umgehen im Mittelpunkt zu stehen, schließlich provoziere ich es oft genug. Ich liebe es, andere zum Lachen zu bringen. Dass aber alle mein Liebesleben diskutieren, ist ... ätzend. Und ich will nicht zugeben, wie sehr es mir Angst macht. Wenn sich schon alle so das Maul zerreißen, weil ich mich von meiner Freundin trenne, wie sollen sie dann bitte reagieren, wenn sie erfahren, dass ich ...

O Mann, ich schaffe es noch nicht mal, den Satz zu Ende zu denken.

Seit gestern Abend ist alles irgendwie anders.

Hilflos sehe ich Macey an, der ein einziger Blick in mein Gesicht reicht, um zu wissen, dass ich vollkommen am Durchdrehen bin.

„Jamie hat Mia einen Antrag gemacht“, plappert Ethan aufgeregt los.

Ich reibe mir mit Daumen und Zeigefinger über die Augen. Trottel!

„Was redest du denn da für einen Schwachsinn?“, fragt Macey entnervt, während wir drei uns in Richtung Cafeteria begeben.

„Das hat er selbst gesagt“, verteidigt Ethan sich und schmollt ein bisschen.

„Ach, bitte. Er hat auch mal gesagt, dass er in seiner Freizeit Goldfische dressiert. Deshalb hat es aber noch lange nicht gestimmt“, hält Macey dagegen und hat dabei einen Ton angeschlagen, der klar impliziert, dass Ethan total behämmert ist. Womit sie recht hat.

„Hey“, mische ich mich ein. „Die Golden Piranhas waren der Wahnsinn!“

„Ja, nur dass es eben keine Piranhas waren, sondern putzige Goldfische, die zudem noch einen Scheiß von dem gemacht haben, was du von ihnen wolltest.“

Gegen meinen Willen muss ich lachen.

Macey und Ethan liefern sich ein hitziges Wortduell, das mich stutzig werden lässt. Die beiden klingen wie streitende Kindergartenkinder. Oder wie ein Ehepaar, je nachdem aus welchem Blickwinkel man es betrachtet. Jedenfalls habe ich Mace noch nie so häufig die Augen verdrehen sehen. Interessant.

Die beiden unterbrechen ihr Gespräch für keine einzige Sekunde, nicht mal, als wir an der Essensausgabe stehen. Da das Mittagessenangebot alles andere als zufriedenstellend für mich ist, begnüge ich mich mit drei großen Schalen Schokoladenpudding.

Macey und Ethan versuche ich zu ignorieren, da sie anfangen, mir auf die Nerven zu gehen. Lustig, wenn ich so was denke.

Ich schnappe mir mein Tablett und gehe auf unseren Tisch zu, wo bereits Drew und Liam sitzen. Mein Herz macht einen kleinen Sprung, als ich Liam sehe, und ich kann ein Grinsen nicht unterdrücken, das er sofort erwidert. Ich zwinge mich, wieder woanders hinzusehen, damit ich nicht zu auffällig bin. Bin ich überhaupt auffällig?

Gott, bin ich am Arsch!

Ich blende die Blicke der anderen Jugendlichen in der Cafeteria aus und setze mich.

Macey und Ethan sind dazu übergegangen zu lachen, statt zu streiten.

„Was ist so lustig?“, fragt Drew grinsend. Seine Augen sind dunkel geschminkt und seine Fingernägel schwarz lackiert. Er trägt ein schwarzes T-Shirt mit dem Aufdruck eines Bandlogos, vom dem ich meine, es schon mal gesehen zu haben. Hatte Liam von denen eine Konzertkarte an der Wand kleben? Als ich gestern versucht habe, mir alles aus dem Mörderbuch, das er mir vorgelesen hat, nicht zu genau vorzustellen, habe ich stattdessen die Konzertkarten studiert. Da waren aber so viele, dass ich den Überblick verloren habe.

„Ach, wir haben gerade darüber geredet, wie Jamie sich in die Systeme der Schule gehackt und über alle Bildschirme in den Klassenzimmern einen Porno abgespielt hat“, würgt Ethan lachend hervor und lässt sich auf den Stuhl neben mich plumpsen. Er legt vollkommen fertig seinen Kopf auf der Tischplatte ab. Seine Schultern beben und er gibt Laute von sich, als würde ein Schwein ersticken. Ich muss grinsen. Macey und Drew müssen ebenfalls laut kichern. Doch nichts bereitet mich auf Liams Lachen vor. Mein Kopf dreht sich ruckartig zu ihm und meine Augen finden seine. Der strahlende Ozean funkelt darin und beschert mir eine Gänsehaut. Gut, dass ich wie immer einen Kapuzenpulli anhabe und es so keiner mitbekommt. Dennoch bemerke ich aus den Augenwinkeln den Blick, den Macey mir zuwirft. Nehme das kleine Lächeln wahr, das ihre Mundwinkel wissend umspielt.

„Alles okay bei dir, Jamie?“, wendet sich Drew an mich, als sich alle von ihrem Lachanfall beruhigt haben.

Ich stöhne gequält auf. Nicht schon wieder diese blöde Frage. „Um das mal klarzustellen“, sage ich bestimmend. „Ich habe mit Mia schlussgemacht, weil ich nicht mehr mit ihr zusammen sein will. Sie hasst mich, mir geht’s gut. Ende der Geschichte.“

Perplex sehen meine Freunde mich an.

„Warum hasst sie dich?“, fragt Justin irritiert, der sich natürlich ausgerechnet in der Sekunde unserer Gruppe anschließen muss.

Unzufrieden stelle ich fest, dass er sich, wie selbstverständlich, neben Liam setzt und ihm ein kurzes Lächeln schenkt. Danach gilt seine Aufmerksamkeit wieder mir.

„Weil ich ein Arschloch bin. Können wir das Thema wechseln?“

Ethan lacht bei meinen Worten und widmet sich schließlich seinem Essen wie die anderen auch. Erleichtert atme ich auf.

Drew runzelt die Stirn. „Ach komm. Du bist zwar manchmal ein Idiot, aber ein Arschloch bist du nicht.“

Seine Worte tun verdammt gut, auch wenn sie nicht wahr sind.

„Danke“, murmele ich. „In diesem Fall bin ich aber tatsächlich derjenige, der es verkackt hat. So richtig.“

„Sie hasst dich also tatsächlich?“, fragt Ethan. „Ich dachte das war ein Scherz.“

„Ich bin mir sicher, wenn sie könnte, würde sie mich von einer Klippe schubsen.“

Ethan, Justin und Drew sehen mich mit großen Augen an und wechseln vorsichtige Blicke miteinander.

„Okay“, sagt Drew vorsichtig.

„Wie auch immer“, fügt Justin hinzu.

„Für mich bleibst du auf ewig die große Liebe", rundet Ethan ab, woraufhin ich lachend die Ellenbogen auf dem Tisch abstütze und mir mit den Händen an die Stirn fasse.

„Drew, hast du schon den neuen Song gehört, der heute Nacht rauskam?", nimmt Liam das Gespräch am Tisch wieder auf, wofür ich dankbarer nicht sein kann.

Nachdenklich nehme ich ein paar Löffel von meinem Pudding und bin augenblicklich im Himmel angekommen. Foodporn. Foodorgasmus. Glücklich esse ich und genieße, dass alle sich unterhalten.

Ethan und Macey widmen sich irgendwelchen dämlichen Geschichten über mich. Wieder einmal. Ich lausche Liams Stimme und bin einfach froh, in seiner Nähe zu sein. Heute Morgen neben ihm aufzuwachen, war ... schön. Tatsächlich bin ich so etwas nicht gewöhnt. Vom Sex mal abgesehen haben Mia und ich nichts in meinem oder ihrem Bett gemacht. Ich habe weder bei ihr noch sie bei mir geschlafen. Vermutlich ist das nicht normal. Jetzt, wo wir getrennt sind, fällt mir immer mehr auf, dass unsere Beziehung nie wirklich echt war. Und das beweist, dass ich eben doch ein Arschloch bin.

Ich beobachte Liam aus dem Augenwinkel und sehe heimlich auf seine Lippen. Ich könnte ihn den ganzen Tag lang küssen. Stirnrunzelnd nehme ich wahr, wie Justin immer wieder Liams Aufmerksamkeit sucht. Er streicht ihm beiläufig über den Arm und verwickelt ihn in ein Gespräch.

Beiläufig am Arsch!

Ob ich wohl irgendwas hacken könnte, dass Justin gezwungen ist, Liam loszulassen? Ich könnte einen Roboter darauf programmieren, seine Hand abzuhacken, damit er nicht mehr an Liam herumfummeln kann. Ob das zu dramatisch wäre? Immerhin hat es ja dann der Roboter verschuldet und nicht ich. Ich meine, jeder fürchtet doch die Roboterapokalypse.

„Treffen wir uns heute Nachmittag? Ich könnte dir endlich mal die geheimen Orte von Oceanside zeigen", schnappe ich einen Gesprächsfetzen von Justin auf.

Meine Lippen pressen sich fest aufeinander, während ich krampfhaft versuche, ein Schnauben zu unterdrücken.

Die geheimen Orte von Oceanside zeigen. Billiger geht's nicht!

Dass ich gerade komplett unfair bin, merke ich selbst. Justin ist nicht nur irgendein Bekannter, sondern wirklich ein Freund. Ich kenne ihn schon lange und er ist einer der loyalsten Typen überhaupt.

„Tut mir leid, Justin. Heute passt es wirklich nicht." Liams Stimme klingt wie Musik in meinen Ohren.

Ich grinse in mich hinein und blicke hoch. Er lächelt mich an, zwinkert mir zu und sieht zu Justin, der enttäuscht die Schultern hängen lässt. Ich will mich nicht darüber freuen. Wirklich nicht.

Trotzdem fühle ich mich wie ein kleines Kind, dem ein Lolly geschenkt wird. Das stützt irgendwie die Arschloch-Theorie, die ich neuerdings von mir habe.

„Okay und morgen?", fragt Justin weiter.

Lass es doch mal gut sein!

Liam verdreht die Augen zur Decke, als würde er wirklich darüber nachdenken. Ich sollte die beiden nicht so angaffen. Macht Drew aber auch, von daher ist es irgendwie auch wieder nicht auffällig.

„Morgen helfe ich Jamie beim Lernen für die Matheklausur“, entschuldigt sich Liam. Gute Ausrede. Stumm stimme ich dem zu, indem ich Justin zunicke.

„O Gott, die Klausur werde ich auch so dermaßen verkacken!“, jammert nun auch Ethan.

Warte. Was?

„Wir schreiben wirklich eine Klausur?“, frage ich verdattert. Alle blinzeln mich irritiert an.

„Übermorgen“, lautet Maceys trockene Antwort. „So wie ich es dir jetzt seit Tagen mitteile.“

Entschuldigend grinse ich Macey an und hoffe, irgendwie süß dabei auszusehen. Sie quittiert es mit einem heftigen Knuff gegen meinen Oberarm.

„Aua!“ Offenbar nicht süß.

„Jamie ist in letzter Zeit mit seinen Gedanken woanders“, meint Justin. Er klingt wirklich besorgt um mich. Über meinem Kopf müsste mittlerweile eine Arschloch-Leuchtreklame aufblinken.

„Ist mir auch schon aufgefallen. Was ist los, Jamie? Deine Augenringe sind nicht zu übersehen. Konntest du letzte Nacht nicht schlafen?“, fragt Drew und mustert mich genau.

Ein kleines Glucksen entfährt mir, das mir nur kritische Blicke einbringt. Letzte Nacht habe ich wenig geschlafen, was aber allein an Liam gelegen hat. Wir haben stundenlang geredet. Er hat von seinem Leben in Seattle berichtet und ich habe ihm erzählt, wie sehr ich Oceanside liebe. Er kennt also bereits meine Lieblingsplätze und alle Lost-Places, eine persönliche Führung durch Justin ist nicht notwendig.

Den Rest der Nacht haben wir zu großen Teilen mit Rummachen verbracht. Wir haben geknutscht wie Teenager.

„Äh. Ja. Konnte nicht so gut schlafen. Cracker hat mich wachgehalten", lüge ich.

Liams Augen blitzen belustigt auf. Cracker hatte nichts mit meinem Schlafentzug zu tun.

Die anderen haken nicht weiter nach und widmen sich alle wieder ihren Gesprächen. Zufrieden stelle ich fest, dass Justin aufgehört hat, Liam um ein Date zu bitten. Ich sehe auf die Uhr und verziehe mein Gesicht. Die Pause ist beinahe zu Ende. Gleich darf ich weitere Stunden in einem kleinen Klassenzimmer verbringen, während alle über mich tuscheln. Viel schlimmer ist, dass mich bereits zwei Mädchen nach einem Date gefragt haben, was ich mehr als seltsam finde.

In der nächsten Stunde haben wir Mathe und danach steht Chemie auf dem Plan, ein Fach, das ich mit Mia habe. Bisher bin ich Mia nicht über den Weg gelaufen, aber ich weiß, dass sie hier ist. Der Schulbuschfunk funktioniert nämlich ausgezeichnet.

Unauffällig sehe ich mich in der Cafeteria um und finde sie auf Anhieb. Sie sieht traurig aus, was mir einen Stich versetzt. Sie sitzt bei den Sportlern und guckt verloren durch die Gegend. Mia gehört seit Monaten zu unserer Gruppe dazu. Es ist nicht richtig, dass sie jetzt irgendwo anders sitzt. Allerdings habe ich schon genug angerichtet und werden einen Teufel tun und sie ansprechen, nachdem sie mir gestern unmissverständlich klargemacht hat, dass ich sie in Ruhe lassen soll.

„Hey, Liam. Ich hole mir noch einen Kakao, kommst du mit? Ich wollte sowieso noch was mit dir besprechen“, fahre ich Justin mitten ins Wort, der gerade mit Liam spricht.

Mein Stiefbruder nickt mir dankbar zu, offenbar ist ihm Justin auf die Nerven gegangen. Jetzt tut er mir fast ein bisschen leid. Aber nur fast.

Niemand wundert sich darüber, dass Liam und ich vor Pausenende aufstehen. Nur Mace grinst uns dümmlich an. Ich zwinkere ihr zu.

„Bis gleich“, verabschiede ich mich von den anderen und schlendere Richtung Ausgang.

„Wolltest du nicht einen Kakao?“, fragt Liam verdutzt.

Ich grinse. „Nicht wirklich!“

Kaum, dass wir die Cafeteria verlassen haben, zerre ich Liam am Arm hinter mir her. Ich steuere ihn durch verschiedene Gänge und ignoriere seine Fragerei, wohin ich ihn bringe. Die Computerräume dürfen in der Pause nicht genutzt werden und sind verschlossen. So ist der Gang davor vollkommen leer. Der blaue Linoleumboden leuchtet hell, da hier nicht den ganzen Tag Leute herumlatschen. Außerdem ist hier viel mehr Platz, weil nicht alles mit Spinden vollgestopft ist. In der hintersten Ecke befindet sich ein kleiner Raum, in dem Putzzeug aufbewahrt wird. Das weiß ich leider von meiner Strafarbeit, die ich verrichten musste, nachdem ich die halbe Aula mit Kaugummi beklebt hatte. Ich musste sie mithilfe des Putzzeugs wieder abkratzen. Sei es drum. Immerhin kenne ich jetzt diesen Raum.

Liam steht grenzenlose Verwirrung ins Gesicht geschrieben. Ich packe seinen Ärmel und schiebe ihn in den Raum hinein.

„Was zum ...“, keucht er überrumpelt und stolpert ein paar Schritte vorwärts.

Die Tür fällt klickend hinter mir ins Schloss. Im Raum ist es dunkel, was mich nicht sonderlich stört. Ich greife blind nach seiner Hand und verschränke unsere Finger miteinander. Liam kommt mir entgegen und schon knallen unsere Lippen aufeinander. Ich öffne sie leicht, um seine Zunge einzulassen, die er sofort mit seiner umspielt. Ein Stromstoß jagt durch meinen Körper und setzt jede meiner Nervenenden in Aufruhr. Ich dränge mich noch fester an ihn, was er mit einem Stöhnen belohnt. Am liebsten würde ich in dieser Sekunde weiter gehen. Mehr machen, als ihn zu küssen. Aber nicht in der Schule. Es ist zwar wahnsinnig aufregend, sich hier zu verstecken, aber das würde dann doch zu weit gehen. Oder? Vielleicht auch nicht, denn gerade lässt Liam von meinem Mund ab, um sich meinen Hals hinab zu küssen und ich vergesse jeden Einwand, der mir eben noch durch den Kopf gegangen ist. Ich sollte das mit dem Denken einfach grundsätzlich lassen.

Ein glückliches Seufzen entfährt mir, während ich mich an Liams Schultern festkralle. Seinen festen Schultern. Zufrieden nehme ich seine schweren Atemzüge wahr, die mir zeigen, dass ich hier nicht der einzige Hormongesteuerte im Raum bin.

Ich spüre seine Erregung durch die Hose und auch ihm müsste mittlerweile aufgefallen sein, wie heiß ich auf ihn bin.

„Das ist keine gute Idee!", versuche ich so energisch wie möglich hervorzubringen, klinge aber wahrscheinlich eher wie ein handzahmes Pony.

„Hm", macht Liam nur und lässt seine Hände an meinem Rücken hinuntergleiten, bis sie fest auf meinem Hintern liegen.

„Wir sollten aufhören", sage ich und schiebe meine Hände unter sein Shirt. Ich ertaste seinen festen Körper, gleite mit meinen Fingern zu seiner Brust. Zu genau der Stelle, an der sich sein Tattoo befindet. Jetzt ärgere ich mich doch über die Dunkelheit, denn ich würde ihn wahnsinnig gerne ansehen.

„Definitiv!", stimmt er mir zu. Ich habe das Gefühl, dass jeder Zentimeter meines Körpers brennt.

Ich ignoriere die Tatsache, dass wir uns in der Schule befinden, öffne den Knopf seiner Jeans und mache den Reißverschluss auf. Ich schiebe ihm die Hose über die Hüfte und fasse ihn durch seine Boxershorts an. Liam trägt heute eine, die eng an seinem Körper anliegt und mich erneut den Umstand hassen lässt, dass es hier drinnen dunkel ist. Aber sicher werde ich jetzt nicht auf Lichtschaltersuche gehen! Ein tiefes Stöhnen verlässt seine Lippen, das mich vollkommen in Ekstase versetzt. Was ist das nur mit seiner Stimme? Dieses kehlige Raunen lässt mich jede Kontrolle verlieren.

Nun fummelt auch er an meiner Hose herum und öffnet den obersten Knopf. Leider habe ich ein eher umständliches Modell an. Ich werde das Teil wohl wegschmeißen müssen! Heute Früh stand Putzraum-Sex nicht auf meiner Agenda. Klarer Fehler. Von jetzt an werde ich täglich darauf vorbereitet sein!

Das Klingeln der Schulglocke fühlt sich an, als würde jemand einen Eimer Eiswasser über mir ausschütten. Wir halten beide mitten in der Bewegung inne. Seine Hand gefriert und stoppt bei dem Versuch, meine Hose aufzubekommen.

„Scheiße“, flüstere ich gequält.

Liam gibt einen mehr als frustrierten Laut von sich und lässt sein Kinn auf meine Schulter sinken.

Wir keuchen beide, als wären wir eben einen Marathon gelaufen. In der kleinen Kammer herrschen mindestens tausend Grad.

Ich küsse ihn ein letztes Mal und trete schließlich einen Schritt zurück. „Wir sollten wieder klarkommen, bevor wir zum Unterricht gehen.“

„Äh, ja. Das muss ich auch. Mein kleiner Freund hat die Unterbrechung noch nicht mitgekriegt“, antwortet er verlegen. Den Geräuschen im dunklen Raum entnehme ich, dass er sich wieder anzieht. Mir wäre viel lieber, er zieht sich aus. Ich sehe ebenfalls an mir hinab, auch wenn ich natürlich nichts sehen kann. Der kleine Jamie hat auch noch nicht gerafft, dass er jetzt nicht zum Spielen rauskommen darf. Ich seufze.

„Wir sollten an etwas Ekliges denken“, fügt Liam hinzu.

„Denk einfach daran, was unsere Eltern bei ihrem Bumswochenende getan haben“, platze ich schonungslos heraus.

Stille.

„Wieso hast du das jetzt gesagt?“ Seine Stimme klingt gequält und definitiv angewidert. Ein kleines Lachen entschlüpft mir.

„Sei nicht so empfindlich!“

„Ach bitte, ich will mir unsere Eltern nicht vorstellen, wie sie ... bäh!“ Er schüttelt sich und bringt mich damit nur noch mehr zum Lachen.

„Hat es denn funktioniert?“, frage ich nach.

„Was meinst du?“

„Ob dein Kumpel wieder Ruhe gibt.“

„Ja“, murrt er.

„Gern geschehen“, sage ich gönnerhaft, küsse ihn schnell und versuche meine Haare zu ordnen. Irgendwie habe ich so das Gefühl, dass sie etwas durcheinander sind.

Das Gespräch hat dazu beigetragen, dass auch ich mich wieder beruhigt habe und so öffne ich vorsichtig die Tür zum Flur. Das helle Licht blendet. Zischend hole ich Luft. Ich vergewissere mich, dass wir allein auf dem Gang sind, und zerre Liam schnell mit mir hinaus. Dann lasse ich ihn los. Er blinzelt wie ich gegen das plötzliche Licht an und sieht dabei höllisch süß aus!

Wir lächeln uns kurz an und machen uns dann, mit ein wenig Abstand, auf dem Weg zum Matheunterricht.

„Schade eigentlich“, murmelt Liam vor sich hin. „Ich hätte die Putzkammer gern genauer untersucht.“

„Oh, glaub mir. Wir waren nicht zum letzten Mal da drinnen!“

Kapitel 21

Jamie

Die Schulklingel erlöst mich endlich von meinem Elend. Dank des ausgiebigen Lauftrainings läuft mir der Schweiß in Strömen die Schläfen hinunter und ich kann es kaum noch erwarten, endlich zu duschen. Auch wenn Joggen mittlerweile fest zu meinem Alltag gehört, finde ich das Laufen in der Schule einfach nur schrecklich. Mathe war es ebenfalls. Jede Regung von mir und Mia wurde genau unter die Lupe genommen. Dabei hat sie mich nach Leibeskräften ignoriert. Wie Luft behandelt. Und trotzdem habe ich immer wieder das Flüstern der anderen vernommen. Die meisten glauben, es sei ihre Schuld. Keine Ahnung weshalb.

Ich schaffe es gerade noch so von der Bahn zu schlurfen und trete meinen Weg zu den Tribünen an, unter denen sich der Gang zu den Umkleidekabinen befindet.

„War das scheiße", brummt Ethan neben mir.

Ich bin zu sehr mit Luftholen beschäftigt, weshalb ich lediglich ein Nicken zustande bringe.

Wir nähern uns einer kleinen Ansammlung von Mitschülern und ich blicke überrascht auf, als ich plötzlich meinen Namen höre. Reicht es nicht langsam? Ich hab's kapiert – meine Freundin und ich sind getrennt.

Die Augen verdrehend will ich an den anderen vorbeigehen, als ein Wort mich heftig zusammenzucken lässt. Betrüger.

Ich bleibe stehen und fahre ruckartig mit dem Kopf zu der Gruppe herum – und blicke direkt in das Gesicht von Steph. Mias bester Freundin. Scheiße. Meine Hände werden schweißnass.

„Was wollt ihr?", frage ich, weil mir alle feindselig entgegenblicken.

„Wirklich, Jamie?", knurrt Steph und verschränkt die Arme vor der Brust. „Du bist ein verdammter Heuchler, weißt du das?"

Ich presse die Lippen aufeinander, um nichts zu sagen, was ich hinterher bereue. Leider sieht Ethan das anders.

„Was hast du für ein scheiß Problem?", fragt er aufgebracht.

Fuck. Ich merke genau, dass das hier aus dem Ruder läuft. Es liegt klar auf der Hand. Aber ich weiß nicht, wie ich es verhindern kann.

„Steph, können wir vielleicht allein ...", setze ich an, werde jedoch sofort von ihr unterbrochen.

„Das ist ja wohl unglaublich. Natürlich verteidigst du ihn auch noch!" Diese Worte sind an Ethan gerichtet, der verwirrt den Kopf schüttelt.

Um uns herum ist es mucksmäuschenstill. Viel zu viele Leute sind hier.

„Was hat er denn bitte angestellt? Er hat deine Freundin verlassen, komm drüber weg, meine Güte!"

Ich wünsche mir wirklich, dass Ethan die Klappe halten würde. Dabei verteidigt er mich lediglich, weil er denkt, dass ich ein guter Kerl bin. Plötzlich ist mir zum Heulen zumute.

„Er ist ein elender Betrüger, das ist passiert!“ Stephs schrille Stimme hallt über uns hinweg. Ich presse meinen Kiefer fest zusammen und blicke in erschrockene Gesichter. Allen voran das von Ethan.

„Was redest du für einen Blödsinn?“, verteidigt Ethan mich weiter. „Jamie ist alles, aber kein Betrüger!“

Gequält schließe ich die Augen.

„Ach nein? Dann hat er also nicht meine beste Freundin betrogen?“

„Natürlich nicht!“, beteuert Ethan. „Sag es ihr, Jamie!“

Alle Blicke liegen auf mir. Zu meinem Leidwesen hat sich nun auch noch Drew dazu gesellt und sieht mich erschrocken an. Als ich auch noch Justin entdecke, möchte ich am liebsten irgendwo gegen treten.

Scheiße. Nicht, dass ich es nicht verdient hätte, nach dem was ich getan habe. Aber dennoch ist es verdammt scheiße hier zu stehen und von allen verurteilt zu werden. Mein Schweigen spricht Bände.

„Fuck“, flüstert Ethan neben mir.

Meine Mitschüler fangen an zu tuscheln, während Steph sich damit begnügt, mir den Mittelfinger zu zeigen. Nett.

Schließlich sind es Ethan und Drew, die mich von den anderen wegziehen und mir bedeuten, ihnen in den Gang zu den Umkleidekabinen zu folgen. Ich trotte ihnen angespannt in die hinterste, dunkelste Ecke des Ganges hinterher, wo ich mich nun traue, die beiden anzusehen. Verschiedene Emotionen blicken mir entgegen, allen voran Unglauben.

„Wovon hat Steph bitte schön geredet?", fragt Ethan entgeistert.

Ich schnaufe einmal durch, lehne mich an die Wand und lasse den Kopf sinken.

„Sie hat recht", murmele ich kleinlaut, die Hände zu Fäusten geballt, während meine Fingernägel sich schmerzhaft in meine Handflächen graben.

„Jamie, nein", sagt Drew enttäuscht. „Ist das dein Ernst?"

Ethan blickt mich nur schweigend an, als wüsste er nicht, was er mit dieser Information anfangen soll.

„Scheiße, ich weiß", presse ich hervor. „Ich weiß."

„Betrügen geht einfach gar nicht", schiebt Drew hinterher. In seinem Gesicht steht nichts als pure Enttäuschung.

„Ich weiß!", würge ich eine Spur lauter hervor. „Ich weiß, dass es absolut beschissen war."

„Was ist überhaupt passiert?", fragt Ethan.

Ich seufze und berichte schließlich von der Beziehungspause und von Seattle. Natürlich erwähne ich weder Liam, noch dass es sich um einen Typen handelt. Außerdem halte ich mich vage, was den Zeitpunkt vom zweiten Mal betrifft, nicht dass die beiden noch eins und eins zusammenzählen.

Ethan hört mit gerunzelter Stirn zu. „Also wart ihr beim ersten Mal gar nicht richtig zusammen?", versichert er sich.

„Ach, Blödsinn", hält Drew dagegen. „Beziehungspausen sind nicht dazu da, um andere zu vögeln. Technisch ist man noch zusammen. Außerdem hat er es hier noch mal getan, was also den ersten Betrug vollkommen irrelevant macht!"

Ich zucke unter seinen Worten zusammen. Jedes Wort entspricht allerdings der Wahrheit und ich habe sie verdient.

„Was ist denn beim zweiten Mal gelaufen?“, fragt Ethan. Er ist komplett im Beste-Freunde-Modus und versucht irgendwie, mich aus der Scheiße zu hauen.

„Blowjob“, murmele ich kleinlaut.

„O!“ Er verzieht das Gesicht, denn selbst ihm ist klar, dass man einen Blowjob nicht einfach abtun kann.

„Warum hast du nicht einfach endgültig mit Mia schlussgemacht, als du aus Seattle zurück gekommen bist?“ Drew sieht mich erwartungsvoll an.

„Weil ich Schiss hatte!“, gebe ich zu. „Und weil ich ein feiges Stück Scheiße bin. Ich weiß, dass mein Verhalten beschissen war ... es ... fuck, ich bin in letzter Zeit ziemlich überfordert mit mir selbst.“ Zu mehr Wahrheit bin ich heute nicht mehr fähig.

Stille. Die Jungs mustern mich schweigend.

„Sie wird nie wieder mit dir reden, das ist dir hoffentlich klar?“, fragt Ethan vorsichtig.

Autsch. Treffer. Ein fieser Stich durchfährt mich. Ich bringe nur ein Nicken zustande.

„Das ist echt nicht cool, Jamie. Aber gut, dass du das anscheinend selbst weißt“, sagt Drew und klopft mir trotzdem auf die Schulter, um mir zu zeigen, dass er noch immer mein Freund ist. Ich nicke erneut und blinzele meine Tränen zurück.

„Ich möchte nicht in deiner Haut stecken, Bro.“ Ethan legt mir einen Arm um die Schultern und zieht mich von der Wand weg. „Dir ist klar, dass innerhalb kürzester Zeit alle darüber reden werden?“

Ich schnaube. „Jap. Aber ich habe es verdient. Wenigstens zerreißen sich dann nicht alle das Maul darüber, warum Schluss ist. Jetzt wissen sie wenigstens, dass Mia nichts getan hat."

„Sie war eh zu gut für dich", versucht Ethan die Stimmung aufzulockern und bringt mich damit sogar zum Lachen.

„Amen, Bro. Amen", sage ich nickend und lasse mich von ihm zu den Kabinen schieben.

Obwohl ich es nicht verdient habe – in dieser Sekunde bin ich unendlich dankbar dafür, die beiden zu haben. Aber ... vielleicht muss ich mich die nächsten Tage in irgendeiner Grube verbuddeln gehen.

Kapitel 22

Liam

„Ich verstehe es nicht. Der Kater sollte doch langsam mal verstanden haben, dass die Maus um einiges schlauer ist als er“, sage ich lachend und ernte prompt einen Schlag auf den Oberschenkel.

Jamie und ich liegen eng umschlungen auf dem großen Sofa im Wohnzimmer und sehen wieder einmal die Kinderserie, die er so gernhat. Wir haben einen unausgesprochenen Deal: Er hört zu, wenn ich ihm aus meinem aktuellen Thriller vorlese, und ich sehe mir dafür die Sendung mit ihm an. Allerdings tun wir das beide nicht, ohne uns über den jeweiligen Inhalt zu beschweren. Denn mal ehrlich, Tom und Jerry ergibt für mich einfach keinen Sinn.

„Wo wäre sonst der Witz daran?“, fragt Jamie kopfschüttelnd. Sein Kopf liegt auf meiner Brust, während er sich zwischen meine Beine gekuschelt hat. Über uns liegt eine unendlich flauschige Decke, die mich jede Sekunde näher an einen Hitzschlag heranführt. Dennoch denke ich gar nicht daran, irgendetwas zu ändern.

In den letzten zwei Wochen sind Jamie und ich uns ziemlich nahegekommen und das meine ich nicht körperlich. Klar haben wir auch öfter rumgemacht, aber es ist nie bis zum Äußersten gekommen. Es ist, als ob wir beide gemerkt hätten, dass wir damals in Seattle eindeutig zu viele Schritte übersprungen haben. Nicht, dass ich es rückgängig machen wollte.

Trotzdem habe ich jetzt endlich die Gelegenheit, ihn besser kennenzulernen und es ist so, wie ich gedacht habe: Jamie raubt mir den Atem. Seine locker leichte Art durchs Leben zu gehen, sein Frohsinn – es macht unheimlich Spaß mit ihm zusammen zu sein. Und das obwohl er in der letzten Zeit viel Getuschel über sich hat ergehen lassen müssen. Alle verurteilen ihn und obwohl er es sich nicht anmerken lassen will, verletzt es ihn. Sein Lächeln ist jedes Mal in der Schule ein bisschen kleiner. Das Funkeln in seinen Augen schwächer. Das hat er nicht verdient, immerhin ist er einer von den Guten.

Natürlich finde ich Betrügen auch schlimm – aber in diesem besonderen Fall habe ich Verständnis dafür. Zum einen, weil ich eine Mitschuld trage, zum anderen, weil Jamie sich nicht ohne Grund an die Beziehung mit Mia geklammert hat. Es ist nicht einfach, sich seine sexuelle Orientierung einzugestehen und ich bin mir nicht sicher, ob er das überhaupt schon zur Gänze getan hat. Und dass sein Vater offenbar nicht ganz so cool mit diesem Thema umgeht, liegt auf der Hand. Warum hätte Jamie ihm sonst in Seattle eins auswischen wollen?

Ich küsse Jamie seitlich auf die Schläfe und ziehe ihn noch enger an mich. Er dreht seinen Kopf lächelnd zu mir herum und gibt mir einen kleinen, unschuldigen Kuss.

„Wir sollten heute das Treffen bei Drew schwänzen." Ein entschlossener Ausdruck legt sich auf sein Gesicht.

Drew hat wieder einmal ein sturmfreies Wochenende und hat uns alle zu einem entspannten Nachmittag eingeladen. Natürlich ist es keine Option nicht hinzugehen. Drew ist mein bester Freund. Gegen meinen Willen muss ich dennoch lachen. „Nein, bestimmt nicht!"

„Ach, komm schon. Wir könnten beide behaupten eine Lebensmittelvergiftung zu haben. Wir leben in einem Haus, das fällt niemandem auf!"

Ich beuge mich näher zu ihm und bringe meinen Mund ganz dicht an sein Ohr. „Nein", hauche ich.

Jamie bekommt eine Gänsehaut und erschauert kurz. „Das ist unfair", murmelt er gequält. „Jetzt will ich noch weniger hin!"

Wieder muss ich lachen, insbesondere, da er sein Schmollgesicht aufgesetzt hat. Er ist es gewohnt zu bekommen, was er möchte. Mit einem Blick auf die Uhr stelle ich fest, dass es längst Zeit ist aufzubrechen, wenn wir nicht zu spät auftauchen wollen.

„Nehmen wir dein Auto?", versuche ich ihn abzulenken. Mit Erfolg.

„Äh, nein! Drew hat sturmfreie Bude und ich beabsichtige am Ende des Tages fahruntüchtig zu sein."

„Mit anderen Worten sternhagelvoll."

„So hätte ich das jetzt nicht formuliert, aber meinetwegen."

„Bleiben also Marta und Mildred", sage ich glucksend.

Nicht nötig zu erwähnen, dass Jamie den Namen für mein Fahrrad bestimmt hat. Er fand es unfair, dass nur sein Fahrrad liebgehabt wird, meins aber nicht. In seiner Welt bedeutet liebhaben offenbar, dass man Gegenständen Namen gibt. Allerdings gilt das anscheinend nur für ausgewählte Dinge, denn sein Bett wurde noch nicht getauft. Ich habe sein System noch nicht ganz durchstiegen.

„Na los, Zeit aufzubrechen." Ich küsse Jamie ein letztes Mal auf den Kopf und zwinge ihn aufzustehen.

„Gib mir fünf Minuten", murrt er und schlurft die Treppe hoch. Leise lachend stehe ich ebenfalls auf und strecke mich ausgiebig. Ich kann nicht verhindern, dass sich ein zufriedenes Grinsen auf mein Gesicht stiehlt. Ein Blick auf mein Handy verrät mir, dass Drew bereits fragt, wo wir bleiben. Ich schicke ihm ein Mittelfinger-Emoji und gehe in die Küche, um das Sixpack Bier aus dem Kühlschrank zu holen, das wir vorhin gekauft haben. Ich stopfe es gerade in meinen Rucksack, als Jamie auch schon wieder neben mir steht. Er trägt seinen Marvel-Pullover und hat seine Haare, wie so oft, gekonnt gestylt. Ich gebe ihm einen Kuss auf die Wange.

„Du siehst gut aus", sage ich leise und zwinkere ihm zu. Ein kleines Lächeln umspielt seinen Mund.

„Noch können wir hierbleiben!"

„Nein, los komm!" Lachend schiebe ich ihn zur Haustür.

***

„Was hat deine Mom eigentlich mit diesen Gartenzwergen?", fragt Jamie, der mit hochgezogenen Augenbrauen auf einem gemütlichen Gartenstuhl sitzt und die Ansammlung der Gartenzwerge im Blumenbeet beäugt.

„Erinnere mich nicht an die Dinger", winkt Drew ab. „Ich bin mir sicher, dass die eines Tages die Macht an sich reißen und mich abmurksen." Damit bringt er uns alle zum Lachen, obwohl ich Jamie gut verstehe. Gartenzwerge sind einfach gruselig.

„Würde deine Mom merken, wenn sie versehentlich kaputt gehen würden?" Jamie legt den Kopf schräg, als hätte er bereits einen Plan ausgeheckt.

„Lass bloß die Zwerge da stehen – die liebt sie mehr als mich."

Jamie nimmt grinsend einen Schluck von seinem Bier. „Ich kann es wie eine Entführung aussehen lassen, ich schwöre, es wird nicht auf dich zurückfallen." Zufrieden lässt er sich in den Gartenstuhl zurückfallen und verschränkt die Arme miteinander, in der einen Hand noch immer das Bier.

Plötzlich quatschen alle durcheinander und schmieden einen wasserdichten Plan zur Beseitigung der Gartenzwerge. Ich bin froh, dass wir hergekommen sind. Macey und Jamie quatschen schon den ganzen Nachmittag nur Blödsinn, Ethan versucht Jamie in allem zu übertrumpfen, während Drew und ich für die Musik verantwortlich sind. Sogar Justin hat sich zu uns gesellt und zu meiner vollen Zufriedenheit ist es nicht komisch zwischen uns. Ich weiß, dass er nach wie vor Interesse hat, aber die Stimmung ist locker und er macht keine zweideutigen Bemerkungen mehr. Man merkt, wie gut alle miteinander befreundet sind und ich bin froh nun Teil dessen zu sein. Mias Fehlen fällt, um ehrlich zu sein, kaum auf. Wenn ich es richtig verstanden habe, ist sie durch die Beziehung erst Teil der Gruppe geworden.

Mein Blick wandert zu Jamie, der mir ein kleines Grinsen schenkt, bevor er sich wieder Ethan zuwendet.

„Was haben deine Eltern zum Mathetest gesagt?“, fragt er vorsichtig.

Ethan zeigt ihm daraufhin den Mittelfinger. „Meine Mutter hat mir die Playstation weggenommen.“

„Wegen einem Mathetest?“, fragt Jamie entgeistert.

„Ist das keine normale Reaktion von Eltern?“, werfe ich ein.

Jamies entsetzter Blick trifft meinen. „Nein!“, hält er dagegen. „Meine Mom gibt mir einen Kuss auf den Kopf und versichert mir, dass der nächste besser wird.“

Ich blinzele ihn an. Nicht, dass ich das Beverly nicht zutrauen würde, aber ... wirklich?

Ethan lässt stöhnend den Kopf nach hinten sinken. „Ich habe Beverly bereits gefragt, ob sie mich adoptiert, aber leider hat sie abgelehnt. Sie meinte, dass du kleiner Pisser schon zu anstrengend bist. Und dass sie quasi noch die Mutter von Macey ist.“

Diese lässt ein strahlendes Grinsen aufblitzen und gibt Jamie ein wortloses High-Five. Lachend schüttele ich den Kopf.

„Wisst ihr eigentlich, dass die halbe Schule denkt, dass sich Jamie und Mia wegen Macey getrennt haben?“, wirft Justin schonungslos in die Runde.

Das wischt schlagartig das Grinsen aus dem Gesicht der beiden. Stattdessen nehmen sie einen angewiderten Ausdruck an.

„Uäh“, murmeln sie beinahe synchron.

Justin kichert los. „Ich habe keine Ahnung, woher das Gerücht kommt.“

„Wirklich?“, frage ich tonlos. „Jeder weiß, woher das Gerücht kommt.“

Fragend sieht er mich an, bis schließlich ich es bin, der lachen muss. „Schau sie dir doch an."

Wie immer sitzen Macey und Jamie dicht beieinander, ihr Arm unter seinen gehakt und ein Bein über seines gelegt. Lustigerweise stört es mich nicht mal mehr, weil ich mich so daran gewöhnt habe, ebenso wie die anderen, denen erst jetzt aufzugehen scheint, was ich gemeint habe. Alle brechen in lautes Gelächter aus.

„Ach, kommt schon", winkt Jamie ab. „Das Gerücht, dass wir beide ein Paar sind, gibt es schon immer. Who cares."

„Darauf trinke ich." Ethan erhebt sein Bier und prostet uns zu. Wir tun es ihm gleich.

„Wie war die Woche für dich, Jamie?", fragt Justin nach einer kleinen Pause. Er wirkt nicht so, als wäre er brennend am neuesten Gossip interessiert, sondern nur an seinem Freund.

Jamies Gesicht verdüstert sich, als er mit den Schultern zuckt. „War okay. Das Gerede nervt, aber das ist schon in Ordnung. War ja meine eigene Schuld."

„Also kommst du klar?"

Erneutes Schulterzucken. „Mir bleibt ja keine andere Wahl."

„Das ist scheiße!"

„Kannst du es ihnen denn verdenken?", wirft ausgerechnet Macey dazwischen. Überrascht blicke ich zu ihr.

„Betrug ist nicht okay", fährt sie fort. „Klar, dass da alle drüber reden, vor allem wenn es unseren Prince Charming betrifft." Ihr Tonfall ist dabei so liebevoll und keinesfalls verurteilend.

„Ich habe einen Fehler gemacht“, sagt Jamie mit fester Stimme. „Ich bin nicht perfekt, ich mache Fehler. Auch wenn ich nicht bereue, dass ich was mit jemand anderem hatte, sondern nur, dass ich mich nicht vorher von Mia getrennt habe.“

Ich muss gegen das Lächeln ankämpfen, das sich auf meinen Lippen ausbreiten will.

„Tja, es ist manchmal nicht so einfach, ehrlich zu sich selbst zu sein“, sagt Macey sanft und streichelt Jamie dabei über den Arm. Irritiert sehe ich ihr dabei zu und denke über ihre Worte nach. Ob sie etwas ahnt? Immerhin kennen sich die beiden ziemlich gut.

„Letzten Endes war meine Mom sowieso viel schlimmer als das Gerede, das es in der Schule gibt.“ Jamie schlägt sich die Hände vors Gesicht.

„Deine Mom?“, fragen wir überrascht im Chor, was lustig wäre, wenn wir nicht alle gleichermaßen verwirrt wären.

„Sie hat Mias Mom beim Einkaufen getroffen.“

„Oh!“, ruft Ethan, beißt die Zähne zusammen und versucht sich an einem Lächeln. „Und?“

„Sie hat mich eine Stunde lang angeschrien und zum Schluss damit geendet, dass es ja mein Leben sei, aber dass sie sehr enttäuscht über meine Wertevorstellungen ist.“

„Verdammt!“, brüllt Ethan.

„WAS?“, quiekt Macey. „Wir reden hier aber schon von Beverly?“

„Warte“, murmele ich. „Deine Mom hat gebrüllt?“

„Jep. Laut. Lange.“

„Das ist Strafe genug, Bro“, entgegnet Drew geschockt und hält Jamie die Faust hin, der mit seiner dagegen schlägt. Bisher hat er sich aus dem Gespräch überwiegend herausgehalten. Und irgendwie finde ich so langsam, dass Jamie genug gequält wurde.

„Okay", mische ich mich ein. „Nichts für ungut – irgendwie geht uns das Ganze auch überhaupt nichts an." Mich eigentlich schon, was ich natürlich nicht sage. Jamies Schmunzeln verrät mir, dass er genau das gleiche denkt. „Vielleicht wechseln wir mal lieber das Thema?"

Glücklicherweise zaubert Ethan eine Flasche Pfefferminzschnaps hervor, was uns allen die nötige Ablenkung verschafft. Als ich Jamie endlich wieder grinsen sehe, kehrt auch auf mein Gesicht ein Lächeln zurück. Wie immer sieht er so aus, als hätte er keinen Tropfen getrunken, während ich genau spüre, dass meine Wangen bereits rosa glühen. Ein kleines Zwinkern von ihm lässt mich glatt noch mehr erröten, was wieder ein deutliches Zeichen dafür ist, dass ich einfach keinen Alkohol vertrage.

Die Zeit verfliegt und irgendwann realisiere ich, dass wir schon Stunden zusammensitzen. Der Abend ist angenehm kühl, doch trotzdem sitze ich im T-Shirt hier draußen. Für Anfang Dezember ist das einfach nur der Wahnsinn! In Seattle würde ich mir aktuell den Arsch abfrieren. Jamie ist der Einzige von uns, der in seinen dicken Hoody gehüllt ist und immer noch so wirkt, als wäre ihm kalt. Zu gerne würde ich einfach zu ihm gehen, ihn in den Arm nehmen und Wärme spenden. Hastig schaue ich in eine andere Richtung, damit mich niemand beim Starren erwischen kann.

Mann, ist das frustrierend!

Ich lasse meinen Blick über den kleinen Garten schweifen, der wirklich hübsch und für normale Menschen absolut ausreichend ist. Großer Gott, ich glaube der Größenwahn, der einen vermutlich automatisch überkommt, wenn man in einer verdammten Strandvilla wohnt, übermannt mich allmählich auch.

„Was ist denn eigentlich mit unserem jährlichen Ausflug? Wir haben noch gar nichts geplant", reißt Ethan mich aus meinen Gedanken.

Überrascht sehe ich mich am Tisch um, als alle plötzlich aufgeregt durcheinanderreden. Irgendwas verpasse ich hier gerade.

„Ich dachte an das Wochenende vor Weihnachten. Dann könnten wir alle an Heiligabend wieder zurück sein, um die Zeit mit unseren Familien zu verbringen", wirft Macey ein.

Familien, Weihnachten, was?

Verwirrt huscht mein Blick von einer Person zur nächsten. Ich merke selbst, wie mein Gehirn nur langsam hinterherkommt. Ich vertrage wirklich gar nichts.

Jamie fängt meinen Blick auf und bricht augenblicklich in Lachen aus. Dabei legt er seinen Kopf in den Nacken und sieht nach oben in den Himmel. Die Sterne leuchten und er scheint sie für ein paar Sekunden zu bewundern, bevor er wieder zu mir sieht. Seine Augen funkeln wie immer schelmisch. Er ist einfach wunderschön.

„Jedes Jahr machen wir einen Wochenendtrip in unser Ferienhaus in Tijuana." Jamies Grinsen wird breiter.

Mir bleibt der Mund offenstehen. „Du hast ein Ferienhaus in Tijuana? Wieso hat das zu Hause noch nie jemand erwähnt?“

Mir schwirrt der Kopf. Wieviel Reichtum hat diese Familie denn noch?

Jamie verzieht das Gesicht, als hätte er in eine Zitrone gebissen. Er legt den Kopf schief. „Na ja, ist ein wunder Punkt. Meine Mom hat das Haus geliebt. Hat es mit viel Liebe eingerichtet. Das Personal ausgesucht, dem das Haus anvertraut werden konnte. Mein Gott, sie war sogar bei der Hochzeit des Sohnes unserer Haushälterin eingeladen. Beinahe jeden Sommer hat sie dort verbracht. Weshalb mein Dad ihr auch genau das Haus weggenommen hat, um sie zu ärgern.“

Mir steht der Mund offen. Die anderen wirken unbekümmert, ich bin mir sicher, dass sie die Geschichte bereits kennen. Ich kann mir nicht vorstellen, einmal so verbittert durch eine Trennung zu werden, dass ich meinem Ex-Partner mit Absicht etwas wegnehmen würde, das ihm so wichtig ist. Bisher habe ich Jamies Dad noch nicht getroffen, aber ich reiße mich auch nicht sonderlich darum. Beverly ist eine großartige Frau und liebevolle Mutter. Ihr Ex-Mann hat sie mit der Sekretärin betrogen. Mir erschließt sich also nicht unbedingt, warum er ihr etwas wegnimmt.

„Da ist echt ... unfair“, stammele ich.

Jamie zuckt nur mit den Schultern. „Mein Vater ist ein Arschloch. Es ist sein Haus und sein Geld. Wen interessiert’s.“ Sein Tonfall wirkt unbekümmert, aber mittlerweile kenne ich ihn gut genug, um in seinen Augen lesen zu können, dass es ihn sehr wohl interessiert.

„Können wir zum Wesentlichen kommen?", mischt Ethan sich ein. „Also, direkt das Wochenende vor Weihnachten. Und wir sind sicher an Heiligabend wieder da?"

„Mach dir nicht ins Hemd, du bist Heiligabend bei Mami zu Hause", zieht Jamie ihn auf und erntet dafür prompt einen Schlag gegen den Hinterkopf.

„Bitte, als würdest du nicht selbst zu Mami wollen!" Jamies Grinsen wird breiter, ebenso meins.

„Wir haben an Weihnachten sturmfreie Bude! Das Wochenende davor auch", verkünde ich zufrieden, verschränke die Hände hinter dem Kopf miteinander und lehne mich zurück.

„Eure Eltern fahren an Weihnachten ohne euch weg?", fragt Justin entsetzt. „Wieso?"

„Weil wir sie quasi dazu gedrängt haben!" Ich rede, ohne groß darüber nachzudenken.

„Warum?", fragt Macey nun ebenfalls entsetzt nach.

Weil ich Weihnachten Jamie für mich allein haben, ihn an mich ziehen, ihn küssen und mit ihm rummachen möchte. Weil der Gedanke, ein Weihnachtsfest nur mit ihm und Tom und Jerry wie der Himmel auf Erden klingt.

„Äh ...", druckse ich herum. Was bitte soll ich darauf antworten? Hilfesuchend schaue ich zu Jamie.

Wie immer hat er spontan die passende Ausrede parat, ohne groß darüber nachdenken zu müssen. „Bitte, du hast unser Haus schon mal gesehen, oder? Es ist um einiges besser, wenn sich keine Erwachsenen darin befinden. Ich habe mich dem Whirlpool schon seit dem Einzug von Jeff und Liam nicht mehr genähert, weil ich jedes Mal Angst habe, dass ich meine Mom und Jeff in dem Ding erwische."

Ich nicke zustimmend, als wäre das die einleuchtendste Theorie überhaupt und als würde es keine andere Erklärung geben. Himmel, bin ich vielleicht betrunken!

Dabei wird mir gerade erst die Kernaussage bewusst.

„Warte, wir haben einen Whirlpool?“, frage ich verdutzt.

Jamie hebt eine Augenbraue und sieht mich spöttisch an. Er sieht verdammt heiß aus, wenn er so guckt. „Sag mal hat dich überhaupt mal irgendjemand in dem Haus, das jetzt dein Zuhause ist, herumgeführt?“

„Äh. Nö.“

Allgemeines Gelächter.

„Wir können ja ...“, setze ich an, kann mir aber in letzter Sekunde auf die Zunge beißen. Fast hätte ich ihn vor versammelter Runde gefragt, ob er mit mir in den Whirlpool gehen möchte. Dem panischen Gesichtsausdruck von Jamie zufolge hat er das auch registriert. „... den Rundgang die Tage nachholen!“

Gerettet. Puh.

Ich bin einfach nicht der Typ für Geheimnisse. War ich noch nie. Heimlichtuerei liegt mir nicht. In den letzten Tagen kam mir schon immer häufiger der Gedanke, ob wir wirklich so weitermachen oder zu unseren Gefühlen stehen sollten. Allerdings weiß ich gar nicht, wie Jamies Gefühle aussehen. Und irgendwie habe ich Angst ihn danach zu fragen. Also bleibt wohl alles so, wie es jetzt ist. Vorerst. Ich kann nicht abstreiten, dass die Panik in Jamies Augen verdammt wehgetan hat! Jetzt blitzen sie erleichtert auf, während er sich wieder entspannt.

„Zurück zum Wesentlichen!“ Ethans Stimme klingt langsam verärgert. „Steht der Termin?“

„Klar, der steht“, stimmt Jamie zu und alle brechen in lautes Gejubel aus.

Ich bin etwas verunsichert, da ich nicht genau weiß, wer nun alles inbegriffen ist. Ich habe nicht das geringste Problem damit, wenn man mich nicht einlädt, aber ich weiß einfach gerne, womit ich es zu tun habe.

„Du bist auch inbegriffen, du Trottel!“, fährt Drew mich an, als er meinen Gesichtsausdruck bemerkt. Ich lächle.

Was ich echt häufig tue, seit ich in Oceanside lebe. Normalerweise bin ruhig, beobachte viel und dränge mich nicht in den Vordergrund.

Niemals hätte ich gedacht, dass ich in so kurzer Zeit ein fester Teil einer so großartigen Gruppe sein würde. Aber es ist so. Ich habe Jamie. Drew. Justin, den ich trotz der Annäherungsversuche wirklich gern mag. Sogar Macey und Ethan sind mir mittlerweile ans Herz gewachsen, auch wenn jeder für sich schon ziemlich nervig ist. Aber gut nervig eben. Das hier ist meine Clique und die möchte ich nicht mehr missen.

Kapitel 23

Jamie

„Mom, du kannst wirklich fahren. Wir stellen schon nichts an!“, versuche ich meine skeptische Mom davon zu überzeugen, dass sie endlich ihren Weihnachtsurlaub antritt. Bisher haben wir das Fest noch nie getrennt voneinander verbracht, was ihr gerade klar zu werden scheint.

„Habt ihr alle wichtigen Nummern?“ Gequält sieht sie abwechselnd von mir zu Liam, der etwas hilflos dreinschaut. Jeff hat sich bereits mit einer festen Umarmung von uns verabschiedet und wartet im Auto auf meine Mom.

„Sicher. Die Nummer des Koksdealers und die der Callgirls sind auf Kurzwahl gespeichert.“

Damit entlocke ich ihr ein befreites Lachen, was gut ist. Ich will nicht, dass sie sich Sorgen macht.

„Und ihr kommt auch sicher ohne uns zurecht?“, fragt sie ein letztes Mal nach.

„Nein. Wir werden uns selbst bemitleiden, dass wir mit unseren Freunden nach Tijuana fahren müssen. Danach werden wir weinend unter dem Weihnachtsbaum sitzen, weil wir an diesem schönen Fest Videospiele spielen und dann auch noch Pizza essen müssen. Es wird schrecklich! Vielleicht müssen wir sogar in den

Whirlpool. Und das alles, ohne dass uns Erwachsene beaufsichtigen. Widerlich!"

„Okay, blöde Frage!", gibt sie zu und drückt mir einen Kuss auf die Wange, bevor sie mich überschwänglich an sich drückt. „Ich hab dich lieb, Schatz! Macht euch ein paar schöne Tage!"

Ich atme einige Sekunden den Erdbeerduft ihres Shampoos ein, der für mich schon immer Zuflucht, Geborgenheit und Liebe signalisiert hat. Wird das auch noch so sein, wenn sie weiß, dass Liam und ich ...? Und dass ich ...? Eigentlich kenne ich meine Mom. Ich weiß, dass sie immer für mich da ist, aber was, wenn ich mich irre? Was, wenn sie mich plötzlich mit anderen Augen sieht? Mein Dad wird mich schon hassen, ich kann nicht auch meine Mom verlieren. Ich schlucke den Kloß, der sich plötzlich in meinem Hals gebildet hat, hinunter und schiebe meine Mom kurzerhand grinsend von mir. „Schon gut, Mom! Ich hab dich auch lieb!"

Wir lächeln uns zu, bevor sie auch Liam fest in den Arm nimmt. Er lächelt dabei zufrieden. Mir ist schon aufgefallen, dass die beiden besonders gut miteinander auskommen. Ich weiß, dass Liams Mom gestorben ist, als er noch klein war, und mich freut es, dass er ausgerechnet zu meiner Mutter so ein enges Verhältnis hat. Wobei das auch nicht verwunderlich ist, wenn man bedenkt, dass meine Mutter mit seinem Vater zusammen ist. Irgendwie verdränge ich diese Tatsache gern.

„Und ihr fahrt morgen los?" Meine Mom dreht sich noch einmal zu uns um, obwohl sie eigentlich schon zur Tür rausgegangen ist.

Ich verdrehe demonstrativ die Augen. „Nein, wir haben dich angelogen. Eigentlich fahren wir heute schon los, schwänzen die Schule und rufen auf dem Weg unseren Koksdealer an."

„Gut, wir machen das gleiche. Nur dass unser Dealer noch Crystal Meth mitbringt. Bye!"

Sie winkt uns zum Abschied und schafft es, endlich zu gehen. Sie flitzt blitzschnell die Treppen vor unserem Haus hinunter und steigt in den Wagen, in dem Jeff schon bei angelassenem Motor auf sie wartet. Kaum hat sie die Autotür geschlossen, braust er auch schon los. Fehlen eigentlich nur noch die quietschenden Reifen.

Erleichtert werfe ich die Haustür ins Schloss und atme zufrieden durch. Heute ist der letzte Schultag und morgen Früh fahren wir alle los. Das wird grandios!

Mit einem fetten Grinsen im Gesicht drehe ich mich zu Liam. Ich will gerade anfangen zu sprechen, als er mich mit einem festen Ruck nach hinten drückt. Ehe ich reagieren kann, spüre ich die Tür in meinem Rücken und seine Lippen, die sich auf meine pressen. Ich gebe einen überraschten Laut von mir, was er sofort nutzt, um seine Zunge in meinen Mund zu schieben. Liam hebt mich hoch und ich umschlinge ihn mit meinen Beinen. Dabei vergrabe ich die Hände in seinen Haaren. Das hier ist das Paradies auf Erden. Die letzten Tage waren unsere Eltern permanent zu Hause, weil sie ihren Urlaub vorbereitet haben, und ich habe das Gefühl, ihn schon ewig nicht mehr geküsst zu haben.

Gegen meinen Willen muss ich lächeln. Liam löst sich von mir. Er lächelt ebenfalls, wobei mich das Blau seiner Augen wieder einmal gefangen nimmt. Sie sind dunkler, wenn er erregt ist. Das Meer tost wild darin umher.

„Hey", flüstert er.

„Hey!" Ich küsse ihn leicht auf den Mund. „Ich hab dich vermisst!"

Sein Lächeln wird noch strahlender. Das alles hier sollte mir vermutlich Angst machen, aber das ist nicht der Fall. Die Sache zwischen Liam und mir ist so viel mehr, als einfach nur Sex. Zumal wir immer noch keinen hatten. Mehr als Rummachen mit Happy End läuft bisher nicht und erstaunlicherweise stört mich das noch nicht mal. Ich will einfach nur in seiner Nähe sein. Angst habe ich vor dem da draußen. Vor den Reaktionen der Leute. Von meiner Mom. Dad.

Ich vergrabe das Gesicht in seiner Halsbeuge und atme seinen Duft ein, während ich sanft mit den Fingern durch seine Haare fahre. Sie sind länger geworden und fallen ihm leicht in die Stirn. Einfach so, ohne dass er was dafür tun muss. Er sieht so gut aus!

„Wir sollten langsam zur Schule aufbrechen, sonst kommen wir zu spät!", murmelt Liam mit rauer Stimme.

Ich stöhne gequält an seinem Hals auf, meine Beine immer noch fest um seinen Körper geschlungen, während er mich hält.

„Das machst du jedes Mal." Ich höre mich an wie ein Fünfjähriger.

„Was denn?"

„Immer, wenn ich gerade zufrieden und glücklich bin, sagst du, dass wir irgendwo hinmüssen!"

„Bist du das denn?", fragt er zögerlich und fast ... schüchtern?

Ich hebe den Kopf, um in seine Augen sehen zu können. „Was?"

„Bist du zufrieden und ... glücklich?“ Liam beißt sich auf seine Unterlippe. Ich streiche sanft mit meinem Daumen darüber.

„Bin ich!“ Ich sehe ihm fest die Augen. „Keine Ahnung, ob ich überhaupt schon mal so glücklich war.“

Ihm stockt der Atem. Unsere Blicke sind fest miteinander verhakt und mein Herz droht mir aus der Brust zu springen. Fuck ... bin ich ... Scheiße.

Meine Augen weiten sich leicht, als mir bewusst wird, was eigentlich schon die ganze Zeit auf der Hand liegt. Ich bin verliebt.

Ich bin so was von verliebt in Liam und ich habe keine Ahnung, wie mir das bisher nicht klar sein konnte. Liam hat mit der Geschwindigkeit eines Tsunamis mein Leben geflutet und mich mit sich gerissen. Er hat alles völlig auf den Kopf gestellt und ein Chaos in meinem Inneren angerichtet. Und doch ist jetzt gerade alles ganz genau so, wie es sein muss.

„Alles okay?“ Liam beobachtet mich ganz genau, als wolle er keine Regung verpassen.

„Ja. Mehr als okay“, wiederhole ich die Worte, die ich schon mal benutzt habe. Sein Grinsen zeigt mir, dass auch er sich erinnert.

„Na los, lass uns zur Schule gehen. Einen letzten Tag überleben wir auch noch.“

***

Es ist bereits Nachmittag, als ich mit Drew und Liam an unseren Spinden stehe und meine Bücher hineinwerfe, von denen ich einhundertprozentig kein einziges in den Ferien benutzen werde. Wozu also mitnehmen. Liam betrachtet mich kopfschüttelnd. Schnell wende ich den Blick ab, als wäre das Innere meines Schranks unheimlich interessant. Tatsächlich fällt mir ein altes Snickers ins Auge, das da schon eine ganze Weile rumliegen muss. Igitt. Im Spiegel meiner Spindtür betrachte ich mich selbst. Eigentlich sehe ich aus wie immer und sogar meine Haare sind mir heute ziemlich gut gelungen. Die blonden Strähnen liegen perfekt. Trotzdem mache ich mir schon den ganzen Tag Sorgen, dass man mir ansieht, dass ich verliebt bin. Ich kann an nichts anderes denken und auch Unterricht war heute vollkommen überflüssig, da ich mich absolut nicht darauf konzentrieren konnte.

„Alles okay?" Liam mustert mich ausgiebig, als versuche er meinen Gesichtsausdruck zu ergründen.

Ich schließe meinen Spind mit einem lauten Knall. „Klar. Alles prima." Ich scheine zu überzeugen, denn Liam wendet sich ab und fängt an, mit Drew über deren Lieblingsband zu sprechen.

Kurz darauf kommt Ethan angeschlendert, der mir sofort einen Ellbogencheck in die Seite verpasst. „Morgen geht's los. Ich kann es gar nicht abwarten, dich in den Pool zu schubsen!"

Ich krümme mich leicht zusammen, bevor ich gegen seinen Oberarm boxe. „Du wirst es eh nicht schaffen, mach dir also keine Hoffnungen!"

Ein kleines Schubsen seinerseits, während das Grinsen in seinem Gesicht immer breiter wird. Ehe ich mich versehe, sind wir beide in eine Rangelei verwickelt – und niemand von uns will als Verlierer hervorgehen.

„Was zum ...“, höre ich Liam rufen, doch er wird von Drew unterbrochen. „Lass sie, das ist normal.“

Obwohl ich halb im Würgegriff von Ethan hänge, kann ich ein Lachen nicht unterdrücke. Schließlich gelingt es mir, ihm auf den Fuß zu treten, meinen Ellenbogen in seine Seite zu befördern und mich aus seinem Griff zu befreien.

„Ich hasse dich“, knurrt er, seine Augen funkeln belustigt.

„Du liebst mich“, korrigiere ich ihn lachend.

Er versucht mich wieder zu schubsen. Ich verliere das Gleichgewicht, fange mich aber schnell wieder.

„Ihr benehmt euch wie Kleinkinder“, sagt Drew trocken.

„Das hat uns noch nie aufgehalten!“, gibt Ethan zurück, im Stillen gebe ich ihm recht.

Benehmen wir uns wie Kleinkinder? Absolut! Stört uns das? Nope!

Ethan macht einen weiteren Schritt auf mich zu und bewegt sich so plötzlich, dass ich nicht rechtzeitig reagieren kann. Schwungvoll krache ich gegen den Spind neben mir.

Autsch.

„Bro!“, schaffe ich dennoch lachend hervorzubringen.

Ethan lacht so sehr, dass er sich an dem Spind neben mir abstützen muss, um nicht hinzufallen.

„Leute, müssen wir ernsthaft wieder im Krankenhaus landen?“ Drew straft uns mit bösen Blicken.

„Wieder?“, hakt Liam nach, eine Augenbraue erhoben.

Drew schüttelt den Kopf. „Wenn du wüsstest, wie oft die beiden Idioten sich verletzen, nur weil sie sich schubsen oder sich die Beine stellen. Oh, und vergessen wir die Mutproben nicht." Er verdreht die Augen.

Ich presse schmunzelnd meine Lippen aufeinander.

„Das passiert gar nicht so oft", verteidigt Ethan unser Verhalten und verschränkt die Arme vor der Brust. Ich nicke zustimmend.

Drew blickt uns ein paar Sekunden stumm an und schüttelt schließlich den Kopf. „Für morgen steht alles?", wendet er sich an Liam.

„Ja, ich denke schon. Wir fahren mit Macey, du fährst mit Ethan und Justin", wiederholt Liam unseren Plan. „Jamie hat euch den Ersatzschlüssel gegeben, falls ihr schneller seid und offenbar hat die Haushälterin eingekauft." Bei seinen Worten schüttelt er ungläubig den Kopf.

„Es ist alles bereit", pflichte ich ihm bei. „Mein Dad hat sich um alles gekümmert."

Hat er wirklich. Es hat mich nur einen Anruf gekostet und sofort hat er alles in die Wege geleitet. Unsere Haushälterin hat nicht nur eingekauft, sondern auch alles geputzt und die Zimmer vorbereitet. Sogar Bier steht bereit. Man kann über meinen Dad sagen, was man will – wenn ich ihn um etwas bitte, ist er zur Stelle.

Ich räuspere mich. „Na gut. Wir sehen uns morgen. Vergesst die Badesachen nicht."

„Oh, ich liebe diesen Pool", murmelt Ethan zufrieden. Drew stimmt ihm zu.

Ich schlage mit den beiden ein und verabschiede mich. Dann schlendere ich gemeinsam mit Liam zu meinem Auto, das ich endlich zurückhabe. Ich lasse mich auf den Fahrersitz gleiten und lächle. Liebevoll streiche ich über das Lenkrad.

Liam räuspert sich. „Soll ich euch beide allein lassen?"

Ich drehe den Kopf und zwinkere ihm zu. „Schnall dich an, ich will endlich nach Hause."

„Warum so eilig?"

Der Wagen erwacht unter mir zum Leben, als ich den Zündschlüssel herumdrehe. „Weil ich dich schon den ganzen Tag küssen will." Ich lenke Bumblebee vom Schulparkplatz, als Liam nach meiner Hand greift, die auf dem Schalthebel liegt. Wie von selbst heben sich meine Mundwinkel.

Bereits wenige Minuten später biege ich in unsere kurze Auffahrt und schalte den Motor ab.

Liam will aussteigen, als ich ihn am Shirt zurückhalte, näher zu mir ziehe und ihn küsse. Er gibt einen überraschten Laut von sich, erwidert den Kuss aber sofort. Seine weichen Lippen schmiegen sich perfekt an meine. Mein Herz klopft vor Aufregung, wie so oft, wenn er in meiner Nähe ist. Doch seit mir heute Morgen meine Gefühle klar geworden sind, ist es ... anders. Besser. Unsere Lippen lösen sich voneinander, doch ich bleibe dicht vor seinem Gesicht und bewundere jede Wölbung seiner Züge. Seinen kantigen Kiefer. Den leichten Bartschatten. Dieser Typ bringt mich um den Verstand.

„Was?", fragt er mich mit großen Augen, einen unsicheren Unterton in der Stimme. „Habe ich was im Gesicht?"

Ich schmunzele. „Was?", frage ich kichernd.

„Du siehst mich so komisch an", verteidigt er sich.

Ich ziehe meine Unterlippe zwischen meine Zähne. „Weißt du was?", frage ich zögerlich.

Er legt die Stirn in Falten. „Was denn?"

„Ich bin mächtig verknallt in dich, Liam!“, platze ich heraus.

Seine Augen weiten sich. „Ich ... wie bitte?“

Lächelnd fahre ich mit der Hand seine Brust hinauf und verharre direkt über seinem Herzen. „Ich bin verliebt in dich. Sowas von.“

„Das ist ... wow.“ Liam steht der Mund offen. Seine Wangen glühen rosig.

„Ist das alles, was dir dazu einfällt?“, frage ich neckend.

Ein strahlendes Lächeln ergreift von ihm Besitz. „Natürlich nicht“, flüstert er und drückt mir einen kleinen Kuss auf die Lippen. „Ich bin auch verliebt in dich. Vermutlich schon seit Seattle.“ Seine Nasenspitze berührt meine. „Und wenn ich könnte, würde ich das hier den ganzen Tag machen.“

Wieder liegen unsere Münder aufeinander. Sofort schießt Hitze durch meinen Körper.

„Liam.“ Ich japse nach Luft. „Nicht hier. Lass uns reingehen.“

Er blinzelt verwirrt. „Ich ... ja ... natürlich.“ Mit den Fingern fährt er sich kurz durch die Haare.

Ich schnalle mich ab und steige aus meinem Wagen, den ich nun nie wieder ansehen kann, ohne an Liam zu denken.

Schnell springe ich die Stufen zu unserem Haus hoch und öffne die Tür. Gerade als ich mir die Schuhe von den Füßen trete, werde ich herumgerissen und finde mich abermals zwischen Liams Brust und der Haustür wieder. Ein Platz, der mir extrem gut gefällt. Ich schaffe es kaum zu atmen, bevor sein Mund meinen findet. Als unsere Zungen sich treffen, stöhne ich leise auf. Liam zupft an meinem Pullover herum und schiebt kurzerhand seine Hand darunter. Seine Fingerspitzen streichen über meinen Hüftknochen und hinterlassen eine Gänsehaut. Viel zu schnell lässt er von meiner Haut ab und greift stattdessen nach meiner Hand.

„Komm mit", murmelt er mit rauer Stimme und zieht mich hinter sich die Treppe hinauf, wobei ich schwer damit beschäftigt bin, nicht über meine eigenen Füße zu stolpern. Liams Hintern lenkt mich ab.

Ich bekomme kaum mit, wie wir in meinem Zimmer ankommen, doch plötzlich finde ich mich auf meinem Bett wieder. Liam greift sich in den Nacken, um sein Shirt auszuziehen. Mein Atem stockt, ich folge mit den Augen jeder seiner Bewegungen. Er schiebt sich direkt zwischen meine Beine, stützt seine Hände neben meinem Kopf ins Kissen und küsst mich hungrig. Ich umschlinge mit einer Hand seinen Körper, mit der anderen greife ich in seine Haare, die sich samtweich zwischen meinen Fingerspitzen anfühlen.

Wir verschlingen einander förmlich. Jede Faser meines Körpers schreit nach Liam.

Als wir uns voneinander lösen, fühlen sich meine Lippen geschwollen an und brennen. Ich atme schwer. Das hier ist verdammt ... intensiv. Und heiß. Am liebsten würde ich ... mit ihm schlafen. Und doch will ich es nicht. Zwischen uns läuft es verdammt gut. Was, wenn Sex es kaputt macht? Ein Schritt nach dem anderen. Für den Moment ist es genug.

„Das hier ist der Himmel", flüstere ich an seinen Lippen.

Liam senkt sich mit seinem vollen Gewicht auf mich und legt sein Kinn auf meiner Brust ab. Ein Lächeln umspielt seine Mundwinkel.

„Ich bin verdammt gern mit dir zusammen, Jamie."

Mein Herz macht einen kleinen Hüpfer. „Ja?", frage ich glücklich und fahre ihm durch die Haare.

„Hm", seufzt er wohlig und schließt die Augen. „Den ganzen Tag sind meine Gedanken bei dir. Ich will dich küssen, ich will alles mit dir teilen. Ich will ..." Er reißt die Augen auf und unterbricht sich.

„Was?", hake ich stirnrunzelnd nach und streiche ihm eine Strähne aus der Stirn.

„Gar nichts. Schon gut." Er lächelt, doch es erreicht seine Augen nicht.

Ein beklemmendes Gefühl macht sich in mit breit. „Nein, komm schon. Was willst du?"

Liam zögert. Er öffnet den Mund und beißt sich schließlich auf die Zunge. Geduldig warte ich ab, auch wenn mein Herz etwas zu schnell klopft.

„Na ja." Er knabbert auf seiner Wange. „Ich ... ich möchte mich nicht mehr verstecken. Ich bin so verliebt in dich, am liebsten würde ich es in die ganze Welt hinausschreien."

Vor Schreck zucke ich zusammen, was ihm nicht entgeht.

Die Worte hängen zwischen uns und füllen die ohrenbetäubende Stille.

Kapitel 24

Liam

Scheiße.

Jamies Augen sind vor Schock geweitet. Ich habe ihm Angst gemacht. *Toll.*

„Ich hätte nichts sagen sollen“, rudere ich zurück, nicht weil ich die Worte nicht ernst meine, sondern weil er offensichtlich nicht bereit ist sie zu hören. Ich setze mich auf und werde mir zu allzu bewusst, dass ich kein Shirt trage.

„Das ist aber eine ziemlich große Sache, um nichts sagen zu wollen“, wirft er mir vor und er hat recht.

Ich knete meine Finger und schaue betreten darauf herab.

„Du willst, dass andere von uns wissen?“, fragt Jamie nach. In seiner Stimme schwingt ein Zittern mit.

„Ja. Jetzt, wo wir uns gesagt haben, dass wir ineinander verliebt sind ... ich meine ... jetzt wo wir ein Paar sind, möchte ich mich nicht mehr verstecken. Ich möchte mit dir hingehen können, wo ich will. Ich möchte dich küssen können, wann ich will.“ Die Worte verlassen ungehindert meinen Mund. Fuck, ich sollte die Klappe halten.

Jamie seufzt auf. „Also erstens: Für mich waren wir schon vor heute ein Paar. Und zweitens: Wie willst du das bitte unseren Eltern erklären? Ich will meiner Mom nicht ihre Beziehung versauen!" Seine Worte tun weh. Und trotzdem verstehe ich ihn.

„Keine Ahnung, Jamie. Als das mit uns angefangen hat, wussten wir noch nicht mal, dass unsere Eltern zusammen sind. Es ist ja nicht so, als wären wir tatsächlich Geschwister. Wir kennen uns gerade mal seit ein paar Monaten. Klar wird es komisch für sie sein, aber das werden sie schon hinbekommen."

Jamie schweigt. Dann nickt er, schüttelt den Kopf und nickt wieder, bevor er einen frustrierten Laut von sich gibt. „Ich habe Angst, okay? Was, wenn alles in einer Katastrophe endet? Was, wenn uns alle anderen kaputt machen, was wir haben? Es läuft gut oder nicht?"

Ich nehme seine Hand in meine und zwinge ihn, mich anzusehen. „Ich habe auch Angst, Jamie!"

„Nein, es sind nicht nur unsere Eltern. Es sind alle. Meine Freunde, die Leute in der Schule. Mein Dad. Vor allem mein Dad. Er wird mich hassen!"

Er sieht jetzt so traurig aus, dass ich bereue, dass ich nicht meine Klappe gehalten habe. Gleichzeitig bin ich aber auch erleichtert, dass wir darüber reden.

„Glaubst du denn wirklich, dass dein Dad so furchtbar reagieren wird?", hake ich nach. Sicher wird er schockiert sein, aber ... Jamie ist sein Sohn oder etwa nicht?

„Ja", sagt Jamie und klingt dabei mehr als nur sicher. „Du müsstest mal hören, wie er über Homosexualität spricht."

Ich knabbere an meiner Unterlippe. „Okay. Aber wie soll er es denn bitte erfahren? Er lebt doch gar nicht hier."

„Keine Ahnung. Aber er könnte es herausfinden. Er könnte ... was weiß ich.“ Jamies Stimme wird immer lauter und er redet schnell. Es ist offensichtlich, dass er panisch wird.

„Hey.“ Ich lege meine Hand an seine Wange. „Schon okay.“

Er atmet einmal tief durch. Mittlerweile sitzt er ebenfalls, die Knie angezogen.

„Möchtest du die Sache zwischen uns denn ewig für dich behalten?“ Ich habe Angst vor seiner Antwort und wappne mich innerlich davor.

Er scheint ernsthaft über meine Frage nachzudenken und lässt sich Zeit, sie zu beantworten. Was mich nun in Panik versetzt.

„Ich möchte das mit uns nicht ewig geheim halten“, sagt er zu meiner Erleichterung. „Ich habe einfach Angst, dass rauskommt, dass ich mit einem Jungen zusammen bin. Ich habe Angst vor den Reaktionen meiner Familie. Ich habe Angst, weil ich nicht weiß, was ich sagen soll. Ich weiß ja nicht mal, ob ich nun schwul bin oder bi oder was auch immer. Und ich habe Angst, dass mich am Ende alle hassen werden.“

Seine Antwort verblüfft mich. Sie ist so ehrlich und voller Unsicherheit. Sonst ist Jamie so stark und selbstbewusst. Ich kann mir vorstellen, dass es ihm keineswegs leichtfällt, das vor mir zuzugeben.

Ich drücke seine Hand noch fester, bevor ich einen Kuss darauf hauche. „Das verstehe ich.“

„Wirklich?“

„Natürlich. Ich habe mich auch schon mal geoutet, weißt du?“ Ich drücke ihm einen Kuss auf die Nasenspitze, was ihn zum Lächeln bringt. Er legt die Stirn an meine Schulter und ich atme tief seinen Duft ein. Solange er hier ist, ist alles okay. Das darf ich nicht vergessen.

„Wie war das bei dir?“, fragt er an meinem Hals.

Ich versteife mich kaum merklich und versuche die Erinnerungen zu verdrängen, die augenblicklich über mich hereinbrechen. Ich darf mir nichts anmerken lassen, dafür kennt er mich mittlerweile wirklich zu gut. Was soll ich ihm antworten? Dass mein Outing die schlimmste Erfahrung meines Lebens war? Sicher nicht, das bestärkt ihn lediglich in seiner Angst. Ich will sie wirklich nicht vertiefen.

„Es war okay. Ich hatte ziemliche Angst davor und habe auch eine Weile mit mir gerungen, ob und wie ich das sagen soll. Letztendlich wusste ich schon immer, dass ich auf Jungs stehe. Ausschließlich auf Jungs. Irgendwann habe ich dann den Mut gefunden und es meinem Dad erzählt. Dann meinen Freunden und dann hat es irgendwann die Runde gemacht, als ich einen Typen geküsst habe. Klar haben die Leute geredet. Aber das hat sich schnell wieder von selbst erledigt.“

Mein Herz klopft mir bis zum Hals und ich hoffe, dass er es nicht bemerkt. Das meiste von dem, was ich eben gesagt habe, ist eine Lüge. Eine glatte Lüge. Ich kann ihm aber auf keinen Fall die Wahrheit sagen.

„Und niemand hat ... keine Ahnung. Dich beleidigt oder so was?“, fragt er skeptisch nach.

Ich schlucke schwer. Ein dicker Kloß hat sich in meinem Hals festgesetzt. „Nein, eigentlich nicht. Also in meinem Leben bin ich natürlich schon Idioten begegnet, die meinten, mich nach meiner Sexualität beurteilen zu können. Blöde Sprüche musste ich mir auch schon mal geben. Aber es war nicht so schlimm, wie ich es anfangs befürchtet habe." Ich bemühe mich um einen unbekümmerten Tonfall.

Jamie nickt an meinem Hals.

„Und du hast mich. Ich werde die ganze Zeit an deiner Seite sein", schiebe ich hinterher. Und ich meine es so. Ich werde bei jedem Schritt bei ihm sein und ihn unterstützen.

„Ich weiß!", sagt Jamie.

Ein paar Minuten sitzen wir einfach so da. Ich umschlinge Jamie mit meinen Armen und halte ihn fest, während meine Gedanken mich im Griff haben. Ich habe Jamie eben zum ersten Mal angelogen und hätte nie gedacht, dass das je der Fall sein würde. Ich kann es dennoch nicht ändern.

„Liam?", fragt Jamie in die Stille hinein.

„Hm?"

„Kannst du mir noch etwas Zeit geben?". Seine Stimme zittert, als würde er sich wirklich vor meiner Antwort fürchten.

Erleichterung durchfährt mich bis in die Fingerspitzen. Ich hatte Angst, dass sich unser Gespräch in eine ganz andere Richtung entwickeln würde. Dass er mich womöglich von sich stoßen könnte. Stattdessen weiß ich jetzt, dass er zu uns stehen will. Er braucht nur etwas Zeit dafür. Auch wenn es nicht das ist, was ich möchte, kann ich es ihm nicht abschlagen. Wie könnte ich?

„Natürlich kann ich das", flüstere ich ihm zu und drücke ihm einen Kuss auf den Kopf.

Kapitel 25

Jamie

„Guten Moooorgen!“, reißt mich eine schrille Stimme aus dem Tiefschlaf. Ich schrecke hoch und blinzle verwirrt. Auch Liam, der fest an mich gekuschelt ist, sieht sich verwirrt um.

Macey steht im Türrahmen meines Zimmers, mein Kaninchen auf dem Arm, und grinst uns an. Ihre Locken fallen ihr dabei lässig über die Schulter.

„Was stimmt denn mit dir nicht?“, frage ich gequält und lasse mich in mein Kissen zurücksinken. Ich kuschele mich wieder an Liam.

„Wo soll ich da nur anfangen?“, fragt Macey lachend und kommt näher ans Bett heran. „Seid ihr nackt?“

Liam gibt einen erstickten Laut von sich.

„Nö! Nur Liam ist ohne Shirt und ohne Hose unterwegs“, antworte ich.

Sie kichert leise. „Ihr seid unheimlich süß, wisst ihr das eigentlich?“

„Ähm ...“ Liams Stimme klingt unbeholfen.

O richtig. Da war ja was.

„Ach ja. Hab ich vergessen zu erwähnen, dass Macey von uns beiden weiß? Überraschung“, murmele ich verschlafen und schmiege mich an Liam.

Am Vibrieren seiner Brust erkenne ich, dass er leise lacht. „Das musst du irgendwie vergessen haben. Was mich doch etwas irritiert nach unserem Gespräch gestern." Zum Glück hört er sich nicht wütend an, sondern eher als würde ihn der Umstand, dass ich es jemandem gesagt habe, freuen. Vielleicht ist es ja auch ein Schritt in die richtige Richtung.

„Darf ich ein Foto machen?", quietscht Macey vergnügt.

„Wenn du es jemals jemandem zeigst, veröffentliche ich das Ausschlagfoto vom letzten Sommer", antworte ich trocken.

„Kein Grund, gleich so gehässig zu werden, Jamie", murrt sie. Kurz darauf schmeißt sie sich auf das Fußende unseres Bettes und umschlingt unsere Beine, die unter der Decke vergraben sind.

„Das hat sie jetzt nicht gemacht", murmelt Liam ungläubig. Ich hingegen breche in lautes Gelächter aus.

„Daran musst du dich gewöhnen, wenn du mit mir zusammen bist. Immerhin hat sie vorher gefragt, ob wir nackt sind."

„Ich hoffe, euch ist klar, dass das nicht normal ist!", grummelt Liam weiter.

„Warte mal. Hast du eben *zusammen* gesagt?", fragt Macey aufgeregt und hüpft dabei sogar auf und ab.

Ich kann ein Grinsen nicht unterdrücken. „Jap. Wir haben dem Kind endlich einen Namen gegeben."

„Gut gemacht, Liam!", sagt Macey flapsig und erntet damit ein Lachen von ihm. Diese Szenerie macht mich unheimlich glücklich. Meine beiden Lieblingsmenschen so zusammen hier bei mir zu haben.

„Okay. Das wird mir jetzt etwas zu viel", sagt Liam und löst sich ächzend aus meiner Umklammerung, was ich mit einem unzufriedenen Knurren quittiere. Er steigt aus dem Bett und stört sich offensichtlich nicht an der Tatsache, dass er nur eine Boxershorts trägt. „Ich gehe duschen."

„Du hast fünfzehn Minuten, bis wir abfahren!", stellt Macey brüllend klar. Ich starre Liam hinterher, denn von hier habe ich einen perfekten Blick auf seinen Hintern.

Warte ... fünfzehn Minuten?

„Du sabberst übrigens", lässt Macey mich dreckig grinsend wissen.

Ich vergrabe mein Gesicht in den Kissen und kann nichts gegen das Kichern in meinem Inneren machen.

„Du hast jetzt also einen Freund", stellt Macey fest und kuschelt sich neben mich. Ich löse das Gesicht von den Kissen und sehe sie glücklich an.

„Sieht so aus. Das bleibt aber erst mal unter uns."

Sie tut so, als würde sie ihren Mund verschließen und den Schlüssel wegwerfen. „Ich freue mich so für dich", sagt sie glücklich und gibt mir einen kleinen Kuss auf die Wange. „Und jetzt mach dich endlich fertig, wir wollen gleich los."

Ich quäle mich langsam aus meinem Deckengewirr und mache mich in Windeseile fertig. Ich dusche schnell, denn zu meinem Leidwesen ist Liam bereits fertig. Selbst meine Zähne putze ich unter der Dusche. Dann ziehe ich mir meinen Dragon Ball-Pulli und eine helle Skinny-Jeans an und schnappe mir meine Tasche, die bereits fertig gepackt dasteht.

Liam und Macey warten in der Küche auf mich. Kaum stoße ich dazu, scheuchen sie mich aber auch schon los. Keine fünf Minuten später sitzen wir im Auto. Macey besteht darauf zu fahren, was ich sofort dankend annehme. Sie liebt es, mit Bumblebee zu fahren. Ich lasse mich zufrieden auf den Beifahrersitz gleiten, während Liam, immer noch mäßig gelaunt, mit seinem Coffee-to-go-Becher einsteigt. Sobald er seinen Kaffee erstmal intus hat, wird sich seine Laune hoffentlich bessern.

Tatsächlich hat er danach wieder einen normalen Gesichtsausdruck, während er seine Nase in einem neuen Buch vergräbt.

„Wir nehmen wie jedes Jahr das große Zimmer, oder?", fragt mich Macey, als wir schon eine Weile gefahren sind.

„Klar! Ich überlasse den anderen Trotteln doch nicht das beste Zimmer!"

Ein Räuspern hinter mir lässt mich aufhorchen.

„Du bist bei den Trotteln nicht inbegriffen, keine Sorge."

„Ja. Das interessiert mich eigentlich nicht. Wie darf ich das mit den Zimmern verstehen?"

„Oh. Du hast es ihm nicht gesagt?", fragt Macey und wirft einen kurzen, entschuldigenden Blick über ihre Schulter nach hinten.

„Nein."

„Könnte mich mal jemand aufklären?", fragt Liam.

„Na ja. Macey und ich gehen in ein Zimmer." Ich winke ab, als wäre es keine große Sache. Mein verräterisches Herzklopfen und meine zitternde Stimme verraten mich aber.

Verdammt!

„Ist das dein Ernst?"

„Tut mir leid! Aber Mace und ich sind immer in einem Zimmer. Einfach immer! Es wäre absolut unlogisch, wenn wir nicht in einem Zimmer wären. Außerdem ist die Zimmeraufteilung schon lange erledigt. Du teilst dir eines mit Drew."

Er scheint kurz zu überlegen. „Auch okay für mich", gibt er achselzuckend zu.

„Eigentlich wollte Justin unbedingt in ein Zimmer mit dir. Das konnte ich gerade noch so abwenden."

Jetzt ist es an ihm zu lachen. „Ist da jemand eifersüchtig?", fragt er sichtlich zufrieden.

„Eifersüchtig?", fragt Macey schnaubend. „Jamie konnte einen ganzen Abend von nichts anderem reden als von Justin, der dich offenbar bei jeder sich bietenden Gelegenheit bespringen wird." Macey verdreht die Augen.

Zu meiner Verwunderung lacht Liam aber nicht über Maceys Worte. „Ehrlich gesagt bin ich ziemlich froh, dass ich nicht in einem Zimmer mit Justin bin. Ich mag ihn, er ist echt super. Aber er hat mir schon oft mehr als nur deutlich gemacht, dass er mit mir ins Bett will. Ein bisschen Distanz finde ich ganz gut."

„Siehst du", zische ich Macey leise zu. Sie kichert hinter vorgehaltener Hand und konzentriert sich wieder auf die Straße.

Wir passieren die Grenze zu Mexiko, wie immer ohne Zwischenfälle. In mir macht sich eine unbändige Vorfreude breit. Ich war schon eine Weile nicht mehr in dem Haus und merke, wie sehr ich es vermisst habe. In letzter Zeit war mein Dad oft mit Candy hier und nach meinem letzten Besuch in Seattle hatte ich erst mal genug von den beiden.

„Wir sind gleich da", informiere ich Liam. Auf meinem Gesicht hat sich ein fettes Grinsen ausgebreitet.

„Jetzt schon?“, fragt er überrascht.

„Wusstest du nicht, dass wir so nahe an Mexiko wohnen?“

„Doch, schon. Aber nicht *so* nahe!“

Macey lenkt den Wagen geschickt durch den Verkehr und kommt nach wenigen Minuten in eine Wohngegend, die man gut und gern als Bonzengegend bezeichnen könnte. Die schicke Einfahrt mit den hell gepflasterten Steinen, in die wir einbiegen, untermauert diesen Eindruck. Wir passieren ein Tor, an dem ein mexikanischer Wachmann steht, den wir begrüßen.

„Hola, José!“, rufe ich, als wir neben ihm zum Stehen kommen.

„Hola, Jamie!“

In meinem gebrochenen Schulspanisch unterhalten wir uns kurz, bevor er das Tor öffnet und uns durchwinkt.

„Das ist jetzt ein Witz, oder?“, fragt Liam von der Rückbank.

„Wieso?“ Mein Grinsen wird noch eine Spur breiter.

„Wie reich seid ihr eigentlich?“, fragt er empört. Mit riesengroßen Augen schaut er aus dem Fenster und beäugt die großen Villen, die wir auf unserem Weg passieren. „Wir sind in Mexiko, ja?“

„Sind wir!“, versichere ich ihm lachend.

Wir fahren bis zum Ende des langen Weges bis hin zur großen privaten Auffahrt zu unserem Haus. Das Auto von Ethan ist bereits dort. Wir haben heute Morgen wohl doch etwas zu lange gebraucht. Mein schlechtes Gewissen hält sich in Grenzen. Wir steigen aus dem Auto und gehen die steinerne Treppe hinauf. Im Gegensatz zu unserem Haus in Oceanside ist dieses kleiner, aber dafür versprüht es Charme ohne Ende. Die rötlichen Steine erstrecken sich über das gesamte Gebäude und werden von Efeu und anderen Pflanzen mit bunten Blüten umrankt. Auch Innen türmen sich verschiedene Pflanzen zwischen einer eleganten und liebevollen Einrichtung, die in hellen Tönen gehalten ist. Verschiedene Gemälde von Straßenkünstlern, die meine Mutter so liebt, zieren die Wände und haben einen bitteren Beigeschmack, weil sie mich jedes Mal an den Kleinkrieg meiner Eltern erinnern. Unsere Freunde sitzen bereits auf den großen, hellen Sofas, die zu einer Sitzgruppe angeordnet stehen und einen Blick auf den großen Garten mit seinen imposanten Pflanzen und dem Pool freigeben.

„Natürlich habt ihr einen Pool, der größer ist als unsere Wohnung in Seattle", murmelt Liam kopfschüttelnd.

Ich schmunzele über ihn, was aber nichts daran ändert, dass er recht hat. Mein Vater hat wirklich verflucht viel Geld. Ein Umstand, den ich mir bei der Trennung meiner Eltern zunutze gemacht habe. Denn mal ehrlich – die beiden waren ein Albtraum zu der Zeit. Das Mindeste, was sie tun konnten, war, mich mit teurem Scheiß zuzuballern. Diesem Umstand verdanke ich übrigens mein Auto. Und lustigerweise dieses Haus. Ich habe es niemandem gesagt, noch nicht einmal meiner Mom, aber mein Dad hat mir das Haus zum achtzehnten Geburtstag überschrieben. Er benutzt es noch gern, aber trotzdem ist es meines.

Wir werden freudestrahlend von unseren Freunden begrüßt.

„Bro, ich liebe dieses Haus. Wir kommen viel zu selten hierher", murmelt Ethan und schlägt mit mir ein. Dabei klopft er mir auf den Rücken.

„Stimmt", gebe ich zurück. „Nächstes Jahr kommen wir öfter her."

Alle murmeln zustimmende Worte und halten ihre Bierflaschen in die Höhe, um sich zuzuprosten. Mein Blick fällt auf Macey und Liam. „Los, kommt schon. Lasst uns unsere Taschen loswerden, damit wir uns den anderen anschließen können." Ich deute mit dem Kopf in Richtung des Flurs.

Wir liefern Liam an einer der vorderen Türen ab. Dabei zwinkere ich ihm zu und gehe dann mit Macey zum letzten Zimmer. Es ist riesig, ist in seichten Blautönen gehalten und inmitten des Raumen steht eine große Badewanne. Es ist schon immer mein Lieblingszimmer gewesen. An der Wand hängt ein großer Flat-Screen und zwei große Türen führen direkt auf eine eigene kleine Terrasse. Macey und ich haben hier unzählige schöne Stunden verbracht. Selbst als wir noch Kinder waren, hat Mace uns oft begleiten dürfen, wenn wir hierher gefahren sind. Ohne uns abzusprechen, geht jeder auf die entsprechende Seite des Kingsize-Himmelbettes und schmeißt seine Sachen darauf. Wir grinsen uns an. Auch wenn ich mich gefreut hätte neben Liam einzuschlafen und aufzuwachen, so habe ich in der letzten Zeit automatisch weniger Zeit mit meiner besten Freundin verbracht. Ich freue mich daher sehr auf die Zeit mir ihr und brauche sie auch.

„Erzähl endlich", funkelt sie mich aufgeregt an. „Liam und du. Habt ihr seit Seattle schon ...? Du weißt schon?"

Bei ihrer Neugierde muss ich grinsen. „Haben wir nicht. Wir machen ziemlich oft rum, aber haben bisher kein weiteres Mal miteinander geschlafen."

Nicht, dass ich nicht wollen würde. Ich will sogar unbedingt. Allerdings weiß ich noch nicht ganz, wie ich ihm verklickern soll, dass ich es dieses Mal gern andersherum hätte. Will er das überhaupt?

„Wirklich nicht?", fragt Macey erstaunt. „Wieso? Ihr habt es doch schon mal getan?"

Ich setze mich aufs Bett und nehme mir kurz Zeit, um über ihre Frage nachzudenken. Nach kurzem Zögern setze ich an: „Na ja, das ist gar nicht so leicht zu beantworten. Seattle – das war so Hals über Kopf, ganz ohne nachzudenken. Es hat mich vollkommen aus dem Nichts erwischt und war irgendwie einfach Sex. Als wir uns hier nähergekommen sind, war es keine einzige Sekunde nur Sex. Es war ... mehr! Viel mehr!"

Macey lächelt mich an und beißt sich dabei auf die Lippen. „Wow. Das ist so schön, Jamiro! Und soll ich dir mal was verraten?"

Abwartend sehe ich sie an.

„Ich habe dich noch niemals so gesehen, wie heute Morgen mit ihm. Ich habe dich noch nie so glücklich gesehen."

Mir wird ganz warm bei ihren Worten. „Ich hab mich echt verliebt, weißt du?", flüstere ich leise.

Sie kommt auf mich zu und drückt mich an sich. „Ja, ich weiß!"

Kapitel 26

Liam

Ich weiß nicht, ob ich je wieder normal Urlaub machen kann. Bisher habe ich meine Wochenendtrips in kleinen Motels oder Hütten verbracht, aber das hier übertrifft einfach alles. Ich mache ein Foto von mir in dem bequemen Sessel, den Pool im Hintergrund, und schicke das Bild Kim. Sie wird gleichermaßen Augen machen, wie mich dafür hassen, dass sie nicht hier ist. Ich vermisse sie.

Wir sitzen alle im Garten auf den gemütlichen Loungemöbeln und genießen den Nachmittag. Die Haushälterin hat frische Tapas in den Kühlschrank gestellt, über die wir uns hergemacht haben. Die Sonne scheint heute kräftig und so ist es angenehm warm. Selbst Jamie hat sich in seine Badehose geschmissen und das will wirklich was heißen. Er wirkt so unheimlich entspannt, dass ich mich zwingen muss, ihn nicht die ganze Zeit anzustarren.

Drew, Justin und Ethan sitzen währenddessen im Pool, jeder eine Flasche Bier in der Hand. Natürlich ist der Pool zusätzlich beheizt. Mit dem Reichtum der Hastings komme ich immer noch nicht so ganz klar. Auch wenn er durchaus seine Vorteile hat.

Ich nehme einen Schluck von meinem Bier und sehe lächelnd zu Macey und Jamie, die die ganze Zeit die

Köpfe zusammengesteckt haben. Er und ich haben in der letzten Zeit so viel Zeit miteinander verbracht, dass sie scheinbar einiges nachzuholen haben. Das ist absolut okay für mich, denn ich genieße die Zeit mit Drew. Mein Handy piepst. Kim hat geantwortet.

Hast du dir Richie Rich geangelt, oder was?

Ich weiß, es ist krass!

Ich hasse dich dafür, dass ich nicht dabei sein kann.

Und das ist meine Schuld, weil ...?

Ich brauche keinen Grund, um dich schuldig zu sprechen.

Ich lache leise auf und tippe weiter.

Ich vermisse dich. Ich wünschte du wärst auch hier.

Ich vermisse dich auch. Aber du kannst dir ja stattdessen mit Jamie die Zeit vertreiben.

Unsere Freunde sind alle dabei. Bisher konnten wir keine Zeit miteinander verbringen.

Ich bin mir sicher, dass ihr eine Möglichkeit zum Rummachen finden werdet.

Ich gebe mein Bestes!

Das wollte ich hören! Ich muss jetzt zur Arbeit. Melde mich morgen wieder.

Hab dich lieb!

Ich dich mehr!

Ich bin so sehr in meinen Chat mit Kim vertieft, dass ich gar nicht mitbekomme, wie eine weitere Person den Garten betritt.

Erst als ich Jamies Stimme vernehme, der eine spanische Begrüßung murmelt, sehe ich überrascht auf. Und blinzle ein paar Mal.

Vor uns steht ein breit grinsender, unheimlich gut gebauter Mexikaner. Ohne Shirt. Er trägt eine Holzkiste auf seiner Schulter, als wöge sie nichts. Dabei spannen sich nicht nur seine Oberarme, sondern auch seine Bauchmuskeln an. Dennoch sieht er vollkommen entspannt aus. Mein Blick wandert höher zu einem kantigen Gesicht mit glatten Zügen und schokoladenbraunen Augen. Locken fallen ihm in die Stirn und verleihen ihm etwas Jungenhaftes, das im krassen Gegensatz zu seinem trainierten Körper steht. Seine karamellfarbene Haut macht sein Aussehen komplett. Ich muss neidlos anerkennen: Der Typ sieht wirklich gut aus. Scheinbar bin ich nicht der Einzige, dem das auffällt. Alle sehen ihn an und Justin scheinen schon fast die Augen auszufallen, ebenso wie Macey. Ich muss schmunzeln.

Jamie ist aufgestanden und unterhält sich nun wieder auf Englisch mit ihm. „Paco, was machst du hier? Wir haben uns ewig nicht gesehen!“

„*Si, mi tía* hat mir gesagt, dass du hier bist. Ich wollte dir nur etwas von dem Tequila von *mi padre* bringen“, antwortet er grinsend. Dabei nimmt er die Kiste lässig von seiner Schulter und stellt sie vor uns ab. Als er sie öffnet, kommen alle aus dem Staunen nicht mehr raus. Darin liegen mindestens zehn Flaschen Tequila, die extrem hochwertig aussehen.

„Wahnsinn! Danke, Paco!“, sagt Jamie begeistert und grinst Paco an. Dabei huscht eine Röte über sein Gesicht.

Sieh an!

Paco grinst ebenso schelmisch zurück und lässt den Blick ungeniert über Jamies Körper wandern. Woher kennen die beiden sich gleich?

Ich räuspere mich unauffällig und trete ein paar Schritte näher zu Jamie. Der dreht sich zu mir und beißt sich ertappt auf die Unterlippe. Himmel, sieht er süß aus, wenn er so guckt!

„Pacos Vater macht den besten Tequila der Gegend. Das ganze Land reißt sich darum. Und Pacos Tante ist unsere Haushälterin. Wir haben schon als kleine Jungen zusammen gespielt, uns jetzt aber ein paar Jahre nicht mehr gesehen“, erklärt Jamie.

Seine Worte beruhigen mich. Dass sie sich ewig nicht gesehen haben, hilft über den Umstand hinweg, dass Paco Jamie ansieht, als wäre er ein Stück Sahnetorte.

Unvermittelt fällt Pacos Blick auf mich und er lässt die Augen einmal an mir herabfahren, bis er schließlich wieder auf bei meinem Gesicht landet. Ein freches Grinsen umspielt seine Lippen, was mich an Jamie erinnert. Paco sieht so aus, als hätte er ähnlich viel Blödsinn im Kopf, was erklären würde, warum sich die beiden bereits als Kinder gut verstanden haben.

Ich wende den Blick ab, weil mir seine durchdringenden Augen etwas zu aufdringlich werden. Der Typ lässt offenbar nicht sonderlich viel anbrennen. Ich sehe zum Pool hinüber, wo Ethan und Drew gerade mit einem pinken aufblasbaren Flamingo spielen. Sie versuchen sich gegenseitig herunter zu schubsen, was mir ein Lachen entlockt. Justin hingegen sitzt am Rand mit seinem Bier und starrt Paco mit offenem Mund an. Auch wenn er schon seit einer Ewigkeit deutlich macht, dass er Interesse an mir hat – so hat er mich noch nie angesehen, so viel steht mal fest.

Ich richte meine Aufmerksamkeit wieder auf Macey, Paco und Jamie, die allesamt in Gelächter ausgebrochen sind. Okay, anscheinend habe ich irgendeine Party verpasst.

Als sie sich wieder eingekriegt haben, fragt Jamie: „Paco, willst du ein Bier? Setz dich doch zu uns."

Der winkt ab. „Ich habe einiges zu tun. *Mi padre* macht mir die Hölle heiß, wenn ich heute nicht meine Arbeit schaffe. Wir sehen uns."

Er schlägt mit Jamie ein und die dazugehörige Umarmung dauert für meinen Geschmack ganz schön lange. Als er aber kurz danach auch Macey in eine innige Umarmung zieht und auch mich sehr herzlich verabschiedet, überdenke ich meinen ersten Eindruck noch mal. Möglicherweise ist er einfach ein besonders aufgeschlossener Typ. Soll es ja bekanntermaßen auch geben.

„Verflucht, was ist denn aus dem Heißes geworden?", murmelt Macey.

Ich schmunzele, als Jamie schon wieder rot wird. Ich vergewissere mich, dass die anderen noch immer im Pool sind und sehe Jamie grinsend an.

„Du wirst rot, das ist echt süß!", raune ich ihm mit etwas Abstand zu, auch wenn ich ihn am liebsten an mich ziehen würde. Es stört mich nicht im Geringsten, wenn er jemand anderen als mich attraktiv findet, solange ich am Ende des Tages derjenige bin, der neben ihm einschlafen und der ihn halten darf. Nur darf ich das gerade jetzt ja eigentlich nicht. Ach, Mist! Das nervt!

Schockiert und gleichermaßen ertappt zuckt Jamie zusammen. „Was? Ich werde doch nicht rot!"

„Oh, bitte! Dir sind auch fast die Augen aus dem Kopf gefallen! Selbst Liam sah aus, als ob er Paco mal kurz ablecken wollte!", mischt sich nun auch Macey ein, die so tut, als müsse sie sich Luft zufächeln.

Ich lache laut auf. Der hätte definitiv auch von Jamie persönlich kommen können. Seine Augen finden meine und das gewohnte, freche Grinsen hat ihn wieder im Griff.

„Du auch, ja? So so!"

Ich trete einen kleinen Schritt näher auf ihn zu. „Er sah nett aus, hat aber nicht mal den Hauch der Wirkung auf mich, wie du sie hast!", raune ich mit kehliger Stimme. Er schluckt sichtbar. Mir ist schon aufgefallen, dass er ein Faible für meine tiefe Stimme hat.

Jamie blinzelt ein paar Mal. „Ja. Mein Dad hat damals bei der Wunschkarte für neugeborene Babys alle seine Kreuze für fabelhaftes Aussehen und Humor verballert!"

Ich will ihn gerade lachend an mich ziehen, als die anderen wieder zu uns stoßen und Drew mich von hinten umarmt, nass wie er ist. Ich zucke zusammen und wirbele herum. Das Schreien von Jamie signalisiert mir, dass Ethan bei ihm genau das gleiche gemacht haben muss.

„Oh, das hättest du nicht tun sollen!", drohe ich Drew. Seine Augen weiten sich und er geht ein paar Schritte rückwärts, die Hände entwaffnend in die Höhe gestreckt.

„Das bedeutet Krieg!", knurrt Jamie, der mir lässig einen Arm um die Schulter legt. „Wir machen euch fertig!"

Zeitgleich setzen wir uns alle in Bewegung und werden von Maceys hellem Lachen begleitet. Ich bekomme Drew schnell zu fassen und zerre ihm mit aller Kraft zum Pool. Mit einem Klatschen landet er auf der Oberfläche, bevor mich Justin an den Beinen ebenfalls ins Wasser zieht. Ich tauche strauchelnd unter und komme prustend wieder an die Oberfläche. Justin grinst mich frech an und spritzt mir Wasser mitten ins Gesicht, wofür ich ihn wenig später untertauche. Unterdessen beobachten wir alle Jamie und Ethan, deren Kampf wesentlich ausgeglichener ist. Beide wollen um keinen Preis verlieren. Alles wie immer also. Letzten Endes sind sie so nahe am Rande des Pools, dass sie irgendwann beide das Gleichgewicht verlieren und aneinandergeklammert im Wasser landen. Das Gerangel, das danach im Pool ausbricht und sogar Macey anlockt, erreicht epische Ausmaße. Es gibt keine Seiten mehr, denn es geht ums blanke Überleben. Natürlich sind das wieder Jamies Worte, die er so laut durch den

Garten brüllt, dass man ihn sicher auch noch in Mexiko-City hören kann.

***

„Ich finde immer noch, dass der Kellner eine gewisse Ähnlichkeit mit Justin Bieber hatte“, murmelt Macey, als wir endlich wieder am Haus ankommen.

„Nein, hatte er nicht“, hält Ethan dagegen.

So läuft es bereits den ganzen Tag ab. Einer der beiden sagt etwas und der andere widerspricht. Mein Blick gleitet zu Drew, der ebenso genervt aussieht, wie ich mich fühle.

„Wie kann man das nicht sehen? Die Ähnlichkeit war verblüffend. Sagst du das nur, weil er gut aussah und dich das nervt?“, bohrt Macey weiter.

„Wieso dreht sich bei dir alles um gutaussehende Typen?“, fragt Ethan. „Genauso gestern dein Muskelpaket.“

„Gott, kann mich bitte jemand erschießen?“, murrt Drew neben mir. „Anderenfalls drehe ich einem von beiden den Hals um. Ich ertrage dieses Gezanke nicht mehr.“

„Amen!“, stimmt Jamie zu. „Lasst uns was trinken.“ Er steuert die Küche an.

Ich reibe mir über die Augen und folge ihm. Der Tag war anstrengend. Schön, aber anstrengend. Und dennoch bin ich irgendwie frustriert. Ich genieße die Zeit mit meinen Freunden und habe Spaß, doch zeitgleich habe ich das Gefühl, dass Jamie meilenweit von mir entfernt ist, obwohl er direkt neben mir steht. Dieses Verstecken macht mich noch ganz verrückt.

Ich unterdrücke ein Seufzen und trinke einen Schluck von dem Tequila, den Jamie eben eingegossen hat. Es brennt leicht in meiner Kehle, was ich aber willkommen heiße, denn es lenkt mich von meinen düsteren Gedanken ab. Wir gehen nach draußen und lassen uns auf den Loungemöbeln nieder. Innerhalb von Sekunden hat Drew sein Smartphone mit dem Lautsprecher der Terrasse verbunden und versorgt uns mit Musik. Ich lausche zufrieden und bin froh, dass Drew und ich heute mal aussuchen dürfen. Er sieht ebenso versunken in die Töne aus wie ich. Macey und Ethan haben sich anscheinend auch wieder einbekommen, denn als sie nach draußen treten, streiten sie endlich nicht mehr. Vorerst jedenfalls.

Die anderen reden miteinander und spielen ein Trinkspiel. Sogar Paco gesellt sich nach einiger Zeit zu uns. Von ihm muss ich meinen Eindruck eindeutig revidieren. Er ist nicht nur lustig und nett, sondern hat auch verdammt viel auf dem Kasten.

„Warum studierst du nicht?", frage ich, als er direkt neben mir sitzt. „Keine Lust dazu?"

Über seine Züge huscht ein trauriger Ausdruck, der ebenso schnell wieder verschwunden ist. „Ach, Familie", winkt er ab. „Ich helfe im Familienunternehmen."

„Der Tequila?"

„So was in der Art." Schnell schüttelt er den Kopf. „Na klar. Ich meine den Tequila."

Ich runzele die Stirn, entscheide mich aber dagegen nachzubohren. Wir kennen uns nicht gut und letztendlich ist das allein seine Sache. Ich habe mich noch nie gern in die Angelegenheiten von anderen eingemischt.

Entspannt summe ich einige Zeilen meiner Lieblingsband *Select Stuff*, als urplötzlich Maceys Gesicht vor meiner Nase auftaucht und sie mir einen dicken Schmatzer auf die Lippen drückt. Sie schmeckt nach Erdbeere, während ihre Haare nach Kiwi duften. Sehr irritierend.

Mit hochgezogener Augenbraue mustere ich ihr grinsendes Gesicht. „Der war jetzt wofür?“, frage ich überrascht.

„Entschuldige! Wahrheit oder Pflicht. Hätte mich schlimmer treffen können.“ Schulterzuckend setzt sie sich wieder.

„Was für ein nettes Kompliment“, gebe ich trocken zurück. Nicht, dass es für mich etwas Schlimmes wäre, ein Mädchen zu küssen. Aber es ist eben auch nicht besonders toll. Generell werde ich nicht gern einfach geküsst – Jamie mal ausgenommen. Er darf das jederzeit.

„Du siehst ja begeistert aus, dafür dass dich eine so schöne Frau geküsst hat“, merkt Paco lachend an. Er spricht mit einem mexikanischen Akzent, obwohl sein Englisch trotzdem perfekt ist. Ich frage mich, ob sich Amerikaner in seiner Familie befinden.

Ich sehe ihn direkt an, als ich ihm antworte. „Ich lasse mich in der Regel lieber von hübschen Männern küssen.“

Ich merke, wie sich Jamie, der neben Macey sitzt, versteift. Mich durchfährt ein Stich dabei. Als ob irgendjemand Rückschlüsse auf ihn ziehen würde, nur weil ich zugebe schwul zu sein. Sicher werde ich jetzt nicht auch noch anfangen so zu tun, als wäre ich hetero. Schon gar nicht inmitten meiner Freunde.

Paco grinst mich an. „Solltest du mal Bedarf haben, melde dich!“ Er zwinkert mir zu.

Ich schüttele grinsend den Kopf und nehme einen Schluck aus der frischen Flasche Bier, die Drew mir eben mitgebracht hat.

„Du bist schwul?“, fragt Justin interessiert. Er wirkt immer noch ziemlich hypnotisiert von Paco.

Der wiederum schüttelt den Kopf und lehnt sich entspannt zurück. „Nee. Ich genieße einfach alle Vorzüge, die das Leben so hat. Mann, Frau. Eigentlich egal. Hauptsache es macht Spaß! Aber sagt das nicht meiner Familie.“ Wieder ein Zwinkern in die Runde. Das scheint sein Ding zu sein.

Jamie sieht ihn unverwandt an und scheint nachzudenken. „Dürfen sie das nicht wissen?“, fragt er nach einem kurzen Moment der Stille.

„Du kennst doch meinen Vater. Meine Onkel.“ Die beiden scheinen ein stummes Gespräch miteinander zu führen, das uns andere ausschließt. Schlussendlich nickt Jamie resigniert und sieht nicht gerade zufrieden aus. Und das bei dem momentan brisanten Thema.

Na toll!

„Okay, du bist dran, Jamie!“, versucht Ethan die Unterhaltung wieder in eine fröhlichere Richtung zu lenken. Außerdem glaube ich, dass er von Paco ablenken will, von dem er kein besonders großer Fan zu sein scheint.

Jamie schüttelt kurz den Kopf, wie um seine Gedanken loszuwerden und schaltet sofort in den Blödsinn-Modus um. Seine grünen Augen funkeln heller denn je, und sein Grinsen ist so frech wie das eines Fünfjährigen auf Energy-Drink. „Pflicht“, sagt er so überzeugt und schnell, dass die anderen ihn interessiert mustern.

„Hast du was zu verbergen, ja?“, fragt Drew grinsend.

Jamies Grinsen verrutscht kurz, ist aber sofort wieder on point, bevor es jemandem auffallen könnte. Macey wirft mir kurz einen eindringlichen Blick zu.

„Alles klar“, vernehme ich Ethans Stimme, aus der man das Lächeln heraushört. „Du musst splitterfasernackt nach draußen vor die Einfahrt rennen und laut auf dich aufmerksam machen!“

Stille.

Das ist doch jetzt nicht Ethans Ernst. Manchmal habe ich das Gefühl, mit einer Horde pubertierender Zwölfjähriger verreist zu sein.

Doch ehe ich protestieren kann, springt Jamie auf und beginnt, sich seine Klamotten vom Körper zu schälen. Ich starre ihn fassungslos und mit offenem Mund an, als er auch schon nackt vor uns allen steht.

Das hat er nicht gemacht!

Jamie setzt sich in Bewegung und bietet uns einen unheimlich guten Blick auf seinen festen Po. Wir springen alle gleichermaßen auf, um nichts zu verpassen und trotten ihm hinterher wie Entenbabys ihrer Mama. Der Weg führt ihn ums Haus herum, die beleuchtete Einfahrt hinunter, bis er mitten auf der kleinen privaten Straße steht.

„Hey!“, schreit er laut durch die Dunkelheit, die eigentlich doch nicht so dunkel ist, da auch diese Straße hell erleuchtet ist.

Ich höre Paco laut auflachen und sich auf die Oberschenkel schlagen. Ich bin immer noch geschockt. Das kann er doch nicht wirklich machen.

Ich sehe in den benachbarten Häusern Lichter angehen, also scheint er durchaus Aufmerksamkeit auf sich zu ziehen. Ich vergrab das Gesicht in den Händen und traue mich nicht hinzusehen. Die Aktion scheint mir peinlicher zu sein als Jamie. Und dennoch schaffe ich es nicht den Blick abzuwenden.

Dieser Körper!

„Schaut mich an! Ich bin ein wunderschöner Schmetterling!" Jamie dreht sich im Kreis, seine Stimme hallt durch die Straße.

Schallend lache ich los. Ich habe damit gerechnet, dass er irgendwas über seine gottgleichen Körper rufen würde. Mit diesem dummen Spruch hat er mich aber wieder einmal überrascht. Wenn möglich liebe ich ihn in dieser Sekunde noch ein bisschen mehr.

Ethan geht zu Jamie und gibt ihm ein High-Five, was wir alle als Startschuss ansehen, um zurückzugehen. Ich beeile mich, als Erster voranzugehen, um Jamies Klamotten zu holen. Zum Teil, damit ihn endlich niemand mehr anstarrt, zum anderen, weil ich weiß, wie schnell er friert.

Als ich Jamie den Pulli und die Hose hinhalte, lächelt er mir dankbar zu. Ich kann einfach nicht aufhören ihn anzusehen. Der Alkohol in meinem Blut, gepaart mit seinem nackten Körper bringen mich um den Verstand.

Ich lasse ihn die ganze Zeit nicht mehr aus den Augen. Mein Körper spielt währenddessen völlig verrückt. Ich räuspere mich. „Bin gleich wieder zurück."

Ich flüchte ins Innere des Hauses und atme tief durch. Weshalb ist dieses Verstecken so schwierig? Meine Haut kribbelt und mein Herz klopft mir bis zum Hals. Ich beiße mir auf die Unterlippe. Am liebsten würde ich einen frustrierten Schrei ausstoßen. Mit einem Mal habe ich das Gefühl, dass mich die Nähe zu meinen Freunden erdrückt. Gedankenverloren schlendere ich durch die Gegend und lande schließlich im Flur. Zum ersten Mal fällt mir auf, wie liebevoll er gestaltet ist. Zu beiden Seiten erstrecken sich helle Kommoden, auf denen einige Bilderrahmen stehen. Auch die Wände zieren kunstvoll angerichtete Bilderrahmen.

Ein Lächeln gleitet über meine Lippen, als ich sie betrachte. Es sind Familienfotos. Den kleinen blonden Jungen mit der Zahnlücke identifiziere ich sofort als Jamie. Bei uns zu Hause hängen auch ein paar Bilder, aber nicht ansatzweise so viele wie hier. Mein Blick streift ein Bild, auf dem Jamie mit Mickey Maus-Ohren in die Kamera grinst. Neben ihm steht Beverly, nur ist sie deutlich jünger als jetzt. Auf seiner anderen Seite steht ein Mann, der ihm unheimlich ähnlich sieht. Ob das sein Dad ist? Vermutlich. Ich scanne weiter die Fotowand ab und entdecke den Mann auf unzähligen Bildern. Jedes Mal strahlt er mit Jamie um die Wette.

„Ach, hier bist du." Ich zucke zusammen und reiße den Kopf herum, als hätte ich etwas Verbotenes getan. Jamie steht im Flur und mustert mich aufmerksam.

Ich lächle ihn an. „Ich brauchte mal ein paar Minuten meine Ruhe."

Jamie verdreht lächelnd die Augen. „Die können ganz schön anstrengend sein, findest du nicht?"

Ich seufze. „Ich bin immer noch schwer am Überlegen, ob ich Macey oder Ethan auf dem Rückweg an der Straße aussetzen soll.“

Jamie prustet los. „Das würde ich gern sehen.“

Ich nicke und drehe mich schließlich wieder zur Wand herum.

„Alles okay?“, fragt Jamie.

„Klar. Ich bewundere gerade die Bilder. Ist das hier dein Dad?“ Ich deute auf eine Aufnahme, die Jamie in voller Baseballmontur zeigt. Der Mann legt stolz einen Arm um seine Schultern.

Jamie tritt neben mich und betrachtet das Bild ebenfalls. Ich mustere ihn aus dem Augenwinkel. Ein kleines Lächeln legt sich auf seine Züge.

„Das war nach meinem ersten Baseballsiel. Dad war so stolz auf mich. Kein anderer Vater stand so lange mit seinem Sohn auf dem Platz. Er hat noch eine Ewigkeit mit mir geübt.“

Überrascht hebe ich die Augenbrauen. „Und hier?“

Ich deute auf ein weiteres Foto.

Jamie lacht. „Da waren wir bei einem Angelausflug. Wir haben stundenlang gewartet und alles versucht, aber es wollte einfach nichts anbeißen. Dad sagte, wir müssen geduldig sein, aber nach quälenden Stunden wurde es sogar ihm zu blöd. Wir haben uns ins Auto gesetzt und sind zum nächsten McDonalds gefahren. Danach sind wir zum See zurück gefahren, haben im Zelt übernachtet. Als wir wieder zu Hause waren, haben wir Mom dann erzählt, dass wir eine tolle Forelle gefangen und gebraten hätten. Sie hat McDonalds immer verboten und hätte Dad den Hals umgedreht, wenn wir ihr davon erzählt hätten.“

Verblüfft starre ich ihn an und blinzele ein paar Male. All das hier wirkt, als wären die drei eine tolle Familie gewesen. Als wäre Jamies Dad ein absoluter Bilderbuch-Vater. Aber das bekomme ich nicht in Einklang mit dem betrügerischen und homophoben Mann, von dem Jamie mir erzählt hat.

„Was?“, fragt er mich mit großen Augen. „Habe ich was im Gesicht?“

Ich schüttele leicht den Kopf. „Ist dein Dad ein guter Vater?“

Jamie hebt die Brauen. „Was?“

„Na ja“, stammele ich. „Es ist nur ... diese ganzen Bilder hier sehen ziemlich cool aus. Du hast einiges von ihm erzählt und ich frage mich einfach, ob er ein guter Dad ist.“

Jamie schluckt sichtbar und knabbert dann auf seiner Unterlippe herum. „Der Beste“, erwidert er schließlich. „Dad hat nicht nur tausende Sachen mit mir unternommen. Er saß an meinem Bett, wenn ich krank war. Hat meine Hand gehalten, wenn ich mir mal wieder etwas gebrochen hatte. Er war da, um mich zu unterstützen, wenn mich jemand ungerecht behandelt hat, selbst wenn es Mom war.“ Jamie zuckt mit den Schultern. „Ich schätze genau das macht es so schwer. Die Trennung meiner Eltern hat mich schwer getroffen, weil ich einfach nicht glauben konnte, dass Dad so sein kann. Klar, er hat schon immer Sprüche gemacht und war sicher nicht immer der netteste Mensch, aber ... mittlerweile erkenne ich Seiten an ihm, die ich nicht kennen will. Niemals hätte ich gedacht, dass er so abwertend über Mom sprechen würde oder dass er sich so widerlich über Homosexualität äußert.“

Ein fieser Stich durchfährt mich. „Das hat er getan?“, frage ich entsetzt nach.

Jamie wendet sich fluchend von mir ab und fährt sich durch die Haare. „Was meinst du, warum ich in Seattle so durchgedreht bin und ihm unbedingt eins auswischen wollte?“

Jetzt schlucke ich. Wir haben noch nie darüber geredet, was ihn in Seattle dazu bewogen hat, in die Bar zu spazieren.

„Wie hat er denn darauf reagiert?“

Jamie schnaubt. „Ich habe gekniffen. Nachdem, was mit uns passiert ist, konnte ich mir nicht mehr einreden, dass sein Gerede mich nicht betrifft. Ich hatte so eine heftige Panik, dass ich gar nichts gesagt habe.“

So langsam wird mir klar, weshalb Jamie Angst vor der Reaktion seiner Familie hat. Er liebt seinen Vater und ist verletzt von seinen Äußerungen. Dennoch ... vielleicht denkt Jamies Dad anders, wenn er weiß, dass Jamie mit einem Jungen zusammen ist? Vielleicht ändert das seine Ansicht. Möglicherweise denke ich mir das aber auch nur schön.

Ich greife nach Jamies Hand und drücke sie.

„Du weißt, dass er unrecht hat, oder?“, vergewissere ich mich.

Jamie dreht sich wieder zu mir und lächelt leicht. „Ja. Das weiß ich. Aber das macht es auch nicht leichter.“

Ich nicke zustimmend. „Weißt du, dass ich beinahe froh bin, dass er dich so provoziert hat? Sonst wärst du vielleicht niemals in diesen Club gestolpert.“

Ich ziehe Jamie dichter zu mir heran.

Er verkleinert den Abstand, bis sich unsere Nasenspitzen beinahe berühren. „Ist das so, ja?“

„Sowas von."

Jamie haucht einen Kuss auf meinen Mundwinkel. „Ich bin verdammt froh, dass ich dich getroffen habe, Liam."

Ich zögere nicht länger und lege meine Lippen auf seine. Endlich. Es fühlt sich an, als hätte ich das ewig nicht getan. Jamie schlingt die Arme um meinen Hals und drängt sich dichter an mich. Der Kuss ist perfekt. Seine Zunge drängt sich meiner entgegen. Meine Hände gleiten an seiner Hüfte entlang.

„Scheiß doch die Wand an! Das glaube ich jetzt nicht!" Die schockierte Stimme von Justin lässt uns erschrocken auseinanderfahren. Schockiert blicken wir ihn an. Er steht im Flur und starrt uns mit offenem Mund an.

Jamie springt von mir zurück, als wäre ich giftig und bringt einige Meter Abstand zwischen uns. Ich zucke unweigerlich zusammen.

Justin sieht kurz über seine Schulter und kommt schließlich näher. Er sieht von mir zu Jamie.

Jamie atmet heftig ein und aus, seine Augen sind vor Panik geweitet.

„Ich ...", stammelt er.

„Das glaube ich nicht. Ihr habt was miteinander?", flüstert Justin und bemüht sich offensichtlich, dass die anderen nichts mitbekommen, was mir nur einmal mehr beweist, dass er ein toller Typ ist.

„Nein! So ist es nicht! Das zwischen uns ist gar nichts", beteuert Jamie. Ich zucke zurück, als hätte er mich geschlagen und sehe ihn fassungslos an. Wie kann er das sagen?

„Ernsthaft jetzt?“, platze ich heraus. Ich klinge sauer. Scheiße, ich *bin* sauer!

„Du weißt doch, wie ich das meine!“ Seine Stimme klingt dünn.

„Nein! Tue ich nicht.“ Ich bin viel zu laut, das merke ich selbst, aber ich bin so vor den Kopf geschlagen, dass ich nicht anders kann.

Justin sieht uns mit hochgezogenen Augenbrauen an. „Leute. Das ist echt abgefahren. Jetzt verstehe ich endlich, wieso Liam mich die ganze Zeit abgewiesen hat.“

„Entschuldige“, murmele ich.

Er winkt ab. „Ach bitte. Wenn ich gewusst hätte, dass Jamie ebenfalls in meinen Gewässern fischt, hätte ich stattdessen versucht, bei ihm zu landen!“

Perplex sehe ich ihn an. Jamie wirkt vollkommen überfordert mit dieser Information. Er steht mit herunterhängenden Armen und zusammengesunkener Schulter vor uns. Die Situation ist einfach nur unangenehm. Das scheint auch Justin aufzufallen.

„Ähm, ja. Lustig hier bei euch. Ich lasse euch dann mal allein!“

Justin grinst und ergreift daraufhin die Flucht.

„Warte, Justin. Du behältst das hier für dich, oder?“, fragt Jamie flüsternd und stößt damit das Messer immer tiefer in mein Herz.

„Natürlich! Du kannst dich auf mich verlassen“, sagt Justin nachdrücklich und verschwindet dann endlich.

Als wir allein sind herrscht erdrückende Stille.

Das zwischen uns ist gar nichts.

Die Worte von Jamie spuken durch meinen Kopf. Ich kann sie nicht abstellen. Ich reibe über die Stelle, an der sich mein Herz befindet und versuche den Kloß in meinem Hals herunterzuschlucken. Dennoch tut es verflucht weh!

„Liam …" Jamie klingt unsicher.

„Lass gut sein!", fahre ich ihn an und schaue frustriert an die Decke.

„Nein. Sei nicht sauer!", sagt er mit flehender Stimme.

Ich schließe gequält meine Augen. „Ich gehe besser raus." Ich will mich an ihm vorbeischieben, doch er hält mich am Arm fest.

„Warte, geh jetzt nicht einfach. Rede mit mir!"

„Ich will aber nichts sagen, was ich hinterher bereue. Jetzt gerade bin ich verdammt wütend auf dich, Jamie!", knurre ich ihn an.

Seine Augen weiten sich. „Scheiße, ich habe das nicht so gemeint. Ich wollte nicht, dass er falsche Schlüsse zieht."

Ich lache auf, doch meiner Stimme fehlt jegliche Freude. „Welche Schlüsse genau? Dass wir beide ein Paar sind? Fuck, wenn er den Schluss zieht, dann liegt er damit verdammt richtig!"

„Es tut mir leid! Das hast du falsch verstanden!" Er klingt flehend und sieht mich traurig an.

„Habe ich das?", schreie ich ihn an. Ich kann mich einfach nicht mehr beherrschen. „Du hast gesagt, das zwischen uns sei nichts! Hast du eine Ahnung, wie verletzend das ist?" Meine Stimme bricht und ich fluche leise, während ich das Brennen in meinen Augen zurückhalten muss. Ich fahre mir mit meinen Fingern durch die Haare.

„Tut mir leid, ich habe einfach Angst, dass er es rumerzählt." Seine Stimme klingt ebenfalls dünn, während er verzweifelt die Arme nach oben reißt.

„Ja, das scheint deine einzige Sorge zu sein. Scheiß drauf, Liam hält es schon aus!", werfe ich ihm vor.

Jamie zuckt zusammen. Seine grünen Augen glitzern verdächtig.

Ich will wirklich kein Arsch sein. Aber seit das mit uns angefangen hat, habe ich immer gemacht, worum er mich gebeten hat. Jedes Mal. Ich bin geduldig gewesen und war für ihn da. Aber, verdammt noch mal, auch ich habe Gefühle! Und die wurden eben mit Füßen getreten.

„Lass uns zu Hause weiterreden. Ich kann das jetzt nicht!", sage ich nachdrücklich und steuere die Tür an. Mir wird gerade einfach alles viel zu viel. Ich bin mir sicher, dass ich schlimme Dinge sagen würde, die ich hinterher nicht mehr zurücknehmen könnte. Ich bin verletzt und wütend – aber ich möchte ihm nicht absichtlich wehtun!

„Bitte, Liam, nicht!"

Ich drehe meinen Kopf zu ihm herum und beiße mir auf die Lippen. „Können wir es vielleicht ein einziges Mal so machen, wie ich es will? Nur einmal?" Ich weiß, wie gemein meine Worte klingen, aber ich meine sie zu hundert Prozent ernst. Ich will jetzt nicht weiterreden.

Geknickt lässt er seinen Kopf sinken und zieht seine Schultern ein. Er presst seinen Mund zu einer schmalen Linie zusammen und nickt wortlos. Ich tue es ihm gleich und verlasse den Flur, während es in mir drinnen brodelt.

Dieses eine Mal machen wir es so, wie ich will. Und dennoch fühle ich mich absolut beschissen dabei, da alles in mir nach ihm schreit.

Kapitel 27

Jamie

Den gesamten Heimweg traue ich mich nicht, irgendwas zu sagen. Macey bemüht sich wirklich, belanglosen Dinge gegen die Stille im Auto von sich zu geben, doch selbst sie gibt nach mehreren Versuchen auf und schweigt.

Letzte Nacht war verdammt schrecklich! Ich habe es komplett versaut. Ich konnte die ganze Zeit nur an Liam denken und habe deshalb kein Auge zugemacht. Das Wissen, dass ich gestern nichts an der Situation ändern konnte, hat mich in den Wahnsinn getrieben. Ich bin müde, erschöpft und niedergeschlagen. Aber vor allem habe ich Angst, dass ich alles zwischen uns kaputtgemacht habe. Liams Gesichtsausdruck geht mir nicht mehr aus dem Sinn.

Betreten schließe ich unsere Haustür auf und trete ein. Unschlüssig bleibe ich im Flur stehen. Liam läuft an mir vorbei, als wäre ich Luft. Ich schlucke schwer. Sein Weg führt ihn in die Küche und kurz darauf höre ich auch schon die Kaffeemaschine. Hätte ich mir eigentlich denken können.

Ich weiß nicht wohin mit mir. Macey hat bereits in unserer Auffahrt kehrtgemacht und irgendwas davon gemurmelt, dass sie dringend losmüsse. Ich kann es ihr nicht übelnehmen, ich weiß ja selbst nicht, was ich jetzt tun soll.

Mehrere Minuten stehe ich verloren in unserem Flur, meinen Rucksack auf einer Schulter und die Sneakers an den Füßen. Die Angst, was Liam jetzt tun wird, schnürt mir die Kehle zu und nimmt mir die Luft zum Atmen. Und das schon, seit er mich gestern Abend stehengelassen hat.

„Was tust du da?" Liam tritt in den Flur mit einer Tasse in der Hand und sieht mich erschöpft an. Es ist das erste Mal, dass er mich heute anschaut.

Der Kloß in meinem Hals wird größer. „Ich ... also ... es ...", stammele ich in dem Versuch, einen klaren Satz herauszubringen. Dabei muss ich ihm so viel sagen. Dringend.

„Jamie", sagt er genervt und reibt sich über die Augen. „Ich will erst mal in Ruhe meinen Kaffee trinken und dann duschen. Danach können wir reden." Mit diesen Worten lässt er mich stehen und geht mit schnellen Schritten die Treppe nach oben.

Geschockt starre ich ihm hinterher. Mir ist klar, dass ihn mein Verhalten verletzt hat, aber jetzt bekomme ich es wirklich mit der Angst zu tun.

Ich versuche nicht zu hyperventilieren, als ich zum Kühlschrank gehe und mir einen Kakao heraus hole. Dennoch zittern meine Finger. Ich stoße einen kleinen Fluch aus und werfe die Kühlschranktür zu schwungvoll zu. Die Getränkeflaschen, die in der Seitentür stehen, klappern, fast so, als würden sie sich über mein grobes Verhalten beschweren. Ich verdrehe die Augen und verlasse die Küche, um vorsichtig die Treppe nach oben zu gehen. Mit jedem einzelnen Schritt nimmt meine Beklemmung zu und doch zwinge ich mich weiter, bis ich schließlich in meinem Zimmer stehe und mich verloren umschaue. Um irgendetwas zu tun zu haben, trinke ich einen großzügigen Schluck von dem Kakao, bevor ich die Flasche auf den Schreibtisch abstelle. Mein Blick fällt auf das Bett, auf dem Liam und ich noch vor ein paar Tagen glücklich aufgewacht sind. Meine Kehle wird noch ein bisschen enger. Habe ich es jetzt komplett verkackt? Was ist gestern nur in mich gefahren? Natürlich wollte ich das mit uns unbedingt geheim halten, aber nicht um jeden Preis. Nicht so. Ich empfinde unsere Beziehung nicht als *Nichts*. Ich hatte einfach Panik. Doch was soll ich jetzt machen? Justin weiß von uns, was mir zwar immer noch Angst macht, aber ... Er hat toll reagiert. Heute fühlt es sich gar nicht mehr so furchtbar an, dass nun eine weitere Person eingeweiht ist. Der Gedanke es anderen Freunden zu erzählen, schnürt mir allerdings die Kehle zu. Doch irgendwie erscheint es mir nicht mehr so schlimm, dass unsere Eltern ein Paar sind. Das mit Liam und mir ist kein Sex-Ding. Es ist nichts Lockeres. Wieso sollten wir ihre Beziehung kaputtmachen? Ist es immer noch seltsam, dass wir Stiefbrüder sind? Und wie. Doch was ändert es an unseren Gefühlen? Gar nichts. Shit, dabei weiß ich noch nicht mal, ob Liam überhaupt noch Interesse an einer Beziehung hat, nachdem ich gestern so scheiße war.

Mein Blick gleitet zu Crackers Käfig. Unsere Haushaltshilfe hat, wie von mir gewünscht, seinen Käfig offengelassen, doch er liegt trotzdem gelassen an seinem Lieblingsplatz. Der Anblick von meinem Fellknäuel beruhigt mich etwas.

„Hey, mein Kleiner", murmele ich. Sofort zucken seine Ohren. „Komm schon her."

Mein säuselnder Tonfall bewirkt tatsächlich, dass Cracker sich in Bewegung setzt und zu mir herüberhoppelt. Sofort nehme ich ihn auf den Arm und vergrabe mein Gesicht in seinem Fell. Und könnte auf der Stelle losheulen. Ich kneife die Augen zusammen, atme tief durch und lasse mich langsam auf die Kante meines Bettes sinken. Irgendwann hebe ich meinen Kopf, kraule Cracker aber weiterhin. Immer und immer wieder vergrabe ich meine Finger in dem weichen weißen Fell. Das hier hatte schon immer etwas Beruhigendes an sich. Kaum zu fassen, wie sehr man so einen kleinen Vierbeiner lieben kann. Meine Hände führen die Bewegungen automatisch durch, während ich immer noch gegen die Tränen kämpfe.

„Hey." Liams Stimme lässt mich zusammenzucken. Ruckartig reiße ich den Kopf hoch und blinzele ein paar Mal. Eine Schwere legt sich auf meine Brust und droht mich niederzudrücken.

„Hey", würge ich hervor. „Können wir jetzt reden?"

Einen kurzen Moment, der beinahe einen Herzstillstand bei mir auslöst, passiert nichts. Schließlich nickt Liam und setzt nicht neben mich auf mein Bett. Zögerlich setze ich Cracker auf dem Boden ab.

Ich spüre genau, wie Liam mich von der Seite mustert. Ich kaue an meiner Wange und meiner Unterlippe. Er wartet ab, weil er ebenso gut wie ich weiß, dass ich derjenige bin, der Mist gebaut hat.

„Es tut mir leid", breche ich endlich das Schweigen. Ich stütze die Ellenbogen auf den Oberschenkeln ab und mustere ausgiebig meine Füße, die in Superhelden-Socken stecken.

„Okay. Und weiter?"

Ich schnaufe und vergrabe die Hände in den Haaren. „Scheiße, ich war gestern einfach völlig überfordert! Justin hat mich so überrascht und ich hatte ... Panik! Das alles ist noch neu für mich. Meine Gefühle sind noch so ungewohnt, weil ich so einfach noch nie so gefühlt habe. Ich weiß, dass das zwischen uns richtig ist. Ich kann aber die Angst nicht abstellen. Davor, wie die anderen auf uns reagieren werden. Gleichzeitig weiß ich nicht, ob ich noch auf Frauen stehe oder ob ich es überhaupt jemals getan habe. Dabei sollte das keine Rolle spielen. Scheiße, Fakt ist, Justin hat mich gestern kalt erwischt. Und ich habe falsch reagiert. Ich habe nicht wirklich gemeint, was ich gesagt habe. Ich weiß, ich habe dich verletzt und ich verstehe, wenn du jetzt nicht mehr mit mir zusammen sein willst."

Liam hat sich keine Sekunde bewegt, bis der letzte Satz meine Lippen verlassen hat. Er zuckt so sehr zusammen, dass die ganze Couch bebt und ich ihn gezwungenermaßen ansehe.

„Was?", fragt er aufgebracht.

„Was?", frage ich verdattert zurück.

Liam lacht leise auf und schüttelt den Kopf. Mit seinem Daumen reibt er sich über die Lider. „Jamie, nur weil ich wütend auf dich bin, heißt das doch nicht gleich, dass ich schlussmachen will."

„Nicht?"

„Natürlich nicht! Hast du dir die ganze Zeit Sorgen darüber gemacht?"

„Ähm. Na ja, nicht die ganze Zeit. Nur die ganze Nacht und die Fahrt hierher."

Seine hochgezogenen Augenbrauen signalisieren mir, dass er genau das gemeint hat.

„Natürlich habe ich gehofft, dass du es nicht beenden willst, aber ich habe gestern dein Gesicht gesehen. Also ja, ich hatte Angst."

Liam stößt einen kleinen Fluch aus, rutscht näher zu mir herüber und schließt die Arme um mich. Ich schmiege mich an seine Brust, atme seinen vertrauten Duft ein und kann die Tränen nun doch nicht zurückhalten. Um Halt zu finden, kralle ich mich in sein Shirt.

Liam streicht mir über den Rücken. „Ist schon gut, Jamie. Ich möchte mich auf keinen Fall von dir trennen, dafür bedeutest du mir viel zu viel. Ich verstehe, was gestern los war. Ich verstehe auch, dass du niemandem von uns erzählen willst, aber dass du uns komplett verleugnest, kann ich nicht so einfach hinnehmen. Deine Worte gestern haben scheiß wehgetan und so will ich mich nicht behandeln lassen. Es ist okay, dass du warten willst. Aber uns komplett zu verleugnen ist es nicht. Weiß du ... in einer Beziehung müssen sich beide gut fühlen. Es kann nicht nur zu deinen Bedingungen laufen." Mein Herz rutscht mir in die Hose. Liam hat recht. Alles läuft zu meinen Bedingungen ab und das ist nicht okay.

„Ich will, dass wir es unseren Eltern sagen", platze ich heraus.

Liam erstarrt augenblicklich und schiebt mich etwas von sich weg, um mich ansehen zu können. „DU WILLST WAS?"

„Es unseren Eltern sagen“, wiederhole ich, als hätte er meine Worte nicht verstanden.

Liam starrt mich mit offenem Mund an. Immer wieder setzt er zum Sprechen an, schafft es aber nicht ein Wort zu formulieren. Seine Augen sind schockgeweitet. Ich kann ihn verstehen. In der letzten Nacht habe ich immer wieder darüber nachgedacht.

„Du willst es unseren Eltern sagen? Nachdem du gestern vor Panik durchgedreht bist?“, fragt Liam ungläubig. „Ich verstehe das nicht.“

„Ich habe immer noch Angst, es ihnen zu sagen“, werfe ich ein. Oder irgendwem.“

„Wieso willst du es dann tun?“, fragt er verwirrt.

„Weil mir dein Gesichtsausdruck gestern noch mehr Angst gemacht hat. Oder die Tatsache, dass du dich vielleicht von mir trennen könntest.“

Seine Augen finden meine und ich erkenne so viel darin. Wut, Erstaunen, Verzweiflung und ... Liebe. Liam schließt die Lücke zwischen uns und berührt meine Wange mit seiner Handfläche.

„Du willst das wirklich durchziehen?“, vergewissert er sich und beobachtet mich dabei ganz genau.

„Ja! Ich will dir nicht wehtun. Und du hast auch gesagt, dass es nicht so schlimm wird, wie ich mir das alles vorstelle.“ Seine Miene verzieht sich kurz, doch ich spreche schnell weiter. „Also dachte ich mir, fange wir mit dem Schlimmsten an – unseren Eltern, die das Ganze möglicherweise nicht so freudig auffassen werden wie wir. Danach wird der Rest doch ein Klacks!“

Ein ehrliches Lächeln breitet sich auf seinem Gesicht aus und seine Augen strahlen. Den komischen Blick eben habe ich mir also glücklicherweise nur eingebildet.

„Ich. Wow! Damit habe ich nicht gerechnet", gibt er zu. „Aber ich bin absolut dabei." Liam zieht mich in einen stürmischen Kuss, den ich verzweifelt erwidere.

Ich kann nicht sagen, dass ich wirklich bereit für diesen Schritt bin. Eigentlich bin ich es nicht. Doch noch weniger bereit bin ich, Liam zu verlieren! Und es ist so, wie er gesagt hat. Es kann nicht nur nach meinen Bedingungen laufen, seine Gefühle sind ebenso wichtig wie meine.

***

Wir schlagen den ganzen Tag unser Lager im Wohnzimmer auf, kuscheln in Decken gewickelt auf dem Sofa, obwohl ich mir sicher bin, dass Liam kurz vor einem Hitzetod steht. Zu meiner Freude hat er sein Shirt abgestreift, während ich noch immer in meinem Pulli stecke. Wir haben Pizza gegessen und uns Superhelden-Filme angesehen, weil er sich geweigert hat, mit mir Toy Story zu gucken. Dabei bin ich mir sicher, dass Buzz und Woody selbst Liam zum Heulen gebracht hätten.

Er scheint aber mehr auf Thor abzufahren. Wegen der Story, wie er selbst beteuert, aber ich glaube ihm keine Sekunde. Das Beste an den Thor-Filmen ist der Bösewicht Loki. Ich tue allerdings so, als würde ich ihm das abkaufen, damit er nicht zu sehr bemerkt, wie ich Captain America ansabbere. Ich habe die Filme früher schon geliebt und fand ihn immer schon toll. Aus diesem Blickwinkel habe ich ihn allerdings noch nie betrachtet.

Na ja, jetzt dafür umso mehr!

Als ein weiterer Film zu Ende geht und der Abspann läuft, steht die Sonne schon ziemlich tief am Himmel.

„Wusstest du, dass die Menschen in Deutschland bereits an Heiligabend die Geschenke austauschen und Santa nicht erst in der Nacht kommt?", frage ich unvermittelt. Ich liege, dicht an Liams Brust gekuschelt, neben ihm. Er lacht laut auf.

„Willst du mir damit irgendwas sagen?"

„Ja. Dass die Leute aus Deutschland anscheinend den Dreh raushaben!"

Grinsend schaut er zu mir herunter. „Dann tauschen wir also jetzt schon die Geschenke aus?"

Ich tue gleichgültig. „Wenn du unbedingt willst." Wieder ertönt ein tiefes Lachen aus seiner Kehle, was ganz komische Dinge mit meinem Körper anstellt. Und meinem Herzen. Seit unserem Gespräch ist alles so viel leichter – ich fühle mich so viel leichter. Es kommt mir vor, als hätte ich mich ein Stück weit selbst akzeptiert. Und ich habe das Gefühl, dass jetzt nichts mehr zwischen Liam und mir steht. Wir gehen unsere Beziehung gemeinsam an und starten mit unseren Eltern. Dann müssen wir uns in unserem eigenen Zuhause nicht mehr verstecken und können wir selbst sein – zusammen.

Grinsend löse ich mich von ihm, um die Treppe hochzueilen. Ich stürme in mein Zimmer und höre, wie auch er seine Tür aufstößt. Da ich schneller sein will als er, beeile ich mich, wieder nach unten zu gehen. Liam findet mich unter dem ungeschmückten Weihnachtsbaum sitzend vor. Wir beide fanden es überflüssig das Ding zu schmücken, da es weder ihn noch mich sonderlich kümmert. Ich hätte nicht mal einen Baum gebraucht, aber Mom ist es aus mir unerklärlichen Gründen wichtig.

Liam hat sich leider ein schwarzes T-Shirt angezogen. Schmollend schiebe ich die Unterlippe vor.

„Heulst du gerade rum, weil ich mir was angezogen habe?", fragt er belustigt.

„Natürlich nicht. Das wäre ja total irre", bringe ich lahm hervor.

Wieder lacht er. Ich liebe es, ihn zum Lachen zu bringen. Er hat ein kleines Päckchen hinter seinem Rücken versteckt, was ich unauffällig mustere.

„Wir gehen nach draußen!", unterbricht er mich mit fester Stimme.

„Hä?", frage ich dämlich.

„Ich verbringe doch nicht mein erstes Weihnachten am Meer und sitze dann drinnen vor einem blöden Baum. Ich will auf die Terrasse, ich will das Meeresrauschen im Hintergrund hören."

Schmunzelnd erhebe ich mich und freue mich insgeheim darüber, dass er das Meer ebenso sehr zu lieben scheint wie ich. Wir gehen nach draußen und schauen auf die untergehende Sonne, die das Meer wunderschön glitzern lässt.

„Wow", flüstert er.

Der Strand ist komplett leer. Es fühlt sich an, als wäre dieser Sonnenuntergang nur für uns. Der Himmel scheint in Flammen zu stehen, während sich die Farben von rosa, über orange und rot ziehen.

Ein paar Minuten betrachten wir händchenhaltend das Schauspiel vor uns, bevor ich es nicht mehr aushalte. Ich reiche Liam das erste meiner Geschenke. Einpacken kann ich leider nicht, was ihm auch sofort aufzufallen scheint. Er schnaubt belustigt. Kaum, dass er das Geschenk ausgepackt hat, bricht er in schallendes Gelächter aus. Frech grinse ich ihn an.

„Ein Buch über Schmetterlinge?“, fragt er lachend.

„Damit du mir endlich mal was Schönes vorlesen kannst!“

„Du bist unglaublich“, sagt er grinsend.

„Ich weiß. Ich bin zauberhaft. Aber hier ist noch ein Geschenk.“ Ich halte ihm das wesentlich kleinere Päckchen hin, das er vorher überhaupt nicht registriert hat.

Überrascht sieht er mich an und legt das Buch auf den Glastisch neben uns. Wieder lacht er mich wegen meiner Einpackkünste aus, doch das bleibt ihm im Hals stecken, als er ausgewickelt hat.

„Was zum ...“, stammelt er und sieht mich großen Augen an. Er sieht aus wie ein kleines Kind, das Karten für Disneyland bekommen hat. Nur dass es eben Konzertkarten für *Select Stuff* sind.

„Woher wusstest du von dem Konzert? Ich habe nicht mal mitbekommen, dass sie nach Kalifornien kommen“, fragt er verblüfft und strahlt immer noch die beiden Konzertkarten an.

„Ich habe die Band möglicherweise gestalkt. Wie du weißt, bin ich wesentlich aktiver auf Social Media als du.“ Ich zucke mit den Achseln.

Bedächtig legt er die Karten weg, was mich losprusten lässt. Er behandelt die sie wie Goldbarren.

„Ich gehe übrigens mit dir hin. Damit es allerdings nicht so ätzend wird, habe ich möglicherweise noch eine Karte für Drew, Macey und Ethan besorgt. Einfacher hatte ich noch nie Weihnachtsgeschenke."

„Drew kommt auch mit?" Wenn möglich wird das Leuchten in seinen Augen noch stärker, als Drews Name fällt.

„Ja", sage ich schmunzelnd.

Er grinst breit und umarmt mich so schwungvoll, dass ich beinahe das Gleichgewicht verliere.

„Ich kriege keine Luft mehr", ächze ich in seinen Armen. Mann, hat der Typ eine Kraft. Und Mann – das macht mich viel zu sehr an.

Liam lässt mich glücklich los.

„Jetzt fühle ich mich scheiße bei meinem Geschenk", murrt er, wobei er aber das Grinsen nicht aus dem Gesicht bekommt.

„Her damit!"

Er greift nach einem hübschen Päckchen, das über und über mit Rentieren bedeckt ist. Okay, er kann nicht nur wesentlich besseres Geschenkpapier aussuchen, er weiß auch noch, wie man es verwendet. Leider bin ich noch nie gut darin gewesen, etwas langsam und vorsichtig auszupacken. Daher zerfetze ich das Papier in tausend kleine Streifen, was Liam ein Lachen entringt.

„Okay, wie geil ist das bitte?", rufe ich aus. In meinen Händen halte ich einen dunkelblauen Kapuzenpullover, der verdammt weich ist. Riesengroß aufgedruckt sind Tom und Jerry. Ein fettes Grinsen legt sich auf meine Lippen. Ich strahle ihn glücklich an.

„Gefällt er dir?“, fragt Liam schüchtern. Jetzt ist es an mir, ihn an mich zu ziehen und fest zu drücken.

„Der ist super! Danke!“

Glücklich lächeln wir uns an, bevor unsere Gesichter sich langsam nähern. Wie in Zeitlupe finden unsere Lippen zueinander, während die Sonne hinter uns im Meer versinkt. Unsere Zungen treffen aufeinander. Eine Gänsehaut breitet sich auf meinem Körper aus.

Aus einem Instinkt heraus ziehe ich mein Handy aus der Hosentasche, wische über das Display und mache ein Selfie von uns beiden. Ich habe in diesem Augenblick das Gefühl, den Moment für immer festhalten zu müssen. Könnte auch daran liegen, dass es wohl so ziemlich das Romantischste ist, was ich je erlebt habe. Und bis eben wusste ich nicht mal, dass ich so was gut finde.

„Weihnachten am Strand bei Sonnenuntergang ist super. Nichts könnte das hier noch besser machen“, flüstert Liam glücklich.

Challenge accepted!

„Schlaf mit mir“, raune ich leise.

Er atmet zischend ein und sieht mich aufmerksam an.

„Du hast es noch besser gemacht.“ Seine Stimme ist tiefer geworden, was direkt ein Feuer in meinem Unterleib entfacht. Er grinst diabolisch. Der Mistkerl weiß ganz genau, was er macht. Ich nehme seine Hand und zerre ihn praktisch zurück ins Haus. Er greift noch schnell seine heiligen Tickets.

In Rekordzeit sind wir die Treppe hochgestürmt, ohne uns loszulassen, und finden uns kurz darauf in seinem Zimmer wieder. Ich reiße mir mein T-Shirt vom Leib und schmeiße es achtlos in eine Ecke. Als ich mich zu ihm umdrehe, steht er ebenfalls oberkörperfrei vor mir, was mich abermals stocken lässt. Ich gehe auf ihn zu und streiche mit den Fingerspitzen über sein Tattoo. „Hast du eigentlich eine Ahnung, wie heiß das hier ist?"

Liam streicht mit den Fingerspitzen über meinen Bauch, was Stromstöße durch meinen ganzen Körper schickt.

„Hast du eine Ahnung, wie heiß deine Bauchmuskeln sind?", kontert er frech.

Ich grinse und küsse mich langsam an seinem Kinn entlang. Seine Bartstoppeln kitzeln leicht und bringen mich komplett um den Verstand. Mit den Händen erkunden wir gegenseitig unsere Körper, als wäre es das erste Mal. Ich stöhne auf, als seine Finger meine Härte streifen, was er sofort mit einem Kuss erstickt.

Wir nähern uns dem Bett und lassen uns darauf fallen. Liam stemmt die Hände neben meinen Kopf und beugt sich über mich, während er mich weiter innig küsst. Ich löse mich von ihm und zerre an seiner Hose. Er lässt kurz von mir ab und schält sich aus seinen Klamotten, nur um mich dann wieder besinnungslos zu küssen.

„Die hier muss auch weg", flüstert er an meinen Lippen. Ich bin viel zu benommen, um zu antworten, also nicke ich einfach nur.

Kurz darauf sind wir beide nackt. Nun liegt Liam auf dem Rücken und ich schiebe mich über ihn. Ich knabbere mich an seinem Hals entlang und presse mein Becken gegen seins, was uns beide kehlig aufstöhnen lässt.

„Ich möchte, dass du mit mir schläfst. Ich will dich in mir haben, Liam“, flüstere ich an seinem Ohr. Er erschauert unter mir.

„Wie bitte?“, fragt er mit aufgerissenen Augen. „Bist du dir sicher?“

„Sowas von sicher!“, sage ich mit fester Stimme und küsse ihn wieder. „Also, falls du das auch willst.“

„Unbedingt.“

Unsere Lippen krachen aufeinander, während wir uns fest umschlingen. Ich weiß nicht, wo mein Körper anfängt und wo seiner aufhört.

Liam angelt Kondome und Gleitgel aus seinem Nachttisch. Mir läuft ein aufgeregter Schauer über den Rücken. Ich bin definitiv nervös, aber kann es zeitgleich kaum erwarten.

Kurz darauf spüre ich seine Finger an meinem Eingang und verkrampfe mich unwillkürlich. Das ist ... seltsam. Ich spüre einen festen Druck, während mein Körper sich dagegen sträubt.

„Entspann dich!“, haucht Liam an meinem Hals.

Ja klar, als ob das so einfach wäre!

Er wagt sich Stück für Stück vor, was komische Dinge mit mir anstellt. Mir wird heiß und dennoch ist da dieser Druck. Je mehr er sich bewegt, desto unruhiger werde ich. Kann man etwas gleichzeitig unangenehm finden und es trotzdem total genießen? Denn ganz genau das passiert hier gerade.

„O mein Gott!“, stöhne ich tief, als er einen Punkt in mir trifft, der mich Sterne sehen lässt und durch meinen ganzen Körper hallt. Alles kribbelt, von den Fingerspitzen bis zu den Zehen, und meine Erektion pocht schmerzlich.

Innerhalb weniger Sekunden bin ich Wachs in seinen Händen und verstehe endlich, weshalb so viele auf das hier abfahren.

Liam bereitet mich weiter vor, bis ich endgültig die Geduld verliere.

„Liam, ich will dich!“, raune ich ihm zu.

Er scheint ebenfalls heiß zu sein, wie ich mit einem Blick auf seine Härte feststelle. Er greift nach einer Kondompackung und reißt sie mit seinen Zähnen auf. Mein Atem geht stoßweise.

Er sollte Werbung für Kondome machen!

„Vielleicht wäre es besser, wenn du dich auf den Bauch legst.“

„Nein“, antworte ich kopfschüttelnd. „Ich will dich dabei ansehen!“

Liam lächelt mich an, bevor er sich über mich beugt.

„Bist du dir sicher?“, erkundigt er sich ein letztes Mal.

„Ich war mir noch nie einer Sache so sicher!“

Liam gibt mir einen kurzen Kuss, bevor er mich direkt ansieht. In seinen Augen schlagen die Wellen tosend übereinander zusammen und spiegeln pure Lust.

„Ich liebe dich!“ Die Worte verlassen flüsternd meinen Mund. Jetzt erkenne ich noch mehr darin. Liebe.

„Ich liebe dich auch! So verdammt sehr! Seit du in Seattle plötzlich vor mir in deinem Dragon Ball-Pulli gestanden hast!“

Unsere Lippen knallen wieder aufeinander. Jetzt gibt es kein Halten mehr. Liam positioniert sich an meinem Eingang und gleitet kurz darauf in mich. Mir bleibt die Luft weg, denn sein Penis ist noch mal ein ganz anderes Kaliber als seine Finger, trotz des vielen Gleitgels, das er benutzt hat.

Liam hält still, um mich an ihn zu gewöhnen. Erst als ich ihm signalisiere, dass es okay ist, fängt er vorsichtig an, sich zu bewegen. Und reißt meine Welt aus ihren Angeln. Wir stöhnen zeitgleich auf, als Liam sich immer wieder aus mir zurückzieht, nur um sich mit festen Stößen wieder in mir zu versenken. Das hier ist einfach perfekt. Er ist perfekt!

Liam trifft genau den Punkt in meinem Inneren, der mich in glühende Hitze verwandelt. Laut stöhne ich seinen Namen, als ich in seinen Hals beiße. Auch er wird lauter und stöhnt. Heftig keuchend stößt er immer tiefer in mich hinein und verwandelt mich in Wackelpudding. Ich bekomme kaum noch einen zusammenhängenden Gedanken zustande. Dann greift Liam nach meiner Erektion und die Empfindungen in mir ballen sich zusammen, als sich die Lust anstaut.

„Liam, ich komme gleich!", stöhne ich und küsse seine Brust, genau über dem Tattoo.

Liam flüstert meinen Namen, als er noch ein paar Mal fest in mich stößt, bis alles in mir explodiert und er mich ins Nirwana befördert. Der Orgasmus rollt über mich hinweg und ist so unfassbar intensiv, dass ich seinen Namen herausschreie.

Als ich mich um ihn herum anspanne, kommt auch er keuchend. Er zieht sich wenig später aus mir zurück, entsorgt das Kondom neben dem Bett, und lässt sich neben mich fallen. Sofort stellt sich ein Gefühl des Verlustes ein.

Wir ringen beide japsend nach Luft, während mein Herzschlag in meinen Ohren dröhnt. Ich drehe meinen Kopf zu ihm und grinse ihn versaut an.

„Verdammt, das war …“ Ich versuche vergeblich die richtigen Worte zu finden.

„Perfekt“, ergänzt er für mich.

Ich nicke und beiße mir auf die Lippen.

„Mein Hintern brennt höllisch, aber das war es definitiv wert!“

Mit einem Lächeln auf den Lippen und gerunzelter Stirn mustert er mich. „Es hat dir also gefallen?“, fragt er. Überraschung schwingt in seiner Stimme mit.

„Machst du Witze? Das war unbeschreiblich! Um ehrlich zu sein, gefällt es mir so herum sogar ein klein wenig besser“, gestehe ich ihm und beiße mir dabei auf die Unterlippe.

Seine Brauen schießen in die Höhe. „Wirklich?“

„Ja. Ist bei dir wohl anders?“

Er legt den Kopf schief. „Tatsächlich warst du der Erste, der es überhaupt bei mir machen durfte.“

Ich verschlucke mich an meiner eigenen Spucke und huste wie ein Vollidiot.

Sehr sexy!

„Machst du Witze?“ Meine Stimme überschlägt sich fast. „Du hast einen Wildfremden an deinen Hintern gelassen?“

„Du warst nie nur ein Fremder, Jamie“, flüstert Liam und verschließt meine Lippen wieder mit einem zärtlichen Kuss.

Kapitel 28

Liam

„Wir sagen es also wirklich heute deiner Mom und meinem Dad?“, frage ich Jamie, während wir beide gemütlich auf seinem Bett liegen, wo wir uns genau genommen, den ganzen Tag noch nicht rausbewegt haben.

Heute ist der Tag, an dem mein Dad und Beverly zurück aus dem Urlaub kommen und ich bin total nervös, ebenso wie Jamie.

„Wenn du mich jetzt noch zehnmal fragst, dann ändere ich meine Meinung“, sagt er neckend und zwickt mich in die Seite.

Kurzerhand drücke ich ihn in die flauschige Matratze, nehme seine Arme gefangen und kitzele ihn, während er einen Lachanfall bekommt.

Die letzten Tage mit Jamie waren unglaublich. Wir haben sie ausschließlich zu zweit verbracht. Und mit Sex. Mit viel Sex. Wie auch immer wir so lange darauf verzichten konnten.

Ein weiteres Mal hat Jamie mich überrascht, als er den Wunsch geäußert hat, dass ich mit ihm schlafen soll. Niemals hätte ich erwartet, dass es ihm so herum besser gefallen könnte, aber tatsächlich haben wir es von nun an jedes Mal so gemacht. Und ich kann nicht genug von ihm bekommen. Sein Körper, seine frechen und versauten Worte – bisher hatte ich keinen vergleichbaren Sexpartner. Und ihm scheint es nicht anders zu gehen. Schließlich hat er irgendeinen Tiefe-Stimmen-Fetisch, mit dem ich ihn regelmäßig aufziehe.

Wir lassen uns beide wieder in die Kissen sinken und konzentrieren uns auf den aktuellen Marvel Film, nachdem ich mich ein weiteres geweigert habe, Toy Story zu sehen.

„Morgen geht die Schule wieder los", murmele ich vor mich hin, weil ich gedanklich bereits durchgehe, welche Fächer wir morgen haben und was ich noch vorzubereiten habe. Glücklicherweise ist das Referat für Geschichte bereits fertig vorbereitet.

„Wow, so kann man die Stimmung auch ruinieren! Es ist widerlich, wie erfreut deine Stimme klingt, wenn sie das Wort *Schule* formulieren darf", sagt er grinsend, worauf ich ihm nur die Zunge rausstrecke. Leise lachend wendet er sich seinem Handy zu. Und wird plötzlich still. Und blass. Und überhaupt nicht jamie-mäßig!

Ehe ich ihn fragen kann, was passiert ist, springt er fluchend aus meinem Bett auf. Erschrocken sehe ich ihm dabei zu, wie er sich seine ganzen Klamotten auf meinem Zimmerboden zusammensucht und schnell in seine Boxershorts schlüpft. Kurz danach folgen seine Hose und ein rotes Supermario-T-Shirt.

In Rekordzeit ist er angezogen, während ich das Schauspiel wie in Trance verfolge.

„Was ist denn passiert?", frage ich irritiert und springe ebenfalls aus dem Bett. Um nicht wie ein Trottel vor ihm zu stehen, schlüpfe ich schnell in eine Boxershorts. Jamie ist bereits auf dem Weg zur Tür. Ich haste ihm hinterher und stolpere über eine Wasserflasche. Glücklicherweise kann ich mich gerade noch so fangen. Seit Jamie so viel Zeit in meinem Zimmer verbringt, herrscht hier das absolute Chaos. Im Flur bekomme ich Jamies nackten Arm zu fassen.

Er hat sich nicht mal seinen Pulli angezogen!

Okay, diese Tatsache macht mir jetzt allmählich wirklich Angst.

Ich ziehe ihn am Unterarm zurück und zwinge ihn, mich anzusehen. Seine Augen sind leicht geweitet und er ist noch immer blass wie eine Leiche.

„Was ist los, verdammt noch mal?“ Meine Stimme ist lauter, als eigentlich beabsichtigt. Ich kann mich aber nicht beherrschen. Mein Herz klopft wie wild.

„Mein Dad ist jede Sekunde hier.“ Jamie reißt seinen Arm los und lässt mich verdattert stehen. Scheiße. Wieso muss ausgerechnet sein Vater herkommen?

Ich beeile mich die Treppe runterzugehen und finde ihn unten im Wohnzimmer stehen.

„Fuck“, flucht er, als er unser Wohnzimmer-Lager begutachtet. Das Sofa ist ein Meer von Decken und Kissen, die sich ausschließlich auf einer Seite türmen. Da, wo wir eben immer zusammen gekuschelt haben. Und ... na ja eben auch andere Dinge gemacht haben. Als Beweis steht eine Packung Kondome auf dem kleinen Tisch.

Jamie rast im Eiltempo darauf zu und schmeißt die Packung kurzerhand hinter die Couch.

Perplex bleibe ich mitten im Raum stehen, unschlüssig, was ich jetzt tun soll.

„Jamie, könntest du dich bitte beruhigen?", versuche ich ihn zu beschwichtigen. Wenigstens kann ich wieder mit ihm sprechen, ohne zu schreien, jetzt wo ich weiß, dass niemand gestorben ist.

„Nein, er kann jeden Moment die Tür aufmachen!"

Ich sehe ihn mit hochgezogener Augenbraue an.

Hat der Typ etwa immer noch einen Schlüssel für dieses Haus? Das ist gruselig!

„Jamie!" Ich stehe ihm jetzt direkt gegenüber und umfasse seine Wange mit meiner Handfläche. „Beruhige dich, okay? Ich helfe dir beim Aufräumen, ganz ruhig."

Jamie nickt gedankenverloren und setzt sich schnell wieder in Bewegung.

Gerade, als ich ihm abermals hinterherlaufen will, nehme ich ein Geräusch hinter uns wahr.

Jamie bleibt wie vom Donner gerührt stehen und starrt der Person entgegen, die in der großen Eingangstür steht. Keine Ahnung, was mich mehr verblüfft. Der Umstand, dass der Mann aussieht wie eine ältere Version von Jamie, nur in einem Designeranzug, oder die Tatsache, dass der Mann ernsthaft die Haustür eines Hauses aufgeschlossen hat, das ihm offensichtlich nicht mehr gehört. Ich erkenne ihn sofort von den Fotos wieder. Zweifellos sieht er gut aus. Dennoch ist er mir von der ersten Sekunde an unsympathisch. Sein überheblicher, arroganter Gesichtsausdruck und alles, was mir bisher von Jamie, Beverly oder meinem Dad über ihn zu Ohren gekommen ist, sorgen dafür, dass ich ihn nicht mögen kann. Aber ich muss es versuchen. Immerhin ist er Jamies Dad. Und laut Jamie hat er auch seine guten Seiten.

„Hallo, Sohn!“, grüßt er Jamie, der auf Knopfdruck ein Grinsen ins Gesicht gezaubert hat. Ich erkenne, dass es nicht echt ist.

„Dad! Was für eine Überraschung!“ Jamie geht auf ihn zu und die beiden schlagen ein, während sie sich gegenseitig auf die Schultern klopfen. Es ist seltsam diese so ähnlich aussehenden Personen zusammen zu betrachten, während sie unterschiedlicher nicht sein könnten. Der eine perfekt gestylt im Designeranzug und der andere mit zerwühlten Haaren in Kleidung eines Grundschülers.

„Du bist fetter geworden seit dem letzten Mal, was ist passiert?", zieht Jamie seinen Vater auf. Von dem Nervenbündel, das eben hier herumgerannt ist, ist nichts mehr übrig.

Ich stehe noch immer völlig deplatziert und halbnackt im Wohnzimmer, als der Blick von Jamies Dad auf mich fällt. Missbilligend zieht er die Augenbrauen zusammen und lässt seinen Blick selbstbewusst einmal an mir auf und ab wandern. Jetzt wünsche ich mir, ich hätte mir etwas angezogen, aber andererseits sind wir hier in meinem Zuhause, nicht in seinem. Oder?

„Und du bist sicher der Sohn von diesem James, ja?“ Seine Stimmlage ist so überheblich, dass ich am liebsten in seine Richtung kotzen würde.

Das ist Jamies Dad?

Wie konnte ein so unsympathischer Mensch bitte so jemanden wie Jamie hervorbringen? Ich versuche mich nicht von ihm ärgern zu lassen, scheitere aber kläglich.

„Sein Name ist Jeff“, murmele ich beleidigt.

Sehr wortgewandt, Liam!

„Wie auch immer“, wendet sich Jamies Dad wieder direkt an Jamie, ohne mich weiter zu beachten oder sich auch nur mal vorzustellen. „Wir gehen was essen. Schnapp dir einen Pullover oder zwei und dann geht's los!“

Wenigstens scheint er seinen Sohn zu kennen.

„Eigentlich wollten Mom, Jeff, Liam und ich heute zusammen essen. Sie müssten in den nächsten Stunden hier sein“, gibt Jamie zu bedenken und mich durchläuft ein warmes Glücksgefühl.

Er will es offensichtlich seinem Vater nicht sagen, was ich nun umso mehr verstehen kann. Aber das heutige Essen mit unseren Eltern ist ihm immer noch wichtig. Ich kann nichts gegen das Lächeln tun, das sich auf meinem Gesicht ausbreitet.

„Ach, so ein Unsinn. Ihr wohnt hier zusammen in meinem Haus und ich bin nur heute in der Stadt. Wir gehen zusammen essen.“ Mit seinem Blick nagelt er Jamie fest, während ich auf seinen Protest warte. Und weiter warte.

„Okay“, murmelt Jamie nach einer scheinbar kurzen innerlichen Diskussion mit sich selbst. „Ich hole mir einen Pullover.“

Dieser Nachmittag hält mir definitiv zu viele Überraschungen bereit. Da mir vollkommen egal ist, was Jamies Vater denkt, schiebe ich mich kurzerhand an ihm vorbei und sprinte die Treppe hoch.

Jamie zieht gerade seinen Dragon Ball-Pulli aus dem Schrank und streift ihn über. Wie jedes Mal, wenn ich ihn darin sehe, verschlägt es mir kurz den Atem, weil ich gedanklich wieder in Seattle bin, an dem Abend, als wir uns kennengelernt haben.

„Wir werden nicht ewig weg sein, mach dir keine Sorgen. Das ändert nichts an unseren Plänen für heute Abend." Jamie sieht mich nun direkt an. Das Grinsen ist aus seinem Gesicht verschwunden. Schön, dass er mittlerweile weiß, dass er sich bei mir nicht verstellen muss.

Seine Worte erleichtern mich. Insgeheim hatte ich befürchtet, dass Jamie seine Meinung geändert hat.

„Okay!"

Er schenkt mir ein kleines Lächeln, das seine Augen nicht erreicht, und geht an mir vorbei aus dem Zimmer. Kurz darauf höre ich die Tür zuknallen und bin mit meinen Gedanken allein. Mein Blick fällt auf Cracker, der es sich in seinem Käfig gemütlich gemacht hat. Der scheint nichts von dem komischen Szenario mitbekommen zu haben. Ich spule es im Kopf immer wieder ab. Ich bekomme den Mann, den ich eben kennengelernt habe, nicht in Einklang mit dem Menschen, den mir die Familienfotos versprochen haben. Ich verstehe es endlich. Ich verstehe, weshalb Jamie nicht möchte, dass sein Vater von unserer Beziehung erfährt. Am liebsten wäre ich jetzt bei ihnen, um meinem Freund den Rücken freizuhalten. Gott, ich hoffe nur, dass sein Vater sich heute mit homophoben Aussagen zurückhält. Es ist das erste Mal, dass sie sich sehen, seit Jamie sich seiner Gefühle bewusst ist. Ich atme tief durch und gehe in mein Zimmer, um mir etwas überzuziehen.

***

Das Abendessen ist ungefähr so, wie jedes in diesem Haus. Wunderbar! Die Stimmung ist ausgelassen, als

Beverly ohne Pause von ihrem Urlaub mit Dad erzählt und dabei eine lustige Anekdote nach der nächsten preisgibt. Mir tun bereits die Mundwinkel weh vom vielen Lachen. Der Einzige, der fehlt, ist Jamie.

Allmählich beginne ich mir Sorgen zu machen, doch Beverly hat uns mehrmals darauf hingewiesen, dass es nicht ungewöhnlich sei, dass Jamie so lange mit seinem Vater weg ist. Und weil ich nicht wie eine nervige Klette rüberkommen wollte, habe ich Jamie bisher nicht geschrieben. Jetzt allerdings spiele ich mit dem Gedanken, ob ich es nicht doch machen sollte.

Ein Schatten an der Terrassentür lässt mich aufsehen. Jamie schiebt sich hindurch. Mein Herz macht einen aufgeregten Hüpfer. Ich grinse ihn an, als er an den Tisch kommt. Er grinst nicht zurück.

Eine dunkle Vorahnung überkommt mich, doch ich zwinge mich, ruhig zu bleiben.

Er geht direkt zu seiner Mom, die ihn freudestrahlend begrüßt, und gibt ihr einen Kuss auf die Wange.

„Hast du getrunken?“, fragt sie mit hochgezogenen Augenbrauen, als Jamie um den Tisch zu seinem gewohnten Platz neben mir geht.

„Ich war mit Dad unterwegs“, lautet seine schlichte Antwort.

Dad und ich sehen uns ratlos an.

Was haben Jamie und sein Vater bitte für eine verdrehte Beziehung?

Die lustige Stimmung von eben ist gewichen. Mein Dad beäugt Jamie wachsam, so als wüsste er nicht, was er als Nächstes tun wird.

Jamie greift über den Tisch und schaufelt sich seinen Teller voll. Irritiert schauen wir ihm alle dabei zu.

„Was?“, fragt er zwischen ein paar Bissen, den Blick auf seinen Teller gesenkt.

„Warst du nicht eben erst essen?“, platze ich heraus.

„Ja. Und?“

„Normalerweise ist man danach satt.“

Er isst schweigend weiter.

Was zur Hölle?

Normalerweise hätte er längst irgendeinen sarkastischen Kommentar abgegeben. Irgendwas stimmt hier ganz gewaltig nicht.

Ich schaue zu Beverly, die ihren Sohn nicht aus den Augen lässt. Dad wendet sich seinem Teller zu. Er hasst Konfrontationen. Dabei ist das hier nicht mal eine. Glaube ich.

„Schatz“, sagt Beverly in die Stille hinein, „ist was passiert?“ Ihre Stimme ist ruhig und forschend. Aber dennoch irgendwie ... mom-mäßig. Selbst ich will ihr jetzt mein Herz ausschütten.

„Ich war mit Dad essen“, antwortet Jamie ungerührt.

Mein Vater hebt genervt eine Augenbraue.

Scheiße, dieser Abend läuft so anders, als ich es mir vorgestellt habe.

„Okay. War irgendwas ungewöhnlich?“, hakt sie weiter nach.

„Nein.“

Ich beiße mir auf die Lippen. Ich bin restlos verwirrt und habe keine Ahnung, was hier los ist.

Jamie isst seinen kompletten Teller leer, während die Luft hier drinnen zum Schneiden dick wird. Ich stupse ihn unterm Tisch mit meiner Hand an, werde aber ein weiteres Mal ignoriert. Jetzt mache ich mir Sorgen. Vorhin noch hat er mir versichert, dass wir heute endlich von unserer Beziehung erzählen und dann geht er los, betrinkt sich und ignoriert mich jetzt?

Ich verschränke die Arme und lasse mich in meinem Stuhl nach hinten sinken.

„Hat dein Vater irgendwas erzählt?“ Beverly gibt nicht auf.

Ich linse zu Jamie, der mit den Schultern zuckt und einen gleichgültigen Gesichtsausdruck aufgesetzt hat. „Na ja. Er hat ein neues Auto. Er hat einen neuen Whirlpool. Er war auf den Malediven. Ach ja, er hat die Hure geschwängert. Sonst eigentlich nichts Erwähnenswertes.“

Beverly gibt ein Quietschen von sich, das mich zusammenzucken lässt, während sich mein Vater an seinem Bier verschluckt.

„WAS?“, ruft Beverly aufgebracht.

Wieder ein Achselzucken von Jamie. „Ja. Die Hure ist bereits im sechsten Monat. Ich bekomme einen Bruder. Jippie.“ Da ist der gewohnte Sarkasmus und dennoch ist Jamie in dieser Sekunde eine ganz andere Person. Wo er sonst frech und witzig ist, ist er jetzt einfach ... Ich finde keine Worte dafür. Seiner Stimme fehlt jede Emotion. Sein Gesichtsausdruck macht mir eine scheiß Angst.

„Ich gehe ins Bett. Ich bin betrunken.“ Damit erhebt er sich von seinem Stuhl, den er quietschend zurückschiebt und geht aus dem Raum. Ein Blick zu Beverly verrät mir, dass sie eindeutig wütend ist. Sie sieht aus, als würde sie ihrem Ex-Mann gern den Hals umdrehen.

Ich springe ebenfalls auf und eile Jamie hinterher. Das scheint heute irgendwie zur Gewohnheit zu werden und es gefällt mir überhaupt nicht. An seiner Tür habe ich ihn eingeholt. Bevor er sie zuknallen kann, stemme ich meinen Fuß dazwischen.

„Warte“, murmele ich leise.

Er sieht mich an und tut es irgendwie doch nicht.

Eine eisige Kälte legt sich über mich. „Jamie, geht’s dir gut?“

Er lacht spöttisch auf. „Klar.“

Meine Gedanken springen wild umher und bilden ein einziges Chaos in meinem Kopf.

„Ich würde dann gern pennen. Allein.“ Erwartungsvoll sieht er mich an und deutet mit einem Kopfnicken auf meinen Fuß. Mir bleibt der Mund offenstehen.

„Wie bitte?“, frage ich fassungslos.

„Welchen Teil hast du nicht verstanden? Den, dass ich schlafen will oder den, dass ich allein sein will?“

Wow. Jamie kann echt fies sein, wenn er will. So kenne ich ihn überhaupt nicht.

„Was soll das? Stoß mich nicht weg.“

„Ich kann das jetzt nicht, Liam.“

Zischend ziehe ich die Luft ein. Kleine Nadelstiche breiten sich in meinem Herzen aus. Er zuckt wieder mit den Achseln. Ich schwöre, wenn er das noch einmal macht, haue ich ihm eine runter.

Kurz meine ich so was wie Verzweiflung in seinen Augen zu erkennen, doch sie weicht sofort wieder der scheinbaren Gleichgültigkeit.

„Wir wollten eigentlich mit unseren Eltern sprechen“, sage ich und kann die Bitterkeit nicht ganz aus meiner Stimme verdrängen. „Es ist okay, dass du aufgewühlt bist. Ich verstehe das.“

„Du verstehst einen Scheiß!“ Jamie fährt sich durch die Haare. Seine Finger zittern leicht. Gequält schließt er die Augen und reibt sich schließlich übers Gesicht. „Fuck!"

Jetzt werde ich wütend. „Warum sagst du so was?"

Jamie schnaubt. „Weil es nun mal so ist. Du willst fröhlich in die Welt hinausrennen und allen erzählen, dass wir zusammen sind, während ich einen Vater habe, der mich in der Sekunde verachten wird, in der er davon erfährt." Mit jedem Wort wird seine Stimme lauter.

„Deshalb kann ich dich trotzdem sehr gut verstehen. Es gibt keinen Grund gemein zu mir zu sein. Ich habe nichts getan!", sage ich knurrend.

„Okay, fein. Trotzdem will ich jetzt einfach meine Ruhe haben. Ich will dich jetzt nicht sehen, Liam!"

Ich zucke zurück. Ich bin mittlerweile so wütend, dass ich kaum noch klar denken kann. Was zum Teufel denkt er sich? Dass er völlig von der Rolle ist, ist offensichtlich. Dass er nicht damit zurechtkommt, dass er einen Bruder bekommt, liegt auf der Hand. Auch, dass es ihm nicht gut zu gehen scheint. Aber das macht mich noch lange nicht zu seinem beschissenen emotionalen Fußabtreter!

„Weißt du was? Du kannst mich mal!", knurre ich mit zusammengebissenen Zähnen, stampfe wütend in mein Zimmer und knalle schwungvoll die Tür zu. Jetzt hat er, was er will. Er kann allein sein.

Jetzt bin ich es, der ein wenig Abstand braucht, um wieder klar denken zu können. Irgendwie muss ich ihm klarmachen, dass er mich so nicht behandeln kann. Aber nicht heute. Denn jetzt empfinde ich viel zu viel zeitgleich. Scham. Zurückweisung. Schmerz. Und Wut. Ich bin verdammt wütend auf ihn!

Kapitel 29

Jamie

Ich wache mit hämmernden Kopfschmerzen auf, als mein Wecker ein ekelhaftes Dröhnen von sich gibt. Noch ehe ich die Augen aufschlage, bin ich mir sicher, dass der Tag absoluter Müll wird.

Ich sehe sofort Liams verletzte Miene vor mir und weiß, dass ich ganz große Scheiße gebaut habe. Schon wieder.

Mein Magen verkrampft sich und ich setze mich ächzend auf. Ich fahre mir durch meine wild abstehenden Haare und gebe einen frustrierten Laut von mir.

Dad hat mir gestern, ohne es zu wissen, einen direkten Dolchstoß verpasst. Ich kann immer noch nicht fassen, dass er Candy tatsächlich geschwängert hat. Im sechsten Monat – das heißt, sie müsste schon schwanger gewesen sein, als ich in Seattle gewesen bin.

Gruselig!

Nicht nur, dass ich finde, dass mein Dad viel zu alt für ein Baby ist, ich muss mich nun automatisch fragen, was das jetzt für mich heißt.

Ich sehe ihn eh kaum noch. Wir tauschen vielleicht hin und wieder mal ein paar Nachrichten aus, aber das war es auch schon. Früher sind wir ein Herz und eine Seele gewesen. Bis er Mom beschissen hat.

Und jetzt bekommt er eine neue Familie, ein neues Baby, fuck. Er bekommt sogar einen neuen Sohn! Einen, der nicht schwul ist.

Scheiße. Ich weiß genau, was mein Dad denken würde. Schließlich bin ich wegen seines homophoben Gelabers damals überhaupt erst in diesen Club in Seattle gegangen. Ich habe ihm eins auswischen wollen. Dass es jetzt aber nun tatsächlich der Wahrheit entspricht, dass ich auf Jungs stehe, ändert einfach alles. Mein Dad wird mich in dieser Hinsicht nicht respektieren. Definitiv nicht!

Meine Angst ist gestern über mir zusammengeschlagen, als Dad unser Haus betreten hat. Und sie hat seinen Höhepunkt mit den Worten *Wir sind schwanger* erreicht.

Was soll das überhaupt bedeuten *wir*? Was für ein Idiot sagt so was?

In dem Moment sind bei mir alle Sicherungen durchgeknallt. Die Panik hatte mich fest in ihren Fängen, denn klar, mein Vater ist ein Arschloch. Aber er ist trotzdem mein Dad. Er ist mit mir zu sämtlichen Baseballspielen gefahren. Zum Basketball. Er hat meine Stirn mit einem kalten Waschlappen befeuchtet, wenn ich Fieber hatte. Fakt ist – er ist immer für mich da gewesen. Und ich habe eine scheiß Angst, dass er mich aus seinem Leben streicht, wenn er weiß, dass ich mit einem Jungen zusammen bin. Und jetzt bekommt er einen neuen, perfekten Sohn. Mit seiner blöden, jungen Freundin. Und benutzt Sätze wie *Wir sind schwanger.*

Wo bleibe ich da? Ich habe mir vorgestellt, dass er das mit mir und Liam irgendwann rausbekommen wird. In ferner Zukunft. Dass er dann irgendwann drüber hinwegkommen würde. Immerhin ist er immer stolz auf mich gewesen und hat überall mit mir geprahlt. Doch nun ... bekommt er einen neuen Sohn. Fuck!

Mein Magen verknotet sich weiter.

Gestern habe ich rotgesehen. Ich habe einen Drink nach dem nächsten gekippt, keinen Bissen herunterbekommen und, was noch viel schlimmer ist: Ich habe es an Liam ausgelassen. Ausgerechnet an Liam.

Ich muss es wiedergutmachen!

Ich krieche aus dem Bett und fühle mich beschissen. Der Gedanke, dass ich gleich in die Schule muss, verschlimmert meinen Zustand. Mir ist gestern nicht bewusst gewesen, dass ich *so* viel getrunken habe.

Tatsächlich ist mir auch ein bisschen übel, dabei habe ich nie einen Kater. Kopfschmerzen und Übelkeit – so was habe ich eigentlich nicht, wenn ich Alkohol getrunken habe.

Ein Blick auf die Uhr verrät mir, dass ich den Wecker gestern falsch gestellt habe und mir nicht mehr viel Zeit bleibt. Ich beeile mich unter die Dusche zu springen und lausche dabei, ob ich Geräusche aus Liams Zimmer höre. Tue ich nicht.

Ich putze mechanisch meine Zähne und werfe mir achtlos ein paar Klamotten über, während ich mir meine Worte zurechtlege, mit denen ich Liam mein Verhalten erklären will. Er wird sauer sein.

Und wie er sauer sein wird!

Ich stolpere die Treppe mehr herunter, als dass ich gehe, weil meine Gedanken gerade Achterbahn fahren.

„Liam?“, rufe ich durch den unteren Hausflur, während mir ein Blick in die Küche verrät, dass er nicht hier ist. Und für gewöhnlich ist er jeden Morgen hier und inhaliert Kaffee. Mom und Jeff sind bereits bei der Arbeit. Erneut rufe ich, doch das helle Wohnzimmer bleibt in Stille getaucht. Ich checke mein Handy. Er hat mir keine Nachricht geschrieben. Fluchend fahre ich mir mit der Hand durch die Haare.

Liam muss richtig sauer sein.

Ich schnappe mir meinen Rucksack, der neben der Treppe liegt und sich noch genau da befindet, wo ich ihn vor den Weihnachtsferien zurückgelassen habe. Keine Ahnung, ob ich alle Sachen dabeihabe, die ich für heute brauche, aber eigentlich interessiert es mich auch nicht. Ich ziehe die Haustür hinter mir zu und stolpere auf der Treppe erneut.

Junge, bin ich heute neben der Spur!

Auf dem Weg zum Auto komme ich an meinem Fahrrad vorbei. Liams ist nicht da, also hat er heute vor mir das Haus verlassen. Mich durchfährt ein Stich.

Die Fahrt zur Schule vergeht wie im Flug und so biege ich kurz darauf auf den Schulparkplatz ein. Schon beim Aussteigen werde ich von einigen Mitschülern begrüßt. Knapp nicke ich ihnen zu und eile zum Eingang. Ich biege zu den Spinden ein. Meist treffen wir uns alle davor, da all unsere Spinde auf dem gleichen Gang liegen. Schon von weitem sehe ich Macey und Ethan miteinander streiten und verdrehe die Augen. So viel, wie die beiden sich zoffen, sollten sie es dringend mal mit Sex probieren.

Sobald sie mich sieht, kommt Mace auf mich zu gehüpft und wirft sich in meine Arme. „Jamiro! Du siehst scheiße aus, geht's dir gut?" Sie kennt mich einfach.

„Erzähle ich dir später", flüstere ich in ihr Ohr.

Mir entgehen die Blicke der anderen Schüler nicht, die wahrscheinlich immer noch denken, dass wir was miteinander haben.

„Ist klar, ihr erzählst du wieder alles“, grummelt Ethan direkt neben uns. Ich bin wohl nicht so gut im Flüstern, wie gedacht.

„Ja. Ich schubse ihn ja auch nicht gegen Schränke. Oder stelle ihm ein Bein“, zischt Macey ihm zu.

„Das ist doch nur Spaß!“

„Habt ihr Liam gesehen?“, unterbreche ich die beiden.

Macey mustert mich kritisch, als könnte sie durch einen einzigen Blick sämtliche Informationen erlangen. „Nein“, antwortet sie vorsichtig.

„Ich auch nicht.“ Ethan klingt weit weniger interessiert und macht sich sofort wieder daran, mit Macey zu streiten.

Das ist ja nicht zum Aushalten!

Ohne ein weiteres Wort lasse ich die beiden stehen und eile durch die Gänge. Ich weiß nicht mal, welchen Kurs Liam jetzt hat, nur, dass wir definitiv nicht den gleichen haben.

Bis kurz vor dem Stundenklingeln suche ich ihn, dann gebe ich auf. Ich habe nichts davon, wenn ich nachsitzen muss, weil ich zu spät zum Unterricht gekommen bin. Ich schaffe es gerade so rechtzeitig und bin nach wie vor völlig von der Rolle.

Während unser Englischlehrer von unserer neuen Lektüre schwärmt, schaffe ich es keine Sekunde zuzuhören. Meine Gedanken kreisen unaufhörlich um Liam. Macey wirft mir die besorgte Blicke zu und pikst mich in die Seite, um meine Aufmerksamkeit zu erhaschen. Ich ignoriere sie, was normalerweise niemals passiert. Das gleiche spielt sich danach im Geschichtsunterricht ab. Ich bin dermaßen angespannt, dass mein Nacken schmerzt und mir der Schweiß auf der Stirn steht. Ich habe Liam bestimmt schon tausende Nachrichten geschickt, doch er antwortet nicht. Mittlerweile mache ich mir wirklich Sorgen. Was, wenn er mit mir schlussmacht? Er kann nicht mit mir schlussmachen!

Bis zur Mittagspause stehe ich völlig neben mir. Ich habe Macey mittlerweile auf Stand gebracht, was ihre besorgten Blicke allerdings nur verstärkt hat.

„Er wird schon nicht mit dir schlussmachen", murmelt sie mir zu, während wir mit schnellen Schritten zur Cafeteria laufen.

„Ich war echt fies gestern!"

Sie winkt ab. „Er wird es verstehen. Es ist Liam!"

Ich bin mir da leider nicht mehr so sicher. Ich weiß, er hat mir gesagt, dass ich nicht bei jedem Streit Angst haben soll, dass er mich verlässt, aber ... Fuck, ich habe ihn gestern quasi als Fußabtreter missbraucht! Dass er weiterhin meine Nachrichten ignoriert, macht mich auch nicht unbedingt optimistischer.

Ich scanne die Cafeteria sofort mit den Augen ab. An unserem gewohnten Platz sitzen bisher nur Ethan, Drew und Justin. Scheiße!

„Da ist er!", zischt Macey und haut mir ihren Ellenbogen zwischen die Rippen.

Ich stöhne kurz auf, richte meinen Blick aber sofort in die Richtung, die sie angedeutet hat. Liam ist auf dem Weg zur Essensausgabe. Erleichterung durchströmt mich, als sich meine Füße wie von selbst in Bewegung setzen und auf ihn zusteuern.

Kurz bevor ich ihn erreiche, hebt er den Kopf und unsere Blicke treffen sich. Scham überrollt mich, als ich den Schmerz in seinen Augen erblicke, der kurz darauf von einem wütenden Funkeln abgelöst wird. Mein Herz rutscht mir noch weiter in die Hose. Liam sieht so aus, als hätte er auch eine harte Nacht gehabt. Dunkle Ringe liegen unter seinen Augen und er wirkt blass. Und ich bin schuld daran.

„Hey“, krächze ich.

Na toll. Was Dümmeres fällt dir nicht ein?

„Hey? Wirklich?“, knurrt Liam wütend zurück und dreht mir prompt den Rücken zu.

Schockiert schnappe ich nach Luft. „Liam, können wir reden?“ Meine Stimme klingt leise und so gar nicht nach mir.

Er bleibt stehen und sieht mich über seine Schulter an. „Ganz ehrlich? Nein, eigentlich nicht.“

Mit offenem Mund starre ich ihn an. Ich habe damit gerechnet, dass er sauer sein würde. Aber nicht, dass er nicht mit mir reden will.

Er setzt sich wieder in Bewegung, um sich ein Tablett zu nehmen, als ich seinen Oberarm zu fassen bekomme und ihn zu mir zurückziehe.

„Bitte. Es tut mir leid.“

Er schnaubt frustriert auf und zieht grob seinen Arm zurück.

Eisige Kälte legt sich über mich. So ist es bisher noch nie zwischen uns gewesen. Es ist, als würde irgendetwas zwischen uns liegen, wie ein Graben oder eher eine tiefe Schlucht.

Kurz herrscht Stille, während Liam mit sich zu kämpfen scheint.

„Schön", murmelt er schließlich und geht an mir vorbei. Ich folge ihm schnell, bevor er seine Meinung ändert.

Liam geht aus der Cafeteria und läuft mit eiligen Schritten über den Schulflur. Als er die Eingangstür erreicht und sie aufstößt, strömt mir kalte Luft entgegen.

Draußen ist weit und breit niemand zu sehen. Da es kälter geworden ist, sitzen alle drinnen in der Cafeteria und essen zu Mittag.

Liam verschränkt die Arme vor der Brust. Wie immer trägt er ein schwarzes T-Shirt und seine Oberarme spannen sich an. Ich reiße meine Augen davon los und sehe ihm ins Gesicht. Erwartungsvoll betrachtet er mich.

Scheiße!

„Liam, es tut mir leid! Ich weiß, ich habe mich wie das letzte Arschloch verhalten. Die Tatsache, dass mein Dad ein Baby bekommt, hat mir den Boden unter den Füßen weggerissen. Ich war betrunken und unfair. Es tut mir leid!"

Liams Blick wird eine Spur weicher, aber er ändert seine Körperhaltung nicht. Außerdem antwortet er mir nicht, sondern sieht mich schweigend an.

„Sag doch was, bitte!"

Verzweifelt reißt Liam seine Arme in die Luft, als ein weiteres ungläubiges Schnauben seinen Mund verlässt. „Was soll ich denn bitte sagen? Ich bin total verletzt! Gestern wollten wir eigentlich unseren Eltern sagen, dass wir zusammen sind und plötzlich stößt du mich weg und benimmst dich mir gegenüber wie der letzte Penner. Was soll ich dazu bitte sagen?"

Betreten sehe ich zu Boden. „Ich weiß", sage ich mit belegter Stimme. „Es wird nicht mehr vorkommen. Das verspreche ich dir, Liam!"

„Nein!" Seine Stimme klingt endgültig und lässt mich aufhorchen. „Das wird es nicht. Ich kann so nämlich nicht mehr weitermachen."

Vor Schreck zucke ich zusammen und taumele ein Schritt rückwärts. Mein Herz bleibt stehen, bevor es wild in meiner Brust hämmert. Ich muss mich selbst daran erinnern, wie man atmet, denn plötzlich scheint mir alle Luft aus den Lungen zu weichen. „Was willst du damit sagen?", frage ich flüsternd.

Die Angst, dass ich endgültig alles versaut habe, gerade wo ich die eine Person gefunden habe, ist beinahe unerträglich. Ich schwitze und würde mir am liebsten meinen Pullover vom Leib reißen.

Liam sieht mich einen weiteren Moment an, während in seinen Augen ein Sturm tobt. Er seufzt gequält und schluckt. Immerhin scheint ihn das alles hier ebenso wenig kalt zu lassen wie mich.

„Entweder wir machen unsere Beziehung öffentlich und du stehst endlich zu mir, oder das war es mit uns!" Seine Stimme fährt zwischen uns wie die Schneide eines Schwertes, die über Leben und Tod entscheidet und hallt in meinen Ohren wider.

Als mir die Bedeutung seiner Worte klar wird, fällt es mir schwer, mich auf den Beinen zu halten, denn meine Knie drohen unter mir nachzugeben. Ich würde mich verdammt gern hinsetzen.

Hat Liam mir gerade ein Ultimatum gestellt?

„Was hast du gesagt?", frage ich entsetzt nach.

„Du hast mich schon verstanden. Entweder wir verstecken uns nicht mehr oder wir können nicht länger zusammen sein."

Ich starre ihn an. „Das kann nicht dein Ernst sein!"

Fuck, dafür bin ich nicht bereit!

Liam reibt sich erschöpft über die Augen. Er lässt seine Schultern hängen. Mir wird noch enger ums Herz, als mir bewusst wird, dass ich allein schuld daran bin, dass er so traurig ist. „Doch, Jamie. Du hast mich gestern Abend wie einen beschissenen Fußabtreter behandelt. So als wäre unsere Beziehung ein Witz! So will ich mich nie wieder fühlen."

Fassungslos sehe ich ihn an. Ich habe nicht die geringste Ahnung, was ich sagen soll. Ich weiß genau, dass ich nicht bereit dafür bin, dass alle Welt erfährt, dass ich mit einem Jungen zusammen bin. Ich weiß ja noch nicht mal wirklich, ob ich schwul, bi, pan oder was auch immer bin. Aber ich weiß mit absoluter Sicherheit, dass ich Liam nicht verlieren will. Ihn einfach nicht verlieren kann. Dennoch bringe ich kein einziges Wort über die Lippen.

„Denk darüber nach", sagt er mit zitternder Stimme und lässt mich draußen in der Dezemberkälte zurück.

***

„Und du bist dir wirklich sicher?", fragt Macey mich und starrt mich mit weit geöffnetem Mund an. Ihre Lippen schimmern von irgendeinem pinken Lipgloss und ihre Locken hat sie locker zu einem Zopf geflochten, der über ihre rechte Schulter fällt. Sie sieht aus wie eine

Disney-Prinzessin. Zumindest eine in kurzem Rock, einem hellblauen Wollpulli und den dazu passenden Wildlederboots. Ein flauschiger Schaal rundet ihr Outfit ab. Kurz bin ich tatsächlich abgelenkt und bewundere sie. Ich habe in der letzten Zeit viel zu wenig Zeit mir ihr verbracht.

„Jamie?“, hakt sie weiter nach.

Ich setze mich in Bewegung und laufe nervös vor ihr auf und ab. Sie sitzt auf dem Schulhof auf einer Tischtennisplatte und mustert mich aufmerksam.

Fuck, bin ich nervös!

„Ja“, murmele ich hibbelig. „Nein.“ Ich bleibe stehen. Und nicke. „Ja.“

Macey verzieht das Gesicht. „Vielleicht solltest du noch mal in Ruhe über alles nachdenken?“

Ich bleibe stehen und schaue sie mit hochgezogenen Augenbrauen an. „Nein, ich denke nicht noch mal in Ruhe nach. Ich ziehe das durch!“

Liam zu verlieren ist keine Option. Nachdem er weg war, hat es ungefähr drei Sekunden gedauert, um zu kapieren, dass ich mich für ihn entscheide. Auch wenn mir das eine scheiß Angst macht. Kurz darauf hat sich ein Plan in meinem Kopf geformt, den ich gleich in die Tat umsetzen werde. Und zu behaupten, dass ich mir deswegen dezent in die Hose mache, wäre maßlos untertrieben.

Unsere letzte Stunde ist ausgefallen und ich habe Macey auf den aktuellen Stand gebracht. Nun warten wir auf die anderen. Auf Liam.

Maceys Augen leuchten auf und sie klatscht aufgeregt in die Hände. „Ich habe gehofft, dass du das sagen würdest. Das ist so aufregend. Und so jamie-mäßig. Einfach perfekt! Liam wird Augen machen."

Dankbar lächele ich sie an. Ich hoffe, dass Liam Augen machen wird, bin mir aber nur zu bewusst, dass das auch für jeden anderen gilt. Erneut rutscht mir das Herz in die Hose und ich widerstehe dem Drang zu flüchten. Ich weiß, dass ich hierfür nicht bereit bin. Dennoch werde ich es tun. Für Liam. Für mich. Für uns.

Ich sehe auf mein Handy hinunter und betrachte das Bild, das ich an Weihnachten von uns gemacht habe. Wir küssen uns darauf, den Sonnenuntergang und das Meer im Hintergrund. Ich liebe dieses Bild und sehe es mir ständig an. Es ist perfekt!

Das Läuten der Schulglocke lässt mich zusammenfahren. Beinahe fällt das Handy auf die Steinplatten, und ich bekomme es gerade noch so zu fassen. Mein Herz schlägt aufgeregt in meiner Brust. Ehe ich es mir noch mal anders überlegen kann, drücke ich auf Teilen. Jetzt gibt es kein Zurück mehr.

Fuck.

„O Gott", wispere ich und schlage die Hand vor den Mund. Ich kann nicht glauben, dass ich das eben getan habe.

Mace springt an meine Seite und zerrt aufgeregt an meinem Arm. „Ich bin bei dir!", sagt sie mit fester Stimme. Sie zieht mich mit sich zum Hauptgebäude und somit zum Ausgang. Dorthin, wo alle anderen Schüler der Schule jetzt auch strömen.

Fuck!

Übelkeit macht sich in mir breit, als mir das Ausmaß meines Handelns klar wird. Es war so eine Jamie-Idee.

So eine, wie einfach in die Bar in Seattle zu stürmen und so zu tun, als wäre ich schwul.

Ich schlucke schwer und versuche durchzuatmen.

Wir stolpern an den ersten Leuten vorbei, die auf ihre Handys starren. Allerdings scheine ich wie in einem Nebel zu stecken. Ich nehme die Blicke wahr und doch tue ich es nicht.

Ehe ich nur blinzeln kann, treten wir aus dem Haupteingang auf den Gehweg vor dem großen Parkplatz. Meine Augen suchen die Umgebung nach Liam ab. Immer mehr Schüler strömen jetzt nach draußen und zücken aus Gewohnheit ihr Handy. Da die meisten meine Instagram-Seite abonniert haben, dürften sie den Post schnell bemerken.

Ich sehe Drew und Ethan, die neben Mia aus dem Gebäude kommen. Jetzt drohe ich endgültig umzukippen.

Macey hält währenddessen meine schweißnasse Hand und drückt fest zu. Sie gibt mir Rückendeckung und dafür bin ich ihr unendlich dankbar. Mit einem heftigen Ruck bleibt Ethan wie angewurzelt stehen. Er sieht mit offenem Mund auf sein Handy. Mia und Drew sehen ihn mit gerunzelter Stirn an, bevor sie über seine Schulter ebenfalls einen Blick darauf werfen. Mia wird kalkweiß. Doch ich kann jetzt kein schlechtes Gewissen haben, nicht wenn ich kurz davor bin auszuflippen.

Liam wollte es öffentlich und jetzt habe ich es getan. Ich habe das Foto von uns beiden, wie wir uns küssen, bei Instagram hochgeladen. Die eindeutige Caption mit den Hashtags #niewiederohnedich #ichliebedich #team lässt mich endgültig mit heruntergelassener Hose dastehen.

Drew und Ethan schauen sich auffällig um und haben mich in Sekundenschnelle gefunden. Immerhin starrt mich jeder an. Getuschel wird laut, während ich dem Drang widerstehe, mir die Haut vom Körper zu reißen. Einfach alles juckt.

„Ich krepiere gleich“, stammele ich und Maceys Griff um meine Hand wird, wenn möglich, noch fester.

„Da!“, sagt sie aufgeregt neben mir.

Kapitel 30

Liam

Irgendetwas stimmt nicht. Ich spüre es in der Sekunde, als ich das Schulgebäude verlasse. Viel zu viele meiner Mitschüler stehen in Gruppen zusammen und sehen irgendwie geschockt aus. Unruhe liegt über der Masse. Als der erste Blick mich trifft, runzele ich irritiert die Stirn und schiele zu Justin, der mir eben noch eine lustige Geschichte von seinen Schwestern erzählt hat, aber auch er ist verstummt. Keine zwei Sekunden später zieht er sein Handy aus seiner Hosentasche und wischt darauf herum.

Der erstickte Laut, den er plötzlich ausstößt, lässt mich zusammenzucken. Mit offenem Mund sieht er langsam zu mir, die Augen so groß wie Untertassen.

„Das nenne ich mal eine Liebeserklärung“, murmelt er mit einem kleinen Schmunzeln und hält mir schließlich sein Smartphone unter die Nase.

Ich brauche viel zu lange, um zu checken, was ich da vor mir sehe. Ist das ... ein Bild von mir und Jamie? Woher ...

Mir wird eiskalt. Ich reiße Justin das Handy aus der Hand, als hinge mein Leben davon ab und dass nicht, weil ich das schöne Bild bewundern will, sondern weil mein Hirn so langsam das Drumherum begreift. Das

Bild ist im Internet. Auf Jamies Instagram-Seite um genau zu sein. Es wurde eben gerade erst hochgeladen und hat trotzdem schon zahlreiche Likes und Kommentare.

Meine Hände werden schweißnass und fangen an zu zittern. Ich spüre jeden einzelnen Blick auf mir ruhen, der sich direkt in mein Innerstes frisst.

Ich versuche verzweifelt die Bilder, die sich mir aufdrängen wollen, zu vertreiben, doch es will mir einfach nicht gelingen. Ich werde mitten hineingezogen.

„Schwuchtel!", zischt jemand direkt neben mir und bewirkt, dass ich heftig zusammenzucke, dabei kann er nicht mal mich gemeint haben. Sicherheitshalber ziehe ich den Kopf ein und beeile mich, um zu meinem nächsten Kurs zu kommen.

Um mich herum ertönt immer mehr Getuschel, das mich unruhig werden lässt. Was ist hier los?

„Schwul", murmelt jemand neben mir, weshalb ich nun doch stirnrunzelnd aufsehe. Es sind viel zu viele Schüler auf den Gängen unterwegs. Und viel zu viele Augenpaare starren mich ungeniert an.

Ich beiße mir heftig auf die Unterlippe, bis ich Blut schmecke, und zwinge mich, einen Schritt vor den anderen zu setzen. Wann immer ich an einer neuen Schülergruppe vorbeilaufe, vernehme ich Gekicher und mehr als nur einmal das Wort Schwuchtel. *Verdammt. Woher ...*

Ich schlucke die Tränen herunter, die in mir aufkommen, und balle meine Hände zu Fäusten. Das darf nicht wahr sein. Das darf einfach nicht passieren. Ich habe immer mühsam darauf geachtet, was ich tue. Ich war vorsichtig, wir waren vorsichtig. Wann hat uns jemand zusammen gesehen? Wir sind hier in fucking Texas. Ich wüsste, wenn jemand uns gesehen hätte.

Mein Herz schlägt mir mittlerweile bis zum Hals. Ich bin so verunsichert, dass ich mir sogar die Nähe eines Lehrers wünsche – einfach nur, um nicht mehr hier allein zu sein. Gleichzeitig ist der Fluchtinstinkt in mir so stark, dass ich kurz davor bin loszurennen.

Die Gruppe Footballer macht mir allerdings einen Strich durch die Rechnung. Sie bauen sich allesamt vor mir auf, sehen hämisch auf mich herab.

Und halten mir ein Bild unter die Nase, das mir jeglichen Halt entreißt. Es ist ein Bild von mir, wie ich ... Gott.

Ich keuche entsetzt auf und bin kurz davor, mich zu übergeben. Galle steigt meinen Hals hinauf und droht mich zu ersticken.

„Schwuchtel!" Aaron King, quasi der Alpha unter den Footballspielern, tritt einen Schritt vor und spuckt direkt vor mir auf den Boden. „Heute schon einen Schwanz gelutscht?" Er greift sich demonstrativ in den Schritt, eine fiese Fratze im Gesicht. Ich presse meine Augen zusammen und bete, dass das alles hier nur ein böser Albtraum ist. Ich schlucke mühsam meine Übelkeit herunter.

Als ich die Augen das nächste Mal öffne, blicke ich durch die Menge in Augen, die mir nur allzu vertraut sind. Doch sie bleiben an Ort und Stelle. Bis gestern dachte ich, sie wären mein rettender Anker. Doch mein Anker scheint nun meilenweit von mir entfernt zu sein, außerhalb meiner Reichweite.

„Halte dich fern von uns, du scheiß Pussy!" Die Footballer bilden einen engen Kreis um mich herum. Alle Footballer. Alle.

Die erste Träne rollt mir die Wange hinunter. Kurz darauf trifft mich die erste Faust.

Mein Atem geht stoßweise, als ich mich ins Hier und Jetzt zurückkämpfe. Ich fasse es nicht, dass es schon wieder passiert. Nicht schon wieder.

Nein.

Das lasse ich nicht zu.

Panik rauscht durch meine Adern und vermischt sich dort mit meiner Angst. Keine gute Kombination, wie ich aus eigener Erfahrung weiß.

„Alles okay?“, reißt mich die Stimme von Justin aus meinem lauten Gedankenstrudel.

Ich ignoriere ihn und knalle ihm lediglich sein blödes Handy vor die Brust.

Meine Hände zu Fäusten ballend und mich innerlich wappnend, hebe ich den Kopf und stelle mich der Menge aus Highschool-Schülern. Trotzdem kann mich nichts auf die bohrenden Blicke, die tuschelnden Münder und das hilflose Gefühl in mir vorbereiten. Schlagartig bin ich wieder fünfzehn Jahre alt. Und doch bin ich es nicht – weigere mich es zu sein.

Meine Augen suchen die Menge ab, bis ich ihn gefunden habe. Jamie. Denn ich bin nicht hilflos. Ich kann etwas tun.

Ich setze mich in Bewegung. Eine Milliarde Augenpaare folgen mir. So fest ich kann, presse ich meinen Kiefer aufeinander. Jamies Lächeln erstirbt, kaum dass sich unsere Blicke treffen. Jetzt steht er da wie ein Häufchen Elend. Seine Schultern sind eingesunken und er klammert sich hilfesuchend an Macey. In seinen Augen steht die blanke Angst. Ich würde sie ihm nur zu gern nehmen, kann es aber nicht.

Was hat er sich nur dabei gedacht? Wie kann er einfach so etwas ins fucking Internet stellen? Wie kann er mir so etwas antun?

Mein Herz fühlt sich an, als hätte man es in mehrere Teile zerfetzt. Ich fühle mich verraten. Wieder einmal.

Erneut drohe ich in die Vergangenheit gesogen zu werden, weshalb ich meine Schritte beschleunige und die Schultern straffe.

Bei ihm angekommen, sehe ich ihn einige Sekunden einfach nur an. Viel zu schnell atmend.

„Hey." Seiner Stimme jeglicher Nachdruck fehlt.

Bei mir brennt eine Sicherung durch.

„Hast du sie noch alle?!", brülle ich ihn an.

Jamie zuckt heftig zusammen, während Macey nach Luft schnappt. Vollkommen verdutzt sieht er mich an.

„Denkst du auch nur mal eine Sekunde an jemanden anderen als dich selbst?", schiebe ich nach.

„Ist das dein Ernst, Liam?" In seinem Gesicht spiegelt sich blankes Entsetzen. „Ich tue das hier für dich!"

Ein bitteres Lachen steigt in meiner Kehle auf. „Wie kannst du so eine Scheiße ins fucking Internet stellen?", verlange ich zu wissen, immer noch viel zu laut.

Jamie zuckt erneut zusammen, diesmal nur noch viel heftiger. „Scheiße?", murmelt er mit brüchiger Stimme und wendet den Blick von mir ab. „Ich habe lediglich getan, was du von mir verlangt hast. Du wolltest es öffentlich machen."

Ich schiebe den Wahrheitsgehalt seiner Aussage beiseite. Verzweifelt reiße ich meine Arme nach oben. „Ich wollte, dass wir es gemeinsam unseren Eltern und

Freunden sagen. Nicht, dass du es hinter meinem Rücken im beschissenen Internet hochlädst!“ Wieso versteht er das nicht? Wieso muss er immer so extrem handeln? „Du kannst nicht einfach so über meinen Kopf hinweg entscheiden! Fuck, werd erwachsen, verdammt noch mal!“

Jamie weicht einen großen Schritt vor mir zurück. Der Ausdruck auf seinem Gesicht bringt mich beinahe um. Aber ich bin viel zu sehr außer mir. Ich kann nicht mehr klar denken, ich kann gar nichts mehr.

„Lösch das Bild. Sofort!“ Darauf muss ich mich konzentrieren. Es gibt etwas, das ich tun kann.

Mit zitternden Fingern kramt Jamie das Handy aus seiner Tasche. Er tippt und wischt und lässt es schließlich wieder sinken. Tränen stehen in seinen Augen, als er lediglich ein Nicken andeutet.

Eine Welle der Enttäuschung überrollt mich. Ich dachte nicht, dass ich jemals wieder so fühlen muss. Und jetzt ist ausgerechnet Jamie – mein Jamie – dafür verantwortlich.

Mein Sichtfeld verschwimmt, als mich die Bilder der Vergangenheit wieder zu überwältigen drohen.

Ich muss hier weg. Einfach nur weg.

Ich werfe einen letzten Blick auf Jamie, wobei sich mein Magen nur noch mehr verknotet und mein Herz weiter zerspringt, dann mache ich auf dem Absatz kehrt und laufe davon. Renne weg von dem Scheißhaufen, der sich mein Leben nennt.

Kapitel 31

Jamie

Tränen nehmen mir die Sicht. Ich stehe vor der gesamten Schule und kann einfach nicht fassen, was sich hier eben abgespielt hat. Mein Körper fühlt sich taub an.

Liam ... so habe ich ihn noch niemals erlebt. So ... außer sich. So wütend.

Dabei habe ich genau das gemacht, was er von mir wollte. Er hat mir die Pistole auf die Brust gesetzt. Und trotzdem stehe ich hier heulend vor der Schule. Macey drückt meine Hand und redet mit mir, doch ich nehme es kaum wahr. Ich stehe komplett unter Schock. Mein Körper fühlt sich taub an, mit Ausnahme meiner Brust. Mein Herz scheint eine klaffende Wunde zu sein. Zerfetzt.

Aus dem Augenwinkel bemerke ich Ethan, der auf mich zugestürmt kommt. Erleichterung durchfährt mich, zumindest bis ich den Ausdruck auf seinem Gesicht ausmache. Fuck, auch er sieht nicht unbedingt happy aus.

Mein Blick gleitet einmal über die Menge aus Schülern, die mich unentwegt anstarren. Ist es das nun? Mein Stempel?

Ich bin jetzt der Schwule, der sich zum Affen gemacht hat, als er seinem Stiefbruder das Herz zu Füßen gelegt hat und der darauf herumgetrampelt ist?

Ethan steht nun direkt vor mir. „Das hätte ich niemals von dir erwartet“, knurrt er verärgert, schenkt Macey einen bösen Blick und lässt mich ebenfalls stehen. Einfach so. Das zieht mir endgültig den Boden unter den Füßen weg. Macey quiekt ungläubig auf. Ich schwanke und greife haltsuchend nach ihrem Pulli.

Ich lasse den Kopf hängen und sehe auf meine Füße. Jede Sekunde werde ich umkippen!

Was ist hier nur los?

Ich bin allein. Und mit einem Mal kann ich die Blicke der anderen nicht mehr ertragen.

„Macey“, flehe ich, unwissend, worum ich sie eigentlich bitte. Ich kann nicht mehr, so viel weiß ich.

Plötzlich greifen starke Arme um meine Taille. Benommen sehe ich auf. Justin steht vor mir, die Lippen zusammengepresst und die Stirn in Falten gelegt. Eben stand er noch beim Eingang neben Liam.

„Komm, lass uns gehen!“

Er stützt mich und bugsiert mich zu seinem Auto. Auf meiner anderen Seite geht Macey und lässt meine Hand nicht los. Nur als wir ins Auto einsteigen, löst sie sich von mir, nur um kurz darauf wieder neben mir zu sitzen und nach meiner Hand zu greifen.

Justin startet den Motor und fährt vom Parkplatz. Ich starre ins Leere.

Wie konnte Liam das tun? Wie konnte er so reagieren?

Ich lasse meinen Kopf nach hinten sinken und schlucke. Ich lege meine freie Hand über meine Augen und blinzele die Tränen weg. Ich atme durch die Nase ein. Und schluchze auf.

Kapitel 32

Jamie

Ich knurre wütend mein Handy an, als mein Blick wie so oft in den letzten Tagen darauf fällt.

Drei Tage.

Seit drei Tagen habe ich nichts mehr von Liam gehört. Zugegebenermaßen habe ich mich verkrochen. Macey, Justin und ich haben uns bei ihm zu Hause eingenistet. Seine Mom und seine Schwestern sind verreist und so ist sein Wohnzimmer einem Schlachtfeld gewichen. Einem Schlachtfeld aus Matratzen, Decken, Kissen und Eisverpackungen. Und es gab unendlich viel Eis.

Nach meinem Nervenzusammenbruch im Auto wollten mich weder Macey noch Justin allein lassen und so sind wir hier gelandet. Wir haben die letzten drei Tage den Unterricht geschwänzt, während ich jede Sekunde mit einer Nachricht von Liam gerechnet habe. Ich habe so fest damit gerechnet, dass er reden will.

Mittlerweile ist meiner Traurigkeit Wut gewichen. Ich bin unheimlich sauer auf Liam! Erst hat er mich dazu gedrängt, das mit uns öffentlich zu machen und als ich es dann getan habe, hat er mich als Kleinkind dargestellt. Als egoistisch. Ich weiß mittlerweile nicht einmal mehr, ob er mich überhaupt mag.

Dennoch vermisse ich ihn schrecklich und möchte ihm persönlich sagen, dass er sich wie das letzte Arschloch benommen hat. Bei unserem Eiscreme-Frühstück habe ich den anderen beiden der *heartbreak-hide-group* gesagt, dass ich heute nach Hause muss.

Ich bin zwar sauer, dass Liam sich nicht meldet und würde gern noch weiter schmollen, aber ich kann einfach nicht. Ich brauche Liam. Wir müssen das also klären. Außerdem hat meine Mom deutlich gemacht, dass ich heute nach Hause kommen soll.

Es war wohl nicht die beste Idee das Bild von Liam und mir ins Internet zu stellen, aber ich habe wirklich geglaubt, dass ich ihn damit glücklich machen würde.

Ich stecke das Handy in die Tasche der viel zu lockeren Jogginghose, die Justin mir geliehen hat, und straffe die Schultern.

Genug verkrochen! Jetzt hole ich mir Liam zurück!

Ich drehe mich zu Justin um, der betreten die Hand in den Nacken legt und schief lächelt.

„Viel Glück“, sagt er.

Ich lächele zurück und gehe einen Schritt auf ihn zu, um ihn in den Arm zu nehmen. Er drückt mich fest an sich.

„Danke“, flüstere ich an sein Ohr und er nickt.

„Ist doch klar!“

Und ich weiß, dass er es so meint.

Ich habe in den letzten Wochen so viele negativen Gedanken über Justin gehabt, für die ich mich jetzt so unendlich doll schäme. Er ist ein unglaublich loyaler Freund. Außerdem weiß er nur zu gut, was so ein Outing bedeutet.

Liam muss sich ebenfalls verkrochen haben. Macey hat für mich spioniert und von Drew erfahren, dass er in den letzten Tagen auch nicht in der Schule gewesen ist. Daher kann ich nicht abstreiten, dass ich mir Sorgen um ihn mache.

Ich löse mich von Justin und schlüpfe aus der Haustür. Die Dezemberluft lässt mich frösteln und ich verschränke die Arme. Justins Pullover spannt an meinen Oberarmen. Ich laufe den Weg zu uns nach Hause, da es nur ein paar Minuten sind und mein Auto nach wie vor an der Schule steht. Ich werde einen Teufel tun und es jetzt holen.

Auf dem Weg lege ich mir die Worte zurecht, die ich zu Liam sagen will. Und doch kann ich keinen klaren Gedanken fassen. Ehe ich mich versehe, stoße ich unsere Haustür auf und trete in den hellen Flur. Stille umgibt mich, obwohl bereits Freitagnachmittag ist. Ich meine mich dunkel zu erinnern, dass Mom irgendetwas von einer Firmenfeier gesagt hat. Was heißen würde, dass Liam und ich allein sind, weil Jeff dann sicher auch bei ihr ist.

Aufgeregt lasse ich meinen Rucksack fallen und trete mir die Schuhe von den Füßen. Während ich Stufe für Stufe die Treppe nach oben gehe, fahre ich durch meine Haare und versuche sie halbwegs zu richten. Drei Tage auf dem Sofa und eine hastige Dusche heute Früh haben ihre Spuren hinterlassen.

Oben angekommen pocht mein Herz wie wild in meiner Brust. Liams Zimmertür steht offen und ein Geräusch ist daraus zu hören.

Mein Herz pocht noch schneller.

Vermutlich werde ich Liam direkt in die Arme fallen. Es ist mir scheißegal, was zwischen uns vorgefallen oder wie sauer der eine auf den anderen ist. Ich brauche Liam. So einfach ist das. Das haben mir die letzten Tage schmerzlich vor Augen geführt. Jede Nacht habe ich wachgelegen und habe mich von der einen Seite auf die andere gewälzt, nur weil er nicht bei mir war. Als hätte mir eine Hälfte gefehlt!

Ich stoße die Luft aus und gehe mutig in das Zimmer hinein.

Ich stutze.

Es sieht ... leer aus?

Die Möbel sind noch an Ort und Stelle, doch sein Schrank steht offen. Es ist deutlich, dass einige Sachen hastig daraus gezogen wurden. Seine Lieblingsbücher fehlen.

Fassungslos stehe ich in der Tür und versuche zu realisieren, was das zu bedeuten hat.

„Was zum ...“, flüstere ich heiser. Im Augenwinkel erblicke ich Jeff, der Habseligkeiten von Liam in einen Karton wirft.

„Oh, hey Jamie!“

Ich blinzele ihn verwirrt an. „Was ist hier los? Wo ist Liam?“

Jeff seufzt auf und lässt sich auf Liams Bett fallen. „Er hat es dir also nicht erzählt“, schlussfolgert er mit müder Stimme und reibt sich über die Augen.

Ich rühre mich nicht von der Stelle.

„Bevor wir hierher gezogen sind, habe ich Liam etwas versprochen. Einen Ausweg. Wann immer er meint, es hier nicht mehr auszuhalten, werde ich ihn nicht davon abhalten zu gehen. Ich weiß nicht, was vorgefallen ist. Aber Liam hat sich entschieden zurück nach Seattle zu gehen und bei seiner Tante zu wohnen." Jeffs Stimme klingt traurig.

Seine Worte hallen in meinen Ohren wider und verdrängen die Luft aus meinen Lungen. Ich kann nicht mehr atmen. Mein Herz zerbricht in tausend Scherben. In winzige Splitter, die sich in meinen Körper bohren. Meine Hand legt sich auf meine Brust. Ich verkralle mich in meinem Shirt. Liam ist weg? Er kann nicht weg sein. Einfach so. Ohne ein Wort der Erklärung, ohne ... irgendwas!

„Das ist ... Das kann nicht sein!" Meine Stimme bricht, doch Jeff ist so beschäftigt mit sich, dass es ihm nicht auffällt.

„Leider doch. Er wird das Schuljahr online beenden. Dank seiner Noten ist das kein Problem."

Ich nicke, als würde ich verstehen, doch das tue ich nicht.

Innerlich schreie ich so laut ich kann.

Ohne ein Wort lasse ich Jeff zurück und gehe eine Tür weiter in mein Zimmer. Benommen trete ich ein und drehe den Schlüssel um.

Stille. Im Raum. In mir.

Mein Herz blutet, während Schwärze über mich hereinbricht. Alles in mir schreit, doch kein Ton dringt aus meiner Kehle. Langsam lasse ich mich an der Zimmertür herabsinken und beginne zu zittern. Ich kann nicht glauben, was hier passiert. Und doch ist es bittere Realität.

Liam hat mich verlassen.

Und ich habe keine Ahnung, was ich jetzt tun soll, denn alles, was ich fühle, ist Schmerz.

Ende Teil 1

Danksagung

Bevor ich mit dem Bedanken beginne, möchte ich mich zunächst einmal für dieses Ende entschuldigen. Es tut mir wirklich leid. Zu meiner Verteidigung – mir hat es auch das Herz herausgerissen!

Nun denn – Buch drei. Wahnsinn! Ich kann gar nicht in Worte fassen, wie unglaublich das für mich ist.

Mein größter Dank gilt dir. Danke, dass du Jamie und Liam eine Chance gegeben hast. Hoffentlich konnten sie sich auch einen Platz in deinem Herzen ergattern.

Des Weiteren möchte ich meinem wundervollen Ehemann danken. Ohne dich würde gar nichts gehen. Danke, dass es dich gibt! <3

Auch meine beiden Jungs ... Ich weiß es wirklich zu schätzen, dass ihr akzeptiert, wenn ich mal nicht aufnahmefähig bin, weil ich am Laptop sitze. Ich liebe euch.

Wenn auch an diesem Buch etwas weniger beteiligt – danke Yasmin. <3 Ich weiß, dass du bei jedem Projekt an meiner Seite bist, auch wenn dein eigenes Leben dich ohne Ende einspannt. Danke fürs Immer-da-sein!

Vielen Dank an meine allerbeste Freundin – ohne deine Freundschaft wäre ich ein Häufchen Elend.

Tausend Dank an den großartigen DP-Verlag, der nun schon das dritte Buch mit mir herausbringt, im Besonderen Alex und Yasmin. Die Arbeit mit euch macht mir viel Spaß.

Meine großartige Lektorin Isabelle hat mir geholfen alles aus diesem Manuskript herauszuholen, wofür ich unheimlich dankbar bin. Dank dir ist das Buch so geworden, wie es jetzt ist. Ich habe das Lektorat in vollen Zügen genossen!

Ein weiterer großer Dank gebührt meinen Blogger*innen: Bianka, Jenny, Feli, Jakob, Justin, Karla, Rowena und Björn. Ihr seid großartig!

Zuletzt geht ein Gruß an meine Patentochter Mia raus, deren Namen ich mir für die Geschichte geliehen habe. Ich hab dich lieb!

Bis zum zweiten Teil der Oceanside-Boys müsst ihr gar nicht mehr so lange warten. Schreibt mir in der Zwischenzeit sehr gern auf Instagram unter j_in_love_with_books.

Eure Jen <3